HEYNE<

Das Buch

Tief in Mithgars Wäldern führt die geheimnisvolle Rasse der Elfen ein friedliches Dasein. Doch die Seherin Arin wird von schrecklichen Visionen gequält, die ihr immer wieder zeigen, wie die Heimat der Waldelfen von Krieg überzogen wird. Gemeinsam mit einigen Gefährten macht sie sich auf den Weg zur Zaubererfeste im Schwarzen Berg, wo sie erfährt, dass ein uraltes und mächtiges Artefakt verschwunden ist, das Tod und Vernichtung über ganz Mithgar bringen kann – der Drachenstein. Arin ist dazu ausersehen, einer uralten Prophezeiung zu folgen, um den Stein zu finden. Ihre Suche führt sie vom tiefsten Süden bis zum höchsten Norden und in die entlegensten Winkel der Welt. Zusammen mit der jungen Schwertkämpferin Aiko und dem Nordmann Egil muss sich die Elfe zahllosen Gefahren entgegenstellen, um die Macht des Steins aufzuhalten ...

In der Tradition des »Herrn der Ringe« legt Dennis L. McKiernan – der Autor der Bestseller »Zwergenkrieger«, »Zwergenzorn« und »Zwergenmacht« – mit »Elfenzauber« ein exotisches Fantasy-Abenteuer vor, das den Vergleich mit dem großen Vorbild nicht zu scheuen braucht.

Der Autor

Dennis L. McKiernan, geboren 1932 in Missouri, lebt mit seiner Familie in Ohio. Mit seinen Romanen aus der magischen Welt Mithgar gehört er zu den erfolgreichsten Fantasy-Autoren der Gegenwart.

DENNIS L. McKIERNAN

ELFEN ZAUBER

Roman

Deutsche Erstausgabe

WILHELM HEYNE VERLAG
MÜNCHEN

Titel der amerikanischen Originalausgabe

THE DRAGONSTONE – PART 1

Deutsche Übersetzung von Christian Jentzsch

Verlagsgruppe Random House FSC-DEU-0100
Das FSC-zertifizierte Papier *München Super* für Taschenbücher aus dem
Heyne Verlag liefert Mochenwangen Papier.

2. Auflage
Deutsche Erstausgabe 2/06
Redaktion: Natalja Schmidt
Copyright © 1995 by Dennis L. McKiernan
Copyright © 2006 der deutschen Ausgabe und der Übersetzung
by Wilhelm Heyne Verlag, München
in der Verlagsgruppe Random House GmbH
www.heyne.de
Printed in Germany 2006
Titelillustration: Arndt Drechsler
Umschlaggestaltung: Nele Schütz Design, München
Satz: C. Schaber Datentechnik, Wels
Druck und Bindung: GGP Media GmbH, Pößneck

ISBN-10: 3-453-52153-6
ISBN-13: 978-3-453-52153-7

»Nur so viel, Zauberer Zelanj: Ich will wissen, ob Visionen Dinge vorhersagen, die eintreffen *müssen*, oder vielmehr von solchen Dingen künden, die eintreffen *könnten*.«

»Ha! Ihr habt eine der ältesten Fragen von allen gestellt: Ist das Schicksal unwandelbar und kann nicht verändert werden, oder haben wir die freie Wahl? Was die Beantwortung dieser Frage angeht, dauert die Debatte noch an. Ich weiß die Antwort darauf jedenfalls nicht.«

Vorwort

Wenn ich so über die Landschaft Mithgars schaue, sehe ich dort viele rote Pantoffeln liegen, die nur darauf warten, untersucht zu werden, denn jeder hat eine Geschichte zu erzählen, wenn ich ihn nur eingehend genug untersuche.

Rote Pantoffeln? Rote Pantoffeln? Wovon um alles in der Welt redet der Mann?

Hier ist des Rätsels Lösung:

Obwohl dies meines Wissens nach niemals geschehen ist, kann ich mir doch vorstellen, wie Dr. Watson eine Erzählung wie folgt beginnt: »Es begab sich, kurz nachdem Holmes und ich den eigenartigen Fall des einzelnen roten Pantoffels gelöst hatten, dass es an der Tür unseres Domizils Baker Street 221-B klopfte. Als ich die Zeitung beiseite legte und Anstalten machte, mich zu erheben, legte Holmes einen Finger auf die Lippen und zischte: ›Öffnen Sie die Tür auf keinen Fall ohne Ihre Pistole in der Hand, Watson, denn es kann niemand anders sein als der bengalische Meuchelmörder ...‹«

Und Watson würde fortfahren, uns über einen faszinierenden Fall aufzuklären.

Aber wissen Sie was? Wir finden niemals etwas über den roten Pantoffel heraus, der in seinem einleitenden Satz Erwähnung fand.

Doch jene von uns, die Watsons Erzählungen begierig verfolgt haben, wissen, dass *zwischen* diesen Fällen, von denen wir gelesen haben, der große Detektiv unterwegs war und andere heikle Probleme gelöst hat. Wenn wir nur die Augen offen hielten, könnten wir ihn vielleicht tatsächlich dabei beobachten, wie er Hinweise findet, die für ihn offenkundig, für uns aber vollkommen obskur sind ... das heißt, bis sie erläutert werden, wozu Lestrade dann sagen könnte: »Oh, wie simpel. Das muss doch jedem auffallen.« – Worauf Sie wetten können.

Ich wiederhole, soweit ich weiß, hat Watson keinen *Fall des Roten Pantoffels* geschildert und auch nichts über einen bengalischen Meuchelmörder veröffentlicht ... aber solche Dinge hätte es gewiss geben *können*. Schließlich gab es den Fall der Riesenratte von Sumatra, und es gab auch eine Schilderung der Addington-Tragödie, die Geschichte des roten Egels, den schrecklichen Tod Crosbys des Bankiers und viele, viele andere Fälle, auf die angespielt wird, die aber niemals veröffentlicht wurden ... jeder einzelne ein roter Pantoffel in der Holmesschen Landschaft.

Rote Pantoffeln liegen auch überall in Mithgar herum, und ab und zu hebe ich einen auf, untersuche ihn eingehend auf die beste mir mögliche Sherlock-Art und erzähle Ihnen, was ich sehe.

Einige rote Pantoffeln aus Mithgar waren: ein kleines silbernes Horn, das im Hort Schlomps gefunden wurde, ein Logbucheintrag hinsichtlich eines Kristallspeers, die Erwähnung eines lange gehüteten Geheimnisses der Châkka, ein Steinmesser, das in einem eisernen Turm verschwand, ein silbernes Schwert, das einem erschlagenen Elfenfürsten aus der Hand genommen wurde, und einige mehr.

Einige rote Pantoffeln sind gewaltig, wie zum Beispiel ein Wandteppich, auf dem ein Schlüsselaugenblick des Großen Bannkrieges dargestellt wird. Andere sind klein, haben aber gewaltige Auswirkungen, wie zum Beispiel ein Steinring, der einem unmöglichen Kind gegeben wird. Dies alles sind rote

Pantoffeln, die ich eines Tages aufheben könnte, um nachzuschauen, welche faszinierenden Geschichten sie Ihnen und mir zu erzählen haben.

Aber es gibt ein Problem bei der Untersuchung, denn jedes Mal, wenn ich einen aufhebe, um seine Geschichte zu erzählen, scheinen mehr rote Pantoffeln herauszufallen.

Nun ja ...

Wie dem auch sei, begleiten Sie mich, wenn ich nun einen dieser roten Pantoffeln aufhebe, und lassen Sie uns nicht nur nachschauen, was wir finden, sondern auch, welche anderen roten Pantoffeln vielleicht herausfallen.

- Dennis L. McKiernan

ANMERKUNGEN DES AUTORS

Elfenzauber ist eine Geschichte, die vor der Separation spielt, als noch mythische und mystische Völker und Kreaturen auf dieser Welt lebten.

Die Geschichte findet *vor* dem Großen Bannkrieg statt, und daher können die *Rûpt* nicht nur in der Nacht, sondern auch am Tage frei umherstreifen, obwohl es heißt, dass sie ihre Missetaten lieber in der Dunkelheit anstatt im Licht der Sonne ausführen.

Die Geschichte des Drachensteins wurde aus den Fragmenten eines langen Liedes rekonstruiert, das einem Barden namens Delon zugeschrieben wird. An mehreren Stellen habe ich die Lücken mit Bemerkungen aus anderen Quellen aufgefüllt, aber im Wesentlichen hält sich die Geschichte an die Vorlage.

Wie in anderen Werken von mir habe ich transkribiertes Altgriechisch benutzt, um die magische Sprache der Schwarzmagier darzustellen, und Latein für die magischen Worte aller anderen Magier.

In vielen Fällen reden unter dem Druck des Augenblicks Menschen, Magier, Elfen und andere in ihrer Muttersprache. Um jedoch lästige Übersetzungen zu vermeiden, habe ich, wo erforderlich, ihre Worte in Pellarion dargestellt, der Gemeinsprache Mithgars. Einige Worte und Redewendungen eignen sich jedoch nicht für die Übersetzung, und diese habe ich unverändert gelassen. Darüber hinaus mögen verschiedene Wörter falsch aussehen, sind tatsächlich aber korrekt – so ist zum Beispiel DelfHerr nur ein einzelnes Wort, obwohl mitten im Wort ein großes H steht.

Die Elfensprache Sylva ist sehr altertümlich und förmlich, aber im Interesse der Lesbarkeit sind die meisten altertümlichen Ausdrücke und Redewendungen eliminiert worden.

Für die Neugierigen: Das *w* in Rwn wird wie *uu* ausgesprochen (w ist schließlich nichts anderes als ein doppeltes u). Rwn wird also nicht Renn ausgesprochen, sondern Ruhn.

1. Kapitel

Ein Blitz zuckte durch die Nacht, dessen greller Schein durch die schmalen Fenster drang. Ein Donnerschlag folgte ihm auf dem Fuß. Dann ging ein Wolkenbruch auf die kleine, baufällige Hafentaverne nieder, während der Wind an Tür und Seitenwänden rüttelte und einen lockeren Fensterladen hin und her schlagen ließ. Wellen schwappten heftig gegen das Pfahlwerk unter der Schänke.

Innerhalb des verwitterten Gebäudes war das Unwetter nicht ganz so laut, und Olar, der die spitzen Ellbogen auf die breite, raue Planke gestützt hatte, welche als Tresen diente, beugte sich vor und zischte Tryg zu: »Was wohl die beiden Frauenzimmer hier wollen, hm?« Er schob sein schmales Kinn seitwärts in Richtung der im Schatten liegenden Ecke, wo die beiden Fremden gerade außerhalb des gelben Lichtkreises der einzigen Laterne in der Taverne saßen, die über dem Tresen hing. »Vielleicht sind es Dirnen, die darauf hoffen, dass die Kaperfahrer wiederkommen, aye?«

Tryg, der Besitzer der Taverne »Schlupfwinkel«, schnaubte bei Olars Bemerkung, dann beugte er sich vor und sagte gerade so laut, dass sein Gegenüber ihn trotz des heulenden Windes und des prasselnden Regens verstehen konnte: »Lass sie nicht hören, wie du sie nennst, Junge, sonst könnten dir deine Familienjuwelen abhanden kommen.«

Yngli, die einzige andere Person in der Taverne, lachte bei

dieser Bemerkung und schlug mit der Hand auf den Tresen, aber Olar sah Tryg überrascht an: »Warum sagst du das?«

»Weil eine von ihnen eine Elfe ist und die andere eine, eine ... tja, ich weiß nicht, wie ich es beschreiben soll, aber sie hat verdammt gefährlich aussehende Schwerter bei sich.«

Olar stieß einen leisen Pfiff durch die gespitzten Lippen aus und warf einen Blick auf die im Schatten liegende Ecke, als es gerade wieder blitzte und kurz darauf der Donner grollte.

Der Blitz beleuchtete kurz die Gesichter der Fremden, die sich als gleichermaßen anmutig und exotisch erwiesen. Die linke Frau hatte helle Haut – wie aus Elfenbein und Alabaster – und schräg stehende, haselnussbraune Augen. Kastanienfarbene Locken, durch welche spitze Ohren ragten, fielen ihr bis auf die Schultern. Die rechte Frau war von dunklerer Hautfarbe – Gold und Safran –, und ihre geschlitzten Mandelaugen funkelten wie Onyx. Die kurz geschnittenen, rabenschwarzen Haare glänzten seidig. Aber ihre Ohren waren nicht spitz.

Die Fremden saßen mit dem Rücken zur Wand in der Ecke, schweigend, ungerührt, als warteten sie auf ein unbekanntes Ereignis. Vor der Frau mit der safranfarbenen Haut lagen zwei blanke Schwerter, eines lang, das andere kürzer, beide leicht gekrümmt. Die Klingen funkelten tückisch im Licht eines neuerlichen Blitzes.

Olar erbleichte und richtete den Blick rasch wieder nach vorn. Nach einem Moment sagte er: »Was glaubst du, welcher Grund die beiden nach Mørkfjord geführt hat, hm?«

Tryg zuckte mit den Achseln, während er die Kanne neigte, um den Krug des hageren Fischers wieder zu füllen. »Sie suchen eine Reisegelegenheit, würde ich meinen, aye?«

Olar zog eine Augenbraue hoch, aber Yngli schüttelte den Kopf. »Ich glaube, dass sie gekommen sind, weil sie ein Drachenschiff samt Mannschaft anwerben wollen – um ihre Feinde zu überfallen, aye? Vielleicht warten sie auf die Rückkehr von Orris Boot, weil er als Erster rausgefahren ist und auch als Erster wiederkommen müsste, würde ich sagen.«

Regen prasselte herunter, als Olar noch einen raschen Seitenblick auf die nun wieder im Schatten liegende Ecke warf. Dann beugte er sich vor und schlürfte den Schaum von seinem Krug. »Die Elfe«, zischte er, nachdem er sich mit dem Handrücken den Mund abgewischt hatte, »glaubt ihr, sie ist eine Lian, eine dieser Hüter?«

Tryg schüttelte den Kopf. »Dafür ist sie zu klein. Eher eine von denen, die im tiefen Wald leben ...«

»Dylvana, meinst du?«, warf Yngli ein.

»Könnte gut sein.«

Yngli lächelte. »Dann hat sie meine Größe.«

Tryg sah das Grinsen auf Ynglis Gesicht. »Vielleicht hat sie deine Größe, mein kleiner Freund, aber wenn dich das auf Ideen bringt, solltest du deine Hoffnungen auf künftige Nachkommen gleich begraben, nach allem, was ich über Dylvana-Frauen gehört habe.«

»Was ist mit der anderen?«, flüsterte Olar. »Glaubst du, die ist auch eine Elfe?«

Tryg zuckte die Achseln.

»Sie hat Schlitzaugen«, murmelte Yngli.

»Aber keine spitzen Ohren«, erwiderte Tryg.

Yngli beäugte die Schwerter. »Meint ihr, sie sind hier, um Ärger zu machen? Vielleicht sogar, um jemanden zu töten, der ihnen Unrecht getan hat?«

»Oder um ihm wichtige Teile abzuschneiden?«, fragte Olar schaudernd.

Tryg öffnete den Mund, um etwas zu sagen, aber in diesem Augenblick flog die klappernde Tür auf und ließ Wind, Regen und einen mageren alten Mann ein, dem das Wasser aus den ungekämmten Strähnen langer Haare, aus dem struppigen Bart und aus seinem ramponierten Mantel rann.

»Raus mit dir, Alos!«, schrie Tryg, um den Lärm des Gewitters zu übertönen. »Und mach die Tür hinter dir zu!« Der alte Mann schwankte noch ein paar Fuß weiter in die Taverne hinein und ließ dabei eine Spur der Nässe hinter sich zurück. »Ich hab's dir schon mal gesagt, ich will dich hier bei mir nicht sehen, Alos!« Der Tavernenwirt trat drohend hinter dem Tresen hervor, während der alte Mann mit seitlich abgewandtem Kopf etwas Unverständliches stammelte, abwehrend eine Hand hob und schwankend zwischen die wenigen Tische floh. Hinter ihm schlug die Tür im Takt mit dem lockeren Fensterladen auf und zu, und der Wind trieb Regenschwaden in die Taverne und ließ die Laterne an ihrer Kette hin und her schwingen. Die Schatten, die von ihrem Licht geworfen wurden, schwankten wie trunken an den Wänden umher.

Vor sich hin fluchend, ging Tryg auf den alten Mann los. »Halt die Tür für mich auf, Yngli«, rief der massige Tavernenwirt, »dann werfe ich diesen Tunichtgut hier raus.«

Yngli sprang auf, ging zu der klappernden Tür, hielt sie fest und stellte sich daneben, während Tryg den wimmernden alten Mann bedrängte.

Der Alte irrte ziellos im Schankraum umher und versuchte, Tryg auszuweichen. Schließlich duckte er sich unter einen Tisch, doch ohne Erfolg, denn der Tavernenwirt packte ihn rasch am Kragen seines Mantels und zerrte ihn darunter hervor. »Alos, ich hab dir gesagt, ich will dich nie wieder hier sehen.«

Im schwankenden Licht der Laterne schaute der alte Mann zu Tryg auf. Sein linkes Auge war braun und blutunterlaufen, das rechte hingegen blind und vollkommen weiß. »Nur einen Becher, Meister Tryg ...« – seine Stimme war jammervoll –, »... mehr brauche ich gar nicht.«

Die linke Hand an Alos' Kragen, die rechte im durchweichten Stoff seiner Hose, zog Tryg den Alten auf die Zehenspitzen hoch und beförderte ihn zur Tür, wo Yngli wartete. Doch Ynglis Augen weiteten sich plötzlich. Er stieß ein heiseres Keuchen aus und wich zögernd zurück, den Blick auf eine Stelle hinter Alos und Tryg gerichtet.

»Pass auf, Tryg«, japste Olar mehr, als dass er es rief.

Gleichzeitig tönte ein »Halt!« aus den Schatten.

Tryg fuhr herum und schnappte unwillkürlich nach Luft. Alos in seinem Griff war praktisch vergessen, denn direkt hinter ihm stand die goldhäutige Frau, die Schwerter in den Händen, deren Klingen in dem wechselhaften Licht gefährlich glänzten. Sie hatte ihren Mantel zurückgelassen, und Tryg konnte zum ersten Mal erkennen, dass sie kein Kleid trug, wie eine *anständige* Dame es tun sollte, sondern stattdessen in braunes Leder gehüllt war – Weste, Hose und Stiefel. Auf die Weste waren gehämmerte Bronzeplättchen genäht, die wie Schuppen übereinander lagen. Darunter trug sie ein Seidenwams in der Farbe von Sahne. Ein braunes Lederstirnband, in das rote Zeichen geritzt waren, sorgte dafür, dass ihr die rabenschwarzen Haare nicht in das Gesicht mit den hohen Wangenknochen fielen. Wie ein Krieger stand sie da, ausbalanciert und sicher, und sie war zum Schlag bereit. *Wie eine dieser jordischen Kriegermaiden ... nur dass sie mit ihren Schlitzaugen und der gelben Haut und allem sicher keine Jordierin ist.*

Bewaffnet und gerüstet sah sie Tryg aus ihren schräg stehenden Augen dunkel und gleichmütig an. »*Kanshu*, meine Gebieterin möchte mit diesem Mann reden«, sagte sie ruhig und mit einem sonderbaren Akzent, während sie mit einem Kopfnicken auf Alos deutete. Der alte Mann grinste sie an und zeigte dabei ebenso viele Zahnlücken wie verbliebene gelblich braune Zähne.

Tryg warf einen Blick auf die Dylvana in der Ecke und wandte sich dann wieder an die Kriegerin. »Gute Frau, er ist doch nur ein bettelnder Trunkenbold, der nichts Gutes mit sich bringt.«

Die Schwerter bewegten sich ein wenig und funkelten dabei bedrohlich.

Endlich ließ Tryg von Alos ab. »Aber das geht auf Eure Kappe«, murmelte er leise, während er vor der Frau zurückwich. »Sagt nicht, ich hätte Euch nicht gewarnt.«

Betont würdevoll richtete Alos sich kerzengerade auf, packte die Aufschläge seines nassen Mantels, zog das Kleidungsstück gerade und reckte dabei seinen schmutzverkrusteten, mageren Hals. Dann richtete er sein weißes Auge auf seine Retterin, schüttelte den Kopf und grinste. »Zuerst genehmigen wir uns was zu trinken, aye?«

Die Frau mit den Schwertern beäugte ihn einen Moment ungerührt. Dann änderte sie mit einer raschen Drehung ihrer Hände den Griff um den Knauf ihrer Waffen und schob sie mit einer flüssiger Bewegung in die Scheiden zurück, machte auf dem Absatz kehrt und ging zu den Schatten, wo die Dylvana wartete. Der alte Mann leckte sich erwartungsvoll die Lippen, als er ihr tropfend folgte.

2. Kapitel

Noch bevor Tryg den Tisch wieder verlassen konnte, hatte der durchnässte alte Mann sein Ale heruntergestürzt und fuhr mit einem schmierige Finger den Rand des Bechers entlang, um den verbliebenen Schaum aufzuwischen und dann seinen Finger sauber zu lecken. Er sah zuerst Tryg und dann die beiden Damen erwartungsvoll an und grinste, während sein Kopf eifrig hin und her schwankte.

Die schwarzhaarige Kriegerin betrachtete ihn lediglich gleichmütig. Die Dylvana seufzte und schaute in das blinde Auge des alten Mannes, als wäge sie ihre Möglichkeiten ab.

Tryg wandte sich mit fragend hochgezogener Augenbraue an die Dylvana. Sie war ebenfalls wie ein Mann gekleidet und trug ein langärmliges, hellgrünes Seidenwams und eine ockerfarbene Hose, dazu braune Stiefel. Ihre kastanienfarbenen Haare wurden von einem grünen Seidenband gebändigt. Er schätzte, dass sie sieben oder acht Fingerbreit kleiner war als die safranhäutige Frau – also vielleicht nicht größer als vier Fuß sechs oder sieben –, obwohl das schwer zu sagen war, solange sie saß. Soweit er sehen konnte, war sie im Gegensatz zu ihrer Begleiterin unbewaffnet. Er räusperte sich. »Edle Dame?«

Sie musterte ihn mit ihren braunen Mandelaugen und nickte. Tryg nahm den leeren Krug und ging zum Tresen. Die ganze Aufmerksamkeit des alten Mannes gehörte jetzt seinem Rücken.

»Der Tavernenwirt scheint zur anständigen Sorte zu gehören, Aiko«, sagte die Dylvana. »Ich glaube, er hätte unseren Gast auch losgelassen, wenn Ihr ihm Eure Schwerter nicht gezeigt hättet.«

Aikos wachsame Augen folgten Tryg ebenfalls. »Ein Schwert in der Hand sagt mehr als viele Worte, Dara.«

Die Dylvana lächelte, dann wandte sie sich an Alos, aber der Alte war völlig in die Beobachtung Trygs versunken, der seinen Becher nachfüllte. Die Dylvana seufzte erneut, sagte jedoch nichts, sondern musterte vielmehr das Gesicht des alten Mannes, wobei ihr Blick immer wieder zu seinem blinden Auge zurückkehrte.

Nach kurzer Zeit kam der Tavernenwirt wieder zum Tisch zurück, und Alos streckte beide leberfleckigen Hände aus, um den Becher begierig entgegenzunehmen. Wiederum leerte er ihn rasch und wischte den Restschaum auf, um ihn abzulecken. Er sah die Dylvana erwartungsvoll an und lächelte wieder, aber seine Miene verdüsterte sich rasch, als sie den Kopf schüttelte, Tryg mit einer Handbewegung entließ und sagte: »Zuerst reden wir, dann trinken wir vielleicht noch mehr Ale.«

»Aber mein Täubchen, ich könnte viel besser reden, wenn ...«

Aikos Hand zuckte flink wie eine Viper über den Tisch und schloss sich um das noch immer feuchte Handgelenk des Alten. »*Kojiki,* du wirst sie mit ›edle Dame‹ oder ›Dara‹ anreden«, zischte sie. Wie um ihre Worte zu unterstreichen, zuckte ein Blitz über den Nachthimmel, und ein greller Schein drang für einen Moment durch das Fenster, sodass die Umrisse von Aikos Gesicht deutlich hervortraten.

Der alte Mann wimmerte laut und versuchte sich zu befreien, doch ohne Erfolg.

»Aiko«, erklangen die leisen Worte der Dylvana. »Lasst ihn.«

Aiko stieß Alos grob von sich, und der alte Mann schob seinen Ärmel zurück, rieb sich sein Handgelenk und hielt nach Schaden Ausschau, ohne welchen zu finden.

»Dieser unreine *Yodakari* kann es nicht sein«, sagte Aiko zu der Elfe.

Die Dylvana schüttelte den Kopf. »Aiko, das wissen wir nicht.«

Einen Moment später sah Aiko weg, und der Blick ihrer dunklen Augen war wieder gleichmütig.

Die Dylvana griff über den Tisch, um Alos' Hand zu tätscheln, aber der alte Mann zog sie so rasch zurück, als ob sich ein giftiger Skorpion nähere. Sie brach die Geste ab und nahm stattdessen ihren Weinbecher, um in dessen Tiefen zu starren, als suche sie etwas darin. Schließlich stellte sie den Becher wieder auf den Tisch und sagte: »Ich werde Arin genannt, und meine Gefährtin heißt Aiko. Wir sind weit gereist, um nach Mørkfjord zu gelangen ... vielleicht, um Euch zu sprechen.«

Alos nickte, aber sein gesundes Auge war auf ihren fast vollen Weinbecher gerichtet, den sie geistesabwesend in ihrer Hand drehte.

»Sagt mir, Alos, seid Ihr die einzige einäugige Person in diesem Weiler?«

Für den Moment verblüfft, sah er sie an, und sein weißes Auge schien zu funkeln. Dann grinste er und sagte: »Soviel ich weiß, Täu... äh ... edle Arin.«

Bei dieser Antwort warf Arin einen kurzen Blick auf Aiko, doch die Kriegerin schüttelte lediglich den Kopf und sagte nichts. Arin widmete sich erneut Alos, der wieder ihren Weinbecher fixierte. Arin deckte den Becher mit der Hand ab, und ein Ausdruck resignierter Enttäuschung legte sich auf Alos' Gesicht, während er seufzend ausatmete und sie ansah.

Arin lehnte sich zurück, weg von dem Alten. *Er riecht wie ein nasser Ziegenbock, und sein Atem würde ein Pferd umwerfen. Er ist über und über dreckverschmiert und hat mindestens seit einem Jahr oder noch länger weder Wasser noch Seife gesehen. Trotzdem könnte er derjenige sein, denn es scheint keine andere Möglichkeit zu geben, jedenfalls nicht in diesem Dorf.*

»Wisst Ihr noch von einer anderen einäugigen Person, die hier in der Nähe lebt? Vielleicht in einem anderen Ort?«

Er schüttelte den Kopf und murmelte: »Ich weiß von keiner, edle Arin.«

»Euer blindes Auge, Alos, ist von Narbengewebe umgeben, wie bei einer alten Verbrennung. Wenn es Euch nichts ausmacht, darüber zu reden, dann erzählt mir doch bitte, wie es zu der Blindheit gekommen ist.«

Alos zuckte zusammen, schaute zu Boden und bedeckte sein weißes Auge mit der rechten Hand. »Ich nehme an, Ihr sucht einen Einäugigen, edle Arin, richtig?« Er ließ die Hand auf den Tisch sinken und starrte sie mit seinem weißen Auge an. »Wenn er eine Belohnung bekommen soll, bin ich Euer Mann. Wenn er eine bringen soll, bin ich es allerdings nicht.«

Arin lächelte. »Euer Akzent, Alos. Für meine Ohren klingt er nicht fjordländisch.«

»Ich bin eigentlich Tholier von Geburt. Von der Langen Küste.« Der Blick des alten Mannes wanderte von seinem leeren Becher zu Tryg. Dann fragte er flehentlich: »Gute Frau, könnten wir nicht noch einen Schluck trinken?«

Seine Augen weiteten sich, als Arin ihm ihren Becher zuschob, denn er bekam nur selten Wein zu trinken. Er hielt sich den beinah vollen Becher unter die Nase und genoss das Aroma. Vielleicht war dies ein Becher von Trygs Bestem, wo sie doch eine Dame war und eine Elfe noch dazu? Er trank den Wein in zwei Schlucken, und seine Wärme erfüllte seinen Magen und breitete sich von dort aus. Er schmatzte mit den Lippen und ließ seinen abgeleckten Finger auf dem Grund des Bechers kreisen, um nach dem einen oder anderen übrig gebliebenen Tropfen zu suchen.

Aiko starrte den verdreckten alten Mann gleichmütig mit ihren funkelnden dunklen Augen an, während er seinen Finger in den Mund schob, unter dessen gespaltenem Nagel noch eine Menge Schmutz vergraben war.

»Ah. Von der Langen Küste Thols«, sagte Arin. »Ja. Jetzt erkenne ich Euren Akzent. Doch wie kommt es, dass Ihr nun hier in Mørkfjord lebt?«

Alos atmete langsam aus und rülpste dann geräuschvoll. Ein angewiderter Ausdruck trat auf Aikos Gesicht, und sie rümpfte die Nase, schaute Arin an und hob eine Augenbraue, doch die Dylvana schüttelte lediglich den Kopf.

»Mein Schiff ... äh ... es ist gekentert«, erwiderte Alos. »Ja ... gekentert.«

Arin wartete darauf, dass er fortfuhr und die Umstände näher erklärte, doch er sagte nichts mehr.

Ein Blitz flammte auf, fast sofort gefolgt von lautem Donner, während Alos suchend in den Weinbecher starrte. Dann schob er den leeren Becher beiseite und richtete den Blick auf seinen Alekrug. Sein verbliebenes Auge weitete sich, und er setzte den Krug an, um noch einen Tropfen des Gebräus mit der Zunge aufzufangen, während der Regen auf das Tavernendach prasselte. Er schmatzte und rülpste wieder laut, und eine Blase aus schaumigem Speichel tauchte in einem Mundwinkel auf, die er rasch wieder einsog.

Aiko sah angewidert weg, doch Arin holte tief Luft und beugte sich vor. »Alos, es ist kein Zufall, dass wir hier bei Euch sind.«

»Hier? Im Schlupfwinkel? Bei mir?« Alos' gutes Auge verengte sich. »Woher wusstet Ihr, dass ich hier sein würde?«

Arin zuckte die Achseln. »Wir haben herumgefragt. Man sagte uns, Ihr würdet wahrscheinlich einen Zug durch die Tavernen machen, und es gibt nur drei in Mørkfjord. Diese hier ist Eurer ... Schlafstätte am nächsten.«

Mit den Fingern kämmte Alos die langen, nassen Strähnen weißer Haare rings um seinen Kopf und glättete seinen struppigen Bart. Er zupfte an den Aufschlägen seines durchweichten Mantels. Dann schaute er Arin an. »Dann seid Ihr also gekommen, um mit mir persönlich zu reden.«

Arin nickte. »Vielleicht.« Sie sah Aiko kurz an und wandte sich dann wieder an Alos. »Wir sind in einer Mission unterwegs, und es scheint so, als hättet Ihr damit zu tun.«

Aiko seufzte.

Das wässrige braune Auge des Alten weitete sich, und er sah sich nach Tryg um. Dann lächelte er sein lückenhaftes Grinsen und sagte zu Arin: »Eine Mission, sagt Ihr? Und ich habe damit zu tun? Nun denn, lasst uns mehr Wein trinken – oder vielleicht sogar Branntwein, was? –, während Ihr mir von dieser Mission erzählt, aye? Es muss gar nicht der beste Branntwein sein oder der beste Wein. Eigentlich könnte es auch Ale sein, wenn ich ...«

Durch den Gewitterlärm waren plötzlich Stimmen zu hören, und der Pier erbebte wie unter einem Schlag. Tryg trat hinter seinem Tresen hervor und ging zur Tür, aber Olar und Yngli waren vor ihm dort.

»Es ist ein Schiff«, rief Yngli, der nach draußen in den Regen lugte. »Es macht gerade fest.«

»Wer ist es?«, fragte Tryg.

»Schiffslaterne hin oder her, ich kann es nicht sagen«, erwiderte Yngli. »Ist zu dunkel in diesem verwünschten Regen.«

»Ein paar Leute kommen vom Schiff hierher«, sagte Olar. »Sie tragen irgendwas oder irgendwen auf einer Bahre.«

»Tretet zurück und passt auf«, befahl Tryg, »wenn sie in den Schlupfwinkel kommen.«

Aiko war bereits auf den Beinen und hatte ihre Schwerter gezückt. Arin hatte sich ebenfalls erhoben, obwohl ihre Hände leer waren. Hinter ihnen schlich Alos davon und verkroch sich in einer dunklen Ecke unter einem Tisch.

Durch die Tür trat ein großer, stämmiger Mann mit einer Laterne in den Händen. Er trug einen Helm und einen schweren Mantel und darunter eine Lederhose und Halbstiefel. Ihm folgten zwei weitere Männer, die einen bewusstlosen vierten Mann trugen.

»Orri!«, rief Yngli. »Ihr seid wieder zurück!«

»Jemand soll den Heiler holen!«, rief der stämmige Mann, während er die Laterne abstellte und die Krüge vom Tresen fegte. »Legt ihn hierher«, befahl er seinen Begleitern. Als sie ihre Last auf den Tresen hievten, fiel der Blick des stämmigen Mannes auf Yngli. »Du, Yngli. Lauf und hol Thar. Diese verdammten Jüten! Der Bruder des Herzogs hat Egil einen Schwerthieb verpasst, und die Wunde hat sich entzündet.«

»Sofort, Orri!« Yngli stürzte den Rest seines Ales herunter, schnappte sich dann seinen Mantel und Orris Laterne und verließ die Taverne im Laufschritt.

Als das gerade angekommene Drachenschiff vertäut war, kamen mehr Männer in den Schlupfwinkel. Einige trugen Verbände, aber den meisten setzte lediglich das Unwetter zu. Orri sah sich um, als der Schankraum langsam voller wurde, dann warf er eine Hand voll Silbermünzen auf den Tresen und rief dem Wirt zu: »Diese Männer haben gekämpft wie wilde Wölfe, Tryg, und davon haben sie großen Durst bekommen. Also mach deine Zapfhähne ganz weit auf, und lass das Ale in Strömen fließen!«

Freudiges Gejohle ertönte, und die Männer eilten zum Tresen. »Aber was ist mit Egil?«, rief Tryg, der brüllen musste, um überhaupt gehört zu werden.

»Bis Thar kommt, können wir nichts für ihn tun«, übertönte Orri den Lärm. »Außerdem, Fieber hin oder her, sollte Egil aufwachen, wird er selbst ein Ale wollen.«

Während die Männer nach vorn drängten, um sich einen der Krüge zu sichern, die über Egils reglos daliegende Gestalt gereicht wurden, wand Olar sich durch die Menge, um sich selbst ein Ale zu holen. Als er hinter Orri stand, reckte er den Hals und schaute dem Kaperfahrer über die Schulter, um einen Blick auf den Verwundeten zu werfen. »Adons Tochter Elwydd«, platzte es aus Olar heraus. »Egil hat ein Auge verloren!«

Bei diesen Worten holte Aiko, die unbemerkt im Schatten an der Wand stand, tief Luft und warf einen Blick auf Arin, die gerade vortreten wollte.

3. Kapitel

»Heda! Was ist denn los ...?« Die Männer am Rand der lärmenden Menge drehten sich um und sahen ...

»Macht Platz für die Dara.«

... eine kleine goldhäutige Frau in einem bronzenen Schuppenpanzer, die sich durch die Reihen drängte, um Platz zu machen für ...

»Beim großen Schnappfisch, eine Elfe! Oder zwei?«

... die noch kleinere Frau, die ihr folgte.

Die hoch gewachsenen Krieger traten beiseite, denn hier waren zwei höchst erstaunliche Wesen: eine schwarzhaarige, bewaffnete und gerüstete Frau mit safranfarbener Haut und schwarzen Schlitzaugen ...

»Adons Schaum, sie ist ja gelb!«

»Sie reicht mir nicht mal bis zum Kinn!«

»Aber die hinter ihr ...«

... und eine weißhäutige Elfe mit braunen Mandelaugen ...

»... meine Güte, sie kann mir nicht höher als bis zur Brust reichen.«

... und beide Frauen waren wie Männer gekleidet, als seien sie weit gereist.

Stille, welche nur vom Prasseln des Regens auf dem Dach und durch gelegentliche Donnerschläge gestört wurde, legte sich über die Kaperfahrer, als sie sich teilten, um ein Spalier für die exotischen Fremden zu bilden. Aikos Hände ruhten auf dem Knauf ihrer Schwerter, und ihre dunklen Augen musterten die Krieger, als sie Arin zu dem bewusstlosen Mann auf dem Tresen führte.

Mit weit aufgerissenen Augen trat Orri beiseite. Aiko hielt sich zurück, während Arin vor die Holzplanke trat und den dort liegenden Mann betrachtete. Er war schlank, hatte dunkelblondes Haar und war vielleicht Anfang dreißig. Seine Haut war vom Fieber gerötet. Während sich die anderen Piraten um sie drängten, legte Arin dem Mann eine Hand auf die Stirn und keuchte dann: »*Vada!*« Sie drehte sich um und machte Anstalten, auf die andere Seite zu gehen. Einige Männer standen ihr im Weg.

»Aus dem Weg, Svan, Bili!«, bellte Orri. »Seht ihr denn nicht, dass sie vorbei muss?«

Svan machte einen Schritt zurück und stolperte gegen Bili, der genau hinter ihm stand. Beide verschütteten einen Teil ihres Ales und wären beinah gefallen. Halb ineinander verkeilt, gelang es ihnen, beiseite zu treten, um Arin vorbei zu lassen.

Mit düsterem Blick sah Aiko Orri an. Die Kriegerin wirkte plötzlich viel größer als ihre fünf Fuß und zwei Fingerbreit. »Kapitän?«

Orri nickte.

»Lasst Eure Krieger zurücktreten, Kapitän. Die Dara wird sich um Euren verwundeten Kameraden kümmern ... wenn es noch nicht zu spät ist.«

Orri befahl seinen Männern gerade lautstark, Platz zu machen, als die Tür aufflog und Yngli mit einem weißhaarigen Mann im Schlepptau hereinkam, der einen Lederrucksack trug.

»Hier kommt Thar!«, rief Yngli, wobei er die Tür hastig schloss, um Wind und Regen wieder auszusperren. »Er kann Egil behandeln.«

Ynglis Worte wurden mit Jubelrufen begrüßt, während der

weißhaarige Mann seinen Rucksack absetzte und seinen nassen Mantel auszog.

Arin, die jetzt auf der anderen Seite des Tresens stand, achtete nicht auf den Tumult, sondern untersuchte vielmehr Egils Gesicht. Eine feuerrote Schramme zog sich von der Stirn zur Wange herunter, und sein linkes Auge war unrettbar zerschnitten. Arin schaute zu Orri. »Warum habt ihr ihn nicht verbunden?«

Orri breitete die Hände aus. »Er hat sich den Verband in seinen Albträumen abgerissen, edle Dame. Im Fieber.«

»Hattet Ihr keinen Heiler bei Euch?«

»Wir versorgen unsere Wunden selbst, edle Dame, wie wir auch ihn versorgt haben«, sagte Orri ärgerlich. »Aber wir waren den größten Teil des Rückwegs zu beschäftigt damit, uns des Herzogs von Rache und seiner Männer zu erwehren, bis es uns schließlich gelang, ihre Segel in Brand zu setzen. Wir haben sie dann im Dunkeln abgeschüttelt, und ich wette, sie haben genug geflucht, als sie merkten, dass wir ihnen entkommen sind. Dabei wurde jeder gesunde Mann gebraucht, und keiner konnte sich um Egil und seine Wunde kümmern. Außerdem hat er auch gegen die Jüten gekämpft, obwohl er verwundet war und Fieber hatte und nur mit einem Auge sehen konnte. Als der Kampf zu Ende war, haben wir uns um ihn gekümmert – wir haben seine Wunden mit Salzwasser ausgewaschen, damit sie sich nicht entzünden, und ihm Verbände angelegt. Aber Egil hatte schlimme Träume, edle Dame, vielleicht haben sie das Fieber noch schlimmer gemacht, und er hat sich den Verband immer wieder abgerissen. Am Ende haben wir ihn dann einfach in Ruhe gelassen.«

Während Arin sich Orris Erklärungen anhörte, trat Thar neben den Verwundeten. Die Augen des alten Heilers weiteten sich ein wenig beim Anblick der Dylvana und ihrer gerüsteten Gefährtin, aber dann schüttelte er den Kopf, als wolle er ihn von allen seltsamen Eindrücken befreien, und begann mit der Untersuchung Egils.

Arin sprach Thar an. »Das, was noch von dem Auge übrig ist, muss heraus.«

Thar nickte. »Seid Ihr eine Heilerin, edle Dame?«

»Ich habe gewisse Fähigkeiten auf diesem Gebiet«, erwiderte Arin. »Aber ich habe weder Kräuter noch Heilpflanzen zur Hand und auch keine Instrumente.«

»Ich habe meine dabei«, sagte Thar und deutete mit einer Geste auf seinen Lederrucksack. »Aber er soll ruhig Euer Patient sein, edle Dame. Sagt mir nur, was Ihr braucht.«

Arin nahm das Angebot mit einem Kopfnicken an, dann wandte sie sich an Tryg, den Wirt, der die Krüge füllte. »Habt Ihr eine Kiste, auf der ich stehen kann?«

Tryg bedeutete Olar, den Ausschank des Ales zu übernehmen, dann maß er die zierliche Dylvana mit geübtem Blick. Er verschwand im Vorratsraum und tauchte einen Moment später mit einer breiten Holzkiste wieder auf, die er auf den Boden stellte. Die Dara lächelte, als sie auf die Kiste stieg, und sagte dann: »Ich werde ein Messer brauchen, rot glühend vor Hitze. Zwei, wenn das möglich ist. Und eine Flasche Eures stärksten Branntweins.«

Tryg griff unter den Tresen, holte eine Flasche hervor, stellte sie neben ihr ab und sagte: »Das ist der beste, den ich habe.« Dann nahm er zwei Messer und ging mit ihnen zu dem kleinen Holzkohlenbrenner, auf dem er sonst Glühwein machte.

Arin entkorkte den Branntwein und roch daran. Sichtlich zufrieden, goss sie etwas davon auf ihre Handflächen, wusch sich damit die Hände und wandte sich an Thar. »Habt Ihr eine kleine Drahtzange? Eine Nadel und Zwirn, um die Schwertwunde zu nähen? Und sauberes Tuch für Verbände?«

Thar durchsuchte seinen Rucksack und fand darin eine gekrümmte Bronzenadel, dünnen Faden und eine Pinzette aus zurechtgebogenem Draht. Außerdem holte er eine Rolle Musselin heraus.

Unter dem Tresen fand Arin eine Kerze mit Halter und entzündete den Docht. Sie fuhr einige Male mit der Bronzenadel durch die Flamme.

»Ah«, murmelte Thar, der aufmerksam verfolgte, was sie tat. »Ihr verbrennt die schlechten Dämpfe, aye?«

Arin nickte. »Ich brauche ein Stück sauberen Stoff, damit ich die Gerätschaften darauf legen kann.«

Thar nahm das Musselin, riss ein Stück ab und breitete es aus. Arin legte die im Feuer gereinigte Nadel und den Faden auf den Stoff, dann nahm sie die Pinzette und reinigte sie ebenfalls in der Kerzenflamme. »Was machen die Messer?«, rief sie Tryg zu.

Der Wirt schaute ins Feuer und hob dann eine Hand mit der Innenseite nach außen. »Sind bald so weit.«

»Wir werden ihm auch die Egel ansetzen müssen«, sagte Thar.

»Die Egel?«

»Um ihn zur Ader zu lassen und das Fieber auszubluten, edle Dame.«

Arin schüttelte den Kopf. »Nein, Heiler. Egel würden ihn nur schwächen, und das zu einem Zeitpunkt, wo er alle seine Kräfte am dringendsten braucht.«

»Aber einen Fiebernden muss man immer zur Ader lassen«, protestierte Thar.

Arin fixierte ihn mit einem Auge. »Kuriert Ihr dadurch die Kranken oft?«

»Gut die Hälfte von ihnen«, erwiderte Thar mit einem gewissen Stolz.

»Dann bedeutet das auch, dass Ihr die andere Hälfte verliert, oder?«

»Wir verlieren einen Teil, aye, aber damit muss man rechnen.«

»Nein, Heiler. Durch den Blutverlust wird der Kranke weiter geschwächt. Ihr solltet das Blut vielmehr stärken und nicht vergeuden.«

»Stärken?«

»Genau.«

»Wie?«

»Sie werden langsam rot glühend!«, rief Tryg.

»Wie?«, wiederholte Thar seine Frage.

»Ihr habt die Mittel dazu ganz in der Nähe«, sagte Arin und winkte Aiko zu sich.

»Dara?«

»Reitet rasch zum Hochmoor und sammelt eine Hand voll der blauen Blumen, die wir am Fuß des Gletschers gesehen haben. Sammelt außerdem etwas sauberen Schnee, packt die Blumen hinein und kehrt so schnell wie möglich zurück.«

Aiko schaute nach links und rechts, dann beugte sie sich vor und zischte: »Dara, ich will Euch nicht allein lassen mit diesen *Iyashii*-Männern.«

Die Dylvana machte ein entschlossenes Gesicht. »Reitet los, Aiko. Mir wird nichts geschehen, und dieser Mann braucht Hilfe, sonst wird er sterben, und er ist vielleicht derjenige, den wir suchen.«

Yngli nahm Orris Laterne und trat neben Aiko. »Ich besitze zwar kein Pferd, werde aber mit Euch reiten, das heißt, mit auf Eurem Pferd, wenn Ihr mich mitnehmen wollt. Ich weiß eine Abkürzung zum Moor und kann Euch leuchten.«

Aiko sah erst Yngli an und dann Arin. Als die Dylvana nickte, ging Aiko zu ihrem Tisch zurück und zog ihren Mantel an. Dann bedeutete sie Yngli, ihr zu folgen.

Als die beiden den Raum verlassen hatten, wandte Thar sich an Arin und hob fragend eine Augenbraue.

Arin legte die im Feuer gereinigte Pinzette neben die Bronzenadel, dann befeuchtete sie die Finger und löschte die Kerze. »Als wir nach Mørkfjord geritten sind, haben wir im

Hochmoor am Fuß des Gletschers kleine blaue Blumen gesehen.«

»Blaue Blumen? ... Ah, Gedenkemein.«

»Gedenkemein in Eurer Sprache, *arél* in meiner. Doch egal, wie man sie nennt, ein Tee aus ihren frischen Blüten ist ein starkes Mittel gegen Fieber.«

»Die Messer sind kirschrot, edle Dame«, warf Tryg ein.

Arin atmete tief ein, während sie Egil ansah. »Habt Ihr einen Schlaftrunk, Thar?«

Der Mann schüttelte den Kopf. »Nein, meine Dame. Egil wird es wohl einfach ertragen müssen.«

Arin seufzte und wandte sich dann an Orri. »Ich werde sechs Eurer stärksten Männer brauchen.«

»Sechs?«

»Einen für jedes Glied und zwei, die seinen Kopf festhalten, Orri«, sagte Thar. »Wir können nicht zulassen, dass er herumzappelt, wenn sie ihn mit einer glühenden Klinge schneidet.«

»Aye.« Orri gab fünf Männern ein Zeichen und trat dann selbst an den Tresen.

»Noch einen Augenblick, Kapitän«, sagte Arin. Dann nahm sie die Flasche und wusch sich noch einmal mit Branntwein die Hände, während sie Thar und Tryg bedeutete, es ihr nachzutun. Schließlich wandte sie sich an Orri. »Jetzt haltet ihn fest, Kapitän.«

»Arme und Beine, Männer, und haltet gut fest. Er wird sich gewaltig wehren. Bili, hilf mir hier oben.«

Die Männer packten Egils Glieder, und Orri und Bili stellten sich einander gegenüber und fixierten seinen Kopf an Kiefer und Schläfen.

Arin wandte sich an Thar. »Seid Ihr bereit?«

Als der Heiler nickte, streckte Arin eine Hand nach Tryg aus, und der Wirt fasste das Messer mit einem sauberen Stück Tuch am Griff und reichte es der Dylvana. Die Klinge glühte leuchtend rot.

Arins Hand schloss sich um den mit Stoff umwickelten Griff, nahm die Pinzette und sagte: »Zieht ihm die Augenlider hoch, Heiler, und Ihr anderen haltet ihn gut fest.«

Im Stall zog Aiko im Licht der Laterne den Sattelgurt fest. Sie zog sich die Kapuze ihres Mantels über den Kopf und führte, gefolgt von Yngli, das Pferd nach draußen, wo es immer noch wolkenbruchartig regnete und beständig Blitze über die am Himmel wogenden Wolken zuckten. Sie stieg auf, dann reichte sie Yngli einen Arm und machte einen Steigbügel für ihn frei. Er schwang sich hinter ihr in den Sattel. Plötzlich hörten sie Schreie, die zwar durch das Unwetter und die Entfernung gedämpft wurden, aber immer noch markerschütternd klangen. Yngli schauderte und schaute weit bergab auf das Licht, das aus den Fenstern des Schlupfwinkels fiel. Dann gab Aiko ihrem Pferd die Sporen, und sie ritten in die schwarze Nacht.

4. Kapitel

Nachdem sie die Blumen gepflückt hatten, kehrten Aiko und Yngli so schnell wie möglich wieder nach Mørkfjord zurück, wobei Yngli einen Lederbeutel trug, in dem sich der Schnee und die frisch gepflückten Blumen mit den blauen Blüten befanden. Als sie durchnässt und mit Schlamm bespritzt zum Hafen gingen, fiel der Regen nur noch spärlich. Das Unwetter war nach Osten gewandert, und der Himmel wurde nur noch ab und zu vom Widerschein entfernter Blitze erhellt. Yngli öffnete die Tür des Schlupfwinkels und folgte Aiko hinein. Der kleine Mann hielt den Beutel in die Höhe und verkündete allen Anwesenden: »Hoy, wir sind wieder da und haben einen hübschen Strauß Blumen mitgebracht.« Diese Erklärung wurde mit lauten Rufen begrüßt, während Yngli und seine Begleiterin ihre tropfenden Mäntel ablegten.

»Ah, gut gemacht, Aiko. Gut gemacht, Yngli«, sagte Arin, die gerade Egils Schwertwunde nähte und bei diesen Worten von ihrer Arbeit aufsah. Sie hatte die Wunde wieder aufschneiden müssen, damit die Ränder ordentlich zusammenwachsen konnten, und ihre Finger und Hände waren mit frischem Blut beschmiert. »Thar, trennt die Blumen und den Schnee. Tryg, hängt einen Kessel über die Holzkohle. Wir benutzen das reine Schmelzwasser, um den Tee zu kochen.«

Yngli trat an den Tresen und reichte Thar den Beutel, während Arin weiternähte. Dann schlug er sich auf die Brust, zeigte auf Aiko und sagte: »Hoy, Tryg, gib uns beiden einen Branntwein. Wir sind nass bis auf die Knochen, und es ist eiskalt.«

Tryg grunzte Alar etwas zu, und der Fischer holte eine Flasche und zwei Becher, die er fast bis zum Rand füllte.

Yngli nahm die beiden Becher, reichte einen Aiko und trank dann einen Schluck aus dem anderen. »*Ack!*«, keuchte er und bekam beinahe augenblicklich einen Hustenanfall. Bili schlug ihm wiederholt auf den Rücken, bis er wieder Luft bekam und seine Stimme wiedergefunden hatte. Mit Tränen in den Augen sah er sich im Schlupfwinkel um und verkündete schließlich: »*Puh!* Guter Stoff.«

Als das Gelächter verklungen war, warf Yngli einen Blick auf Egil und fragte Orri dann: »Wie war es, Kapitän? Mit Egil, meine ich.«

Orri schüttelte den Kopf, und Yngli sah erst jetzt, dass der Pirat eine blutige Nase hatte. »Beim großen Schnappfisch, er ist aufgewacht, als sie« – Orri deutete mit einem Kopfnicken auf Arin –»ihn mit dem glühenden Messer bearbeitet hat. Hat sich wie toll aufgeführt. Elf Mann waren nötig, nur um ihn unten zu halten. Er hat mir die Nase gebrochen, glaube ich. Dann hat sie Egil mit einem Lied beruhigt und mit Branntwein betrunken gemacht, bis er eingeschlafen ist. Adons Blut, Yngli, sieh ihn dir an: Er ist zufrieden wie eine Muschel, so voll ist er. Oder er wäre es jedenfalls, wenn er wach wäre.«

»Ich glaube nicht«, sagte Thar kopfschüttelnd. »Wäre er wach, hätte er trotz des Branntweins starke Schmerzen.«

Arin setzte den letzten Stich, verknotete den Faden und schnitt das Ende ab. »Es ist vollbracht. Thar, würdet Ihr die Wunden dieses Mannes verbinden?«

Thar nahm das Musselin und machte sich an die Arbeit. Dabei begutachtete er das Werk. »Besser kann man eine Wunde nicht vernähen, edle Dame – fest, eng, kleine Stiche –, ich selbst hätte es lange nicht so gut gekonnt. Er wird eine Narbe zurückbehalten, aber dank Eurer hervorragenden Arbeit nur eine ganz dünne.« Er wickelte Egil sorgfältig den Verband um Stirn, Auge und Wange, sodass Nase, Mund und das gesunde Auge frei blieben.

»Er wird noch tagelang Schmerzen haben«, sagte Arin, während sie ihre Hände und Arme in der Schüssel wusch, die Tryg gebracht hatte. »Habt Ihr überhaupt keinen Schlaftrunk? Nichts, um die Schmerzen zu lindern?«

Thar zuckte die Achseln und murmelte, »Nichts«.

Arin seufzte. »Dann müssen wir selbst etwas zubereiten, wenn wir die Zutaten finden können.«

»Was braucht Ihr denn?«, fragte Thar, während er die Stoffenden verknotete.

Über der glühenden Holzkohle fing der Teekessel an zu zischen und zu dampfen.

»Gleich, Heiler«, sagte Arin, die sich zum Kessel umsah, während sie sich abtrocknete. »Ich muss den *Arél*tee machen. Über die Tränke reden wir später.«

Die Dylvana wandte sich an Tryg. »Habt Ihr eine Teekanne? Nein? Dann reicht auch ein Tonkrug.«

Thar sah zu, wie Arin die blauen Blüten von den Blumen abzupfte und in einen von Trygs Glühweinkrügen warf. Als sie fand, dass es genug waren, goss sie das mittlerweile kochende Schmelzwasser darauf. Ein süßlicher Duft stieg aus dem Krug auf und erfrischte alle, die dabei standen.

»Aiko, Yngli«, rief sie die beiden zu sich, während sie das Getränk ziehen ließ. »Ihr müsst gleichfalls eine Tasse davon trinken, denn ich will nicht, dass Ihr krank werdet, so durchnässt, wie Ihr wart.«

Als einige Augenblicke verstrichen waren, schöpfte Arin einen Teelöffel voll von der dampfenden Flüssigkeit ab, blies darauf und kostete dann. Mit einem Nicken füllte die Dylvana eine Tasse und bedeutete Aiko, für sich und Yngli ebenfalls eine Tasse abzufüllen. Während Aiko tat, wie ihr geheißen, trat Arin auf die Kiste und stellte sich neben Egil. Sie wartete lange, bis sich der dampfende Tee abgekühlt hatte, wobei sie ab und zu die Temperatur prüfte. Schließlich begann sie damit, Egil die klare Flüssigkeit langsam und behutsam in den Mund zu träufeln, während er instinktiv schluckte. Nach einer Weile ließ sie Thar diese Aufgabe übernehmen.

Arin wandte sich an Orri. »Kapitän.«

»Edle Dame.«

»Die Wunden Eurer Besatzung ...«

»Sind nicht so schlimm wie Egils. Alle Schwerverletzten sind gestorben. Die anderen haben wir größtenteils an Bord zusammengeflickt.«

Thar sah auf und sagte: »Ihr habt genug getan, edle Dame. Ich werde mich um ihre Kratzer kümmern.«

Arin schenkte dem Heiler ein Lächeln und wandte sich wieder an Orri. »Ist Egil verheiratet, verlobt oder versprochen?«

»Ha!« Orri lachte dröhnend. »Nein, meine Dame. Er ist ein freier Mann.«

»Dann, Kapitän, möchte ich darum bitten, dass Eure Männer ihn, wenn er den Tee getrunken hat, zur Schwarzstein-Herberge und in mein Quartier dort bringen, wo ich ihn in den nächsten Tagen pflegen werde.«

Orris Augen weiteten sich, aber er sagte nur: »Aye, edle Dame.«

Arin goss sich selbst eine Tasse *Arél*tee ein und ging dann zu Aiko und Yngli. Während die Dylvana sich einen Stuhl heranzog, sagte sie zu Aiko: »Egil wird zur Schwarzstein-Herberge und in unser Quartier gebracht.«

Aikos dunkle Augen verrieten keine Spur von Zustimmung oder Ablehnung. Vielmehr nahm Aiko Arins Worte lediglich mit einem unmerklichen Kopfnicken zur Kenntnis.

»Wir können es uns nicht leisten, ihn zu verlieren«, fügte die Dylvana hinzu, was Aiko wiederum mit einem Nicken quittierte.

Yngli wandte sich an die schwarzhaarige Kriegerin. »Ich würde Euch ja bitten, zu mir nach Hause zu kommen, aber ich glaube, meine Frau würde mit der Axt auf mich losgehen.«

Aiko musterte ihn ausdruckslos und sagte dann: »Wenn ich ihr nicht mit dem Schwert zuvorkomme.«

Yngli lachte zunächst herzlich, doch dann verstummte er, als er in die Augen der Kriegerin blickte. Er schauderte und schlang sich die Arme um den Leib. »Du meine Güte, ich glaube wahrhaftig, Ihr würdet das tun.« Yngli leerte abrupt seine Tasse *Arél*tee und erhob sich. »Solange Kapitän Orri noch bezahlt, sollte ich mir wohl noch ein Ale besorgen.« Er wandte sich an Arin. »Vielen Dank für den Tee, edle Dame.«

»Ich danke Euch für die Hilfe, Meister Yngli«, erwiderte sie.

Yngli verbeugte sich vor beiden – »Meine Damen« –, machte auf dem Absatz kehrt und rief: »Heda, Tryg, zapf mir einen Krug Ale!«

Eine Weile trank Arin schweigend ihren Tee, dann wandte sie sich an Aiko. Doch bevor sie ein Wort sagen konnte, rief Thar: »Dylvana, Egil hat jetzt seinen Tee getrunken.«

Müde rieb Arin sich die Augen und erhob sich dann. »Kapitän Orri?«

»Bili, Svan, Angar, Rolle ... nehmt Egils Trage und bringt ihn zur Schwarzstein-Herberge in das Quartier der Dylvana.«

»Deckt ihn gut mit Mänteln zu«, fügte Thar hinzu. »Es regnet immer noch.«

Während sie den Bewusstlosen nach draußen trugen, erhob Aiko sich, schlüpfte in ihren noch nassen Mantel und sagte leise: »Dann glaubt Ihr also ebenso wie ich, dass dies der Mann aus Eurer Vision ist?«

Arin nahm ihren eigenen Mantel und wandte sich an die Kriegerin. »Vergesst Ihr etwa Alos?«

Aikos Mundwinkel fielen herab. »Dara, wie könnt Ihr an Alos denken, wenn doch Egil der Richtige ist?«

»Alos hat auch nur ein Auge«, erwiderte die Dylvana, während sie sich umsah. »Und da wir gerade von ihm reden, wo ist er geblieben?«

Sie fanden den mageren alten Mann unter einem Tisch in der Ecke, von leeren Alekrügen umgeben und mit einer leeren Branntweinflasche im Arm, wo er in seinem eigenen Erbrochenen schlief.

Aiko hielt sich angewidert die Nase zu, doch Arin sagte mit einem Seufzer. »Wir müssen ihn auch mitnehmen.«

Aikos Augen weiteten sich, dann sagte sie. »Zum Bootshaus, wo er schläft, oder?«

»Nein, Aiko. In unser Quartier in der Herberge.«

Aiko betrachtete Alos angeekelt. »Aber Dara, er ist widerlich, *fuketsuna,* unrein.«

Arin streifte sich den Mantel über. »Dann werden wir ihn baden müssen.«

»Huah!« Aiko schüttelte den Kopf. »Ihn schrubben, meint Ihr. Und ihm die Zähne mit Bimsstein abreiben, seinen Atem mit Minze erfrischen und auch seine Kleider verbrennen.«

»Das reicht, Aiko«, wies Arin sie zurecht. »Er hat nur ein Auge, und wir müssen herausfinden, ob er derjenige ist, den wir suchen«

»*Jikoku*«, grollte Aiko, doch dann seufzte sie. »Wenn es Euer Wille ist, Dara.«

Damit griff Aiko unter den Tisch und zerrte Alos am Knöchel darunter hervor, wobei Alekrüge schepperten und ihm die Branntweinflasche aus den Armen glitt. Dann hievte sie ihn sich auf die Schultern. Unter den verwunderten Blicken Orris und seiner Kaperfahrer folgte sie Arin durch die Taverne und nach draußen in die feuchte Nacht, während ein dünner Faden aus Speichel und Erbrochenem aus Alos' Mundwinkel rann und eine nasse Spur hinter sich zurückließ.

5. Kapitel

Es war schon weit nach Mitternacht, als Arin in die Flammen starrte und zu ergründen versuchte, welcher einäugige Mann es war, den sie suchte, doch ohne Erfolg. Im Bett hinter ihr schlief Egil, und der Branntwein in seinen Adern sorgte dafür, dass er nicht aufwachte. Aus dem Nebenzimmer drang ein gequältes Heulen, da Aiko den alten Mann schrubbte und den Widerspenstigen dabei von einem Zuber in den anderen zerrte, wenn das Wasser im letzten zu schmutzig geworden war, während der Herbergsjunge hin und her lief und frisches heißes Wasser anschleppte, nachdem er das Schmutzwasser durch die Abflussrinne des Badezimmers nach draußen geschüttet hatte. Vielleicht war es dieses Jaulen, was sie daran hinderte, eine Vision zu empfangen. Arin wusste es nicht, aber sie hielt den Blick weiterhin starr ins Feuer gerichtet.

Während der Herbergsjunge mit den Kleidern des alten Mannes durch das Zimmer ging, um sie im Kamin zu verbrennen, kam Thar mit einem prall gefüllten Ledersack herein. Er hielt kurz inne und runzelte die Stirn, als er den Lärm im Nebenraum hörte, dann huschte ein Schimmer des Begreifens über sein Gesicht. Er ging zur Dylvana, hob die Stimme, um das Geheul zu übertönen, und sagte: »Also, edle Dame, ich habe die Kräuter und Steine und Pulver, um die Ihr gebeten habt, obwohl es gar nicht so leicht war, einiges davon zu beschaffen. Ich musste alle meine Sachen durchforsten. Und für einiges musste ich sogar die alte Maev aufwecken.« Er stellte den Sack auf dem kleinen Tisch neben der Spiegelkommode ab.

Aus dem Nebenzimmer war ein dumpfer Schlag zu vernehmen, und plötzlich verstummte das Geheul.

»Aiko?«, rief Arin.

»Er hat versucht zu fliehen, Dara, ist aber ausgerutscht und hat sich den Kopf gestoßen«, kam die Antwort.

Arin hob skeptisch eine Augenbraue, fragte aber nicht weiter nach. Thar zeigte auf den Ledersack. »Seht kurz durch, was ich mitgebracht habe, und vergewissert Euch, dass alles dabei ist, was Ihr haben wolltet. Ich sehe kurz nach Alos, ob er wirklich verletzt ist oder nicht. Aber bitte, Dylvana, fangt nicht ohne mich an, die Arzneien zu mischen. Ich kann das Wissen über die Zubereitung des Schlaftrunks gut brauchen, um in Zukunft allen helfen zu können, die eines solchen Tranks bedürfen.«

»Einen Schlaftrunk und einen zur Linderung der Schmerzen, Thar. Ich werde Euch beides zeigen.«

Thar neigte den Kopf und ging dann ins Nebenzimmer, während Arin den Inhalt des Sacks auspackte: Harfwurz, Lakaried, Salzstein, Fischöl ...

Der Herbergsjunge kam mit einem frischen Kübel dampfenden Wassers zurück. Augenblicke später stand er neben Arin und trat verlegen von einem Fuß auf den anderen. »Bitte um Verzeihung, edle Dame, aber« – er schluckte – »*sie* will den Kaustab, den B-b-bimsstein und die M-minzeblätter ... äh ... ›sofort‹, hat sie gesagt, ja, das hat sie, edle Dame, Entschuldigung.«

Arin packte den Rest des Beutels aus, fand die gewünschten Gegenstände und gab sie dem Jungen.

Er lief wieder in das andere Zimmer, während Thar zurückkehrte. »Alos ist wach und hat nichts Schlimmeres davongetragen als eine Beule am Kopf, obwohl ich nicht sagen kann, ob er sie sich bei einem Sturz zugezogen hat oder nicht.«

Arin seufzte und warf einen Blick in Richtung des Zimmers, aus dem man Aiko in ihrer Muttersprache murmeln hören konnte. Dann richtete die Dylvana ihre Aufmerksamkeit wieder auf die Gegenstände auf dem Tisch.

»So bereitet man einen Schlaftrunk zu, Thar«, begann Arin.

Aus dem Badezimmer drang das Jaulen von Alos, das sofort in ein gedämpftes Stöhnen überging, als sei ihm etwas in den Mund gerammt worden.

Arin stieß einen resignierten Seufzer aus und nahm dann Mörser und Stößel. »Zuerst müsst Ihr den Salzstein ganz fein zerstoßen, so etwa ...«

Wieder saß Arin vor dem Feuer und starrte angestrengt in die Flammen, doch kein Gesicht wollte sich einstellen. Welchen dieser beiden – den geschrubbten und gescheuerten alten Mann, der auf einer Matte auf dem Boden lag und im Schlaf wimmerte, oder den verbundenen jungen Mann im Bett – ihre Vision gemeint hatte, konnte sie nicht sagen.

In einer Ecke saß Aiko mit dem Rücken zur Wand im Lotussitz auf einer Tatami, einer gewobenen Strohmatte aus dem Heim ihrer Familie in Ryodo, die sie auf allen Reisen begleitet hatte. Ihre Hände ruhten entspannt auf den Oberschenkeln. Ihre Augen waren geschlossen, wenngleich sie nicht schlief, sondern nur in tiefe Meditation versunken war. Sie trug nun eine schwarzseidene Tunika, und man konnte gerade noch die kunstvolle Tätowierung eines roten Tigers zwischen ihren Brüsten erkennen. Ihre Rüstung aus Leder und Bronze lehnte an der Spiegelkommode, aber ihre beiden funkelnden Schwerter lagen vor ihr auf der Matte. Ihre Haare waren noch nass von ihrem eigenen Bad, denn sie hatte sich selbst vom Makel der vielen Schmutzschichten des alten Mannes reinigen müssen.

Ein gequältes Stöhnen brachte Arin auf die Beine. Egil rührte sich und begann gleich darauf zu schreien und um sich zu schlagen, während seine Hände an den Verbänden zerrten. Sie eilte zu ihm und versuchte, ihn festzuhalten, aber trotz seines geschwächten Zustands hatte sie dazu nicht die Kraft. Aiko tauchte auf der anderen Seite des Bettes auf und ergriff einen Arm des Verwundeten. Egils eines Auge war weit aufgerissen, und in ihm stand der Wahnsinn. Er zischte in gedämpftem Zorn, aber betäubt, wie er war, konnte er die beiden nicht überwinden. Plötzlich erschlaffte er, fing an zu weinen und murmelte die Namen von Männern – »Ragnar, Argi, Bram, Klaen ...« –, wobei seine Stimme immer leiser wurde, bis sein Auge sich schloss und er wieder bewusstlos wurde. Arin fühlte seinen Puls. Er schlug kräftig und regelmäßig.

Mit einer stummen Frage in den Augen sah Aiko die Dylvana an. »Orri sagte, er habe schlecht geträumt«, flüsterte Arin.

»Ist es ungefährlich, ihn loszulassen, Dara?«

Arin nickte. »Er ist wieder eingeschlafen.« Sie schaute durch das Fenster. Es war noch Nacht. »Ruht Euch weiter aus, Aiko. Ich werde Wache halten.«

Als das erste Tageslicht durch die Herbergsfenster fiel, stand Arin auf, reckte sich und ging dann zum Bett, um erneut Egils Puls zu fühlen. Dabei schaute sie in sein Gesicht und musste feststellen, dass sein verbliebenes Auge auf sie gerichtet war und sein Blick nun von Vernunft kündete. Der Wahnsinn war von ihm gewichen.

»Bin ich tot, edle Dame? Gestorben und jenseits des Himmels?«

Arin lächelte. »Nein, Egil, Ihr seid noch in Mithgar.«

Egil legte eine Hand an seinen verbundenen Kopf. »Ich hätte es mir denken können. Ich habe viel zu starke Schmerzen, um tot zu sein. Obwohl Ihr wie ein *Angil* ausseht.«

»*Angil?*« Arins Gesicht umwölkte sich einen Moment. Dann lachte sie. »Ah, ich verstehe: wie jemand, der jenseits des Himmels lebt.«

Ein schwaches Lächeln glitt über Egils Züge, dann stöhnte er und richtete seinen Oberkörper auf. »Wo bin ich? Wer seid Ihr? Ich weiß nur noch, dass die verdammten Jüten uns verfolgt haben und Brandpfeile um uns herumschwirrten wie Fliegen um einen Misthaufen.«

Arin begann mit der Zubereitung eines Tranks, indem sie abgestandenes Wasser auf ein weißes Pulver in eine Tasse goss und dann umrührte. »Ihr hattet hohes Fieber.«

Wiederum berührte Egil die Verbände um seinen Kopf, fuhr mit den Fingern die Wange entlang bis unter das Kinn und wieder zurück. »Ich frage mich, ob die Klinge vergiftet war.«

Arin schüttelte den Kopf. »Ich glaube nicht. Schmutzig vielleicht, aber nicht vergiftet. Eure Kameraden haben es richtig gemacht und die Wunde mit Salzwasser behandelt. Das hat zwar allen Schmutz aus der Wunde gespült, aber erst, als schon etwas davon in Euer Blut gelangt war und Ihr unter den Auswirkungen zu leiden hattet. Doch nun seid Ihr auf dem Weg der Besserung, denn Thar und ich haben die Wunden und das Fieber behandelt.«

»Thar? Der Heiler Thar? Dann bin ich in Mørkfjord?« Egil sah sich in dem Raum um.

»Genau. In der Schwarzstein-Herberge.«

Egils Auge weitete sich beim Anblick Aikos, die so reglos wie eine Statue aus Gold dasaß, und des alten Mannes, der auf dem Boden schnarchte und dessen Finger im Traum an der Matte zupften. »Ich frage Euch noch einmal: Wer seid Ihr, und wer sind Eure Begleiter?«

»Ich bin Arin, Dylvana aus Darda Erynian, dem Grünen Haus.«

Zum ersten Mal sah Egil, was sie war. »Eine Elfe«, flüsterte er ehrfürchtig.

Arin neigte den Kopf zu Aiko. »Meine Gefährtin ist Aiko, die in Ryodo geboren wurde und eine ehemalige Kriegerin der Magier des Schwarzen Berges ist. Aber nun steht sie in meinen Diensten.«

Egil erschrak und starrte auf die meditierende Frau. »Kriegerin? Magier? Schwarzer ...?«

»Den alten Mann müsstet Ihr kennen, denn das ist Alos aus Mørkfjord.«

»Alos?« Egil schüttelte langsam den Kopf und zuckte dann bei der Bewegung zusammen. »Ich hätte in ihm niemals den armseligen alten Mann erkannt, der in Norris Bootshaus schläft. Du meine Güte, zur Abwechslung ist er sogar einmal sauber.«

Arin lächelte schwach. »Von Aiko unermüdlich geschrubbt.« Die Dylvana legte den Löffel beiseite und hielt Egil die Tasse hin. »Trinkt das. Es wird Eure Schmerzen lindern.«

»Gut«, seufzte Egil. »Mein Kopf dröhnt, und mein Magen ist in Aufruhr wie nach einer zehntägigen Zechtour. Mein linkes Auge brennt, als sei es in eine Grube der Hèl getaucht worden.«

»Euer Kopf dröhnt so, weil wir Euch mit Branntwein betrunken machen mussten, bevor wir Eure Wunden versorgen konnten. Euer Magen leidet mit darunter.«

Egil lächelte über den Rand seiner Tasse hinweg.

»Eure Stirn und Wange schmerzen von dem Schwerthieb. Die Wunde ist noch nicht verheilt, wenn auch mittlerweile genäht. Ihr werdet sie noch einige Tage spüren. Und sie wird eine Narbe hinterlassen.«

»Eine hübsche Narbe, hoffe ich«, sagte Egil. »Was ist mit meinem Auge?«

Arin antwortete nicht sofort, sondern wartete, bis er seine Tasse ausgetrunken hatte. Dann sagte sie: »Egil, Ihr habt Euer linkes Auge verloren. Es wurde vom Schwert eines Jüten zerstört.«

Egil holte tief Luft, dann reichte er ihr die leere Tasse. »Dann ist es so, wie ich befürchtet habe: Ich bin jetzt Egil Einauge.«

Arin nickte zögernd.

Als unter einem bewölkten Himmel der Morgen graute, fiel Egil wieder in einen unruhigen Schlaf. Arin kehrte auf ihren Platz am Feuer zurück, und einige Zeit verstrich.

Es klopfte an die Tür.

Aiko öffnete die Augen.

Wieder das Klopfen.

Mit ihren Schwertern in der Hand erhob Aiko sich. Sie warf einen Blick auf Arin, die angestrengt in die Flammen starrte und im Augenblick für ihre Umgebung weder Augen noch Ohren hatte. Aiko schlich zur Tür und öffnete sie. Thar stand dort, begleitet von einem Serviermädchen, das ein großes Tablett mit Rührei, Speck, Tee, Röstbrot, Marmelade und Butter trug.

Thar betrachtete die goldhäutige Frau mit dem schwarzen Gewand, aus dessen Ausschnitt ihn ein roter Tiger anfunkelte, und sagte dann: »Würdet Ihr mit mir frühstücken?«

Aiko trat beiseite und bedeutete ihm mit ihrer kürzeren Klinge einzutreten.

Thar ging zum Bett und fühlte Egils Puls, während das Serviermädchen ins Zimmer huschte, das Tablett auf dem Tisch abstellte und diesen dann mit dem Geschirr deckte. Währenddessen warf die junge Frau immer wieder rasche Blicke auf die goldene Kriegerin und ihre funkelnden Schwerter. Als sie fertig war, verabschiedete sie sich mit einem eiligen Knicks und floh aus der Kammer.

Mittlerweile war auch Arin auf den Beinen. Aiko sah sie an, eine Augenbraue hochgezogen. Arin schüttelte den Kopf, *Nein*, und trat gegenüber von Thar auf die andere Seite des Bettes.

»Kräftig und gleichmäßig«, sagte Thar, indem er Egils Hand

wieder auf das Bettlaken sinken ließ. Er legte Egil eine Hand auf die Stirn. »Das Fieber ist zurückgegangen, und er scheint sich gut zu erholen.« Thar sah Arin an. »Aber was ist mit Euch? Ihr seht erschöpft aus. Habt Ihr heute Nacht überhaupt ein Auge zugemacht, meine Liebe?«

Bei dieser vertraulichen Anrede knurrte Aiko tief und kehlig: »*Bureina yabanjin*« und trat vor, doch mit einem weiteren Kopfschütteln hielt Arin sie zurück.

Mitten in ihrem Frühstück erwachte Alos. Der alte Mann schmatzte mit den Lippen und sah sich verschlafen um. Als sein einäugiger Blick auf Aiko fiel, schrie er auf und kroch auf Händen und Knien zur Tür, um vor ihr zu fliehen, nur um laut zu kreischen und mit den Händen seine Blöße zu bedecken, als ihm aufging, dass er nackt war. »Meine Kleider! Jemand hat meine Kleider gestohlen!«, schniefte er. Wenig erfolgreich in seinen Bemühungen um Sittsamkeit, kroch er zur Matte zurück, wo er seine Decke nahm und sie sich um den mageren Leib wickelte, während er den Blick nicht von Aiko wandte, als befürchte er einen Angriff von ihr.

Thar lachte hämisch. Aiko starrte Alos angewidert an. Arin erhob sich lächelnd, und in diesem Augenblick duckte sich der alte Mann und hob abwehrend und wie zum Schutz eine Hand. »Nicht schlagen!«

»Ich habe nicht die Absicht, Euch zu schlagen, Alos, sondern wollte Euch einladen, mit uns zu frühstücken.« Sie deutete auf den gedeckten Tisch.

Vorfreude huschte über sein Gesicht, als er den Hals reckte und auf das Essen auf dem Tisch starrte. »Gibt es ein Morgen-Ale? Nicht?« Er verzog die Mundwinkel, dann hellte sich seine Miene wieder auf. »Wein? Einen herzhaften Frühstückswein vielleicht?«

Aiko schnaubte verächtlich, doch Arin sagte: »Nein, Alos. Weder Ale noch Wein, noch Branntwein, noch andere berauschende Getränke. Aber es gibt reichlich zu essen und Tee zu trinken.«

Alos seufzte und murmelte: »Tee? Nur Tee?«

»Wollt Ihr Euch zu uns gesellen, Freund?«

»Freund?« Alos sah sie überrascht an.

Arin lächelte.

»Nun ja« – Alos rappelte sich auf und wickelte sich noch enger in die Decke –, »vielleicht nehme ich einen Happen zu essen.« Er warf einen furchtsamen Blick auf Aiko und strich sich mit der Hand über den Kopf, wobei er zusammenzuckte, als er die Beule auf seinem Schädel ertastete. »Aber nur, wenn Ihr diesen gelben Dämon fern haltet.«

Aiko fuhr auf – »*Inu!*« – und machte Anstalten, sich zu erheben, während Alos sich duckte und zurückwich, aber auf ein scharfes Wort von Arin beruhigte Aiko sich wieder. Dann richtete die Dylvana den Blick auf den alten Mann und lächelte. Alos, der dies als Zusage auffasste, trat an den Tisch und nahm sich einen Teller, während er beständig leise vor sich hin murmelte: »... hätte mir gerne die Haut abgerieben, jawohl ... und die Zähne herausgebrochen ... – Und noch ganz was anderes abgerissen ...«

Leises Gelächter erklang vom Bett und dann: »Ohh, das Lachen tut weh.« Arin drehte sich um. Egil war wach.

»Wollt Ihr mit uns frühstücken, Egil?«

Egil nickte. »Aye, das will ich. Aber zuerst muss ich mich erleichtern.« Er machte Anstalten, die Beine aus dem Bett zu schwingen.

»Egil, wartet!« Arin eilte zum Bett. »Aiko, helft mir.«

»Adon«, rief Egil, während er sich an der Matratze festhielt. »Das Zimmer dreht sich.«

»Das sind die letzten Auswirkungen des Fiebers«, sagte Arin und legte sich seinen linken Arm um die Schultern. Aiko tat dasselbe mit seinem rechten Arm, und gemeinsam richteten sie ihn auf und führten ihn langsam in das angrenzende

Badezimmer. Blinzelnd schaute er nach rechts und links und auf sie nieder: Egil war mit seinen fünf Fuß und zehn Fingerbreit volle acht Fingerbreit größer als Aiko und vierzehn größer als Arin. Beide Frauen wirkten zu zierlich, um ihn zu tragen, obwohl er mit hundertfünfundvierzig Pfund keineswegs schwer war. Vielmehr war er schlank und sehnig und hatte kräftige Muskeln.

Sie stützten ihn, während er sich an seiner Hose zu schaffen machte. Er sah sie an. »Wollt Ihr daneben stehen und zusehen?«

Aiko seufzte. »Wollt Ihr lieber zusammenbrechen, *orokana ningen*?«

Egil schnaubte und stützte sich mit einer Hand an der Rückwand ab. »Seht Ihr?«

Widerstrebend ließen sie ihn los und wandten sich ab.

Augenblicke später griff er verzweifelt nach ihnen, um nicht einfach umzukippen. Für Schamgefühl war es noch zu früh.

Nach dem Frühstück schlief Egil wieder ein, und Thar erhielt eine Botschaft von der Witwe Karl und musste die Herberge verlassen. Kurz nach dem Aufbruch des Heilers wurde Alos' neue Kleidung geliefert, die Arin noch in der Nacht in Auftrag gegeben hatte: eine weiche braune Wollhose, ein Leinenwams, passende Wollstrümpfe, helle Leinenunterwäsche, braune Stiefel, einen braunen Ledergürtel mit einer schwarzen Eisenschnalle, eine dunkelbraune Wolljacke und ein Taschentuch. Er streifte die neuen Kleidungsstücke über seine hagere Gestalt und stolzierte vor dem kleinen Spiegel der Kommode umher, baute sich im Profil davor auf und zog seinen kleinen Spitzbauch ein, der weniger auf überflüssiges Fett, sondern mehr auf eine gebeugte Haltung zurückzuführen war.

»Ein schönes Mannsbild«, verkündete er, während er mit

den Handflächen die langen, dünnen Strähnen widerspenstiger Haare glättete und dann dasselbe mit seinem struppigen weißen Bart versuchte. Dann wandte er sich an Arin und lächelte. Seine Zähne hatten einen nicht mehr ganz so gelben Überzug, wiesen aber immer noch braune Flecken auf. »Und nun, meine Damen, muss ich mich verabschieden. Viel zu tun, müsst Ihr wissen.«

Aiko schüttelte ungläubig den Kopf, doch Arin sagte: »Nein, Alos, ich möchte, dass Ihr bleibt.«

»Ich soll bleiben?«

»So ist es. Ich will Euch eine Geschichte erzählen, aber erst, wenn Egil wach ist, denn er soll sie auch hören.«

»Aber im Hirsch gibt es einen oder zwei Männer, die mir einen Krug Ale kaufen würden, da bin ich ganz sicher, und ich darf sie nicht warten lassen.«

»*Yopparai*«, murmelte Aiko mit offenkundigem Abscheu.

Arin holte tief Luft und setzte zu einer Antwort an.

»Wenn Ihr bleibt, Alos, lasse ich Ale aufs Zimmer bringen.«

Alos rieb sich lebhaft die Hände und zeigte erneut seine Zahnlücken, als er grinste. »Tja, so gesehen kann der Hirsch wohl noch warten.«

Arin stand am Fenster und beobachtete Aiko, die sich im Hof aufhielt. Die ryodotische Kriegerin trug jetzt ihre Rüstung und arbeitete sich mit den Schwertern in den Händen langsam durch komplizierte Übungen. Auf der anderen Seite stand der Stallknecht und sah ihr mit offenem Mund zu. Koch und Herbergsjunge standen ebenfalls nicht weit entfernt und beobachteten Aiko gleichermaßen fasziniert.

Am Fuß der steilen Hänge konnte Arin das tiefe Wasser des schmalen Fjords sehen. Mørkfjord war trefflich benannt, denn das Wasser war wahrhaftig dunkel, beinah schwarz.

»Ich sage es noch einmal, meine Dame, mein Becher scheint leer zu sein«, jammerte Alos hinter ihr.

»Ihr hattet bereits drei, Alos«, erwiderte Arin, ohne den Blick von Aikos Morgenübungen zu nehmen. »Ich lasse noch einen Krug kommen, sobald Egil aufwacht.«

Verstimmt putzte Alos sich die Nase mit seinem neuen Taschentuch. Während er das Ergebnis betrachtete, sagte er: »Aber ich bin sicher, meine Freunde im Hirsch hätten mir mittlerweile sicher schon vier oder fünf bestellt.«

Arin drehte sich um. »Alos, Ihr könnt gehen und es darauf ankommen lassen, dass Eure Freunde im Hirsch Euch alles Ale ausgeben, wonach Euch der Sinn steht, oder Ihr könnt hier bleiben und das Ale nehmen, das sicher kommen wird, wenn ich bereit bin, es zu bestellen.«

Seufzend rollte Alos sein feuchtes Taschentuch zusammen und stopfte es in seine Hose. Dann lugte er noch einmal in seinen Becher auf der Suche nach ein, zwei übersehenen Tropfen, die jedoch nicht mehr da waren.

Zeit verstrich ...

Aiko kehrte zurück, ging ins Badezimmer, entkleidete sich, wusch sich den Schweiß vom Körper und reinigte auch ihre Rüstung und ihre Waffen.

Schließlich rührte sich Egil und öffnete sein Auge. Einen Moment lang schien er nicht zu wissen, wo er sich befand. Arin trat neben ihn. »Ah«, sagte Egil. »Mein *Angil*.«

Beim Klang von Egils Stimme schaute Alos von seinem Becher auf. »Gut. Er ist wach. Jetzt können wir einen Krug bestellen, aye?«

»Sogleich«, erwiderte Arin, während sie Egil die Hand auf die Stirn legte und seinen Puls fühlte. »Ihr werdet kräftiger, Egil.«

»Ich könnte etwas zu trinken vertragen.«

»Ich auch«, verkündete Alos lautstark.

Arin löste die Verbände um Egils Kopf, um die Wunde zu untersuchen.

»Ich würde es gern sehen, Dara Arin«, sagte Egil.

»Alos, bringt mir bitte den Handspiegel, der auf der Kommode liegt.«

Alos hörte auf, den leeren Becher auf dem Tisch hin und her zu schieben und holte den Spiegel, um dann mit dem Krug in der Hand stehen zu bleiben und von einem Fuß auf den anderen zu treten.

Egil betrachtete die Schwertwunde. »Hässlich.«

»Es wird verheilen und eine weiße Narbe zurücklassen.«

Egil sah Arin an. »Eine Augenklappe. Ich brauche eine Augenklappe. Welche Farbe würdet Ihr empfehlen? Rot? Gelb? Auf jeden Fall etwas Farbiges. Etwas, das die Jüten nicht vergessen werden, wenn Egil Einauge zurückkehrt und an ihnen Rache übt.«

»Vielleicht verschiebt Ihr Eure Vergeltung, wenn Ihr die Geschichte gehört habt, die ich Euch erzählen werde.«

»Ha! Nicht sehr wahrscheinlich«, meinte Egil entschieden. »Wie die Zwerge sagen, verschobene Rache ist verwehrte Rache.«

Arin antwortete nicht und umwickelte seinen Kopf mit frischen Verbänden.

Kaum trat sie zurück, als Alos sagte: »Und jetzt das Ale, aye?«

Egil sah den alten Mann an. »Ich hätte selbst nichts gegen einen Becher einzuwenden, Alos. Ich habe einen ziemlichen Durst, nachdem mich die Jüten beinahe entzweigeschlagen haben.« Er wandte sich an Arin. »Frau Angil?«

Aiko erhob sich von ihrer Tatami und ging zu Egils Bett. »Ihr mögt verwundet sein und immer noch Fieber haben, aber Ihr werdet der Dara den Respekt entgegenbringen, der ihr gebührt, und sie entsprechend anreden.«

Egil fixierte sie mit seinem blauen Auge. Sie starrten sich einen Moment an, dann lachte er. »Also gut, edle Kriegerin, ich werde höflich sein und aufhören, sie meinen *Angil* zu nennen.«

Nur Alos hätte den Schatten der Enttäuschung sehen können, der über Arins Gesicht huschte, aber der alte Mann war zu beschäftigt damit, in seinen leeren Becher zu starren, um es zu bemerken.

Arin ging zum Badezimmer, um das Blut aus den benutzten Verbänden zu waschen. »Alos, ruft den Herbergsjungen. Bestellt einen großen Krug Ale und einen zusätzlichen Becher für Egil.«

Alos war zur Tür hinaus und rief nach der Bedienung, bevor Arin zwei weitere Schritte machen konnte.

Während Aiko sehr zu Alos' Bestürzung das Ale ein- und zuteilte, setzte Arin sich auf einen Stuhl und neben das Bett und bedeutete Alos, sich in die Nähe zu setzen. »Ich habe eine Geschichte zu erzählen, die Ihr beide hören sollt, denn darin geht es um nicht weniger als um das Schicksal Mithgars.«

Mit einem Seufzer rückte der alte Mann seinen Stuhl näher.

»Aiko und ich sind weit gereist, um nach Mørkfjord zu gelangen und nach einem einäugigen Mann ...«

»Oder einer einäugigen Frau«, warf Aiko ein.

»Oder nach einer Frau zu suchen«, fügte Arin hinzu.

Sowohl Egil als auch Alos hoben unbewusst eine Hand zum Gesicht, Alos an sein blindes weißes Auge, das rechte, und Egil an sein verbundenes linkes.

»Ihr habt nach uns gesucht?«, fragte Egil mit einem Blick auf Alos.

»Nach einem von Euch beiden, so scheint es.«

»Nach welchem?«

Arin zuckte die Achseln. »Das weiß ich nicht ... noch nicht.« Sie schaute ins Feuer. »Aber vielleicht erfahre ich es in den nächsten Tagen.«

Zögernd schüttelte Egil den Kopf. »Aber warum, Dara? Warum solltet Ihr hierher kommen und nach einem verwundeten Kaperfahrer suchen oder einem ... einem ...« Egil zeigte auf den alten Mann.

»*Fuketsuna yopparai*«, schlug Aiko mit einem angewiderten Blick auf Alos vor.

Arin bedachte Aiko mit einem missbilligenden Blick, aber die Kriegerin starrte ungerührt zurück.

Alos schaute von seinem Krug auf. »Worum geht es denn, edle Dame? Was ist das Schicksal Mithgars?«

»Es geht um einen grünen Stein, Alos, den Grünen Stein von Xian.«

Egil sah Aiko an. »Xian? Du meine Güte! Wo der Schwarze Berg liegen soll? Und wo angeblich die Magier leben?«

»Sie leben dort und auf der Insel Rwn«, erwiderte Arin.

»M-magier?«, stotterte Alos. Er wandte sich an Aiko. »Ich brauche noch etwas zu trinken.«

Aiko blickte zu Arin und füllte den Becher des alten Mannes auf deren Nicken.

Egil führte seinen Becher an die Lippen und trank einen Schluck. »Vielleicht kommt Ihr mit Eurer Geschichte rascher voran, wenn Ihr sie uns in einem Stück erzählt und wir Euch nicht unterbrechen.«

Arin nickte. »Es ist eine lange Geschichte, aber sie ist es wert, in voller Länge erzählt zu werden, denn sonst könnt Ihr nicht beurteilen, ob Ihr Euch unserer Mission anschließen wollt.«

»Mission?«, fragte Alos mit hohler Stimme.

»Still, *inu*!«, befahl Aiko.

Alos schauderte, kauerte sich auf seinem Stuhl zusammen und trank schnell einen Schluck Ale.

Während Arin ins Feuer starrte und sich sammelte, kehrte Stille ein, und nur die gedämpften Geräusche aus der Herberge drangen in das Zimmer: das Klirren von Geschirr in der Küche, Gelächter im Schankraum, eine Axt, die draußen Holz hackte. Im Zimmer knackte ein brennender Scheit im Kamin, und schließlich schüttelte Arin den Kopf und begann ihre Erzählung.

»Ich bin eine Flammenseherin, und manchmal habe ich Visionen, wenn ich tief ins Feuer schaue: Gesichte, Orakel, Geschichten. Sie künden von dem, was geschehen ist, was gerade geschieht und was irgendwann noch geschehen wird. Diese Visionen sind meistens von großer Bedeutung, als seien eben nur wichtige Dinge groß genug, um gesehen zu werden. Manchmal sehe ich freudige Ereignisse und manchmal auch grimmige Katastrophen. Aber meine Visionen sind mysteriös und oft verworren, und ihre Bedeutung zu ergründen, ist äußerst schwierig. Es sind Rätsel, die gelöst werden müssen, und oft gelingt mir das nicht. Ich habe keinen Einfluss auf das, was ich sehe, denn diese Gesichte kommen ganz nach ihrer Lust und Laune. Ich kann sie nicht steuern. Meistens, wenn ich in die Flammen schaue, geschieht überhaupt nichts, aber manchmal erblicke ich auch etwas von Bedeutung – etwas aus der Vergangenheit, was sich vor langer Zeit zugetragen hat, oder auch erst kürzlich. Etwas aus der Gegenwart, nah oder fern. Oder etwas aus einer noch bevorstehenden Zukunft.

Und eben das habe ich getan, in die Flammen gestarrt, als ich den Schrecken des Grünen Steins erblickte ...«

6. Kapitel

Zwischen dem Rimmen-Gebirge im Norden und Osten, dem Fluss Rissanin im Süden und dem gewaltigen Strom Argon im Westen liegt ein riesiger Wald namens Darda Erynian, auch das Grüne Haus genannt. Durch den nördlichen Teil dieses ehrwürdigen Waldes zieht sich eine uralte Handelsroute in Ost-West-Richtung, die Überlandstraße, und Kaufleute und Reisende folgen diesem Weg. Gewöhnliche Leute bereisen dieses Waldgebiet auf keiner anderen Route, denn es heißt, dass diese Wälder von Elfen und riesigen Menschen und, noch schlimmer, von den Verborgenen bewohnt seien, die alle im dichten grünen Blattwerk und den Schatten lauern mögen. Von den Kaufleuten und Reisenden, den Karawanen und Gruppen, den Reitern und Fußgängern, die diesen Weg nehmen, entfernt sich nur ganz selten jemand von der Straße, bis sie den tiefen, unheimlichen Wald hinter sich gelassen haben.

Selbst im Winter, wenn die Blätter abgefallen sind und nur noch kahle Stämme und nackte Äste in den Himmel zeigen, selbst dann sorgt der Wald bei den Reisenden für Beklommenheit, vielleicht noch mehr als im Sommer, denn dann sieht das nackte Gesträuch so aus, als wollten raue, hölzerne Krallen jeden lebenden Dummkopf in Reichweite packen und zerreißen.

Angesichts seines Rufs kann es nicht überraschen, dass gewöhnliche Reisende ängstlich sind, wenn sie den Wald durchqueren sollen. Manche sagen, der Wald werde tatsächlich von den Verborgenen beschützt – von zornigen Bäumen, lebenden Hügeln, ächzenden Steinen, gewaltigen Riesen und anderen Kreaturen aus Sagen und Legenden. *Wehe der unglücklichen Seele, welche die Warnungen ignoriert und zu tief in dieses schattige Gefilde eindringt ...* oder jedenfalls heißt es so.

Trotz aller Sagen und Legenden wohnen in Darda Erynian die Dylvana, denn die Elfen kennen die Wahrheit über diesen Wald.

7. Kapitel

Auf einer grünen Lichtung in Darda Erynian saß Arin und starrte tief in die Flammen. Sie hörte weder den entfernten Klang der Jagdhörner noch das Donnern entfernter Hufe, während Rissa und Vanidar und die anderen die Jagd genossen. Nein, sie hörte sie nicht, noch war sie bei ihnen, und ihr eigener Bogen lag neben ihr – nicht gespannt und von ihr unbeachtet, da sie sich um eine Vision bemühte.

Seit Tagen spürte sie den Zug der Flammen, als rufe ihr die Essenz des Feuers zu, dass sie etwas darin suchen und finden müsse. Als ihre Gefährten im Lager aufgesessen waren, hatte Arin sie also mit einem Winken verabschiedet. Nun fütterte sie auf der einsamen Lichtung unter den wandelnden Sternen das kleine Feuer mit winzigen Zweigen. Tief schaute sie in die Flammen, während in weiter Ferne ein Hirsch verzweifelt um sein Leben rannte, dem berittene Jäger hinterherjagten.

Arin, die Seherin am Feuer, war eine Seltenheit unter den Elfen, denn manchmal wurden ihr Ereignisse gewahr – nah und fern, vergangen, gegenwärtig und zukünftig –, sowohl bekannte als auch unbekannte. Für jene, die selbst nicht zauberkundig sind, ist jedes Ausüben dessen, was gewöhnliche Leute *Magie* nennen, in der Tat sehr wundersam. Doch Arins Blicke über Jahreszeiten und Entfernungen schienen zufällig und sporadisch zu sein, und sie kamen nur, wenn sie ins Feuer schaute.

Arin hatte bislang nur von einer anderen Elfe gehört, die das zweite Gesicht besaß. Rael, eine Lian, die gegenwärtig in Darda Galion wohnte, dem großen Greisenbaumwald im Südwesten. Sie konnte ebenfalls Ereignisse jenseits der normalen Wahrnehmung erblicken, obwohl sie angeblich einen Kristall anstelle eines Feuers als Fokus benutzte.

Zwei Frauen waren es unter allen Elfen, die Visionen empfingen. Lag es daran, dass die Männer ihrer Rasse nicht die Kraft hatten? Oder lag es daran, dass nur die Frauen die Geduld besaßen? Arin wusste es nicht.

Sie schüttelte den Kopf, um diese Überlegungen zu vertreiben, um ihren Geist zu leeren und ihn ganz den Flammen zu öffnen. Doch die Vision wollte sich nicht einstellen ... und nicht einstellen ... und nicht einstellen ... obwohl das Feuer heiß in ihrer Seele brannte.

Arin wusste nicht, wie lange sie in die lodernden Flammen gestarrt hatte, aber schließlich wurde sie von Hörnerschall und sich nähernden Hufen aus ihrer Versunkenheit gerissen. »*Hai roi!*«, rief eine Stimme, als Arin sich erhob, und ein Elf ritt ins Licht des Feuers – Vanidar, auch als Silberblatt bekannt und einer der Lian. Perin und Biren folgten ihm mit den anderen. Über dem Widerrist von Silberblatts Pferd lag ein Hirsch, zweifellos von einem Pfeil getötet, der von Vanidars weißem Knochenbogen abgeschossen worden war, denn der erfolgreiche Jäger hatte stets das Recht, die Beute zu tragen.

Silberblatt brachte sein schaumbedecktes Pferd mit einem einzigen Wort zum Stehen, schwang ein Bein über den Hals und sprang zu Boden, wo er mit der Eleganz einer Katze landete. Wie alle unsterblichen Elfen schien Vanidar auf den ersten Blick nur ein zartgliedriger Jüngling zu sein, obwohl sein tatsächliches Alter ein Jahrhundert oder deren zehn oder noch mehr hätte betragen mögen. Er hatte schulterlanges, goldenes Haar, das von einem schlichten Lederstirnband zurückgehalten wurde, wie es bei den meisten Lian und Dylvana üblich war. Er trug grau-grüne Kleidung und einen goldenen Gürtel mit einem langen Messer. Seine Füße steckten in weichen Lederstiefeln, und er war vielleicht fünf Fuß und neun oder zehn Fingerbreit groß – mehr als einen ganzen Kopf größer als Arin. Tatsächlich war Silberblatt größer als alle Dylvana, deren Männer üblicherweise zwischen vier Fuß elf und fünf Fuß fünf groß sind, während die Frauen vier bis sechs Fingerbreit weniger messen.

Hinter Vanidar stiegen auch Rissa, Perin, Biren, Ruar und Melor ab. Auch ihre Pferde schäumten von dem Ritt. Die Dylvana waren mit ihren weiten Wämsern und engen Hosen ähnlich gekleidet wie Silberblatt, obwohl die meisten warme Töne bevorzugten, ein erdiges Braun, sattes Grün oder herbstliches Rot. Nur die schöne, dunkeläugige Rissa trug ein dunkles, beinahe schwarzes Blau.

Während er sich umdrehte, um den Hirsch vom Pferd zu ziehen, warf Vanidar Arin über die Schulter einen Blick zu und bedachte sie mit einem Lächeln und einem Zwinkern seiner hellgrauen Augen. »Ihr hättet bei uns sein müssen, Arin. Es war eine wunderbare Jagd. Wir hätten ihn beinah verloren, aber Rissa« – Silberblatt zeigte auf die schwarzhaarige Dylvana, die gerade den Sattelgurt löste und ihrem Pferd den Sattel abnahm – »hat ihn wieder aufgescheucht, und dann ging die Jagd weiter.«

Arin lächelte. »Kümmert Euch um den Hirsch, Silberblatt, ich kümmere mich um Euer Pferd.«

Vanidar hievte sich den Hirsch auf die Schultern und ging zu einer Eiche in der Nähe. Er legte den Bock auf den Boden und holte zwei Seile. »Wir haben ihn noch nicht ausgeweidet. Ich werde ihn hier ausbluten lassen.« Er ging wieder zu dem Hirsch, hockte sich hin und band ihm die Seile direkt über den Hufen um die Hinterläufe.

Mittlerweile hatte Arin Vanidars Pferd abgesattelt und rieb

das Tier mit Grasbüscheln trocken. »Muss ich ihn noch bewegen?«, rief sie, während sie ihm über die Flanke strich.

»Ich glaube nicht«, antwortete Ruar. »Wir haben den Rückweg im Schritt zurückgelegt ... bis kurz vor der Lichtung.«

Rissa ging vorbei und zu Vanidar, der die Seile gerade über einen kräftigen Ast warf. »Lass mich dir zur Hand gehen, *Chieran.*«

Gemeinsam zogen die beiden den Hirsch an den Hinterbeinen in die Höhe, bis er in der Luft hing und das Geweih dicht über der Grasnabe schwang.

Während Arin auch die andere Flanke von Silberblatts Pferd trockenrieb, zückte Vanidar sein rasiermesserscharfes Langmesser und schnitt dem toten Hirschbock die Kehle auf.

Blut floss heraus und benässte den Boden.

Arins Blick fiel auf das scharlachrote Rinnsal, das Hals und Kinn herunterlief, auf den Boden tropfte und in der Erde versickerte.

Sie wandte den Blick ab und schaute erneut ins Feuer.

Ihre Augen weiteten sich, und sie keuchte voller Bestürzung, während ihr Atem durch ihre zusammengebissenen Zähne entwich. Pferd, Hirsch, ihre Gefährten, alles war vergessen, als die Vision über sie kam.

Tränen traten ihr in die Augen und liefen ihre Wangen herunter, und sie schrie gequält auf, konnte den Blick aber nicht von dem Gesicht abwenden.

Dann verlor sie das Bewusstsein und fiel ohnmächtig zu Boden.

8. Kapitel

»Dara ... Dara ...«
Wer ruft mich aus der Ferne?
»Dara ...«
Näher.
»Dara ...«
Noch näher.
»Dara.«
Arin öffnete die Augen. Biren mit den rötlich-braunen Haaren kniete mit besorgter Miene neben ihr, rieb ihre Handgelenke und sagte noch einmal: »Dara.« Die anderen Elfen standen beunruhigt hinter ihm.

Arin nickte benommen und machte Anstalten, aufzustehen, doch Biren schüttelte den Kopf und hielt sie zurück. »Wartet noch einen Moment, Dara.«

Sie holte tief Luft. »Was ist passiert?«

»Ihr seid in Ohnmacht gefallen.«

Plötzlich strömten Bilder der Vision auf sie ein. »Ach, Adon, lass es nicht zu«, rief sie voller Bestürzung.

»Was denn?« Perin, Birens Zwillingsbruder, kniete jetzt auf ihrer anderen Seite, und seine hellbraunen Augen verrieten, wie besorgt er war. »Was soll er nicht zulassen?«

»Ein Blutbad, Perin«, erwiderte sie. »Ein furchtbares Gemetzel. Einen Krieg, der alles überkommt.« Arin schob Birens stützende Hand beiseite und richtete sich auf. Sie schaute ins Feuer. »Ich hatte ein Gesicht.«

Die Elfen sahen einander an, und ihre Blicke verrieten äußerste Beunruhigung, denn sie wussten alle, dass Arin in ihren Gesichtern die Wahrheit sah.

Rissa nahm Vanidars Hand in ihre. »Vielleicht ist es ein Gesicht aus der Vergangenheit«, sagte sie hoffnungsvoll.

»Vielleicht«, sagte Silberblatt. »Möglicherweise von einem Krieg aus uralter Zeit, von einem Krieg, der längst vergangen und vergessen ist.«

Arin schüttelte den Kopf. »Er kann nicht in der Vergangenheit stattgefunden haben, Rissa, Vanidar. Wenigstens glaube ich das, weil er mir zu gewaltig vorkam, um unbekannt zu sein, und ich habe ihn nicht erkannt.«

Melor reichte Arin einen Becher Wasser, in dem ein Minzeblatt schwamm. Sie nickte dem Dylvana mit den rostfarbenen Haaren dankbar zu und trank, dann nahm sie Ruars dargereichte Hand und erhob sich. Melor füllte ihren Becher nach.

»Was genau habt Ihr gesehen, Dara?«, fragte Ruar.

Arin holte tief Luft. »Rösser, die über das Land donnerten, Schwerter, die zuschlugen und Beine, Arme und Köpfe abtrennten und die Unschuldigen trafen, sodass ihre Eingeweide auf den Boden fielen. Einen Taghimmel, der dunkel wie die Nacht war vom aufsteigenden Rauch brennender Städte. Abgeholzte Wälder. Mit Salz unfruchtbar gemachte Äcker. Flüsse, rot vom vergossenen Blut. Krähen und Geier zu Tausenden, die sich an den Erschlagenen weideten, ihnen die Augen auspickten, Leiber zerrissen und Brocken verwesten Fleisches verschlangen. Große, dunkle Gestalten am Himmel, die Flammen spien ...«

Rissa keuchte. »Drachen?«

Arin nickte. »Ja, Rissa. Drachen.«

Biren streckte verneinend die Hand aus. »Drachen in einem Krieg auf Mithgar? Das hat es noch nie gegeben.«

»Vielleicht ein Krieg an einem weit entfernten Ort?«, mutmaßte Perin.

Arin schüttelte den Kopf. »Nein, Perin, es ist mehr als das, denn ich habe noch nicht alles erzählt.«

»Da ist noch mehr?«

»Ich habe eine Landkarte von Mithgar gesehen, und ein großer Blutfleck hat sich darauf ausgebreitet und das ganze Land überzogen.«

Vanidars Kiefermuskeln spannten sich, und seine Hand fuhr zu seinem Langmesser. »Dann habt Ihr ein großes Verhängnis vorhergesehen, vielleicht den Untergang der Welt.«

Ruar seufzte und sah Silberblatt an. »Dann glaubt Ihr, dass es sich um ein zukünftiges Ereignis handelt?«

Vanidar nickte. »Ja, Ruar. Ich stimme mit Dara Arin überein. Ein Krieg, der sich über ganz Mithgar ausbreitet, ein Krieg, an dem Drachen beteiligt sind, ein Verhängnis, das die ganze Welt bedroht ... das hat es noch nie gegeben.«

»Wer würde so wahnsinnig sein, so etwas zu tun?«, fragte Perin.

Alle Augen richteten sich auf Arin. Bestürzt und verunsichert drehte sie die Hände, sodass die Innenseiten nach oben zeigten, und sagte dann: »Da ist noch mehr.«

Ruars Augen weiteten sich. »In Eurer Vision?«

»Ich habe noch nicht alles erzählt.«

»Dann fahrt fort, bitte.«

Arin schaute ins Feuer. »Im Gefolge des Krieges kommen Seuchen und Hungersnöte, und lange, nachdem das Klirren grausamen Eisens verstummt ist, werden noch Zehntausende sterben – nur Haut und Knochen, mit großen, nässenden schwarzen Beulen, die aufplatzen und gelbes Gift verspritzen. Und um sich von den Toten zu ernähren, kommen Ratten und Käfer und anderes kriechendes Ungeziefer.«

Arin hielt inne, um noch einen Schluck zu trinken, und keiner sagte etwas; alle warteten schweigend. Melor machte

Anstalten, Wasser nachzugießen, doch sie schüttelte den Kopf. »Da ist noch eine letzte Sache, die von großer Bedeutung für die Vision ist: ein Stein ... ein grüner Stein ...«

»Ein Kieselstein?«, fragte Perin.

»Ein Edelstein?«, fügte Rissa hinzu.

»Still«, sagte Silberblatt. »Lasst sie reden, dann wird sie es uns sagen.«

»Er war hellgrün wie Jade, und durchsichtig«, sagte Arin. »Er war glatt und hatte Ähnlichkeit mit einem Ei, obwohl ich nicht sagen kann, wie groß er war, denn es gab nichts, womit ich ihn hätte vergleichen können. Aber ich weiß, dass er das Entscheidende an der Vision ist, denn alle anderen Bilder haben den Stein umkreist, als sei er das Auge eines Mahlstroms, der Kern des ganzen Verhängnisses.«

Schweigen breitete sich unter ihnen aus, das schließlich von Perin gebrochen wurde. »Woher wisst Ihr, dass dieses Ding ein Stein war? Könnte es nicht auch tatsächlich ein Ei sein?«

Arin schüttelte den Kopf. »Schlicht ist der Stein nicht, Alor Perin, und er ist auch kein Ei. Woher ich das weiß, kann ich nicht sagen, aber es ist ganz sicher ein grüner Stein.«

Beklommen blickten sie einander an. Dann fragte Melor: »Gibt es über Euer Gesicht sonst noch etwas zu berichten?«

Arin runzelte die Stirn, während sie sich konzentrierte, und starrte auf den Boden, als wolle sie einen flüchtigen Gedanken erhaschen. Schließlich sagte sie: »Ich bin nicht sicher. Vielleicht war da noch mehr, aber mein Verstand ist vor dem schrecklichen Gesicht geflohen, und die Schwärze ist über mich gekommen.«

Wiederum kehrte Schweigen ein. Schließlich wandte Rissa sich an Silberblatt. »Was sollen wir damit anfangen, *Chieran*?« Er antwortete nicht, sondern stand gedankenverloren da und bemerkte gar nicht, dass er angesprochen worden war. Dann schweifte Rissas Blick über die anderen und blieb schließlich auf Arin haften. »Hat jemand einen Vorschlag?«

Jetzt waren alle Augen auf Arin gerichtet. Sie seufzte. »Wir müssen uns mit dem Coron der Dylvana und seinem Hof beraten, und auch mit dem Coron der Lian. Vielleicht weiß jemand, was zu tun ist.«

Silberblatt nickte zögernd und sagte dann: »Wir können uns noch an jemand anders wenden: an Dara Rael, denn sie hat Gesichte, so wie Ihr, Dara Arin.«

Am nächsten Tag ritten sie nach Süden zu den Hauptlichtungen Darda Erynians, wo der Coron der Dylvana seine Wohnstatt hatte. Sie passierten das Häuschen der Baeron-Familie – ein Mann und eine Frau mit zwei Töchtern und einem Sohn –, die im nördlichen Teil des Großen Grünen Hauses lebte. Anders als andere Menschen, denen der Zutritt zu diesem Wald verwehrt war, wohnte der Baeron-Klan innerhalb der Grenzen Darda Erynians – und auch im Großwald im Südosten –, denn er hatte in der Vergangenheit den Verborgenen sehr geholfen und war daher willkommen. Die Elfen hielten sich gerade lange genug für einen Schluck kühlen Wassers auf, und sie überließen dem Baeron-Haushalt den Großteil des Hirschfleisches sowie das Fell, obwohl Vanidar das Geweih behielt, aus dem er Messergriffe und vielleicht noch andere nützliche Gegenstände schnitzen würde. Obwohl selbst gute Jäger, nahm die Baeron-Familie Fleisch und Fell mit Dank in Empfang. Während der Mann das Wildbret im Räucherhaus aufhängte und seine Kinder das Fell auf einen Gerbrahmen spannten, brachte die Frau den Elfen zwei Fleischpasteten, die diese gerne annahmen.

»Gibt es sonst noch etwas?«

Ein Ausdruck der Konzentration legte sich auf Arins Gesicht, und sie antwortete zunächst nicht, doch dann seufzte sie und schüttelte den Kopf. »Einige vage Bilder, mein Coron, aber ich kann mich einfach nicht daran erinnern, mag ich mir auch noch so große Mühe geben. Anscheinend war die Vision zu Ende, als ich ohnmächtig wurde.«

Langsam schaute Remar, Coron aller Dylvana, der Reihe nach alle Elfen an, die Arin zum Hof in Bircehyll begleitet hatten, und einer nach dem anderen schüttelte den Kopf, wenn der Blick des Coron auf ihn fiel, denn sie hatten Arins Worten nichts hinzuzufügen. Zuletzt wandte Remar sich an Vanidar, den einzigen Lian unter ihnen. »Was sagt Ihr dazu, Hüter?«

Der leichte Wind ließ die Silberbirken rauschen, während Vanidar an einer Antwort überlegte. Schließlich sagte er: »Dieses Zeichen darf nicht ignoriert werden. Wenn es eine Möglichkeit gibt, dieses Unheil abzuwenden, müssen wir Schritte ergreifen, um dafür zu sorgen, dass der Welt solch ein Schicksal erspart bleibt.«

Remar sah Arin an. »Glaubt Ihr denn, dass diese Ereignisse sich abwenden lassen?«

Arin drehte die Handflächen nach oben. »Das weiß ich nicht, Coron. Aber Vanidar hat Recht: Wenn es eine Möglichkeit gibt ...«

Sie beendete den Satz nicht, aber alle wussten, was sie meinte.

Schweigen kehrte ein, bis Rissa sich schließlich räusperte. Der Coron wandte sich ihr zu. »Habt Ihr etwas hinzuzufügen?«

»Nur eine Frage, mein Coron.«

»Eine Frage?«

»Ich habe darüber nachgedacht, ob sich eine vorhergesehene Zukunft überhaupt ändern lässt ... oder ob sie fest und unveränderlich ist, was wir auch tun mögen?« Sie nahm Arins Hand in ihre. »Dara, habt Ihr je versucht, den Lauf eines von Euch erblickten Ereignisses zu verändern?«

Arin schüttelte den Kopf. »Noch nie. Viele waren längst vergangen und ließen sich ohnehin nicht mehr ändern. Und was jene in Gegenwart und Zukunft betrifft, waren es größtenteils solche, die zu ändern oder abzuwenden ich nie versuchen würde. Aber die Schrecken dieser Vision ...«

Rissa drückte Arins Hand, um sie zu trösten.

Silberblatt wandte sich an Remar und sagte: »Ich schlage vor, wir suchen den Rat von Dara Rael im Lerchenwald. Vielleicht weiß sie, ob sich ein vorhergesehener Lauf der Dinge ändern lässt. Wenn ja, besteht vielleicht die Aussicht, dieses grässliche Schicksal von der Welt abzuwenden.«

Remar fuhr sich mit den Fingern durch die kastanienfarbenen Haare, und Stille senkte sich über die Grünfläche. Gedankenverloren schaute er den Hügel hinunter auf das unter ihm liegende Tal. Schließlich sagte er. »Wir werden Folgendes tun: Dara Arin, Ihr werdet den Rat Dara Raels suchen, wie Alor Vanidar vorgeschlagen hat. Sie mag in der Tat wissen, ob die Zukunft feststeht oder veränderbar ist. Sucht auch den Rat des Coron der Lian, denn Aldor ist weise und kann Euch vielleicht weiterhelfen.« Remar wandte sich an Vanidar. »Silberblatt, Ihr werdet Dara Arin nach Darda Galion begleiten ...« Remar hielt inne und vollführte dann eine weit ausholende Geste, welche alle Anwesenden einschloss. »Eigentlich wäre es mir sehr lieb, wenn Ihr alle die Dara auf dieser Mission in den Lerchenwald begleiten würdet, denn Ihr wart ihre Gefährten, als die Vision sie überkommen hat, und vielleicht spielt Ihr alle eine Rolle in den Ereignissen, die da kommen werden.« Der Coron schaute von einem zum anderen und fragte dann: »Was sagt Ihr?«

Arin neigte den Kopf in stummer Zustimmung wie alle anderen auch. Biren fügte hinzu: »Alor Remar, wer soll noch von diesem Gesicht erfahren? – Menschen, Zwerge, Magier, Verborgene, die versprengten Waerlinga? Als Warnung, auf dass sie sich vorbereiten mögen?«

»Aber wir wissen nicht, wann dieses Verhängnis eintritt«, protestierte Perin. »Heute, morgen oder erst in vielen Jahren – das hat Arins Vision nicht verraten.«

Biren wandte sich an seinen Zwillingsbruder. »Nach allem, was wir wissen, nimmt irgendwo auf Mithgar gerade das Unheil seinen Lauf. Eine Warnung ist das Mindeste, was wir tun können.«

Perin hob warnend die Hand. »Mein Bruder, wir wissen nicht, ob das Unheil bereits begonnen hat oder sich überhaupt erst zusammenbraut. Vielleicht verursachen wir Verzweiflung, wo keine angebracht ist.«

Biren ballte die Faust. »Aber vielleicht besiegeln wir das Verhängnis erst, wenn wir abwarten.«

»Und vielleicht ist es die Vorbereitung auf den Krieg, der ihn herbeiführt«, entgegnete Perin.

»*Akka!*«, fauchte Melor. »Verloren, wenn wir etwas tun, und verloren, wenn wir nichts tun.«

Remar schüttelte den Kopf. »Genau das, würde ich meinen, ist das Problem mit dieser Vision, denn wir wissen nicht, ob wir sie durch unsere Reaktion erst herbeiführen oder ob wir sie geschehen lassen, wenn wir nichts tun.« Er wandte sich an Biren. »Aber ich werde Folgendes tun, Alor Biren, Alor Perin: Wenn Dara Arin und Dara Rael es für klug halten, werde ich Abgesandte zu allen Herrschern der Freien Völker schicken und sie warnen. Bis dahin sage ich nichts.«

Beide neigten das Haupt, da sie Remars Erklärung zustimmten, doch Biren fügte hinzu: »Und ich werde zu Adon beten, dass uns, sollte eine Warnung angebracht sein, noch genug Zeit dafür bleibt, bevor das Verhängnis hereinbricht.«

Am nächsten Tag brachen sie auf und ritten in westlicher Richtung durch den Wald, mit dem Ziel, rasch die offene Hochebene beiderseits des Argon zu erreichen. Während sie durch Darda Erynian ritten, flitzten Schatten zwischen den Baumstämmen umher, als halte eine unsichtbare Truppe mit ihnen Schritt. Dies beunruhigte die Elfen nicht, denn sie waren an die Verborgenen gewöhnt, die sie durch das Wechselspiel aus Sonnenlicht und Schatten innerhalb des Waldes begleiteten – Fuchsreiter und Loogas und Sprygt und andere –, sei es aus Neugier, aus dem Wunsch zu beschützen oder aus nur ihnen bekannten Motiven.

Zwei Tage später erreichten sie am Nachmittag den Rand des Grünen Hauses und ritten auf die Hochebene, die kahle, hügelige Prärie, die sich von Darda Erynian bis zum Argon erstreckte, der zehn Meilen weiter im Westen floss. Sie bogen nach Süden ab und hielten sich parallel zum Fluss.

Wie auch die Tage zuvor ritten sie den ganzen nächsten Tag und hielten nur an, um etwas zu essen oder um die Pferde ausruhen und etwas trinken zu lassen. Doch sie stiegen immer wieder auf und setzten den Weg fort, bis sich der Tag dem Ende neigte und sie ein Lager aufschlugen, wo sie die Tiere versorgten und schließlich selbst ruhten.

Kurz nach Anbruch des dritten Tages auf der Hochebene erblickten sie Bäume, die an den breiten Argon grenzten. Hier an diesem Ort wallte Morgennebel vom träge fließenden Wasser ins offene Moor, und die Elfen hielten sich auf höher gelegenem Gelände und oberhalb der Nebelschwaden. Doch als die Sonne aufging und der Nebel langsam verdunstete, ritten sie die Hänge hinunter, da es sie verlangte, den gewaltigen Strom zu sehen. Schließlich hatten sich auch die letzten Nebelschwaden zwischen die Bäume verzogen und schienen plötzlich gänzlich zu verschwinden, als die klare Morgensonne hell vom Himmel schien. Jetzt glitzerte das Wasser des Flusses im Tageslicht, der träge dem weit entfernten Meer entgegenströmte.

Die sieben Elfen folgten seinem Band nach Süden zur entfernten Insel Olorin, wo sie mit der dortigen Fähre über den gewaltigen Argon setzen wollten. Die eigentliche Insel lag gut neunzig Meilen weiter mitten im Fluss, unweit der Stelle, wo Darda Erynian auf der Ostseite endete und Darda Galion auf der Westseite begann. Angesichts ihres Tempos würden sie noch drei oder vier Tage brauchen, um diese Strecke zurückzulegen.

Den ganzen Morgen stieg das Gelände sanft an, bis der Trupp schließlich auf den steilen Klippen des Ostufers ein ganzes Stück oberhalb des Flusses ritt. Unten am Fuß der Klippen wurde die Strömung schneller, denn zwischen den Felsen wurde das Flussbett schmaler und hatte zudem eine stärkere Abwärtsneigung. Hier begannen die Argon-Schnellen. Reisende, die nach Norden unterwegs waren, mussten den Strom hier verlassen und ihren Kahn eine Weile am Ufer entlang tragen, doch der Verkehr nach Süden – wenn die Kapitäne und Steuermänner denn geschickt genug waren und das Wagnis eingingen – brauchte sich nur in der rauschenden Mitte des Flusses und von den zerklüfteten Klippen fern zu halten.

Als die Mittagssonne den Zenith erreichte, gelangte der elfische Trupp zu der Stelle, wo sich die Schlucht einwärts neigte und einen langen, engen Spalt bildete. Aus den Tiefen dieser Schlucht drang ein donnerndes Tosen, da der eingeengte Argon hier die schmalste Stelle einer ohnehin schmalen Rinne passierte. Dies war der gefährlichste Teil der Schnellen, denn hier schoss das Wasser brausend und schäumend zwischen den eng stehenden Klippen hindurch und brach sich an verborgenen Hindernissen und gewaltigen Felsen. In der reißenden Strömung konnte der kleinste Fehler einen Steuermann Kahn und Fracht ebenso wie Leib und Leben kosten.

Die sieben Gefährten folgten dem Weg über die Klippen, während tief unter ihnen der tosende Schwall des Wassers rauschte. Sie erreichten eine Stelle auf den Wällen der Schlucht, wo die Westklippe nur noch einen Steinwurf entfernt war, und hier endete der Engpass plötzlich, da sich die Klippen auf beiden Seiten abflachten und voneinander entfernten, und das Wasser unter ihnen rauschte eine lange Rampe hinunter in ein tiefes Becken, und kurz danach verbreiterte sich der Strom wieder.

Die Elfen ritten weiter durch das hügelige Land, und bald wurde aus dem Tosen der Schnellen hinter ihnen ein Rauschen und schließlich ein entferntes Murmeln. Als sie in jener Nacht ihr Lager aufschlugen, war nicht einmal mehr ein wisperndes Echo geblieben.

Den ganzen nächsten Tag ritten sie auf der Hochebene neben dem bewaldeten Flusstal. Der Weg folgte einer Biegung des Flusslaufs und führte jetzt mehr nach Osten. Als die Dämmerung hereinbrach, schlugen sie wieder ihr Nachtlager auf.

Es war schon fast Mittag des nächsten Tages, als sie das Nordende der Insel Olorin erspähten und Rauch aus den Häusern der dort wohnenden Flussleute aufsteigen sahen. Die Elfen verließen die Hochebene und ritten durch einen schmalen bewaldeten Saum am Ufer des Argon zum Fluss, wo sie einem überwachsenen Pfad folgten. Eine Viertelmeile weiter erreichten sie flussabwärts die Anlegestelle der Fähre. Vom Pier führte ein ausgetretener Pfad neben dem Fluss weiter nach Süden. Alle stiegen ab und freuten sich, nach dem langen Ritt ein wenig umhergehen zu können; dann zog Vanidar am Glockenseil, um den Fährmann zu rufen.

Nach einer Weile legte die Fähre mit vier Mann an den Rudern vom Inselpier ab. Ein Maultier stand zwischen ihnen. Bei der Überquerung trieb die Strömung die Fähre nach Süden ab. Sie würde unterhalb der Elfen flussabwärts vom Pier anlegen.

»Sollen wir zu ihnen reiten?«, fragte Melor.

Silberblatt schüttelte den Kopf und zeigte auf den Weg am Ufer. »Das Maultier wird die Fähre hierher ziehen, sonst würden wir die Insel auf der Rückfahrt verfehlen.«

Arin hob eine Augenbraue. »Warum sollten wir zur Insel fahren? Wir wollen doch ans andere Ufer und nicht auf die Insel.«

Rissa lachte laut, denn sie hatte diese Fahrt schon einmal gemacht, und Vanidar sagte: »Die Flussleute haben es so eingerichtet: eine Fähre, die uns gegen Bezahlung zur Insel bringt, und eine andere Fähre, die zum anderen Ufer fährt ... natürlich gegen eine zweite Bezahlung.« Vanidar fiel in Rissas Gelächter ein.

»Huah! Wasserstraßenraub«, verkündete Ruar, lächelte aber dabei.

Melor knurrte, »Unerhört«, doch Perin und Biren sahen einander an und zuckten die Achseln.

Einige Zeit später kam das Maultier mit der Fähre im Schlepptau über den Pfad getrottet, wobei das Tier von einem Mann geführt wurde, während die anderen drei mit Stangen dafür sorgten, dass die Fähre nicht ans Ufer stieß und irgendwo hängen blieb.

»Ihr könntet uns rudern helfen«, sagte der Flussmann und spie in den Argon, um dann mit seinem stoppeligen Kinn auf die zusätzlichen Ruder zu zeigen. Er und seine Kameraden legten sich bereits in die Riemen.

»O nein, guter Mann«, erwiderte Ruar. »Für die nicht unerhebliche Summe, die wir Euch bezahlt haben, werden wir auf der Überfahrt keinen Finger rühren.«

»Bei dieser Last könnten wir die Insel verpassen, solltet Ihr wissen«, erwiderte der Flussmann. »Und die Bellon-Fälle heruntertreiben und in den Kessel stürzen.«

»Bitte, nur zu«, sagte Ruar fröhlich, denn er wusste ganz genau, dass die gewaltigen Bellon-Fälle hundert Meilen weiter flussabwärts waren, wo der Argon über den Rand des Hohen Abbruchs und tausend Fuß in die brodelnden Tiefen des so genannten Kessels stürzte. »Ich wollte schon immer einmal im Kessel schwimmen.«

Der Flussmann knurrte, sagte aber nichts mehr und legte sich mächtig in die Riemen, denn er wusste, wenn sie tatsächlich die Insel verpassten, würden sie keine doppelte Bezahlung kassieren.

Die Barke landete gut drei Meilen weiter flussabwärts am langen Ufer der Insel Olorin, wo die Elfen ausstiegen, aufsaßen und dem Treidelpfad zur Nordspitze der Insel folgten, wo die zweite Fähre festgemacht hatte.

Während sie am Ufer entlangtrabten, sahen sie Boote vom Inselufer ablegen und in den Strom rudern, wo die Ruderer Treibgut einholten, das auf den Wellen schaukelte.

Vanidar zügelte sein Pferd zu einem langsamen Schritt, erhob sich in den Steigbügeln und schirmte die Augen vor der Mittagssonne ab. Die anderen wurden ebenfalls langsamer.

»Umh«, murmelte Silberblatt. »Das sieht ganz so aus, als sei weiter flussaufwärts ein Schiff gekentert.«

»Die Schnellen?«, fragte Arin.

»Höchstwahrscheinlich«, antwortete er und seufzte dann. »Das ist noch eine Erwerbsmöglichkeit der Flussleute. Sie bestreiten einen Teil ihres Lebensunterhalts mit dem Unglück anderer.« Er spornte sein Pferd wieder zu einem rascheren Tempo an, und seine Begleiter folgten seinem Beispiel.

Nach kurzer Zeit erreichten sie das Nordende der Insel und ritten zwischen den wenigen Wohnhäusern hindurch, größtenteils baufällige Hütten, obwohl hier und da auch ein stabiler gebautes Haus stand. Erwachsene waren nicht zu sehen, aber ein paar kleine Kinder – schmutzig und schlecht gekleidet – standen am Pier und sahen zu, wie die Ruderer das Treibgut aus dem Wasser fischten. Die Kinder drehten sich um und betrachteten die an ihnen vorbeireitenden Elfen. Erst nachdem die Fremden verschwunden waren, wandten sie sich wieder dem Strandgut zu.

Als der Trupp schließlich bei der Westfähre ankam und abstieg, war nur ein Maultier da, um sie in Empfang zu nehmen.

»Wo ist die Besatzung?«, fragte Melor, während er sich umsah, aber niemanden entdecken konnte.

Arin zeigte auf den Fluss. »Wrackteile bergen, kann ich mir vorstellen.« Sie sah Vanidar an, der bestätigend nickte.

»Dann warten wir?«, fragte Perin.

»Entweder das, oder wir müssen die Fähre stehlen«, antwortete Biren.

Es dämmerte schon fast, als die Flussleute vom »Wasserlesen« zurückkehrten, wie sie das Bergen der Wrackteile nannten. Eine Besatzung für die Fähre wurde zusammengestellt, und als sie das andere Ufer erreichten, war bereits die Nacht hereingebrochen.

Als der Elfentrupp die Pferde von der Barke führte, hallte eine Stimme durch die Dunkelheit: »*Kest!*«

»*Vio, Vanidar!*«, erwiderte Silberblatt. »*Vi didron enistori! Darai Rissa e Arin, e Alori Ruar, Melor, Perin, e Biren.*«

Ein hoch gewachsener Lian trat aus der Dunkelheit in den Schein der Laternen an Bord der Fähre. »*Vio Tarol. Vhal sa Darda Galion.*«

Silberblatt drehte sich zu seinen Gefährten um und lächelte. Sie waren endlich in Darda Galion angekommen. In zwei, vielleicht drei Tagen würden sie das Herz des Waldes erreichen, wo Rael wohnte. Und dann würden sie vielleicht erfahren, wie sie das furchtbare Verhängnis abwenden konnten, das Arin in den Flammen gesehen hatte.

9. Kapitel

Alos schmatzte mit den Lippen und schaute zuerst auf seinen Becher und dann auf den großen Ale-Krug, die beide leer waren. »Ihr wisst eine spannende Geschichte zu erzählen, Dara Arin. Sie macht mich sehr durstig, müsst Ihr wissen. Und der Krug ist rasch leer, wenn Egil mittrinkt.«

Egil grinste und schaute auf seinen Becher. Es war sein erster, und er war immer noch halb voll.

Aiko starrte den alten Mann ausdruckslos an.

Alos schaute noch einmal in den leeren Tonkrug und wandte sich dann an Arin. »Ist die Geschichte zu Ende? Ganz sicher nicht. Und glaubt Ihr nicht, dass Egil hier noch mehr Ale braucht, um ihn durch den Rest zu bringen? Ich weiß jedenfalls, dass Eure Erzählung mich ziemlich durstig gemacht hat, oder habe ich das schon erwähnt?«

Arin seufzte. »Nein, Alos, meine Geschichte ist noch nicht zu Ende. Es gibt noch mehr zu erzählen. Viel mehr.«

»Tja, wenn es so ist, würde ich sagen, dass wir noch ein oder zwei Krüge brauchen, nicht wahr?«

Aiko ging zum Fenster und schaute mit geballten Fäusten in den Tag hinaus.

Arin trat neben Egil, legte ihm eine Hand auf die Stirn und zählte seinen Puls. »Könnt Ihr noch zuhören? Ich will Euch nicht überanstrengen.«

Egil schenkte ihr ein Lächeln. »Es geht mir nicht schlecht.«

Dann wurde sein Gesicht ernst. »Ich will noch mehr von diesem Verhängnis hören, das Ihr vorhergesehen habt, und warum es Euch hierher geführt hat.«

Alos nahm den Krug. »Aber zuerst lassen wir noch frisches Ale kommen, Dara Arin. Richtig?«

Die Dylvana schüttelte den Kopf. »Nein, Alos. Zuerst erzähle ich noch mehr von der Geschichte, danach könnt Ihr Euch um den nächsten Krug kümmern.«

Die Miene des alten Mannes verdüsterte sich, und er starrte trübsinnig zu Boden.

Egil lächelte und hielt ihm seinen noch halb gefüllten Becher hin. »Hier, Alos, vielleicht kannst du dich damit noch einen Moment trösten.«

Behände trat Alos neben Egils Bett und nahm das Trinkgefäß entgegen, während er ein unterwürfiges Lächeln zeigte. Er trug seine kostbare Last zum Tisch und setzte sich auf seinen Stuhl.

Aiko blieb stehen und starrte weiter aus dem Fenster, während Arin auf ihren Platz am Feuer zurückkehrte und den Faden ihrer Geschichte wiederaufnahm:

»Wir hatten gerade das Gebiet von Darda Galion erreicht ...«

10. Kapitel

Im Norden von niedrigen Gebirgsausläufern und einer offenen, windumtosten Hochebene eingerahmt, im Süden von dem tausend Fuß steil abfallenden Hohen Abbruch, im Westen von den zerklüfteten Spitzen des hoch aufragenden Grimmwalls und im Osten vom gewaltigen Strom Argon umgeben, liegt ein elfisches Land, das bekannt ist als Darda Galion, als Greisenbaumwald, und auch als das Land der Silberlerchen. Es ist ein riesiger Wald aus gigantischen Bäumen, den *Greisenbäumen*, Bäumen, die nicht auf Mithgar wachsen, sondern die als Setzlinge von der Hohgarda zur Mittegarda, also von der Hohen Ebene zur Mittelebene gebracht und in diesem üppigen Land voller Flüsse angepflanzt worden sind. Die Leistung der Elfen, einen ganzen Wald nach Mithgar zu bringen, ist wahrhaft Schwindel erregend.

Die Bäume ragen jetzt viele hundert Fuß in die Höhe, und jeder Stamm hat einen Umfang von vielen Schritten. Das erforderliche Alter, um diese Höhen zu erreichen? ... Das kennen nur die elfischen Waldhüter.

Doch die enorme Zeitspanne, die dafür nötig ist, hat für die Elfen keine große Bedeutung. Schließlich sind sie ein unsterbliches Volk, dessen Leben auf ewig gerade erst beginnt, wie alt sie auch sein mögen. Und was macht es da, dass es tausend oder gar zehntausend Jahre gedauert hat, den Wald anzulegen und viele hundert Fuß in den Himmel wachsen zu lassen? ... Was macht es? Den Elfen macht es gar nichts. Wichtig ist nur, dass die Greisenbäume sie an ihre Heimat erinnern.

Das Holz dieser Waldgiganten ist kostbar – wertvoller als jedes andere Holz –, aber von den Elfen ist noch kein einziger dieser Bäume jemals gefällt worden. Dennoch wird manchmal eine Art Ernte eingebracht, denn gelegentlich zieht ein Sturm oder Gewitter von den weiten Ebenen Valons unterhalb des Hohen Abbruchs herauf, sodass Äste abgerissen werden, und diese werden von den Holzlesern der Lian aufgesammelt, und jedes einzelne unbezahlbare Stück wird lange studiert, ehe die Werkzeuge der Schnitzer damit in Berührung kommen. Sanfte elfische Hände fertigen teure Schätze aus diesem kostbaren Bruchholz mir seiner wunderschönen Maserung.

Es heißt, die Zeit stehe still in der luftigen Stille dieses dämmrigen Landes, doch das kann nicht sein, denn dann wären die Bäume immer noch Setzlinge.

Zum Rand dieses riesigen, uralten Waldes kamen Arin und sechs andere mit einer dringenden Aufgabe.

11. Kapitel

Während die Fährleute das Maultier vor die Barke spannten, sagte Tarol, der elfische Waldhüter, auf Sylva: »Heute werdet Ihr in unserem Lager willkommen sein und uns erzählen, was es Neues gibt.« Er warf einen Blick auf die Männer, die jetzt bereit waren, das Floß über den Treidelpfad flussaufwärts zu ziehen. Als er sich wieder den anderen Elfen zuwandte, senkte er die Stimme und sagte: »Aber zuerst werden wir diesen Flussleuten folgen und uns vergewissern, dass sie kein Holz sammeln, sondern sofort wieder zur Insel Olorin zurückkehren.«

Silberblatt hob eine Augenbraue. Er neigte den Kopf in Richtung der Männer. »Gibt es einen Grund, ihnen zu misstrauen?«

»Gerüchte«, antwortete Tarol. »Wir reden darüber, sobald das Boot fort ist.«

Der Flussmann am Ufer rief den Männern auf der Barke etwas zu, und nach deren knapper Antwort führte er das Maultier stromaufwärts, das die Fähre an einem langen Seil hinter sich herzog. Auf der Barke gingen die drei Männer einer nach dem anderen zum Bug, stemmten ihre Stangen gegen das Ufer und stießen sich davon ab. Danach gingen sie langsam zum Heck, um dort den Vorgang zu wiederholen. Auf diese Weise verhinderten die drei Männer, dass ihr Floß auf Grund lief. Die Elfen folgten ihnen den Pfad entlang, mit Tarol an der Spitze. Die anderen blieben mit den Pferden am Zügel hinter ihm. Die

Sterne gingen am Himmel auf und legten einen Gutteil ihres nächtlichen Weges darüber zurück, ehe die Fähre am Pier des Westufers ein gutes Stück nördlich der Inselspitze anlangte. Die Flussmänner ruhten sich kurz aus. Dann spannten sie das Maultier aus, brachten es an Bord, wickelten das Seil auf, verstauten die Stangen und machten die Ruder klar. Einer der Männer spie in den Argon, dann legten sie nach Olorin ab, wo in der Ferne am Pier Fackelschein zu sehen war.

Arin und ihre Begleiter setzten sich im Markwartlager zwischen den riesigen Greisenbäumen ans Feuer und nahmen gemeinsam mit den Mitgliedern der elfischen Grenzwache ein spätes Mahl ein. Die sieben waren eingetroffen, als die Wache gerade abgelöst werden sollte, und einige Lian verabschiedeten sich, um auf ihre Posten zu gehen, während andere ans Feuer kamen, um eine warme Mahlzeit zu sich zu nehmen.

Einige redeten kurz mit Silberblatt und den Dylvana und tauschten Neuigkeiten aus Darda Erynian gegen Neuigkeiten aus Darda Galion aus. Über ihre Mission erzählten die sieben nichts, sondern sagten nur, dass sie zuerst mit Coron Aldor darüber sprechen würden.

In einer Gesprächspause deutete Melor auf das Lager, dann fragte er Tarol: »Wie kommt es, dass Ihr Grenzwachen braucht?«

Tarol lächelte. »Das hat zwei Gründe, mein Freund. Zum einen schützen wir die Greisenbäume. Sie sind kostbar, und wir wollen keine ungebetenen Besucher, die das Holz stehlen – wie es manchmal die Flussleute versuchen. Und zweitens gibt es – anders als in Darda Erynian – keine Verborgenen in diesem riesigen Wald – nicht, dass sie unwillkommen wären, nein, wir würden sie mit offenen Armen aufnehmen.«

»Oh«, rief Melor. »Meiden sie Darda Galion? Wenn ja, warum?«

Tarol seufzte und schüttelte den Kopf. »Sie *meiden* diesen Wald nicht. Vielmehr wohnen hier keine, weil dieser Wald noch nicht existiert hat, als die Fey nach Mithgar gekommen sind. Also haben sie anderswo Wurzeln geschlagen.«

Silberblatt nickte zustimmend. »Das stimmt. Sie hatten sich längst in Darda Erynian niedergelassen, als wir begannen, die Setzlinge von der Hohen Ebene in dieses Land der vielen Flüsse zu bringen. Bei der Entstehung des Waldes habe ich als Coron Abgesandte zu den Verborgenen geschickt und sie eingeladen, sich hier niederzulassen. Sie haben abgelehnt. Nicht aus bösem Willen oder Abneigung, sondern einfach deshalb, weil sie sich in ihrem eigenen behüteten Wald bereits zu ihrer Zufriedenheit eingerichtet hatten.«

Tarol wandte sich an Silberblatt. »Ihr wart Coron von Darda Galion?«

»Früher, vor langer Zeit, als der Wald noch so hoch war.« Vanidar hielt eine Hand einen guten Fuß hoch über den Boden. »Aber dann begannen mich andere Dinge zu interessieren, und Elmaron übernahm die Aufgabe.«

Tarol warf einen Blick auf die gewaltigen Bäume, dann neigte er das Haupt in Vanidars Richtung. »Gut gemacht, Silberblatt. Gut gemacht.«

Vanidar lächelte, sagte aber nichts.

Melor schaute tief in die Schatten des Greisenbaumwaldes, dann sagte er: »Hm. Keine Verborgenen. Es muss ... sehr einsam sein.«

Tarol zuckte die Achseln. »Vielleicht. Ich kann es nicht sagen, denn ich habe noch nie anderswo als in Darda Galion gewohnt.«

Melor klopfte Tarol freundschaftlich auf die Schulter. »Würdet Ihr unter Fey leben, würdet Ihr feststellen, dass sie ein geselliges Völkchen sind.«

Am Ende ihrer Mahlzeit, als sie Tee tranken und Mian aßen, das wohlschmeckende Elfenbrot, fragte Vanidar: »Tarol, was sind das für Gerüchte über die Flussmänner?«

Tarol füllte seine und Melors Tasse auf. Als er die Kanne wieder abstellte, sagte er: »Böse Gerüchte, mein Freund, sehr böse Gerüchte. Es scheint so, als würden zu viele Handelsschiffe in den Schnellen untergehen.«

Biren hielt beim Kauen seines letzten Bissen Brotes inne. »Was hat das mit den Flussleuten zu tun?«

Perin wandte sich an seinen Zwillingsbruder. »Hast du es nicht gesehen? Die Flussleute bergen die Wrackteile unterhalb der Schnellen.«

Biren zuckte die Achseln. »Aber die Schnellen sind gefährlich, und Unfälle gibt es immer wieder.«

Sie sahen Tarol an. Der trank aus seiner Tasse und sagte dann: »In letzter Zeit sind auch viele gute Steuermänner zerschellt, sagen die Kaufleute – Steuermänner, die schon oft durch die Schnellen gefahren sind.«

Ruar nahm sich noch ein Stück Mian. »Und Ihr glaubt, dass etwas daran faul ist und die Flussleute dafür verantwortlich sind?«

»Das wissen wir nicht«, antwortete Tarol.

Arin hielt nachdenklich inne und sagte dann: »Um die Boote in diesen gefährlichen Gewässern ins Verderben zu locken, wäre jemand an den Schnellen oder noch weiter flussaufwärts vonnöten.«

Tarol nickte. »Ganz genau, Dara. Vergesst nicht, dass gute hundert Meilen nördlich der Schnellen die Flussleute ihre Festung auf der Großen Insel haben – sie nennen sie *Vrana*, und Flusshüter nennen sie sich selbst ... und kassieren Maut als Schutzgebühren.«

»Dieses Nest der Flussleute habe ich mir vorgestellt«, erwiderte Arin. »Fahrt fort.«

Tarol zuckte die Achseln. »Eine Möglichkeit ist, dass die Flusshüter zu der Ansicht gelangt sind, mit ihren Flussbergungen lässt sich mehr verdienen, und mit ihren Kollegen auf der Insel Olorin dafür sorgen, dass es genug Bergungen gibt.«

»*Ha!*«, rief Perin, während er aufsprang und seine Klinge aufblitzen ließ. »Dabei würde ich sie gern erwischen.«

Biren ballte die Faust und reagierte auf den Einwurf seines Zwillingsbruders mit einem energischen Kopfnicken.

Während Perin sich wieder setzte, fragte Rissa: »Unternehmt ihr etwas, um diese Gerüchte entweder zu bestätigen oder zu widerlegen?«

Tarol nickte. »Die Waldläufer der Täler – die Baeron – überwachen jetzt die Schnellen und die Festungsinsel, während wir Olorin im Auge behalten.«

»Huah, die Baeron stehen flussaufwärts auf Wache?«, rief Ruar mit skeptisch hochgezogener Augenbraue. »Wir haben keine gesehen.«

Vanidar lächelte. »Das liegt daran, dass sie nicht gesehen werden wollten, mein Freund.«

Kurz darauf kehrten alle Lian von der ersten Wache zurück. Die Elfen nahmen ihre Mahlzeiten ein und unterhielten sich ein wenig, legten sich dann aber rasch schlafen. Schließlich rollten auch die sieben ihre Schlafsäcke und Decken aus, da sie sich in dieser Nacht gut von anderen bewacht wussten.

Ein liebliches Jubilieren kündigte den neuen Tag an, da die *Vani-lêrihha* hoch oben in den Bäumen sangen.

Arin gähnte, reckte sich und rieb sich die Augen, dann lugte sie zu den schattigen Kronen der riesigen Bäume empor in dem Versuch, einen der trillernden Vögel zu erspähen. *Wo bist du, kleine Silberlerche? Du hast den Dämmerritt aus der Hohen Ebene hierher genommen, und ich würde dich gerne sehen, bevor du bei Sonnenuntergang wieder nach Adonar zurückkehrst.* Sie entdeckte einen silbrigen Schemen, als eine der Lerchen davonflog. Arin seufzte. *Ja, kleiner Vogel, es ist dein gutes Recht, deinen eigenen Plänen zu folgen und wegzufliegen. Es wird Zeit, dass wir ebenfalls aufbrechen.* Sie setzte sich auf und warf einen Blick auf ihre Begleiter, von denen die meisten ebenfalls wach waren.

Nach dem Frühstück brachen die sieben auf, von den guten Wünschen der Waldhüter begleitet. Tarol verabschiedete sich von ihnen und wünschte ihnen Glück für ihre Mission. Dann trabten sie in den hohen Wald.

Der Weg führte durch die sanften Schatten der riesigen Bäume. Der Hufschlag ihrer Pferde wurde durch Moos gedämpft, und was an Geräuschen übrig blieb, verlor sich in den dämmrigen Höhen der Schatten spendenden Baumkronen hoch über ihnen.

Auf ihrem Ritt durch den Wald studierte Arin die Greisenbäume. Die Stämme waren wahrhaft gewaltig. Obwohl die Morgensonne hell leuchtete, blieb es im Wald dämmrig, denn dies waren die Greisenbäume aus der Hohen Ebene von Adonar, und Elfen lebten zwischen ihnen, also nahmen die Blätter eine dunkelgrüne Farbe an und *zogen* die Dämmerung *an*.

Als die Elfen an einer Stelle abstiegen und die Pferde am Zügel durch die Stille des Waldes führten, fragte Arin Rissa: »Was meint Ihr, wie hoch sie sind?«

»Die Bäume?«

Arin nickte.

Rissa schaute zu den Baumwipfeln empor und schätzte. »Vanidar sagt, hier draußen am Rand sind sie nicht so hoch wie im Innersten des Waldes, denn diese hier sind zuletzt gepflanzt worden.« Rissa hob die Stimme und rief Silberblatt zu: »*Chier*, wie hoch sind diese Bäume?«

Ohne sich umzudrehen, rief Vanidar zurück: »Ich würde schätzen, wenn wir an den Stämmen emporgehen könnten, würden wir nach hundert Schritten oben ankommen. Aber die ersten, die wir beim Herz des Waldes gepflanzt haben, sind mindestens hundertachtzig Schritte hoch.«

Arin warf einen Blick auf den vor ihr gehenden Silberblatt

und versuchte seine Schrittlänge einzuschätzen – etwas weniger als drei Fuß pro Schritt. »Dann ist es so, wie ich es mir gedacht habe: Diese Bäume sind noch nicht so groß wie die in Adonar.«

Mit der freien Hand machte Vanidar eine verneinende Geste. »Nein, sie müssen noch eine lange Zeit wachsen, bevor sie ihre volle Größe erreichen.«

Arin schaute in die dämmrigen Höhen. »Die Bäume, Vanidar. Sie ziehen das Dämmerlicht an. Wisst Ihr, wie sie das tun?«

Silberblatt drehte sich um, lächelte und schüttelte den Kopf. »Nein. Ich kann nur sagen, dass die Bäume irgendwie die Anwesenheit von uns Elfen spüren. Auf unerklärliche Art sind wir miteinander verbunden.«

Arin sah Rissa an, doch die neigte den Kopf und zuckte die Achseln. »Falls es jemand weiß, ich bin es nicht.«

Arin nickte und marschierte schweigend weiter. Schließlich saßen sie wieder auf und ritten weiter in südwestlicher Richtung. Vanidar wollte zu einer Furt im Fluss Rothro etwa dreißig Meilen entfernt. Der Greisenbaumwald war ein Land mit vielen Flüssen – dem Rothro, dem Quadrill, dem Cellener und dem Nith sowie all ihren Nebenflüssen –, deren glitzernde Fluten von der Hochebene und dem nicht weit entfernten Grimmwall herab durch den Wald flossen, um schließlich in den breiten Strom des gewaltigen Argon zu münden. Insgesamt mussten die Elfen zwei der Hauptflüsse des großen Waldes überqueren – den Rothro und den Quadrill –, wenngleich sie außerdem auch noch durch viele kleinere Bäche und Wasserläufe reiten würden.

Sie hatten die Furt noch nicht erreicht, als die Sonne hinter dem Horizont versank und sich die Abenddämmerung auf den Wald legte. Jetzt begannen die Silberlerchen ihr Nachtlied, und bei ihrem herrlichen Gesang schwoll Arin das Herz, und

Freudentränen liefen ihr über die Wangen. Plötzlich war das Flattern unzähliger Flügel zu vernehmen, und das Geträller steigerte sich zu einem Crescendo, während die *Vani-lêrihha* elegant zwischen den Bäumen umherschwirrten ... und verschwanden, als die Lerchen den Dämmerritt beschritten und nach Adonar zurückkehrten, sodass ihr Gezwitscher schlagartig verstummte.

Arin wurde das Herz schwer ob ihrer plötzlichen Abwesenheit, und sie seufzte und rieb sich mit den Handballen die Wangen trocken, während sie durch die Baumwipfel die ersten Sterne funkeln sah. Unter ihrem tröstlichen Licht schlugen die sieben ihr Lager auf, denn keiner von ihnen wollte seinen Weg jetzt noch fortzusetzen.

In jener Nacht schreckte Arin keuchend aus dem Schlaf und schoss kerzengerade in die Höhe. Gesicht und Körper waren in Schweiß gebadet.

Rissa stöhnte ebenfalls im Schlaf, wachte aber nicht auf.

Perin, der Wache hatte, fragte: »Was ist los, Dara?«

»Ich dachte, ich hätte Schreie gehört«, erwiderte Arin.

Sie hielten den Atem an und lauschten.

Nichts war zu hören, außer dem Geräusch der sanften Brise in den Bäumen.

Schließlich sagte Perin: »Vielleicht war es nur ein böser Traum.«

Arin seufzte, als zweifle sie daran, legte sich aber wieder hin und schloss die Augen. Doch der Schlaf stellte sich erst viel später ein, und dann träumte sie von blitzenden Klingen.

Wieder wurde Arin im Morgengrauen vom Gesang der Silberlerchen geweckt. *Ah, meine kleinen* Vani-lêrihha*! Kein Wunder, dass die Sterblichen diesen Wald Lerchenwald nennen – wie könnte jemand euren Liedern widerstehen?* Doch trotz ihrer Freude über den Lerchengesang erfüllte sie die

Erinnerung an ihre Träume der vergangenen Nacht mit Unbehagen.

Am späten Vormittag erreichten sie die Furt im Rothro und ritten durch das kristallklare Wasser. Mitten in der Furt hielten sie an, um die Pferde trinken zu lassen.

»Jetzt reiten wir weiter nach Süden«, sagte Vanidar, der seinem durstigen Ross den Hals tätschelte, »zur Furt durch den Quadrill.«

»Wie geplant«, sagte Arin.

»Wie weit ist es noch bis zum Herz des Waldes?«, fragte Ruar.

»Vielleicht fünfundzwanzig Meilen«, erwiderte Silberblatt, während er an den Zügeln zog. »Wir werden es morgen Früh erreichen, wenn nicht sogar noch heute Abend.«

Nachdem sie die Pferde getränkt hatten, durchquerten sie den Fluss und ritten weiter ins Dämmerlicht dahinter.

Kurz nach Mittag erreichten sie das Nordufer des rasch fließenden Quadrill. Vanidar wandte sich nach Westen und ritt stromaufwärts am Ufer entlang. Die Sonne hatte sich zwei volle Handspannen weiter über den Himmel bewegt, ehe die Reiter das östliche Ende einer Insel mitten im Fluss erreichten, wo der Strom breit und seicht war. Hier wateten sie mit den Pferden ans andere Ufer.

Das Herz des Waldes lag noch gut zwanzig Meilen weiter südlich.

Sie ritten weiter durch die gewaltigen Stämme, deren Baumkronen hoch über ihnen ein dichtes Laubdach bildeten. Das Land ringsumher war noch immer in ein sanftes Dämmerlicht gehüllt, obwohl die Sonne hoch am Himmel stand.

Die Nacht war bereits hereingebrochen, als die sieben eine weitere Wache der Lian passierten. Sie hatten endlich das Herz des Waldes erreicht, die Siedlung der Elfen, und fanden ein friedliches Dorf vor. Sie ritten in eine Ansammlung beleuchteter Wohnstätten, die sich zwischen die gigantischen Greisenbäume schmiegten, und weiter nach Süden, an strohgedeckten Hütten vorbei, durch deren Fensterläden gelber Lampenschein fiel.

Sie folgten den moosigen Wegen, bis sie ein großes, niedriges Gebäude in der Mitte der anderen fanden. Dies war das Coron-Haus, wo ein Wächter nach ihren Namen fragte, während Bedienstete sich um ihre Pferde kümmerten.

»*Vio Vanidar*«, erwiderte Silberblatt. »*Vio ivon Darda Erynian*, ebenso wie meine Gefährten. Wir möchten mit dem Coron sprechen.«

»Der Coron und seine Gemahlin sind mit einem Großteil des Hofes auf einem Bankett, Alor Vanidar, ehemaliger Coron«, erwiderte der Wächter respektvoll, indem er beiseite trat. »Sie feiern die Verlobung von Dara Rael und Alor Talarin. Ihr und Eure Gefährten seid gewiss dort willkommen.«

Der Wächter rief einen Pagen, der sie zuerst in eine Eingangshalle und dann in das sanft erleuchtete Innere des Coron-Hauses führte, wo sie von lebhaften Farben, dem Gemurmel zahlreicher Gespräche sowie dem Duft guten Essens begrüßt wurden. Prächtig gekleidete Elfen drehten sich beim Eintreten Silberblatts und der Dylvana um. Der Gesprächslärm senkte sich zu einem Flüstern, und das Gelächter verstummte, denn von wenigen Ausnahmen abgesehen, lebten die Dylvana sehr zurückgezogen und besuchten Darda Galion nur selten. Wenn sechs Dylvana gleichzeitig im Coron-Haus auftauchten, musste es einen ganz besonderen Anlass geben. Von Silberblatt angeführt, gingen die Dylvana an der langen, mit Köstlichkeiten überladenen Tafel vorbei, an der die Lian saßen. Hier und da Freunde mit einem Nicken grüßend, schlug Vanidar den Weg zum Podium ein, wo der Coron und seine Gemahlin am Kopfende der Tafel saßen, und wie es bei Verlobungsbanketten der Lian Sitte war, wurden sie rechts und links von den beiden Verlobten und ihren zwei ausgewählten Trauzeugen flankiert.

Aldor lächelte, als er Vanidar sah, und erhob sich, um ihn zu begrüßen. »Silberblatt, willkommen im Land der Silberlerchen und in diesem Haus.« Aldors Haare glänzten wie polierte Bronze, und er war ganz in Dunkelbraun gekleidet, mit lohfarbenen Einsätzen in Ärmeln, Brust und Beinen. Seine Augen waren haselnussbraun.

Vanidar verbeugte sich. »Coron Aldor, ich bringe Euch einige Dylvana aus Darda Erynian: die Darai Rissa und Arin und die Alori Ruar, Melor, Perin und Biren.« Während die Dylvana vorgestellt wurden, grüßten sie den Coron mit einer knappen Verbeugung, wie es bei ihnen üblich war.

Bevor Aldor reagieren konnte, beugte sich eine goldhaarige Dara mit dunkelblauen Augen vor. Ihre Kleidung war grün, und in ihre Locken waren grüne Bänder geflochten. »Dara Arin? Die Flammenseherin?« Auf Arins Nicken sagte die Lian: »Schon lange habe ich mir gewünscht, Euch kennen zu lernen. Ich bin Rael.«

»Auch ich wünschte, Euch zu begegnen, Kristallseherin«, erwiderte Arin.

Aldor lachte. »Es scheint, die Gespräche entwickeln sich rascher als die Vorstellung, doch ehe sie vollkommen enteilen, lasst mich einige Namen nennen: *Darai Elora e Rael e Irren, Alori Talarin e Rindor.*« Während seine Gemahlin und die Verlobungsgesellschaft Vanidar und die Dylvana begrüßten, fragte Aldor Silberblatt leise: »Seid Ihr mit Nachrichten gekommen?«

Vanidar nickte.

»Dringliche Angelegenheiten?«, fragte Aldor.

Bevor Vanidar antworten konnte, sagte Arin: »Ich bin gekommen, um Dara Raels Rat zu suchen, aber ich glaube, das kann bis morgen warten.«

Aldor hob eine Augenbraue. Vanidar sah Arin an und sagte dann: »Gut. Heute Abend werden wir essen und trinken, wir alle gemeinsam, und die Verlobung feiern.«

Aldor schaute von Silberblatt zu Arin. »So soll es sein«, verkündete er und rief dann: »Macht Platz für unsere Gäste.«

Während sie zu den Tischen gingen, wurden die Gespräche und das Gelächter im Coron-Haus wieder aufgenommen. Arin jedoch betrachtete die fröhliche Gesellschaft und fragte sich, ob dieses Fest vielleicht das letzte war, das dieses Haus je erleben würde.

12. Kapitel

Elora beugte sich vor, und ihre ungebändigten schwarzen Haare fielen ihr dabei ins Gesicht. »Und mehr habt Ihr in Eurer Vision nicht gesehen?«

Arin schüttelte den Kopf. »Ich glaube mich zu erinnern, dass es noch andere Bilder gab, aber was sie gezeigt haben, kann ich nicht sagen.«

Sie saß beim gemeinsamen Frühstück im Gemeinschaftsraum des Gästehauses mit Coron Aldor, dessen Gemahlin und der Kristallseherin Rael. Arin und die anderen Dylvana waren um die lange Tafel platziert. Silberblatt und Talarin waren ebenfalls anwesend.

Aldor nippte an seinem Frühstückstee. »Eine schlimme Vision, die Euch überkommen hat.« Er wandte sich an Rael. »Habt Ihr etwas Ähnliches gesehen?«

Rael schüttelte ihre goldenen Locken. »Nein, Coron.«

Neben Rael saß Talarin, der hoch gewachsene Elf, der nun graue Kleidung trug. Wie Rael hatte er ebenfalls goldene Haare, aber seine Augen waren grün. Er legte Rael eine Hand auf die Schulter. Sie lächelte ihn kurz an und wandte sich dann an Aldor. »Dass ich nichts dergleichen gesehen habe, ist ohne Bedeutung, mein Coron, und macht die Vision nicht weniger wahr, denn die Gesichte achten nicht darauf, wem sie sich offenbaren. Wahrscheinlich gibt es unter tausend Sehern keine zwei, die dasselbe sehen, jedenfalls sagt das Elgon der Magier.«

»Nicht einmal Ereignisse von solcher Tragweite?«

Rael drehte die Handflächen nach oben. »Nicht einmal diese.«

Arin räusperte sich. »Dara Rael, können vorhergesehene Ereignisse abgewendet werden?«

Raels Stirn legte sich in Falten, während sie überlegte. Melor goss sich noch eine Tasse Tee ein. »Ich habe es noch nie versucht«, sagte Rael schließlich. »Das hieße, das Schicksal herauszufordern ... und wer weiß, was dann geschehen würde? Vielleicht könnten die Zauberer so etwas tun. Aber ich nicht.«

Arin seufzte. »Wie Ihr, Dara, habe auch ich es noch nie versucht. Aber bei dieser Vision kommt es mir so vor, als seien wir verpflichtet, das drohende Verhängnis abzuwenden.«

Arin hielt einen Augenblick inne und fragte dann: »Was ist denn mit dem grünen Stein? Hat irgendjemand hier schon einmal von einem solchen Stein gehört?«

Die Lian sahen einander an, und alle schüttelten den Kopf.

»Nicht einmal ein Gerücht?«

»Vielleicht ist er ein Gegenstand der Drimma«, mutmaßte Talarin. »Sie arbeiten mit Edelsteinen und Jade, und Eurer Beschreibung nach könnte es etwas in dieser Art sein.«

»Das ist wahr«, erwiderte Arin. »Aber ich habe unter den Artefakten der Zwerge noch nichts Vergleichbares gesehen.«

»Ich frage mich gerade, ob es eine Schöpfung der Magier sein könnte«, meldete Perin sich zu Wort.

Biren wandte sich an seinen Zwilling. »Warum sollten sie so etwas erschaffen? Zu welchem Zweck?«

Perin zuckte die Achseln. »Wer kennt sich schon mit den Zauberern aus?«

Aldor schüttelte zögernd den Kopf. »Wer immer ihn auch gefertigt hat – seien es Drimma, Zauberer oder gar Götter –, dieser grüne Stein scheint ein wirklich machtvoller Gegenstand zu sein.«

»Dennoch ist Perins Überlegung so stichhaltig wie jede andere«, sagte Elora. »Irgendjemand auf der Welt weiß ganz gewiss etwas darüber.«

Aldor stellte seine Teetasse ab. »Ich werde vorsichtige Erkundigungen unter den Lian einholen. Außerdem werde ich Abgesandte nach Drimmenheim schicken und den DelfHerrn zu diesem Artefakt befragen. Aber was die Zauberer angeht ...«

»Was die Zauberer angeht«, nahm Rael Aldors Faden auf, »würde ich vorschlagen, dass Dara Arin einen der Magier aufsucht.«

Arin wandte sich an die Kristallseherin. »Ihr selbst habt einen Magier erwähnt, Dara Rael – Elgar?«

»Elgon«, erwiderte Rael.

»Er kennt sich mit Sehern und Visionen aus?«

»Durchaus ... obwohl es nicht seine Spezialität ist.«

»Dann sollte ich ihn vielleicht aufsuchen«, schlug Arin vor.

Rael schüttelte den Kopf. »Ich weiß nicht, wo er wohnt.«

»Rwn? Schwarzer Berg?«

Rael zuckte die Achseln. »Vielleicht. Aber es gibt einen, der viel näher lebt: Dalavar in Aralan. Er wohnt in Darda Vrka, das hat man mir jedenfalls gesagt.«

»Im Wolfswald?« Rissa hob eine Augenbraue. »Den kenne ich. Und Dalavar ebenfalls.«

Die anderen sahen sie an. »Ich bin Dalavar Wolfmagier einmal begegnet, als ich in früheren Zeiten den Wolfswald durchquert habe«, erklärte sie. »Der Wald ist recht verwildert ... und gut bewacht.«

Rael runzelte die Stirn. »Bewacht?«

»Von den Draega, den Silberwölfen.«

»Draega in Mithgar?«, entfuhr es Ruar. »Ich dachte, sie wohnten nur in Adonar.«

»Offensichtlich nicht«, sagte Silberblatt, während er Rissa ein inniges Lächeln schenkte und ihre Hand nahm.

»Dieser Darda Vrka, wo liegt der?«, fragte Arin.

»Im Nordosten Aralans«, erwiderte Rissa, »fast zweieinhalbtausend Meilen, wie der Falke fliegt, aber mehr über Land auf dem Weg, den wir nehmen würden.«

Biren sah Perin an. »Achtzig bis hundert Tage zu Pferde, bei gutem Tempo.«

»Sehr viel weniger mit Reservepferden«, erwiderte sein Zwillingsbruder.

Arin seufzte. »Und wo liegt der Schwarze Berg?«

»Noch hinter Darda Vrka«, sagte Rissa. »Noch sechshundert Meilen weiter. Im Reich Xian.«

Arin überlegte einen Augenblick. »Können wir mit dem Dämmerritt Zeit sparen?«

Die Elfen sahen einander an, doch keiner wusste zunächst etwas zu sagen. Schließlich meldete sich Silberblatt zu Wort: »Ich weiß von keinen Dämmerritt-Kreuzwegen, die kürzer wären als die direkte Verbindung.«

Arin ächzte. »Ich hatte gehofft, durch einen Ritt zuerst nach Adonar und dann wieder nach Mithgar Zeit zu sparen – notfalls auch durch mehrere Wechsel.«

Ruar räusperte sich. »Wäre es nicht schneller, zuerst nach Rwn zu gehen? Wir könnten zum Avagonmeer reiten und uns auf einem arbalinianischen Kauffahrer einschiffen.«

Aldor schüttelte den Kopf. »Man hat mir berichtet, dass die Piraten von Kistan die Meerenge blockiert haben. Kein Schiff außer der *Eroean* soll es geschafft haben, die Blockade zu durchbrechen.«

»Aravans Schiff«, sagte Arin mit leuchtenden Augen. »Er würde uns an Bord nehmen.«

Aldor schüttelte den Kopf. »Der Bote des Königs sagte, dass Aravan nicht mehr im Hafen liegt, sondern die Blockade wieder durchbrochen habe und weitergesegelt sei. Der Bote hat auch gesagt, dass der Hochkönig eine Flotte zusammenstellt, um den Würgegriff der Piraten zu lösen. Das könnte aber eine ganze Weile dauern, vielleicht sogar Monate.«

»Wir könnten nach Norden reiten und über das Borealmeer segeln ... oder weiter westlich nach Ryngar«, schlug Melor vor, »und hoffen, einen Kauffahrer zu erwischen, der in unsere Richtung fährt.«

»Oder ein Schiff mieten«, fügte Ruar hinzu.

»Rwn oder Darda Vrka oder der Schwarze Berg in Xian«, sagte Arin seufzend, »wofür wir uns auch entscheiden, es wird dauern.«

»Da wäre noch etwas zu bedenken«, sagte Rael. »Wenn Ihr nach Darda Vrka geht, um bei Dalavar Antworten zu suchen, und er Euch nicht helfen kann, dann ist der Schwarze Berg nicht mehr weit.«

Rissa nickte. »Darda Vrka liegt tatsächlich auf dem Weg nach Xian.«

»Dann würde ich vorschlagen ...«, begann Aldor, verstummte aber, als entfernter Hörnerschall durch die Greisenbäume hallte. »Ein Alarm?«, murmelte Aldor. Er erhob sich und ging zum Vorderfenster des Gästehauses.

Wiederum ertönte das Horn, diesmal näher.

Jetzt erhoben sich alle Elfen.

Silberblatt schnallte sein Langmesser um. Die Dylvana nahmen Schwerter und Bögen. Elora nahm Aldors Schwert vom Tisch und gab es ihm.

Aldor wandte sich vom Fenster ab und nahm die Waffe entgegen. Dabei meinte er zu Arin. »Lasst mich Euch Folgendes sagen, Dara, ehe es dieser Alarmruf aus meinen Gedanken verdrängt: Ich würde vorschlagen, dass Ihr und Eure Begleiter Dara Raels Rat befolgt und nach Darda Vrka reist. Sucht diesen Dalavar auf und bittet ihn um Rat. Und wenn Dalavar Euch nicht helfen kann, reist weiter zum Schwarzen Berg, denn niemand ...«

Der Hörnerschall wurde jetzt schrill.

»... niemand hier kennt diesen grünen Stein, aber die Zauberer können Euch vielleicht helfen. In der Zwischenzeit werde ich alles tun, was in meiner Macht steht, um etwas über seine Bedeutung in Erfahrung zu bringen.«

Ein Pferd und ein elfischer Reiter donnerten ins Dorf, denen eine Kette von Reservepferden an langen Zügeln folgte. Wieder blies der Reiter in sein Horn.

Aldor trat durch die Tür nach draußen, und die anderen gingen ihm hinterher.

Die Pferde hielten vor dem Coron-Haus, und der Reiter sprang von seinem dampfenden, schaumbedeckten Ross ab und rannte die Treppe empor, um vom Wächter an der Tür ans Gästehaus und die dort versammelte Gruppe verwiesen zu werden.

Das Horn noch in der Hand, begegnete ihnen der Reiter auf halbem Weg zwischen Gästehaus und Coron-Haus, und zwischen zusammengebissenen Zähnen presste er hervor: »Mein Coron, die *Rûpt* am Grimmwall haben neun Greisenbäume gefällt.«

»*Kha!*« Aldor ballte vor Zorn die Faust, während um ihn her bestürzte Rufe laut wurden. Der Coron stieß den Atem aus und fragte dann: »Und die *Rûpt*, Loric, was ist mit den *Rûpt*?«

»Tot. Von den Markwarten erschlagen.«

»*Blæ!*«, fauchte Elora mit grimmigem Blick. »Zu leicht. Für diesen Frevel hätten sie leiden müssen.«

Aldor knirschte mit den Zähnen. »Die *Rûpt*: Waren es Rucha, Loka, Ghûlka?«

»In der Hauptsache Rucha, obwohl auch zwei Loka unter ihnen waren.«

»Wie viele insgesamt?«

»Zweiundzwanzig.«

»Wann?«, fragte Aldor.

»Gestern Nacht«, erwiderte der Reiter. »Nein, wartet, ich bin die ganze Nacht geritten, also war es vorgestern Nacht.«

Arins Augen weiteten sich. *Vor zwei Nächten? Mein Traum, die Schreie, die blitzenden Klingen.*

Arin sah Perin an, und ihre Lippen formten lautlos *Mein Traum*. Er nickte, und dann sahen beide Rissa an, die in dieser Nacht ebenfalls im Schlaf gestöhnt hatte, aber Rissa schien sich nicht mehr daran zu erinnern.

Arin warf nun einen Blick auf die Greisenbäume in der Nähe. *Vanidar hat gesagt, wir seien irgendwie verbunden, und das sind wir tatsächlich: Sie spüren unsere Anwesenheit, ich habe ihren Schmerz gespürt.*

»Diese *Spaunen*, wer hat sie geschickt?«, fragte Silberblatt.

»Das wissen wir nicht«, erwiderte der Reiter. »Wir waren wie wahnsinnig vor Kummer, und die *Rûpt* waren alle tot, ehe wir daran dachten, einen Gefangenen zu machen.«

Silberblatt schlug sich auf das Bein und sagte zu Aldor: »Diese Untat bedarf noch einer anderen Antwort.«

»Dessen bin ich mir bewusst«, erwiderte Aldor, dessen Augen sich verengten. »Wir müssen herausfinden, wer hinter dieser schändlichen Tat steckt, und den *Rûpt* eine harte Lektion erteilen.«

»Vergeltung«, fauchte Elora zähnefletschend. »Schnell und hart. Denn dies darf nie wieder geschehen.«

Arins Augen weiteten sich angesichts der vor Zorn verzerrten Miene von Aldors Gemahlin. *Fängt er so an? Der Krieg aus meiner Vision?*

Vanidar holte tief Luft und sagte: »Vergeltung für meine Bäume.«

»Eure Bäume?«, fragte Talarin.

Vanidar nickte. »Ich war Coron, als dieser Wald gepflanzt wurde.«

Jetzt sah Talarin Silberblatt aus großen Augen an, und er sagte: »Dann hat Euch dieser Darda mehr zu verdanken als den meisten hier. Es wäre mir eine Ehre, neben Euch reiten zu dürfen, wenn wir unsere Rache zu den *Rûpt* tragen.«

Aldor machte eine weit ausholende Geste, welche Lian und Dylvana sowie das gesamte Herz des Waldes einschloss. »Wir wären alle geehrt, neben Euch zu reiten, Silberblatt. Wollt Ihr mein Kriegsführer sein?«

Vanidar schaute von einem Mitglied der Gruppe zum anderen, doch als sein Blick auf Arin fiel, schüttelte sie den Kopf. »Silberblatt, so sehr mich der Tod der neun Bäume auch schmerzt, ich kann meine erste Pflicht nicht zurückstellen.« Sie wandte sich an ihre Begleiter. »Geht alle mit Vanidar und den Lian, um für diese üble Tat Vergeltung an den *Rûpt* zu üben. Eure Anwesenheit wird die *Rûpt* lehren, dass auch die Dylvana solche Missetaten nicht ungestraft geschehen lassen. Doch ich ... ich muss stattdessen nach Aralan reisen, nach Darda Vrka, um den Rat des Zauberers Dalavar zu suchen. Mein Coron hat mir die Aufgabe übertragen, der Spur des grünen Steins zu folgen und zu versuchen, das Verhängnis abzuwenden.«

Vanidar ballte die Fäuste so krampfhaft, dass seine Knöchel weiß hervortraten. Dann wandte er sich an Aldor. »Arin hat Recht. So sehr ich es auch ersehne, die schändliche Tat zu sühnen, ich kann nicht Kriegsführer sein. Coron Remar hat uns in Darda Erynian mit der Aufgabe betraut, Arin auf ihrer Mission zu begleiten, und genau das werde ich tun.«

Silberblatt sah die anderen an, die einer nach dem anderen seufzten und dann den Kopf neigten.

Aldor ließ den Blick über sie schweifen. »So sei es«, verkündete er. Er wandte sich an den Reiter. »Loric, gebt das Signal zum Sammeln. Wir werden in großer Zahl in die Grimmwall-Mark reiten.«

Während Lorics Horn erklang, trat Arin neben Silberblatt. »Es tut mir Leid, Alor Vanidar, denn Ihr habt diesen Wald gepflanzt, und wenn jemand Vergeltung für das Fällen der Bäume suchen sollte, dann seid Ihr es.«

Nachdem sie ihre Sachen gepackt hatte, warf Arin noch einen letzten gründlichen Blick auf ihr Quartier im Gästehaus, um sich zu vergewissern, dass sie nichts vergessen hatte. Dann trat sie durch die offene Tür und auf die Veranda der langen strohgedeckten Hütte, wo ihre Gefährten bereits warteten. Wenig wurde gesagt, während sie langsam zu den Ställen gingen und dabei die Häuser der Lian passierten, in denen sie elfische Krieger und Kriegerinnen sehen konnten, die sich auf den Feldzug vorbereiteten und ihre Waffen anlegten. Ab und zu donnerte ein Reiter in dringender Mission an ihnen vorbei, und Arin schlug das Herz im Halse. *Hängt dieser Vorfall auf irgendeine Weise mit meinem Gesicht zusammen?* Sie seufzte, denn gegenwärtig ließ sich diese Frage nicht beantworten.

Die Ställe waren praktisch leer – nur wenige Pferde und ebenso wenig Geschirr waren noch da. Arin sattelte ihr Ross, legte ihm das Zaumzeug an, füllte ihre Satteltaschen mit Hafer und befestigte ihre Reiseutensilien an den Haltegurten des Sattels. Schließlich waren sie reisefertig, und Arin und ihre Gefährten ritten langsam aus dem Herz des Waldes und in den dämmrigen Wald, während Rael ihnen mit besorgter Miene nachblickte.

Die Pferdehufe verursachten kaum ein Geräusch auf den bemoosten Wegen. Nach einer Weile schaute Arin sich um und sah nichts mehr als hoch aufragende Bäume. Sie wandte sich wieder nach vorn und folgte den anderen zum Anlegeplatz der Fähre zur Insel Olorin und weiter nach Caer Lindor. In dieser Festung am Fluss Rissanin würden sie Proviant für die lange Reise ins Land Aralan aufnehmen. Dort würden sie Dalavar aufsuchen, um festzustellen, ob er etwas über den grünen Stein, dieses Artefakt der Macht, wusste und vielleicht eine Möglichkeit sah, das furchtbare Verhängnis abzuwenden.

13. Kapitel

»Artefakt der Macht?« Trotz der Menge, die Alos getrunken hatte, redete er keineswegs undeutlich. »Und was könnte das für ein Artefakt sein, hm?«

Aiko schnaubte, aber Arin sagte: »Etwas, dem die Macht verliehen wurde, eine Bestimmung zu erfüllen.«

»Hm?« Alos schüttelte den Kopf. »Macht verliehen? Bestimmung? Ihr sprecht in Rätseln, und ich brauche noch etwas zu trinken.« Er hob seinen leeren Becher, sein weißes Auge starr auf Arin gerichtet.

Aiko knurrte und bewegte eines ihrer Schwerter, sodass die Klinge funkelte. Alos stellte den leeren Becher hastig wieder auf den Tisch, streckte abwehrend die Hände aus und jammerte: »Nichts für ungut, beste Dame. Ich wollte niemandem zu nahe treten. Es ist nur so, dass mich düstere Geschichten durstig machen ... und Artefakte der Macht sind ganz sicher düstere Kunde mit ihren Bestimmungen und Verhängnissen und allem.«

Egil rührte sich in seinem Bett. »Ich würde auch gern mehr über diese Artefakte hören. Nach allem, was Ihr sagt, mein *Angil* – Dara Arin, meine ich, kommt es mir so vor, als trügen sie auch Wyrds ... wie wir alle.«

»Wyrds?« Aiko hob eine Augenbraue.

»Aye«, antwortete Egil, dessen eines blaues Auge im Lampenschein funkelte, denn im Laufe von Arins Erzählung war die Dämmerung hereingebrochen, und der Raum war jetzt von einem weichen gelben Schein erleuchtet. »Wyrds: das, was Männer zu ihren Taten treibt ... oder das, was sie am Ende erwartet.«

»Pah. Nur Männer? Ihr schwafelt wie die Priester von Hodakka. *Baka-gojona dokemono.*« Aiko wandte sich ab und starrte aus dem Fenster.

»Glaubt Ihr, dass Ihr ein Wyrd habt, Egil?«

»Aye, Dara Arin: ein Speer durchs Herz, ein Schwertstreich, Tod auf See oder etwas in der Art. Was es ist, kann ich nicht sagen, aber ein Wyrd erwartet mich gewiss.«

Aiko fixierte ihn erneut mit ihrem finsteren Blick. »Und was ist, wenn Ihr an Altersschwäche im Bett sterbt?«

Egil lachte laut. »Ich? Im Bett sterben? Unwahrscheinlich.«

Arin warf einen Blick auf Aiko und wandte sich dann an Egil. »Vielleicht hat Euer Wyrd Euch bereits ereilt, Egil. Vielleicht ist es Euch in Jütland begegnet.«

Egil berührte seine Verbände, antwortete aber nicht.

Alos lugte erneut in seinen leeren Becher und seufzte. »Wyrds verstehe ich. Oh, nicht, dass ich an sie glauben würde ... Aber diese Artefakte der Macht, tja, die scheinen ganz was anderes zu sein.« Er sah Arin an. »Was sind sie, und woher wisst Ihr davon?«

Alle Augen richteten sich auf Arin. Sie hob eine Hand und sagte: »Artefakte der Macht – manchmal sind sie schwer zu erkennen, zu anderen Zeiten sind sie allen bekannt. Sie können zum Guten oder zum Bösen dienen: Gelvins Verhängnis war ein dunkles Artefakt der Macht. Das war auch der Schwarze Thron in Hadrons Saal. Auch für das Gute sind welche bekannt: Eines ist der *Kammerling*, Adons Hammer, dessen Bestimmung es ist, den größten Drachen von allen zu erschlagen – obgleich niemand weiß, wo der Kammerling ist. Außerdem gibt es ein Schwert in Adonar, *Wehe* mit Namen, das zu diesen gehört, obwohl niemand weiß, welche Bestimmung es hat. Andere scheinen etwas zu sein – ein Edelstein, ein Dolch, ein Ring, ein Schmuckstück –, sind aber in Wirklichkeit etwas ganz anderes. Viele sehen ganz unscheinbar aus, bis sich ihre wahre Natur zeigt.«

Alos schüttelte verwirrt den Kopf. Doch Egil sagte: »Was, wenn ich eines dieser Artefakte der Macht hätte – sagen wir einen Ring oder dergleichen –, aber wenn die Zeit gekommen wäre, wüsste ich es nicht zu benutzen oder würde versuchen, es zu benutzen, es aber nicht schaffen? Was ist dann mit der Bestimmung?«

»Aye«, plapperte Alos, »was, wenn Egil es nicht schafft?« Alos hob abwehrend eine Hand zur Entschuldigung in Richtung des jüngeren Mannes im Bett. »Nicht, dass so was wahrscheinlich wäre, Egil. Nichts für ungut.«

Sie sahen beide Arin an.

Die Dylvana erwiderte ihren Blick. »Was mit der Bestimmung wäre, wenn es euch nicht gelingt, den Gegenstand so zu benutzen, wie er benutzt werden sollte?«

Sie nickten beide.

»Ein Artefakt der Macht scheint Mittel und Wege zu haben, seine Bestimmung zu erfüllen«, antwortete Arin. »Wenn es euch tatsächlich nicht gelingen sollte, würde das Artefakt immer noch danach trachten, seine Bestimmung zu erfüllen. Wenn nicht durch Eure Hand, dann durch eine andere.« Sie holte tief Luft.

»Ich muss zugeben, Artefakte der Macht sind rätselhaft, vielleicht aus der Ferne von Adon gelenkt oder von Gyphon ... oder Elwydd oder Garlon oder einem der anderen – wer kann das sagen? Doch niemand außer den Göttern weiß mit Sicherheit, welche Gegenstände Artefakte sind ... bis sich ihre Bestimmung erfüllt. Aber hört mich an, denn eines glaube ich ganz fest: Der Stein aus meiner Vision ist ein Artefakt der Macht, aber eines, dessen Bestimmung sich hoffentlich niemals erfüllen wird.«

Stille senkte sich über den Raum, die nur vom Kratzen des Alekrugs gestört wurde, den Alos auf dem Tisch hin und her drehte. Schließlich sagte Egil: »Wenn Ihr Recht habt, dann will mir scheinen, dass wir alle getrieben werden, die Bestimmungen dieser Artefakte der Macht zu erfüllen. Was spielt es dann für eine Rolle, dass wir uns abmühen, unsere eigenen Ziele zu erreichen? Denn ob wir es wollen oder nicht, wir stehen unter dem Einfluss dieser Gegenstände. Ich hoffe, ich werde niemals Bekanntschaft mit einem machen.«

Aiko sah Egil an. »Denkt über Folgendes nach: Vielleicht ist es Euer Wyrd, mit einem solchen Gegenstand Bekanntschaft zu machen. Vielleicht habt Ihr keine Wahl.«

Egil erwiderte den Blick. »Was denkt Ihr, Aiko? Über Artefakte der Macht, meine ich, und ob sie uns zwingen, ihre Bestimmung zu erfüllen?«

Aiko überlegte kurz und sagte dann: »Sollte ich mit einem Bekanntschaft machen, würde ich das Artefakt vielleicht an mich nehmen, wenn es meinen Zwecken dienlich wäre, und vielleicht würde das Artefakt mich aus demselben Grund auswählen.«

»Dann glaubt Ihr, dass Ihr das Artefakt auch ablehnen könntet, wenn es Euren Zwecken nicht dienlich wäre?«

Aiko nickte.

»Dann, Kriegerin, glaubt Ihr, dass die Wege der Artefakte und ihrer Träger ohnehin in dieselbe Richtung laufen, aye?«

»Ja, Egil Einauge, das glaube ich. Ich habe die freie Wahl, wenn es sonst keine Einflüsse gibt.«

»Wenn es sonst keine Einflüsse gibt? Was meint Ihr damit?«

»Nun: Die Götter wollen vielleicht aus einem anderen Grund, dass ich etwas tue, was ich sonst lieber nicht täte. Dann hätte ich in der Angelegenheit überhaupt keine Wahl.«

Egil nickte. »Abgesehen von meinem Wyrd glaube ich auch, dass ich in allen Dingen die uneingeschränkte Wahl habe. Aber meinem Wyrd muss ich folgen. Welchen Weg ich auch beschreite, am Ende begegne ich der Klinge, die meinen Namen trägt. Wie alle anderen Männer auch, kann ich meinem Wyrd nicht entgehen. Die Macht, die sogar über die Götter herrscht, will es so, obwohl auch die Götter ihre Hand im Spiel haben können.«

»Pah!«, schnaubte Alos. »Die Götter sind launisch und bringen nur Kummer über die Menschheit.« Er senkte den Kopf und legte eine Hand auf sein vernarbtes, blindes Auge ... und fing plötzlich an zu weinen. Besorgt ging Arin zu dem alten Mann und legte ihm eine Hand auf die Schulter. Unkontrolliert schluchzend, sah Alos zu ihr auf, das Gesicht von innerer Qual verzerrt. Vor sich hin schluchzend, tastete er schwach nach seinem Taschentuch.

Aiko sah den alten Mann angewidert an. Dann wandte sie sich wieder an Egil und fragte: »Haben nur Männer Wyrds? Was ist mit Frauen ... und was ist mit den Dylvana und Lian, mit den Zwergen und allen anderen Schöpfungen Elwydds? Und was ist mit den bösen Kreaturen, die Gyphon gemacht hat? Bin ich und sind all diese anderen von Wyrds vollkommen ausgenommen?«

Während Alos sich geräuschvoll die Nase putzte, sah Egil Aiko erstaunt an. Dann neigte er den Kopf und überlegte. Alos wollte anscheinend gar nicht mehr aufhören, sich zu schnäuzen. Schließlich sagte Egil: »Ja, Aiko, alle haben Wyrds. Es ist nur so, dass ich ...«

»Es ist nur so, dass Ihr noch nie an etwas anderes als an Euresgleichen gedacht habt. *Rikotekina otoko!*« Sie drehte ihm verärgert den Rücken zu.

Alos hörte auf, in sein Taschentuch zu schniefen. Dann knüllte er das feuchte Stückchen Stoff zusammen und stopfte es sich in die Tasche. Immer noch weinend, grinste er Arin mit seinen Zahnlücken an und sagte: »Lasst uns alle einen trinken, aye?«

In dieser Nacht erzählte Arin ihre Geschichte nicht weiter, denn Egil war geschwächt und müde, und sie bestand darauf, dass er genug Schlaf bekam.

Alos wollte unbedingt seine übliche Runde durch die Tavernen machen, beschloss dann aber doch zu bleiben, nachdem Arin ihm sagte, es gebe noch mehr zu erzählen und folglich am nächsten Tag noch mehr Ale. Er überlegte einen Moment und schaute zur Tür, dann lächelte er bei sich und erklärte sich einverstanden.

Und so machten sich alle für die Nacht bereit. Egil schlief in seinem Bett. Aiko kauerte mit untergeschlagenen Beinen meditierend vor der Tür, die Schwerter auf der Tatami vor sich. Alos lag auf seiner Matte, bestürzt, weil er nicht in der Lage war, das Zimmer zu verlassen, ohne die safranhäutige Kriegerin zu wecken, falls sie überhaupt schlief. Arin saß am Feuer und starrte versunken hinein.

Irgendwann vor Tagesanbruch fing Egil an, im Bett um sich zu schlagen, Namen zu rufen und zu fluchen. Dabei hatte er einen Berserkerausdruck in seinem offenen, aber nichts sehenden Auge. Arin trat an sein Bett und versuchte, ihn zu beruhigen, doch ohne Erfolg. Aiko hielt sich bereit für den Fall, dass sie gebraucht würde. Immer noch schreiend und fluchend, wachte der Kaperfahrer schließlich auf und sah sich verstört um. Dann vergrub er das Gesicht in den Händen und begann zu weinen. Arin setzte sich auf die Bettkante und sang leise ein elfisches Lied, bis Egil sich wieder beruhigte. Nach einer Weile schlief er ein. Arin kehrte auf ihren Sessel zurück und Aiko auf ihre Tatami-Matte. Die Dylvana starrte ins Feuer, schaute aber rasch weg, da sie sich nicht konzentrieren konnte, denn ihre Gedanken kehrten immer wieder zu dem Mann im Bett zurück. *Böse Träume, in der Tat.*

Am nächsten Morgen, während sie gerade frühstückten, kam Thar vorbei, um nach dem Patienten zu sehen. Nachdem Arin eine Salbe auf die Wunden aufgetragen hatte, legten der Heiler und die Dylvana Egil frische Verbände an.

Thar blieb lange genug, um etwas zu essen, verabschiedete sich dann aber, um seine tägliche Runde zu machen.

Danach kam Orri – gutmütig-derb und mit viel guter Laune – und brachte eine lederne Augenklappe mit, die in einem grellen Scharlachrot gefärbt und mit einem kleinen goldenen Symbol verziert war. »Das ist ein Geschenk von der Mannschaft. Die Männer wollen, dass du sie trägst. Ach, Junge, du wirst eine gute Figur als Fjordsmann abgeben, wenn wir zu den Jüten zurückkehren und du deine Rache nimmst. Wir haben sie sogar mit Adons Zeichen geschmückt – mit dem Kriegshammer, Kammerling soll er wohl heißen. Und er passt genau, denn was könnte man auf einem Rachefeldzug besser als Symbol tragen als ein Ding, das die Zwerge den Zornhammer nennen, aye?«

Orri blieb bis zum späten Vormittag und teilte sich einen Krug Ale mit Alos – sehr zu dessen Bestürzung, denn Orri trank den größten Teil seiner Hälfte aus, bevor er ging.

Es war kurz vor Mittag, als Arin schließlich ihre Geschichte fortsetzte.

14. Kapitel

Arin und ihre Gefährten ritten durch Darda Galion zurück, durch die Schatten des dämmrigen Waldes. Sie durchquerten moosige Senken und Mulden und ritten durch die Bäche und Flüsse des bewaldeten Landes – von denen manche rasch dahinschossen und weiß und tosend durch Klippen und Felsen schäumten, während andere träge zwischen langen, von Farnen bewachsenen Ufern oder hohen Felswänden herflossen und leise wisperten.

Die Stille des Greisenbaumwaldes legte sich auf Arin, und sie nickte ein, döste vor sich hin und verlor in dem zeitlosen Dämmerlicht jegliches Zeitgefühl.

Bei Tagesanbruch und in der Dämmerung trällerten die silbernen Singvögel ihre Melodien und erfüllten den Wald mit der Schönheit ihres Gesangs.

Sie überquerten den rasch fließenden Quadrill und dann den langsameren Rothro, da sie auf dem Weg zurückkehrten, den sie erst vor wenigen Tagen entlanggeritten waren.

Schließlich erreichten sie das Lager, wo sie die erste Nacht in Darda Galion verbracht hatten, und Silberblatt erzählte den Markwarten, dass neun Bäume gefällt worden seien. Die Wächter waren bestürzt über die Untat der *Spaunen* an der Flanke zum Grimmwall. Viele wären am liebsten gleich zurückgeritten, um sich Aldor anzuschließen, aber sie konnten ihren Posten nicht verlassen und waren daher erfüllt von ohnmächtigem Zorn.

Der nächste Morgen dämmerte bei stetigem Regen, und ein niedergeschlagener Tarol begleitete die sieben zum Pier, wo sie die Glocke läuteten, um die Fähre von der Insel Olorin zu rufen, die im wallenden Nebel kaum zu sehen war.

Sie wechselten von einer Fähre der Flussleute auf die andere und erreichten schließlich das Ostufer des mächtigen Argon.

In nordöstlicher Richtung ritten sie durch die Südspitze von Darda Erynian, um an jenem regnerischen Abend die Ufer des Rissanin zu erreichen. Der nächste Tag dämmerte unter einem bewölkten Himmel, aber der Regen hatte nachgelassen. Sie folgten dem Westufer des Flusses, und unterwegs wurde es langsam heller. Als schließlich der Abend hereinbrach, sichteten sie mitten im Fluss die grauen Steintürme von Caer Lindor, die in der untergehenden Sonne hellrot leuchteten.

Sie überquerten die Pontonbrücke im Westen, um auf die Festungsinsel zu gelangen, ein Vermächtnis der elfischen Erbfolgekriege aus alten Zeiten, als weder Mensch noch Fey, noch Zwerg, noch Magier, noch sonst jemand die Welt Mithgar bevölkert hatte und es dort nur die Elfen gab, die damals noch vom Wahnsinn befallen waren. Diese Zeiten waren lange vorbei, doch die massige, wuchtige Festung gab es immer noch. Sie war ein Außenposten für den Fall einer zukünftigen Notlage, diente dieser Tage aber als Zwischenstation für Reisende. Hier, an der Grenze zwischen dem bewachten Silberlerchenwald im Norden und dem Großwald im Süden, kamen nicht viele Reisende des Weges, und die wenigen waren meistens Elfen oder Baeron, wenngleich ab und zu auch eine andere abenteuerlustige Seele darunter war.

An diesem Abend kamen sechs Dylvana und ein Lian über die Brücke auf der Suche nach Maultieren oder Packpferden sowie Proviant für eine lange Reise nach Osten. Doch über ihre Mission erzählten sie nichts, obwohl sie den Kriegern der elfischen Garnison vom Fällen der neun Bäume berichteten.

Trotz dieser grimmigen Nachricht wurden sie in jener Nacht

ein wenig von zwei Waerlinga aufgeheitert, die anscheinend auf einer Floßreise zunächst den Rissanin und dann den Argon entlang gekommen waren. »Wir wollen nach Avagon«, sagte Tindel, mit drei Fuß drei Fingerbreit der Größere der beiden, der seinen Begleiter Brink um volle zwei Fingerbreit überragte.

»Wir wollen das Meer sehen«, fügte Brink hinzu, während seine Saphiraugen funkelten, »und uns vielleicht auf einem arbalianischen Kauffahrer einschiffen.«

»Er will als Schiffsjunge anheuern«, sagte Tindel abfällig, indem er mit dem Daumen auf Brink wies.

»Tja, ist nicht wahrscheinlich, dass sie uns als Steuermänner nehmen, du Dussel«, erwiderte Brink. »Auch nicht als Bootsmänner oder Matrosen oder etwas dergleichen. Oder willst du Kapitän werden?«

»Wir könnten uns als Ausguck verdingen, würde ich sagen«, konterte Tindel, indem er mit dem Finger auf seine Augen zeigte, die im Laternenschein bernsteinfarben glitzerten. »Vor allem bei Nacht.«

»Was, und ganz allein in luftiger Höhe herumklettern? Ich nicht, Kumpel. Wenn du auf einen hohen, schwankenden Mast steigen willst, ist das deine Sache. Was mich betrifft ...«

Und so ging es zwischen den beiden hin und her, zwei Herzensfreunde, denen ihre kleine Streiterei Freude machte.

Und die Elfen lächelten über ihr Gezänk.

Am nächsten Morgen bereiteten sich Arin und ihre Gefährten mit sechs beladenen Maultieren auf den Aufbruch vor. Als sie auf die östliche Pontonbrücke ritten, die über den Rissanin in den Großwald führte, sahen sie, dass die Waerlinga ihr voll beladenes Floß zum Ablegen bereitmachten.

Arin reichte Melor den Zügel ihres Maultiers und ritt dann hinunter zum Floß. »Hütet Euch vor den Bellon-Fällen. Die wollt ihr gewiss nicht herunterfahren.«

»Bellon-Fälle?«, fragte Brink.

»Ein Wasserfall im Argon. Gut sechzig Meilen südlich von der Stelle, wo der Rissanin in den Argon mündet.«

Tindel wandte sich an Arin. »Was sollen das für Fälle sein?«

»Dort stürzt der Argon über den Hohen Abbruch tausend Fuß tief in den Kessel darunter.«

»Tausend Fuß!«, rief Brink. Er griff in eine Kartentasche, holte eine Rolle Pergament heraus, betrachtete sie einen Moment, schüttelte dann den Kopf und sagte: »Keine Fälle. Keine Böschung. Kein Kessel. Wir müssen diese Karte berichtigen lassen, Tin.«

Arin riss vor Überraschung die Augen weit auf. *Man stelle sich vor, diese beiden machen sich auf eine Floßreise, ohne die Gefahren des Flusses vor sich zu kennen.*

»Ich danke Euch, Dara Arin«, sagte Brink.

»Aye, vielen Dank«, fügte Tindel hinzu. Dann deutete er mit einem Kopfnicken auf die Festung. »Komm schon, Brink. Es ist heller Tag.«

Während die Waerlinga zur Festung zurücktrotteten, hörte Arin Tindel sagen: »Ich habe dir doch gesagt, man kann einem Flussmann nicht trauen. Du meine Güte, wir wären beinah in diesen Stromschnellen flussaufwärts ertrunken, und jetzt finden wir heraus, dass auf der Karte, die wir gekauft haben, weder die Fälle noch der Abbruch noch ...«

Arin gesellte sich wieder zu ihren Gefährten auf der Pontonbrücke, und kurz bevor sie in den Wald eindrangen, drehte sie sich noch einmal zu den Waerlinga um. Sie winkten ein fröhliches Lebewohl und verschwanden hinter den hochgezogenen Fallgattern.

Arin drehte sich wieder um und folgte ihren Gefährten in das Grün des Großwalds. Caer Lindor verlor sich rasch im Blattwerk hinter ihnen. Und während sie immer tiefer in den Wald eindrangen, fragte Arin sich, welche unerwarteten Stromschnellen, Wasserfälle, Abgründe und unbekannte Gefahren wohl noch vor ihr lagen.

15. Kapitel

Im Norden durch den Rissanin begrenzt, im Osten durch die Ebenen Riamons, im Süden durch die Glaveberge und im Westen durch den breiten Argon und einem Teil des Hohen Abbruchs liegt ein ausgedehntes Waldland, das sich gut siebenhundert Meilen in der Länge und zweihundert Meilen in der Breite erstreckt.

Es ist der Großwald, eines der mächtigsten Waldgebiete in ganz Mithgar.

In diesem Wald wohnt die Menschenrasse, die unter dem Namen *Baeron* bekannt ist. Sie sind zumeist groß gewachsen, die Männer messen bis zu sechs Fuß zehn und mehr, die Frauen bis zu sechs Fuß sechs. Und wie ihre Verwandten im Grünen Haus im Norden verehren sie das Land und alles, was es mit sich bringt.

Auch gibt es Gerüchte, dass Verborgene im Großwald wohnen, aber dieser Wald hat nicht die Aura des Schutzes wie Darda Erynian.

Falls im Großwald Verborgene leben, lassen sie es die anderen Bewohner nicht merken.

In der Mitte der nördlichen Hälfte des Großwalds gibt es ein riesiges Gebiet, wo nur Gras wächst. Bäume gibt es nicht auf dieser gewaltigen Wiese, die achtzig mal vierzig Meilen misst. Sie wird schlicht »Die Lichtung« genannt, und hier versammeln sich die Baeron in der Woche vor und nach dem Mittjahrestag, um von den Taten ihrer Verwandten zu singen und sich eine Frau oder einen Mann zu suchen. Das sind Tage des Feierns und der Werbung, und wenn sie vorbei sind, verschwinden die Baeron, einige von ihnen frisch vermählt, wieder in diesem riesigen Wald und kehren in ihre versprengten Dörfer oder einsamen Hütten zurück.

16. Kapitel

Es war nicht die Zeit der Sonnenwende, als Arin und ihre Gefährten durch den Großwald ritten. Vielmehr war es Juli, und die Sonne schien hell und heiß. Doch unter dem schützenden Dach der Baumkronen blieb es in den langen Tagen erträglich, in denen der elfische Trupp langsam durch das dichte Waldgebiet ritt. Auf ihrem Weg nach Osten begegneten sie keinem Baeron, und sie bemerkten auch kein Anzeichen für die Anwesenheit von Fey. Nur die Vögel und Tiere des Waldes kreuzten ihren Weg, oder jedenfalls schien es so. Eines späten Nachmittags, sieben Tage nachdem sie in den Großwald geritten waren, erreichten sie die hügelige Prärie Riamons.

Bei Anbruch des folgenden Tages nieselte es, als die Elfen ihren Weg fortsetzten, der sie mit einer kleinen Abweichung nach Norden beinah gerade nach Osten führte. In der Ferne konnten sie auf der linken Seite durch den Nieselregen die niedrigen Kuppen eines Ausläufers des Rimmen-Gebirges sehen. In den nächsten vier Tagen ritten sie parallel zu diesem Ausläufer, ehe er nach Norden abknickte, um sich mit dem in Ost-West-Richtung verlaufenden Hauptmassiv zu vereinigen.

In dieser Zeit blieben die Berge vor dem entfernten nördlichen Horizont immer im Blick, während die Elfen über das offene Land ritten. Und weitere fünfzehn Tage verstrichen, ehe sie zur Mittagszeit das Dorf Bridgeton erreichten, wo die Überlandstraße den Fluss Eisenwasser überquerte. Dort begann auch die Meerstraße, die dem Eisenwasser südwärts bis nach Rhondor folgte, einer Stadt am Fuß der Berge oberhalb des großen Beckens namens Hélofen. Die Straße schlängelte sich dann an Fluss und Bergausläufern entlang zur Küste des Ozeans, anstatt durch das Becken selbst zu verlaufen, denn diese Gegend war angemessen benannt: heiß, öde, trocken und unfruchtbar, war das Becken eine tiefe Schüssel, die sich hundert Meilen weit erstreckte, um dann abrupt vor einer hohen Felsbarriere zu enden, hinter der sich das Avagonmeer befand.

Arin und ihre Gefährten stiegen im Gasthaus *Zur Roten Gans* in Brückenstadt ab und ruhten sich den Rest des Tages und den gesamten nächsten Tag aus. Sie frischten ihren dezimierten Proviant auf und erfreuten sich an den Annehmlichkeiten ihrer Unterkunft, genossen ein warmes Bad, eine gute Mahlzeit und einen vollmundigen Roten.

Und sie sangen traurige und liebliche und erhebende Lieder im Schankraum des Gasthauses – zum Entzücken der Gäste wie auch der Städter, denn wiewohl ab und zu ein Barde durch die Stadt kam, war doch allgemein bekannt, dass elfische Lieder und elfische Sänger die besten waren. So dauerte es nicht lange, bis die Taverne brechend voll war, nachdem sich die Neuigkeit herumgesprochen hatte: »Elfen, richtige Elfen, singen in der Gans!«

Am folgenden Tag überquerten die Elfen die Steinbrücke über den Eisenwasser, und dabei winkten ihnen zwei Männer auf einem großen, primitiven Floß aus mit Seilen zusammengebundenen Holzpflöcken fröhlich zu, die flussabwärts trieben, möglicherweise Holzhändler aus Dael, die ihre Ware nach Rhondor verschifften.

Die Elfen wollten der Überlandstraße nach Osten bis nach Vorlo an der Grenze zu Araĺan folgen, deshalb ließen sie die

Ausläufer des Rimmen-Gebirges zu ihrer Linken liegen. Sie ritten bei Tag und übernachteten in den Scheunen kleiner Bauern, in Gasthäusern am Wegesrand oder unter freiem Himmel. Am neunten Tag, nachdem sie Brückenstadt verlassen hatten, ritten sie eine lange Steigung zu einer niedrigen Hügelkette empor, und am Nachmittag des nächsten Tages überquerten sie die Kuppe der Hügelkette, welche das Rimmen-Gebirge im Norden mit dem Skarpalgebirge im Süden verband. Sie befanden sich mittlerweile in Garia und zogen über die weiten Prärien dieses Landes. Es war der zwanzigste Augusttag, und bis Darda Vrka waren es noch gut achtzehnhundert Meilen.

Sie folgten weiter der Überlandstraße, die jetzt parallel zum Skarpal-Gebirge im Süden verlief. Unterwegs sahen sie immer mehr Anzeichen für das nahende Ende des Sommers, da überall die Bauern auf ihren Feldern die Kornernte einbrachten und Schäfer mit Hunden das Vieh von den Bergweiden in die Täler trieben. Diese Anzeichen für das Verstreichen der Jahreszeiten machten Arin nervös, denn sie hatte ihre Vision am ersten Julitag gehabt, und nun war schon beinah September. Sie ärgerte sich über ihre Reisegeschwindigkeit, aber sie konnten nicht schneller reiten, weil sie Pferde und Maultiere schonen mussten. So ritten sie an frisch abgeernteten Feldern und Äckern mit reifem Getreide vorbei, und dabei fragte sich Arin ständig, ob sich das furchtbare Verhängnis bereits näherte und wohl über sie hereinbrechen würde, bevor sie etwas tun konnte, um es abzuwenden, falls es sich denn überhaupt abwenden ließ. Langsam ließen sie Meile um Meile hinter sich, während sie über das Antlitz der Welt wanderten.

Spät am Abend des dreizehnten Septembertages trafen sie schließlich in Vorlo ein, einer Stadt am Westufer des Flusses Venn. Am anderen Ufer begann das Gefilde von Aralan.

Sie verbrachten die Nacht und auch noch den nächsten Tag

und die darauf folgende Nacht in dieser Grenzstadt, da sie sich wie in Brückenstadt, das nun achthundertfünfzig Meilen und vierunddreißig Tage hinter ihnen lag, ausruhten und ihren dezimierten Proviant auffrischten. Sie hatten jeden Tag vierundzwanzig Meilen zurückgelegt, und weitere tausend Meilen lagen bis Darda Vrka noch vor ihnen. Arin seufzte. *Mittlerweile wären wir längst in Rwn angekommen, wäre die Blockade der verwünschten Kistani-Piraten nicht.*

Am folgenden Morgen führten sie ihre Tiere zur Fähre über den Venn und setzten nach Aralan über. Sie folgten der Überlandstraße etwa eine Meile, bogen dann nach links in nordöstlicher Richtung ab und ritten parallel zum Venn weiter, dessen Quellflüsse im weit entfernten Grimmwall entsprangen. Auf ihrem Weg zum Venn fließt eine Vielzahl von Strömen aus großen Höhen herab, die sich alle in den riesigen Khalischen Sümpfen vereinen, wo die Wassermassen nur noch träge nach Süden fließen, um letzten Endes im Kleinen Sumpf zu müden, woraus dann der Venn entspringt. Dieser Wasserstraße folgten die Elfen, zumindest einige Tage, denn sie waren weder zu den Sümpfen noch zum Grimmwall unterwegs, sondern zum Wolfswald.

Gut zwei Wochen behielten sie das Venntal im Blick, in dem die Blätter der Bäume ganz allmählich ihre Farbe veränderten. Danach entfernten sie sich immer mehr vom Fluss, bis das Tal auf ihrem Weg ins Kernland Aralans ihren Blicken vollkommen entschwunden war, während Rissa sie immer noch in nordöstlicher Richtung nach Darda Vrka führte.

In diese zwei Wochen fiel auch der Herbstanfang, und am Abend dieses Tages, an dem Tag und Nacht genau gleich lang sind, feierten die Dylvana und Silberblatt im Licht eines hellen, zu drei viertel vollen Mondes mit großem Ernst das elfische Ritual des Erntedanks und des Jahreszeitenwechsels.

Sie zogen ihre besten Gewänder an und stellten sich auf, wie es Brauch war, die Darai mit dem Gesicht nach Norden, die Alori nach Süden gewandt, und dann begannen sie ein Ritual, das weit in die Vergangenheit zurückreichte. Umgeben von Mondlicht und Melodie schritten die Elfen einher und sangen, und ihre Herzen waren voller Freude.

Ihre Schrittfolge war nicht zufällig oder wahllos, sondern folgte einem ganz bestimmten Muster, einem ganz bestimmten Zweck, doch welcher Zweck das war, wissen nur die Elfen zu sagen.

Durch das uralte Ritual ein wenig getröstet, schaute Arin zum sternenhellen Himmel – der Mond war mittlerweile unter den Westhorizont gesunken und im Zeitraum des arkanen Rituals über ein Viertel des Firmaments gewandert. Seine Bewegung erinnerte sie lediglich daran, dass die Zeit unaufhaltsam verstrich.

Am Abend des sechzehnten Oktobertages sichteten sie den Skög, einen uralten Wald im Norden Aralans. In diesen Wald hatte der Herbst bereits vollständig Einzug gehalten, denn die Blätter waren alle golden und schimmerten in dem frischen Wind, der vom entfernten Grimmwall hereinwehte. Dieser Wind brachte bereits einen Anflug des bevorstehenden Winters mit, und der zotteligen Wolle nach zu urteilen, die den Pferden und Maultieren bereits wuchs, würde es ein grimmig kalter Winter werden.

Arin und ihre Gefährten ritten beinahe acht Tage am Waldrand entlang, in denen die goldenen Blätter rot wurden und die Nächte kälter, aber schließlich erreichten sie die Ausläufer des Darda Vrka.

Von Rissa geführt, hatten sie endlich den Wolfswald erreicht, und irgendwo darin hofften sie den Magier Dalavar zu finden.

17. Kapitel

Im Norden durch den hohen Grimmwall begrenzt, im Osten durch den rasch fließenden Fluss Wolf, im Süden durch die hügelige Prärie Aralans und im Westen durch ein Stück offene Steppe, das bis zu den Khalischen Sümpfen reicht, liegen zwei riesige Waldgebiete, der Skög und Darda Vrka, die sich gemeinsam vierhundert Meilen in Ost-West-Richtung und zweihundertfünfzig Meilen in Nord-Süd-Richtung erstrecken.

Es heißt, der Skög sei der älteste Wald in Mithgar, und vielleicht stimmt das, denn auch bei den Elfen wird dies gesagt. Sie nennen ihn nicht einmal Darda, sondern nur Skög. Doch da der Skög mit Darda Vrka verbunden ist, kann man das Alter der beiden nur schwer auseinander halten.

Doch von den beiden ist es Darda Vrka, der Wolfswald, den die Barden in ihren Liedern besingen, Lieder, die einen mit Sehnsucht nach den Zeiten der Legende erfüllen und allen Zuhörern ein Leuchten in die Augen treten lassen. Es sind Lieder vom Wolfswald, wo früher und vielleicht auch heute noch Bestien aus alten Zeiten wohnten: Hochadler, Weißhirsche, Einhörner, Bären, die einmal Menschen waren, und viele, viele dieser mystischen Kreaturen mehr ... Beherrscht wird der Wald von den großen Silberwölfen – den Draega von Adonar – oder vielleicht auch von dem Magier, von dem manche behaupten, er wohne darin. Es ist der Wolfswald, den die

Barden verewigt haben: ein großer Wald, ein alter Wald, ein verzauberter Wald, ein bewachter Wald, der von allen gemieden wird, die Dunkelheit im Herzen tragen.

Aber die Barden singen niemals Lieder und erzählen auch keine Geschichten über den alten, ehrwürdigen Skög, noch erwähnen sie, wer oder was tief in den Schatten darin wohnt.

18. Kapitel

Rissa ritt durch einen rasch fließenden Bach und in das Gold und Rot der Bäume hinein. Arin und die anderen folgten ihr, und in den nächsten beiden Tagen schlugen sie auf der Suche nach dem Herz Darda Vrkas eine nordöstliche Richtung ein und legten insgesamt vierzig Meilen zurück. In dieser Zeit hatten sie noch kein erdgebundenes Anzeichen dafür entdecken können, dass hier ein Magier lebte, obwohl seit eben diesen zwei Tagen ein schneeweißer Falke hoch oben am Himmel kreiste, und zwar immer über ihnen.

»Dalavars Augen, kann ich mir vorstellen«, sagte Biren, als er ihn zum ersten Mal sah.

»Glaubst du das wirklich?«, fragte Perin, indem er die Augen mit der Hand abschirmte und nach oben schaute.

»Er stößt nie zur Erde herab«, erwiderte Biren. »Außerdem, wann hast du je so einen Vogel gesehen? Weiß wie frisch gefallener Schnee. Falken sehen nicht so aus, außer Geierfalken.«

»Vielleicht ist es ein Geierfalke.«

»Ich glaube nicht, Bruder. Dafür ist er zu klein, und wir sind hier zu weit im Süden. Außerdem, wenn es ein Geierfalke wäre, dann wäre sein Gefieder um diese Zeit des Jahres grau, nicht wahr? Und dieser hier ist weiß.«

»Geisterhaft, könnte man sagen«, fügte Perin hinzu.

»Dalavars Augen«, wiederholte Biren. »Vielleicht sehen wir ihn bald.«

»Vielleicht«, pflichtete Perin ihm bei.

Und sie ritten weiter und folgten den anderen in den Wolfswald, während über ihnen der weiße Raubvogel kreiste.

Früh am nächsten Morgen trat Arin, die Wache hatte, die rauchende Asche auseinander und legte ein paar Zweige auf die Reste der Glut. Als kleine rötliche Zungen über das Reisig leckten, schaute sie durch den Morgennebel auf den gerade noch sichtbaren Weiher in der Nähe, wo sich die Nebelschwaden aus dem Wasser hoben und zu den umliegenden Bäumen trieben, um das gesamte Waldland in ein silbriges Tuch zu hüllen. Mit einem Kessel ging sie zum Ufer des klaren Teichs und füllte ihn mit Wasser. Irgendwo im Nebel hörte sie etwas platschen. *Ein Fisch ... oder ein Frosch,* dachte sie zuerst. Hinter ihr schnaubte ein Maultier, und eines der Pferde wieherte. Mit wenigen raschen Schritten war sie wieder im Lager und weckte die anderen.

»Psst«, zischte sie, »etwas oder jemand kommt.«

»Woher?«, flüsterte Vanidar, während er seinen Knochenbogen mit den Silbergriffen aufhob. Das leise Kratzen von Stahl ertönte, als die anderen Elfen ihre Waffen zogen. Die in einer Reihe zwischen zwei Bäumen angebundenen Pferde und Maultiere tänzelten nervös hin und her, die Augen weit aufgerissen, die Ohren gespitzt und die Aufmerksamkeit auf eine unsichtbare Stelle jenseits des Weihers gerichtet.

»Von dort«, hauchte Arin und zeigte mit dem Kinn zum Weiher, während sie das aufflackernde Lagerfeuer mit Wasser aus dem Kessel löschte. Die Glut zischte leise und fügte dem Nebel etwas Dampf hinzu. »Etwas auf der anderen Seite hat einen Frosch veranlasst, ins Wasser zu springen. Und die Pferde sind unruhig. Etwas schleicht sich an.« Arin stellte den Kessel ab und griff nach ihrem Kampfstab.

»Das ist Darda Vrka«, zischte Rissa protestierend, während sie mit dem Schwert in der Hand ihre Stellung im Abwehrkreis der Elfen einnahm. »Hier dürfte es nichts geben, das uns Übles will.«

Silberblatt nickte, während er sein Langmesser vor sich in den Boden stieß, sodass es in bequemer Reichweite war, und einen Pfeil auf die Bogensehne legte. »Trotzdem ist es besser ...«

»Da!«, hauchte Melor, indem er mit dem Speer auf eine Stelle rechts neben dem Weiher zeigte. »Sie kommen.«

In Nebel gehüllt, glitten dunkle Gestalten zwischen den Bäumen umher und näherten sich dem Lager.

Arin starrte auf die vagen Formen, neigte den Kopf und konzentrierte sich, als starre sie in ein Feuer – was ihr in der Vergangenheit schon mehr als einmal ansonsten verborgene Dinge enthüllt hatte. Doch so sicher, wie Wasser Flammen auslöschte, war ihr der Nebel über.

»Hier drüben«, zischte Ruar, indem er mit seinem Säbel nach links wies. »Da kommen noch mehr.«

Pferde und Maultiere schnaubten und wehrten sich gegen die Halteleinen.

»Wie viele insgesamt?«, flüsterte Vanidar.

»Vier. Nein, fünf ... sechs«, erwiderte Ruar, während die Gestalten im Nebel näher kamen.

»Und hier sind es auch sechs«, fügte Melor hinzu, indem er ein, zwei Schritte nach außen machte. »Sie bewegen sich im Rudel und auf vier Beinen und sind ...«

»Draega!«, rief Rissa freudig, als endlich einer der großen Silberwölfe deutlich sichtbar wurde. Jeder war so groß wie ein Pony, und sie trotteten mit offenen Mäulern, glänzenden weißen Reißzähnen und hängender Zunge aus dem Nebel ins Lager.

Rissa schob ihr Schwert in die Scheide, schlang dem ersten der großen Wölfe die Arme um den Hals und vergrub das Gesicht in seinem weichen weißen Fell. Der Wolf ließ die Umarmung stumm über sich ergehen.

Während Biren und Perin die schnaubenden Pferde und grunzenden Maultiere beruhigten, versammelten sich insgesamt zwölf Draega um das Lager.

Mit einem Seufzer der Erleichterung drehte Arin sich zur Seite, um ihren Kampfstab abzulegen, als sie aus dem Augenwinkel ein Flackern wahrnahm. Doch als sie hinschaute, war nichts da. *Ein Streich, den der Nebel dem Auge spielt?* Wie sie es zuvor schon getan hatte, neigte sie den Kopf und konzentrierte sich in dem Versuch, wiederum auf ihre *besondere* Art etwas zu entdecken, was ansonsten verborgen war ... und plötzlich sah sie einen Magier am gelöschten Feuer stehen.

Er war vielleicht sechs Fuß groß – also größer als die meisten Elfen –, und wie bei allen Magiern standen seine Augen ein klein wenig schräg, und seine Ohren waren ein wenig spitz, wenn auch weniger ausgeprägt als die der Dylvana und Lian. Seine Haare waren lang und weiß und hingen ihm über die Schultern. Sie schimmerten ähnlich wie das Fell der Wölfe, wenn auch etwas dunkler. Trotz seiner weißen Haare schien ihm das Alter nicht zu schaffen zu machen. Er trug weiches graues Leder und einen schwarzen Gürtel mit einer silbernen Schnalle um die Taille. Seine Füße steckten in schwarzen Stiefeln. Die Augen waren so durchdringend wie die eines Adlers und vielleicht von grauer Farbe, obwohl das in dem Nebel schwer zu erkennen war. An seinem Hals glitzerte etwas Silbernes, vielleicht ein Amulett an einem Lederband, und Arin hatte den Eindruck, als leuchte es ganz schwach.

Keine der anderen Elfen schien ihn zu bemerken, und sie blickten überallhin, nur nicht auf ihn. Die Draega schienen hingegen zu wissen, dass er da war, denn ab und zu schaute der eine oder andere den Magier an, als erwarte er einen Befehl.

Der Mann sah Arin direkt an und lächelte. »Könnt Ihr mich

sehen und hören?« Auf Arins Nicken wurde sein Lächeln breiter. »Dann müsst Ihr über wilde Magie verfügen.«

Rissa ließ schließlich den Wolf los und schaute sich um. Als sie nicht fand, wen oder was sie suchte, wandte sie sich an das Tier an ihrer Seite und sagte: »Du musst einer von Dalavars Wölfen sein. Wo ist dann aber dein Herr?«

»Ich bin hier ...«, sagte der Magier.

»*Vada!*«, rief Ruar erschrocken, denn der Zauberer tauchte praktisch aus dem Nichts auf: Zuerst war er nicht da, und dann stand er plötzlich vor ihnen.

»... aber ich bin nicht der Herr dieser Draega«, fuhr Dalavar fort. »Vielmehr würde ich sie meine Freunde nennen.«

Rissa, die sich von ihrer Überraschung schnell erholt hatte, trat vor und umarmte den Magier. »Es ist schön, Euch wiederzusehen, Dalavar Wolfmagier.«

Der Zauberer lächelte sie an und erwiderte ihre Umarmung. Dann betrachtete er die anderen Elfen.

Rissa drehte sich um. »*Dalavar Wolfmagier, vi didron enistor: Dara Arin, e Alori Vanidar, Ruar, Melor, e Perin e Biren.*« Während Elfen und Zauberer einander mit einem Kopfnicken begrüßten, wandte Rissa sich wieder an den Magier. »Wir sind in einer äußerst dringlichen Mission unterwegs und suchen Eure Hilfe.«

Die Sonne hatte den Morgennebel vertrieben, während Arin von ihrer Vision erzählt hatte. Langsam schüttelte Dalavar den Kopf, als ihre Geschichte beendet war. Er trank einen Schluck von seinem kochend heißen Tee, während die Elfen schweigend abwarteten. Sie saßen am Lagerfeuer, und um sie herum lagen überall Draega, bis auf drei, die das Lager bewachten. Schließlich sagte Dalavar: »Ich weiß nichts über diesen grünen Stein.«

Perin und Biren seufzten gemeinsam, und Arin senkte niedergeschlagen den Blick.

Der Wolfmagier drehte die Hände, sodass die Innenseiten nach oben zeigten. »Es ist lange her, seit ich diesen Wald verlassen habe ... lange her, seit ich mit meinesgleichen gesprochen habe. Doch dies kann ich sagen: Wenn es unter uns welche gibt, die von diesem grünen Stein wissen, werdet Ihr sie in der Magierfeste im Schwarzen Berg finden.«

Silberblatt neigte den Kopf. »Nicht auf Rwn?«

Dalavar schnalzte mit der Zunge. »Ah, ja. Auch auf Rwn. Das ist ein Ort des Wissens, denn dort ist die Akademie, und die Bibliotheken sind sehr umfangreich.«

»Bibliotheken?«, fragte Arin.

»Ja. In der Akademie der Magier in der Stadt Kairn an der Westküste von Rwn.«

»Hmm«, sann Arin. »Ich wollte, wir hätten nach Rwn reisen können.«

»Die Blockade«, knurrte Ruar.

»*Kha* über alle Kistani!«, fauchte Rissa.

Dalavar hob eine Augenbraue. »Blockade?«

Ruar nickte. »Piraten blockieren die Meerenge, die Straße von Kistan.«

Dalavar seufzte. »Also streiten die Menschen immer noch.«

Ruar nickte wieder, und Silberblatt fügte hinzu: »So schlimm die Menschen auch sind, die *Spaunen* sind schlimmer. Für die Menschen besteht immerhin noch Hoffnung, aber für die *Rûpt* ... Lasst mich von ihrer jüngsten Missetat erzählen.«

»Missetat?«

»Ja: das Fällen der neun Bäume.«

Sie verbrachten eine Woche mit Dalavar, dessen Hütte auf einer Lichtung in der Mitte des Waldes stand. Sie ruhten sich aus, denn sie waren weit gereist, ohne längere Pausen einzulegen, und die Pferde und Maultiere brauchten Zeit, um wieder zu Kräften zu kommen. Außerdem füllten sie ihren Proviant aus Dalavars Vorräten auf, denn sie hatten eine ganze

Weile auf der offenen Prärie verbracht, wo es nur wenige Bauernhöfe und keine nennenswerten Dörfer gab. In dieser Zeit erzählten sie Dalavar, was sie an Neuigkeiten wussten, denn der Magus war beinahe hundert Jahre nicht mehr draußen in der Welt gewesen. Er erzählte ihnen wiederum vom Wolfswald und den Kreaturen darin, doch was er sagte, ist nicht aufgezeichnet, und die Elfen redeten anschließend mit niemandem über seine Worte.

Während sie sich ausruhten, veränderte sich der Wald und nahm die Farben von Kupfer, Bronze und Gold an, und wenn es regnete, blieben hier und da auch schon einmal kahle Zweige zurück.

Am dritten Novembertag, hundertsechsundzwanzig Tage nachdem Arin ihre Vision hatte, verabschiedeten sie und ihre Gefährten sich von Dalavar und machten sich auf zum Schwarzen Berg, der Magierfeste in Xian. Auf ihrem Ritt durch den Wald blieben zwei Draega in ihrer Nähe, während überall die Blätter fielen, und begleiteten sie.

Am Nachmittag des folgenden Tages sprengten Arin und ihre Gefährten durch eine Bachfurt und ließen den Wolfswald hinter sich. Dalavar stand zwischen den nun kahlen Bäumen und sah ihnen nach. An seiner Seite saß ein einzelner Silberwolf. Als die Elfen die Flanke eines Berges umrundet hatten und nicht mehr zu sehen waren, wandte der Wolfmagier sich an den Draega neben sich. »Komm, Graulicht, lass uns laufen.« Ein dunkler Schimmer legte sich über Dalavar, und dann rannten zwei Silberwölfe in die Tiefen des Waldes, während es sacht zu schneien begann.

19. Kapitel

»Licht!«, rief Ruar Arin zu, die hinter ihm auf seinem Pferd saß. Seine Stimme war vor dem Heulen des Schneesturms kaum zu hören.

Arin schlug die Kapuze ihres Mantels zurück und lugte über Ruars Schulter. Vor ihnen im Tal konnte sie ebenfalls ein gelbes Flackern in der Dunkelheit ausmachen. Sie drehte sich zu den anderen um, die hinter ihnen in einer Reihe ritten und in dem Schneetreiben kaum zu erkennen waren, winkte ihnen zu, zeigte dann nach vorn und rief: »Lampenschein! Vielleicht ein Dorf!« Ihre Worte waren in dem Getöse allerdings fast nicht zu verstehen.

Die sechs Pferde schleppten sich durch das von tiefen Schneewehen durchzogene Tal. Das siebte Pferd, Arins, lag tot hundert Meilen und zwölf Tage hinter ihnen. Noch weiter zurück, fast fünfhundert Meilen, lagen die Kadaver der beiden Maultiere. Ein Schneesturm hatte sie in Panik versetzt, und sie hatten sich losgerissen, waren aus dem Lager geflohen und hatten sich im zweiten der heulenden Winterstürme verirrt. Ihre Kadaver hatten sie drei Tage später gefunden, als der Sturm schließlich nachließ. Arins Stute war hingegen einfach zusammengebrochen und gestorben. Ihr Herz hatte versagt, als sie sich durch den Tiefschnee geschleppt hatte, den mehrere Stürme zurückgelassen hatten. Und jetzt war der fünfte Wintersturm über die Elfen gekommen, und sie mühten sich durch die Dunkelheit, um Schutz zu suchen, und endlich sahen sie voraus einen Lampenschein, oder jedenfalls glaubte Arin das.

Doch Ruars Pferd war stehen geblieben und konnte nicht weiterlaufen, da es alle seine Kraft verbraucht hatte. »Absteigen!«, rief er Arin zu, und das taten sie beide«.

Arin kämpfte sich durch den tiefen Schnee nach vorn, und indem sie dem Pferd gemeinsam gut zuredeten und am Zügel zogen, konnten sie es dazu bringen, sich wieder in Bewegung zu setzen. Die anderen Elfen hinter ihnen folgten ihrem Beispiel.

Während Wind und Schnee ihnen auf das Heftigste zusetzten, gelangten sie schließlich in das winzige Gebirgsdorf Doku, achthundert Meilen und dreiundfünfzig Tage vom Heim Dalavars des Magiers entfernt, von denen sie einundfünfzig im Schnee zurückgelegt hatten.

Es war ein Dorf aus windschiefen Hütten und Schuppen. In der Mitte gab einen kleinen Marktplatz, auf dem sich auch der Gemeinschaftsbrunnen befand. All das entdeckten sie, als Arin und ihre Gefährten über die mit Schnee und gefrorenem Schneematsch bedeckten Straßen schritten, während der unbarmherzige Wind tobte und wütete, sie mit stechenden Eiskristallen beschoss und ihnen die Wärme zu rauben versuchte.

Da es kein Gasthaus und keine Taverne zu geben schien, wählte Arin eine der größeren Hütten aus und klopfte mit ihrem Kampfstab laut an die Tür, sodass man es trotz des Windes hören konnte.

Nichts.

Keine Antwort.

Arin klopfte noch einmal, diesmal mit dem Knauf des Stabes.

Augenblicke später glitt die Tür beiseite und gab den Blick auf einen kleinen Mann mit safrangelber Haut frei. Überrascht, dass er einen Besucher hatte, musterte er die Frau vor sich – kastanienbraune Haare, alabasterfarbene Haut, schräge Haselnussaugen, spitze Ohren, ein großer Stab ...

»*Waugh!*«, rief er und sprang rückwärts, denn dies war gewiss ein Schneedämon, der gekommen war, um ihn zu holen, denn wer sonst würde in einem heulenden Schneesturm aus den Bergen an seine Tür kommen?

Die Dämonen verbrachten zwei Tage im Schutz Dokus, bis der Sturm sich legte, und als sie weiterzogen, saß einer auf einem zotteligen Gebirgspony, und vier weitere dieser robusten Tiere waren mit Proviant beladen und folgten ihnen am Zügel.

Die Dörfler waren froh, diese Dämonen gehen zu sehen, obwohl sie keine einzige Person getötet und sich auch kein einziges Mal in die grässlichen Ungeheuer verwandelt hatten, die sie tatsächlich waren. Vielmehr waren die Dämonen höflich gewesen und hatten das Dorf mit zwei Edelsteinen für den Proviant sowie fünf Ponys samt Hafer außerordentlich großzügig bezahlt. Nichtsdestoweniger war es eine große Erleichterung, die sieben Dämonen verschwinden zu sehen.

Die großen Dämonenpferde folgten dem gefrorenen Weg durch Schneewehen und hielten sich dann links. Vielleicht wollten sie zum Gebirgspass, um in das Gefilde der hoch aufragenden Grauen Berge im Osten einzudringen, wo andere Dämonen hausten.

Als nichts mehr von ihnen zu sehen war, feierte das gesamte Dorf.

Am vierten Tag, nachdem sie Doku verlassen hatten, ritten Arin und ihre Gefährten zwischen grauen Felswänden bergauf, die sich zu gewaltigen, dunklen Bergriesen auftürmten, welche in Eis und Schnee gehüllt waren.

Obwohl die Sonne auf die Elfen schien, erzeugte dieses Licht wenig Wärme, denn es war das tote Licht des Winters –

erst sieben Nächte zuvor hatten sie die längste Nacht des Jahres gefeiert und dabei das elfische Ritual der Wintersonnenwende vollführt, ehe der Schneesturm eingesetzt hatte. Der Tag war zwar klar, und die Sonne stand tief am Südhimmel, aber sie war klein und diamanthell und hüllte weder sie noch die grauen Berge ringsumher in Wärme.

Pferd und Pony trotteten weiter durch dieses windumtoste, gefrorene harte Land aus dunklem, unnachgiebigem Fels, von Elfen zu Fuß geführt, während die Luft immer dünner wurde. Auf ihrem Weg durch den Pass konnten sie in der Ferne vor sich Gipfel um Gipfel sehen, die an einem unsichtbaren Horizont vorbeizogen.

Doch im Nordosten überragte eine schneebedeckte Bergkuppe alle anderen, und wo Fels hindurchschien, war dieser schwarz wie die Nacht.

»Da«, sagte Rissa, indem sie darauf zeigte. »Das ist unser Ziel.«

»Der Schwarze Berg«, murmelte Perin.

»Die Zaubererfeste«, fügte Biren hinzu.

Arin schüttelte den Kopf. »Wir wissen nicht, ob das unser Ziel ist. Wenn sich der grüne Stein dort befindet, dann ist der Berg vielleicht der Endpunkt unserer Suche. Vielleicht muss ich den Zauberern nur von meiner Vision erzählen, und alles ist erledigt. Aber möglicherweise ist er auch nur eine Zwischenstation auf unserem vorherbestimmten Weg.«

Die anderen Elfen sahen sie an und stimmten ihr ernst zu. Silberblatt sagte: »Wenn das Schicksal das für uns vorgesehen hat, dann soll es so sein.« Und er richtete den Blick wieder auf das schwarze Felsmassiv.

Sie blieben stehen und starrten noch lange Augenblicke auf das trostlose Bergmassiv, dann setzten sie ihren Weg durch den Pass fort, wobei sie die Tiere immer noch hinter sich am Zügel führten. Der Weg führte nach Nordosten in ein Tal, das zu dem schwarzen Felsriesen führte. Die Nacht brach herein, ehe sie es erreichten, und so schlugen sie müde ein Lager in der Biegung einer Felswand auf.

Während sie zusammengekauert mit dem Rücken zur kalten Wand saßen, wärmte sie kein Feuer, denn es gab kein Holz hier in diesen Höhen, das sie hätten verbrennen können.

Das fahle Licht des Morgengrauens am Jahresendstag fand die Elfen bereit zum Aufbruch, weil sie in der eisigen Nacht nicht gut geschlafen hatten, denn selbst Elfen können frieren, obschon nicht so leicht wie Menschen.

Durch den Pass ging es weiter bergab, und als sie in das gewundene, öde Tal ritten, ging die Sonne auf, fern und kalt, und ihren harten grellen Strahlen fehlte jegliche Wärme. Immer noch starrte der stumme graue Fels der hohen, kahlen Berge Xians auf sie herab, als dringe die Gruppe in ein Land ein, in dem sie nichts verloren hatte und wo sie nicht willkommen war. Doch der dunkle Berg voraus lockte sie weiterzuziehen, bis es dunkel wurde und sie ein Lager aufschlugen.

Vier weitere Tage trotteten sie durch das harsche, graue Land und quälten sich durch den tiefen Schnee, wobei das Führungspferd, das den anderen den Weg durch den hohen Schnee bahnte, beständig wechselte. In jenen vier Tagen kamen sie der dunklen Zinne allmählich näher, obwohl es Arin so schien, als kämen sie kaum oder gar nicht voran.

Am folgenden Tag, kurz vor Mittag, während Arin den großen, nicht mehr so weit entfernten schwarzen Berg beäugte, rief Melor plötzlich: »Huah!« Seine Stimme hallte den hohen, kahlen Fels entlang. Er ging zu Fuß zu einer Stelle, wo die Schneedecke nur ganz dünn war, kauerte sich nieder und wischte den weißen Belag weg. Darunter wurde dunkler Pflasterstein sichtbar. »Dies ist eine Handelsstraße.«

»Eine Handelsstraße?«, fragte Rissa. Sie ging zu Melor, kniete sich neben ihn und half ihm, noch mehr Schnee wegzufegen, sodass zusätzliche Steinplatten sichtbar wurden, die den Boden bedeckten. Sie wandte sich an Silberblatt. »Vanidar, er hat Recht – es ist tatsächlich eine Straße.«

Perin wandte sich an seinen Zwillingsbruder. »Vielleicht führt sie direkt zur Zaubererfeste.«

»Sehr wahrscheinlich sogar«, erwiderte Biren. »Sie müssen sich schließlich alles Mögliche anliefern lassen: Essen und Kleidung und auch Komponenten für die Zauberei.«

Perins Augen weiteten sich. »Hilfsmittel für die Zauberei?«

Biren zuckte die Achseln und hörte dabei das *Chrk!* einer Schneegans und dann Flügelschlag. Als er aufschaute, sah er den Vogel in weißem Wintergefieder nach Norden wegfliegen.

Den gesamten Rest des Tages kam die Gruppe rascher voran und den großen schwarzen Hängen immer näher. Je tiefer sie in die Berge kamen, desto sicherer waren sie, dass sie auf dem richtigen Weg waren, denn hin und wieder konnten sie Anzeichen dafür sehen, dass es sich in der Tat um eine Straße handelte. Pflastersteine zogen sich in ununterbrochenen Abschnitten über Entfernungen bis zu einer Achtelmeile, ehe sie wieder unter einer Schneedecke verschwanden. An einer Stelle waren hundert Schritte eines erhöhten Randsteins auf der rechten Seite zu sehen. Sie passierten eine Brücke über einen gefrorenen Bach. Steinhänge waren bearbeitet worden, um neben den steilen Felswänden Platz zu schaffen. All dies verriet ihnen, dass die Handelsstraße ein regelmäßig benutzter Weg war.

Als das Land anstieg, ritten sie über Anhöhen und wieder hinunter in die aufgeworfenen Täler, wobei sie langsam immer höher kamen. Auf jeder Kuppe konnten sie in die Ferne schauen und sahen Gipfel ohne Zahl, so weit das Auge reichte. Doch der alles beherrschende Anblick war immer der riesige schwarze Berg, der in den Himmel zu ragen schien.

Allmählich wurde der Fels ringsumher dunkler, und je weiter sie ritten, desto tiefer wurde die Schattierung. »Das ist die

Dunkelheit des Zaubererbergs«, stellte Vanidar Silberblatt fest, »die um sich greift, um sich noch weiter auszubreiten.«

Die Wintersonne zog tief über den Himmel und sank hinter die entfernten Berge, und die Nacht brach über das Land herein. Wieder schlug die Gruppe ein Lager ohne Feuer auf und nächtigte am kalten, dunklen Fels, während weit entfernte Sterne über ein eisiges Firmament zogen, und kurz vor Morgengrauen ging die dünne, fahle Sichel des abnehmenden Mondes auf und stieg vor der Sonne in den Himmel.

Sie ritten den ganzen Tag und auch den folgenden bis zu den Flanken des Schwarzen Berges. Jeden Tag um die Mittagszeit sahen sie eine Schneegans nach Norden fliegen.
»Die Augen der Zauberer?«, fragte Perin.
»Das mag sein«, erwiderte Biren nachdenklich.
Perin nickte, und gemeinsam beobachteten sie den Flug des schneeweißen Vogels zu dem schwarzen Fels voraus.

Kurz nach dem Aufbruch am nächsten Morgen erreichten sie das Ende der Straße. Vor ihnen, in den pechschwarzen Fels eingelassen, standen zwei massive, in Schatten gehüllte und mit Reif überzogene Eisentore.
Sie hatten endlich die Zaubererfeste erreicht.

20. Kapitel

Alos zitterte und stürzte den Inhalt seines Bechers hinunter. Er wandte sich an Arin. »Dieses Gerede über Zauberer und das Finstere Volk gefällt mir nicht.«

»Habt Ihr etwas gegen die Magier? Oder gegen die *Rûpt*?«

Wieder zitterte Alos. Er öffnete den Mund, als wolle er etwas sagen, und sein gesundes Auge, wässrig und hell, starrte die Dylvana an.

Arin beugte sich vor. »Alos?«

Er sah sie mit gequälter Miene an, als habe er Mühe, auch nur ein einziges Wort herauszubringen ... und in diesem Augenblick klopfte es an die Tür.

Der alte Mann schaute zum Eingang, sank auf seinem Stuhl in sich zusammen und stieß einen tiefen Seufzer aus, dann setzte er sein braunfleckiges Grinsen auf und sagte: »Trinken wir noch mehr Wein, ja?«

Als Aiko aufstand und zur Tür ging, seufzte die Dylvana und füllte Alos' Glas, dann schaute sie zu Egil, aber der schien tief in Gedanken – oder Erinnerungen – versunken zu sein, und seine Miene war freudlos. »Egil?«

Er sah sie an.

»Mehr Wein?«

Stirnrunzelnd schüttelte er den Kopf, *Nein*, und senkte dann den Blick, als seine Gedanken sich wieder nach innen richteten.

Wieder klopfte es an der Tür, gerade in dem Augenblick, als Aiko sie öffnete. »Meine Güte!«, rief das Serviermädchen und hielt dann beim Anblick der fremdländischen Kriegerin den Atem an, während das Geschirr auf dem Tablett klirrte. »Ich bringe das Mittagessen, edle Dame«, stotterte sie schließlich. Das Mädchen quetschte sich an Aiko vorbei und deckte dann hastig den Tisch.

Während Aiko wieder ihren Platz auf dem Boden einnahm, schüttelte Egil den Kopf, als wolle er schlimme Erinnerungen abschütteln, und holte tief Luft. Dann wandte er sich an Arin und lächelte. »Ich würde gern mehr von Eurer Geschichte hören, denn ich bin neugierig, was Euch nach Mørkfjord gebracht hat. Aber zuerst würde ich gern sehen« – er neigte den Kopf in Richtung Badezimmer –, »ob ich es allein dorthin und wieder zurück schaffe. Und dann lasst uns essen. Ich sterbe vor Hunger.«

Nach dem Mittagessen lehnte Egil sich an seine aufgestellten Kissen und sagte: »Und nun erzählt uns mehr von Eurer Geschichte, mein *Angil*, denn ...«

Aiko knurrte etwas und machte Anstalten, sich zu erheben, doch Arin hob abwehrend eine Hand, und die Ryodoterin ließ sich mit verdrossener Miene wieder zurücksinken.

Egil lachte, wurde dann aber rasch ernst. »Es tut mir Leid. Ich habe mein Wort gegeben. Und ich habe es allein heute schon zweimal gebrochen. Es ist nur so, dass ... nur so, dass« – er suchte nach Worten, und dann platzte es aus ihm heraus – »Ihr mein *Angil seid*, Dara Arin.«

Plötzlich spürte Arin, dass ihr Herz raste, und sie wandte sich von ihm ab und starrte in den Kamin, als suche sie dort ein Vorzeichen, obwohl an diesem warmen Tag kein Feuer brannte.

Egil sah, dass er sie verwirrt hatte, und streckte flehentlich eine Hand aus, ließ sie dann aber wieder auf die Decke sinken, statt Arin zu berühren. Er räusperte sich und sagte: »Nun denn, das Mahl ist zu Ende. Schenk mir ein Ale ein, Alos, und dir gleich auch eins. Und dann, Dara Arin, wenn es Euch recht ist, würde ich gern mehr hören. Warum seid Ihr nach Mørkfjord gekommen? Und wo sind Eure elfischen Gefährten? Es ist ihnen doch kein Unheil widerfahren, oder?«

Arin wandte den Blick vom Kamin ab und sah Aiko an.

Egil folgte ihrem Blick, doch Aikos Miene verriet nichts. Er schaute wieder zu Arin und fügte hinzu: »Erzählt uns doch auch von Eurem Besuch bei den Zauberern und von ihren Zaubereien.«

Mit lautem Krach ließ Alos den Alekrug die letzten paar Fingerbreit auf den Tisch fallen, aber er landete aufrecht, und obwohl das Ale darin schwappte, wurde nichts verschüttet. Zittrig reichte der alte Mann Egil einen vollen Becher, dann nahm er seinen eigenen und stürzte die Hälfte seines Inhalts in einem Zug herunter.

21. Kapitel

Als Arin die tiefen Schatten betrachtete, von denen die massiven Tore verhüllt waren, kam ihr unwillkürlich ein Gedanke: Heute ist Neumond. *Ist es ein schlechtes Omen, dass wir ausgerechnet an diesem Tag hier eintreffen?*

»Die Eisentore sehen aus wie von Drimmen gemacht«, verkündete Perin, während er das massive Portal betrachtete, das tief im soliden schwarzen Fels verankert war.

»Ja«, stimmte Biren zu, »ebenso wie die Steinmetzarbeiten. Ist das hier eine Magierfeste oder nicht?«

Alle Augen richteten sich auf Arin. Sie zuckte die Achseln, da sie ebenfalls keine Antwort wusste. »Uns bleibt nichts weiter übrig, als an die Tür zu klopfen und zu fragen.«

Arin stieg ab und führte ihr Reittier durch den breiten Vorhof, der zu den Toren führte. Die geschützte, gepflasterte Stelle war mit nicht mehr als einem Hauch pulverfeiner Schneeflocken bedeckt. Die anderen Elfen stiegen ebenfalls ab und gingen links und rechts von Arin. Schließlich erreichten sie die großen Tore, deren Eisen mit Reif bedeckt war.

»He, hier drüben«, rief Ruar. »Runen! Sie scheinen nach Art der Drimmen abgefasst zu sein. Darunter befindet sich noch eine andere Schrift. Ich kann beide nicht lesen.«

Vanidar Silberblatt ging zu Ruar und lachte dann. »Das ist eindeutig die Signatur eines Drimms.«

»Was steht denn da?«, fragte Perin.

Silberblatt drehte sich lächelnd um. »Ich kann zwar die oberen Runen nicht lesen, aber diejenigen darunter entstammen dem Vadarischen, einer der Sprachen der Magier, und bedeuten: ›Ich, Velkki Tormeister, habe dies erschaffen.‹«

»Dann ist es tatsächlich eine Arbeit der Drimma«, verkündete Biren.

Silberblatt nickte lächelnd. »Das will ich meinen.«

Rissa räusperte sich. »Drimmafeste oder nicht, ich würde sagen, wir klopfen an und bitten um Einlass, um die Kälte hinter uns zu lassen.«

Als Arin den Knauf ihres Kampfstabes hob, um an das große Eisentor zu pochen, öffnete sich plötzlich ein Seitentor im zuvor soliden Fels, und eine gerüstete Gestalt trat nach draußen und winkte sie zu sich.

Es war ein Zwerg.

Irunan lachte und betrachtete den gerüsteten Zwerg, der neben seinem Sessel stand, dann beschrieb er eine Geste, die weit mehr umfasste als das von Lampenschein erleuchtete Gemach, dessen schwarze Felswände hinter bunten Wandteppichen verborgen waren. »Ja, meine Freunde, diesen Ort könnte man wohl als Zwergenfeste bezeichnen, obwohl er für uns erbaut wurde.«

Ein Magier mit einem Teewagen betrat das Gemach. Während er die Erfrischungen zu dem Tisch schob, wo der Zauberer und die Elfen saßen, wandte sich der bärtige, breitschultrige Zwerg an Irunan. »Zauberer, wenn Ihr keine Verwendung mehr für mich habt, kehre ich auf meinen Posten zurück.«

»Sehr gut, Boluk«, erwiderte der Magier. »Und seid bitte so gut und schickt Nachricht zu den Ställen, damit sich jemand um die Pferde und Ponys dieser Elfen kümmert und sie tränkt, füttert und striegelt. Die Reise war lang und hart für die Tiere, und sie haben eine längere Rast und ausgiebige Pflege verdient.«

Boluk verbeugte sich, machte dann auf dem Absatz kehrt und ging.

»Huah«, seufzte Ruar, dessen Blick Boluk folgte, als der Drimm das Gemach verließ. »Die Reise war auch für uns lang und hart.«

Irunan lächelte und seine grauen Augen funkelten. »Ja. Das wissen wir. So viel Schnee. Wir erwarten Euch nun schon seit einigen Tagen.«

»Die Graugänse?«, fragte Biren.

»Dann habt Ihr sie gesehen?«, erwiderte Irunan ein wenig überrascht.

»Ja«, erwiderte Perin. »In den letzten drei Tagen.«

»Hmm«, sann der Magier und lächelte dann. »Sehr aufmerksam.« Er wandte sich an den Mann mit dem Teewagen. »Wir müssen Maßnahmen ergreifen, Gelon, um in Zukunft mehr Vorsicht walten zu lassen.«

Der andere Magier nickte und richtete Porzellangedecke her, dazu zwei Kännchen mit geschlagener Sahne und einige Teller mit Teegebäck. Irunan neigte den Kopf, sodass ihm die hellblonden Haare bis auf die Schultern fielen. »Nur sehr selten kommen Besucher durch den harten Winter im Gebirge zu unserer Feste.«

Rissa nahm sich von dem angebotenen Gebäck. »Ich kann wahrlich verstehen, warum. Sind außer uns noch andere diesen Winter gekommen?«

»O nein«, sagte Gelon, der die Tassen verteilte. »Die Leute müssen schon in sehr großer Not sein, um sich dieser brutalen Kälte auszusetzen. Unser letzter Winterbesucher ist vor zwei Jahren gekommen. Eine Frau aus dem Osten. Eine Kriegerin, die jetzt in unserer Wache Dienst tut. Aus Ryodo, glaube ich. Sie sagte, ihre Tigerin habe sie hergebracht.«

Perins Augen weiteten sich. »Ihre Tigerin? Sie ist auf einem Tiger geritten?«

»Lieber Bruder, vielleicht ist sie ihm nur gefolgt«, sagte Biren.

»Vielleicht hast du Recht«, sagte Perin vorsichtig, »obwohl es auch keine Kleinigkeit ist, einem Tiger zu folgen.«

Sowohl Perin als auch Biren wandte sich an Irunan. »Geritten oder gefolgt?«, fragten beide gleichzeitig.

Irunan lachte. »Weder noch. Sie kam zu Pferd. Und von einem Tiger war weit und breit nichts zu sehen.«

»Hmm, ein Rätsel«, sagte Perin.

»In der Tat«, stimmte Biren zu.

Dann servierte Gelon Tee, und Irunan fragte derweil höflich: »Und was führt Euch in diesem harschen Wetter zur Magierfeste von Schwarzstein? Nicht die Einflüsterungen eines anderen Tigers, oder?« Er lächelte.

Arin nahm eine volle Tasse von Gelon entgegen, dann sagte sie: »Ich hatte eine Vision.«

»Ach?«

»Eine Vision von Krieg, Hungersnot, Pest, Krankheit, Blut und Tod. Drachen stießen zur Erde nieder und spien Feuer ...«

»Drachen?«, entfuhr es Gelon, wobei er ein wenig Tee verschüttete.

Arin nickte. »Ja genau, Drachen. Sie fuhren zwischen die Menschenmassen auf dem Schlachtfeld und verbrannten alles um sich her zu Asche – nur eines von vielen Bildern, die sich um einen hellgrünen Stein drehen.«

»Was!«, rief Irunan ungläubig, und Gelon ließ die Teekanne fallen, die auf dem Steinboden zerschellte.

Mit vor Verblüffung weit aufgerissenen Augen beugte Irunan sich vor und fixierte Arin. »Sagtet Ihr gerade, Ihr seht in Euren Visionen einen hellgrünen Stein?«

Arin schaute von Gelon zu Irunan und nickte.

Irunan hielt die Hände etwas auseinander, die Finger gewölbt, sodass sie einander beinah berührten, als hielten sie etwas Längliches. »Wie Jade? Eiförmig?«

Wiederum nickte Arin.

Irunan sprang erregt auf und wandte sich an Gelon. »Das kann doch nicht sein!«

Arin und ihre Gefährten hatten vollständig die Orientierung verloren, als sie schließlich die Kammer des Hohen Rates erreichten. Sie konnten nicht mehr sagen, wo sie ihren Weg begonnen hatten, wo die Ställe waren, und in welcher Richtung das Haupttor lag. Fassungslos und vor sich hin murmelnd, hatte Irunan sie in aller Eile durch ein Labyrinth aus schwarzen Steinkorridoren zum Versammlungssaal geführt, während Gongschläge durch die Feste hallten.

»Ich glaube, sie haben diese Feste absichtlich so angelegt, dass sie den arglosen Geist verwirrt«, zischte Melor, der neben Ruar durch den Torbogen in die Ratskammer schritt. »Es ist ein dunkler, verwirrender Irrgarten.«

Ruar nickte zustimmend.

Der Saal, den sie soeben betreten hatten, war kreisrund und enthielt einen großen Tisch aus poliertem, schwarzem Granit, der wie ein Hufeisen geformt war und den halben Saal ausfüllte. Seine Außenseite wurde von einem Halbkreis aus gepolsterten Stühlen gesäumt. Dieselben, mit rotem Samt bezogenen Stühle säumten die runde Außenwand des Saals, mit Ausnahme der beiden Stellen rechts und links, wo sich die Türen befanden. Am Kopf des Tisches lagen ein Hammer aus dunklem Holz und ein dazu passender Hammerblock auf der polierten Oberfläche. Im Freien – und exakt zwischen den beiden Tischenden – stand ein Rednerpult, das Irunan beiseite stellte, um stattdessen einen der Stühle von der Wand dorthin zu tragen.

Er bedeutete den Elfen, sich auf die Stühle an der Wand am Fuß des Ratstisches zu setzen, sodass sie dem offenen Bogen des Tisches zugewandt waren, dann zündete er zusätzliche Lampen an, um den Raum zu erleuchten. Als er fertig war, marschierte er auf und ab und beobachtete dabei unablässig die beiden Eingänge.

Arin, die bis jetzt ihre Zunge im Zaum gehalten hatte, fragte: »Irunan, was ist denn? Warum seid Ihr so verstört? Ja, meine Vision hat mir grausame Bilder gezeigt, aber Ihr scheint zu glauben, dass ich etwas Unmögliches gesehen habe.«

Irunan blieb stehen und wandte sich an sie. »Verzeiht mir, Dara Arin, aber was Ihr sagt, stimmt: Ihr könnt unmöglich gesehen haben, was Eure Vision Euch gezeigt hat.«

»Unmöglich? Aber ich *habe* diese Gesichte gehabt.«

»Das bezweifle ich nicht. Doch was Ihr gesehen habt ... Ihr hättet gar nicht in der Lage sein dürfen, es überhaupt zu erblicken. Deswegen habe ich Gelon geschickt, den Rat einzuberufen. Ich darf nicht mehr sagen, denn alle weiteren Worte wären voreilige Spekulationen meinerseits. Vielmehr sollen sich Arilla und die anderen Eure Geschichte anhören und entscheiden, welche Kräfte hier am Werk sind und was dies bedeutet.«

Arin wollte etwas sagen, doch Irunan hob eine Hand, um ihr zuvorzukommen. »Wirklich, Dara Arin, es steht mir nicht zu, Euch Rat zu erteilen. Aber eines kann ich Euch sagen: Es war klug von Euch, mit dieser Sache zum Schwarzen Berg zu kommen. Jetzt lasst uns auf die Weise Arilla und die anderen warten.«

Der Magier setzte seine Wanderung fort, und Arin verstummte mit einem Seufzer und ließ ihre Frage unausgesprochen. Auch von den anderen Elfen sagte keiner etwas, als sie auf den Stühlen an der Wand Platz nahmen.

In Zweier- und Dreiergruppen oder auch einzeln betraten Magier den Saal, Frauen und Männer gleichermaßen, von denen manche am ovalen Tisch und andere auf den Stühlen an der runden Wand Platz nahmen. Doch jeder Einzelne von ihnen fixierte die elfische Gruppe mit fragenden Blicken, und einige schienen vor allem Arin zu beäugen, als wollten sie ein unergründliches Rätsel begreifen.

Der Saal füllte sich langsam mit dem Murmeln von Gesprächen, als immer mehr Magier eintrafen. Sie trugen alle ähnliche Gewänder wie Irunan, manche blau wie seines, aber auch in vielen anderen Farben. Die meisten der eintretenden Magier schienen ebenso unbestimmbaren Alters zu sein wie die Elfen, aber anders als diese hatten einige der Zauberer silberfarbene Haare und waren von der Last der Jahre gebeugt, da sie ihre Lebenskraft mit dem Wirken vieler Zauber verbraucht hatten. Wie alle ihrer Art konnten diese »Alten« ihre Vitalität jedoch zurückgewinnen, indem sie auf eine ganz spezielle Art ruhten. Viele hatten dies getan, bevor sie nach Rwn gesegelt waren, wo sie den Dämmerritt nach Vadaria benutzt hatten, denn dort in ihrem Heimatgefilde kehrte ihre Jugend sehr viel schneller zurück als anderswo innerhalb der Ebenen.

Unter den Letzten, welche den Versammlungssaal betraten, waren Gelon und eine Magierin. Gelon schaute sich im Saal suchend nach Irunan um, und nachdem er ihn entdeckt hatte, ging er zu ihm und nahm neben ihm Platz. Die Frau ging hingegen zum Kopf des Tisches und setzte sich dorthin.

Sie war hoch gewachsen und trug ein gelbes Gewand. Ihre Haare waren hellbraun und fielen ihr fast bis auf die Hüften. Ihre Augen waren ebenfalls hellbraun. In diesem Zyklus ihres Wirkens hatte sie einen Teil ihrer Jugend verbraucht, doch sie war noch nicht an dem Punkt angelangt, da sie die entrückte Ruhe der Magier benötigt hätte.

Nachdem sie die Elfen mit ihrem durchdringenden Blick gemustert und dabei Arin lange und eindringlich angestarrt hatte, sah sie sich im Saal um und nahm die übrigen Anwesenden zur Kenntnis.

Noch immer betraten einige Spätankömmlinge die Ratskammer. Bald waren alle Stühle gefüllt, und einige Magier standen sogar in den Eingängen.

Schließlich nahm sie den Hammer und klopfte damit ein-, zweimal auf den Block. Stille senkte sich über die Versammlung.

»Irunan, würdet Ihr dem Rat mitteilen, warum Ihr diese Sitzung einberufen habt?«

Irunan ging zum leeren Stuhl am Fuß des Bogens, stellte sich dahinter und schloss die Hände um die rotsamtene Rückenlehne. »Weise, diese Dylvana« – er drehte sich um und zeigte auf Arin –, »Dara Arin aus Darda Erynian, oder auch dem Grünen Haus, hatte eine Vision vom Drachenstein, vom Grünen Stein von Xian.«

Plötzlich herrschte Aufruhr in der Kammer, als die Zauberer einander ansahen oder aufsprangen, sich vorbeugten und Arin in schockiertem Unglauben ansahen.

Unmöglich.
Das kann nicht sein.
Eine Vision vom Grünen Stein?
Woher wisst Ihr das?

Das Gemurmel dauerte an, obwohl die Weise mit dem Hammer zur Ordnung rief.

Irunan ging zu Arin und stellte sich neben sie. »Dara Arin.« Er streckte die Hand aus. Arin ergriff sie, und der Magier führte die zierliche Dylvana zu dem Stuhl in der Mitte der beiden Enden des Hufeisens. Als sie dort saß, nahmen auch die Magier wieder Platz, und das Klopfen des Hammers sorgte endlich wieder für Ruhe.

»Dara Arin, ich bin Arilla, Zauberin« – sie beschrieb mit ausgestreckten Händen einen Kreis – »und Weise dieses Rates.« Arin neigte grüßend den Kopf, und Arilla fuhr fort: »Wie ich höre, seid Ihr und Eure Gefährten weit gereist, um uns Nachricht von Eurer Vision zu bringen. Wie Ihr der hier herrschenden Aufregung entnehmen könnt, bietet eine Vision vom Grünen Stein Grund zu großer Besorgnis.«

Wieder neigte Arin den Kopf, diesmal zur Bestätigung.

»Nun seid bitte so gut und erzählt uns von diesem Gesicht, Dara Arin.« Arilla nahm den Hammer, klopfte damit einmal fest auf den Holzblock und ließ den Blick durch den Saal wandern. »Ich wünsche völlige Stille, bis ihre Geschichte erzählt ist.«

Arilla wandte sich wieder an Arin und legte den Hammer nieder. »Wenn Ihr jetzt beginnen wollt, Dara? Und lasst bitte nichts aus.«

Arin holte tief Luft, und dann erfüllten ihre leisen Worte die Stille im Saal, während die Dylvana ihre Vision in allen blutigen Einzelheiten schilderte.

»Das ist ganz zweifellos der Drachenstein«, durchbrach Arilla schließlich das benommene Schweigen, welches Arins Worten gefolgt war.

»Aber wie kann das sein?«, protestierte ein rot gewandeter Magier. »Der Drachenstein widersetzt sich allen Versuchen, ihn mittels Magie aufzuspüren. Nicht einmal die Drachen können ihn spüren.«

»Wenigstens behaupten sie das, Belgon«, erwiderte Arilla. »Wenigstens behaupten sie das.«

»Nun, *wir* können ihn jedenfalls nicht finden«, verkündete ein anderer Magier von hohem Alter in einem blauen Gewand. Er wandte sich an einen Kollegen. »Und wir haben lange und ausgiebig gesucht.«

Während der andere Magier zustimmend nickte, murmelte Arilla: »Das ist wahr.«

Arin räusperte sich. »Wenn der hellgrüne Stein in meiner Vision tatsächlich dieser ›unsichtbare‹ Drachenstein ist, wie konnte ich ihn dann überhaupt sehen?«

Die Zauberer sahen einander an. Einige schüttelten den

Kopf. Andere zuckten die Achseln. Doch Belgon rieb sich nachdenklich das Kinn, sah dann auf und sagte: »Es muss an der wilden Magie liegen.«

Arin wandte sich dem rot gewandeten schwarzhaarigen Zauberer zu. »›Wilde Magie‹? Diesen Ausdruck hat auch schon Dalavar Wolfsmagier benutzt. Was bedeutet er?«

Belgon schüttelte den Kopf. »Er bedeutet, Dara Arin, dass Ihr eine unbekannte Kraft anwendet, und zwar auf eine Weise, die wir nicht verstehen, denn sie erfordert nicht die Manipulation des astralen Feuers oder irgendeines der fünf Elemente. Es scheint sich um keine Kraft der Erde, des Wassers, des Feuers, der Luft oder des Äthers zu handeln, sondern vielmehr um etwas anderes – etwas ›Wildes‹ und Unberechenbares. Wer weiß denn, was diese Kraft ist? Wer versteht sie? Wir ganz sicher nicht.«

Wiederum senkte sich Stille über den Rat. Schließlich sagte Arilla: »Wie Ihr seht, Dara Arin, macht uns Eure Vision benommen. Nicht, weil wir wissen, was sie bedeutet, sondern vielmehr, weil Ihr überhaupt eine Vision hattet, denn der Grüne Stein von Xian, trotzt allen Versuchen, ihn in irgendeiner Form wahrzunehmen ... außer vielleicht jenen der wilden Magie.«

Eine weißhaarige Magierin in einem weißen Gewand beugte sich auf ihrem Stuhl vor und hob einen Arm. Arilla schaute in ihre Richtung. »Ja, Lysanne?«

»Weise, wir haben noch nicht die ganze Vision von Dara Arin gehört.«

»Ich weiß«, erwiderte Arilla.

»Aber ich habe Euch alles erzählt«, protestierte Arin.

Lysanne hob die Hand, um sie zu beruhigen. »Ja, Ihr habt alles erzählt, woran Ihr Euch erinnert, Dara Arin, aber Ihr habt auch vage Bilder erwähnt, an die Ihr Euch nicht mehr erinnern könnt.«

Arin hob die Hände in einer wortlosen Erwiderungsgeste.

»Lysanne meint«, sagte Arilla, »dass sie Euch vielleicht helfen kann, Euch diese vergessenen Bilder wieder ins Gedächtnis zu rufen. In diesem Fall könnten sie uns einen Hinweis darauf geben, wo der Grüne Stein jetzt liegt und was zu tun ist.«

Silberblatt stand auf und trat neben Arins Stuhl. Arilla richtete den Blick auf ihn.

»Ich bin Alor Vanidar, ehemals Coron von Darda Galion, dem Greisenbaumwald und Land der Lerchen.« Überall im Saal gab es Gemurmel und leise Ausrufe. Silberblatt hob ein wenig die Stimme, als er fortfuhr: »Ich« – er drehte sich zu Rissa und den anderen Elfen um und sah dann Arin an –, »das heißt *wir* würden gern mehr über diesen Drachenstein, diesen Grünen Stein von Xian erfahren. Außerdem würden wir gern hören, ob es eine Möglichkeit gibt, das furchtbare Verhängnis abzuwenden.«

Arilla nickte. »Ja, so viel sind wir Euch schuldig.« Jetzt wanderte ihr Blick durch den Saal. »Wenn es keine Einwände gibt, werde ich diese Versammlung einstweilen vertagen, um unseren Gästen die Geschichte des Drachensteins zu erzählen, soweit wir sie kennen. Außerdem schlage ich vor, dass Lysanne versucht, Dara Arin bei dem Versuch zu helfen, sich an den vergessenen Teil ihrer Vision zu erinnern. Doch seid bereit, Euch kurzfristig wieder einzufinden.«

Wieder schweifte ihr Blick durch den Saal, und als sie keinen Protest hörte, wandte sie sich an Lysanne. »Bleibt, Lysanne.« Dann sagte sie zu Arin, Vanidar und den anderen Elfen: »Bleibt Ihr bitte ebenfalls.«

Doch bevor sie ihren Hammer niedersausen lassen konnte, gab es einen Tumult an der Tür, und eine bewaffnete und gerüstete Gestalt drängte sich durch die versammelten Magier. Verglichen mit ihnen war sie klein, höchstens fünf Fuß zwei. Sie trug Hose und Stiefel aus braunem Leder und eine Weste, auf die gehämmerte Bronzeplatten genäht waren, die wie Schuppen aussahen. Darunter trug sie ein helles, cremefarbenes Seidenwams. Ihre Haut hatte die Farbe von Safran, und ein mit roten Zeichen verziertes braunes Lederstirnband hielt ihre kurz geschnittenen, rabenschwarzen Haare zusammen und sorgte dafür, dass sie ihr nicht in die schräg stehenden Augen und in das Gesicht mit den hohen Wangenknochen fielen. An der Hüfte trug sie zwei leicht gekrümmte Schwerter: Eines war etwas länger als ein Langmesser, das andere hatte eine Klinge von normaler Länge.

Sie marschierte um den Tisch, und die Magier drehten sich zu ihr herum. Sie ignorierte das Gemurmel und die Blicke und trat in den freien Raum vor Arin. Ihre onyxfarbenen Augen starrten in die nussbraunen der Dylvana, als sie mit melodischer Stimme verkündete: »*Watakushi wa tora desu!*«

Sie nahm die Hefte ihrer Schwerter, zog sie beide blitzschnell aus den Scheiden, hielt sie hoch über den Kopf und rief: »*Kore wa watakushi no kiba desu!*«

Schnell wie eine Viper sprang Silberblatts Klinge in dessen Hand. Als er Anstalten machte vorzutreten, kniete die junge Kriegerin vor Arin nieder und legte die funkelnden Schwerter auf den schwarzen Boden. »*Watakushi no kiba wa anata no meirei ni shitagai masu*«, sagte sie leise und beugte sich dann so weit vor, bis ihre Stirn den dunklen Stein berührte.

Arin schaute sie verblüfft an und wandte sich dann an die Magier. »Weiß jemand von Euch ...?«

Ein weißhaariger Magus am Ende seines gegenwärtigen Wirkens sagte: »Ich werde für Euch übersetzen, Dara Arin. Zuerst hat sie gesagt: ›*Ich bin ein Tiger.*‹ Dann, als sie die Schwerter gezogen hat, fügte sie hinzu: ›*Das sind meine Reißzähne.*‹ Und schließlich, als sie Euch die Waffen zu Füßen legte, hat so etwas gesagt wie: ›*Ihr könnt über sie gebieten.*‹«

»Über sie gebieten?«

»Ja.«

»Über ihre Schwerter?«

»Ja, ihre Reißzähne.«

»Aber ich ...«

»Wenn Ihr nicht annehmt, entehrt Ihr sie damit.«

Arin seufzte. Sie erhob sich von ihrem Stuhl, kniete sich selbst neben die Kriegerin und hob die Schwerter auf. Dann kauerte sie sich auf die Fersen und sagte leise: »Erhebt Euch ...«

»Aiko«, warf der weißhaarige Magier ein.

»Erhebt Euch, Aiko«, sagte Arin.

Die goldhäutige Kriegerin hob den Kopf, und ihre Augen weiteten sich, als sie die Dylvana auf den Knien sah. Arin lächelte, drehte die Schwerter um und reichte sie Aiko mit dem Heft voraus. »Ich akzeptiere Eure Freundschaft und Hilfe, Aiko, und, ja, sogar Eure Dienste. Doch beachtet, Ihr seid Euer eigener Herr und frei in Euren Entscheidungen, doch sollte unser Weg eine Weile gemeinsam verlaufen, heiße ich Euch willkommen.«

Tief in Aikos dunklen Augen lauerte Verwirrung, aber sie nahm die Schwerter und schob sie wortlos wieder in die Scheide.

Arin erhob sich und hielt Aiko die Hand hin. Die Kriegerin ergriff sie zögernd und erhob sich ebenfalls, dann schaute sie Arin an und grinste, sodass sich ihre gesamte Miene aufhellte, und Arin erwiderte das Lächeln. Die Dylvana wandte sich an Vanidar, zeigte auf das Langmesser in seiner Hand und sagte: »Ich glaube, Ihr könnt das jetzt wegstecken.« Vanidar schmunzelte und schob die Klinge wieder in die Scheide.

»Ahem!«, räusperte sich Arilla. Alle Augen richteten sich auf sie. Sie sah sich in dem Saal um. »Wenn das alles ist ...«

Sie schlug kräftig mit dem Hammer auf den Holzblock.

Nachdem das Treffen fürs Erste beendet war, führten Arilla und Lysanne die Elfen und Aiko durch die labyrinthartigen Korridore der Zaubererfeste.

Aiko, die neben Arin marschierte, blieb stumm.

»Sprecht Ihr die Gemeinsprache?«, fragte Arin.

»Ja, Dara«, erwiderte Aiko, jedoch mit einem fremdländischen, melodiösen Akzent.

»Ich muss fragen: Warum habt Ihr mir die Treue geschworen?«

»Meine Tigerin hat es mir gesagt.«

»Eure Tigerin?«

»Ja.«

Perin, der hinter ihnen ging, sagte: »Dann müsst Ihr der Besucher sein, von dem wir gehört haben, der im Winter nach Schwarzstein gekommen ist.«

»Vor zwei Wintern«, fügte Biren hinzu.

Ohne sich umzudrehen, sagte Aiko. »Das bin ich.«

Arin warf einen Seitenblick auf die dahinschreitende Kriegerin. »Und Eure Tigerin hat Euch auch das gesagt, dass Ihr nach Schwarzstein gehen sollt?«

»Ja.«

»Wenn es kein Geheimnis ist: Warum?«

»Um Euch die Treue zu schwören, Dara.«

»Um mir die Treue zu schwören?«

»Ja.«

Arin sah Rissa fragend an, doch die andere Elfe zuckte nur die Achseln.

»Diese ... äh ... Tigerin von Euch«, sagte Ruar, »was ist sie genau? Und wie erzählt sie Euch diese Dinge?«

Aiko schritt schweigend weiter und antwortete nicht.

Arilla sagte: »Sie ist vor zwei Wintern zu uns gekommen und hat gesagt, ihr Kommen habe einen Zweck, aber bis zum heutigen Tag kannten wir weder ihn noch seine Bedeutung. Sie hat uns als Kriegerin gedient ... das heißt, bis jetzt.«

»Aber diese Tigerin von ihr ...«, bohrte Ruar.

»Sie erklärt es nicht«, sagte Lysanne.

»Vielleicht ist damit noch mehr wilde Magie gemeint«, mutmaßte Melor.

»Vielleicht«, erwiderte Lysanne.

Sie erreichten einen großen Raum mit Holztüren in verschiedenen gedämpften Farben, die in einheitlichen Abständen in die Wände eingelassen waren. Es gab überall in der Kammer bequeme Sessel und hier und da auch Tische. Auf einem dieser Tische in der Mitte des Raumes fanden die Elfen ihre persönlichen Habseligkeiten. Jemand hatte ihre Ausrüstung von den Ställen hierher gebracht. »Das sind die Gästequartiere«, sagte Arilla, indem sie auf die Türen deutete. »Wählt Räume nach Eurem Belieben, augenblicklich sind alle frei. Vielleicht wollt Ihr Euch frisch machen – es gibt auch ein Bad darin.« Sie schaute auf eine kunstvolle Wasseruhr an der Wand. »Was haltet Ihr davon, wenn wir uns hier in vier Strichen wieder treffen? Dann werde ich Euch erzählen, was ich – was wir – über den Drachenstein wissen. Es ist, ehrlich gesagt, wenig genug. Und dann werden wir ein Mittagsmahl einnehmen, und danach wird Euch Lysanne sagen, Dara Arin, wie sie und Ihr zusammenarbeiten und versuchen könnt, Eure verlorenen Erinnerungen wiederzufinden.«

»Vielleicht haben wir keine Zeit«, sagte Perin, während er zu dem Ausrüstungsstapel ging.

»Zeit wofür?«, fragte Biren, der seinem Bruder beim Sortieren half.

Perin hielt inne und sah seinen Zwillingsbruder an. »Vielleicht zählt jeder Moment, und wenn wir innehalten, um uns zu erfrischen, verpassen wir vielleicht die einzige Gelegenheit zu tun, was getan werden kann.«

»Aber Perin, wir sind bereits seit dem Sommer unterwegs, und jetzt haben wir tiefsten Winter. Was zählen da vier Wasserstriche?«

»Ha! In vier Wasserstrichen kann ich zehn Meilen und noch mehr laufen, und vielleicht fehlen uns letztendlich genau zehn Meilen, um dorthin zu gelangen, wo wir das Verhängnis verhindern können, falls wir dazu überhaupt in der Lage sind.«

Arilla räusperte sich. »Ihr nehmt an, meine Freunde, dass Ihr tun müsst, was zu tun ist, falls irgendetwas unternommen werden kann. Aber vielleicht besteht Euer einziger Anteil an der ganzen Angelegenheit darin, uns die Nachricht von der Vision zu bringen.«

»Aber vielleicht auch nicht«, sagte Rissa, während sie die Ausrüstung nahm, die Perin ihr gab. »Schließlich hat Arin die Vision gehabt, also sind wir es möglicherweise, die dieses Verhängnis abwenden müssen, wenn es sich denn abwenden lässt.«

»Bitte«, sagte Lysanne mit leiser Stimme. »Lasst uns weder streiten noch spekulieren. Wenn wir herausgefunden haben, was Dara Arin sonst noch gesehen hat, wird vielleicht klarer, was zu tun ist. Bis dahin schlage ich vor, dass wir alle tun, was Arilla sagt, denn Dara Arin muss sich ausruhen, bevor ich beginnen kann.« Sie sah Arin an. »Ihr müsst heute Nacht gut schlafen, meine Liebe, denn morgen werden wir den ersten Versuch unternehmen herauszufinden, was Ihr sonst noch gesehen habt.«

»Morgen!«, rief Arin bestürzt.

Lysanne nickte und lächelte, und in ihren Augenwinkeln zeigten sich winzige Krähenfüße.

Arin schüttelte den Kopf. »Aber was ist, wenn Perin Recht hat und wir keine Zeit haben?«

»Dann müssen wir wohl einfach zu spät kommen. Aber ich kann es nicht eher angehen, denn ich kann sehen, dass Euer inneres Feuer zu niedrig brennt.«

»Mein inneres Feuer?«

»Eure Energie oder Lebenskraft. Die lange, harte Reise hat an Eurer Vitalität gezehrt. Aber eine gute Nachtruhe wird vieles von dem wiederherstellen, was wir benötigen.«

»Das reicht jetzt!«, meinte Arilla. »Ihr müsst tun, was Lysanne sagt, sonst ergründet Ihr vielleicht nie, was jetzt noch verborgen ist.«

Arin seufzte und nickte niedergeschlagen.

Zufrieden warf die Weise einen Blick auf die Wasseruhr. »Vier Striche, dann kehren wir zurück.«

Als Arilla und Lysanne gingen, schaute Arin ihnen betrübt hinterher. Biren reichte Arin ihre Ausrüstung, und sie wählte eine lindgrüne Gästezimmertür für sich aus und ging mit Aiko an ihrer Seite darauf zu.

Gebadet und ein wenig ausgeruht trat Arin vier Striche später in den großen Gemeinschaftsraum. Arilla und Lysanne warteten schon und schenkten Tee ein. Ruar und Melor waren ebenfalls bereits dort, ebenso wie auch Biren, Perin und Aiko. Die Kriegerin hatte ihre Ausrüstung zwischenzeitlich in das Zimmer mit der roten Tür neben Arins gebracht. Während Arin eine Tasse von Lysanne entgegennahm, kamen Vanidar und Rissa aus ihrem Zimmer. Silberblatt lachte.

Als alle in bequemen Sesseln saßen und eine Teetasse in der Hand hielten, räusperte Arilla sich. Alle Augen richteten sich auf sie. Sie holte tief Luft und begann. »Lasst mich Euch von einem längst vergangenen Tag vor den Toren des Schwarzen Berges erzählen, als die Drachen zu Besuch kamen.«

22. Kapitel

Die Grauen Berge von Xian waren von Gebrüll und dem Rauschen ledriger Schwingen erfüllt. Drachen, mächtige Drachen – rot, silbern, schwarz und grün funkelnd – füllten den Sommerhimmel aus. In weit geschwungenen Spiralen schraubten sie sich zum hoch aufragenden Schwarzen Berg herab, wo die Zauberer wohnten. Die Torwächter schrien vor Furcht, flohen in die Feste und schlugen die massiven Portale zu. Doch die Drachen sanken immer tiefer zu den Bergspitzen ringsumher, auf denen sie sich wie schwergewichtige, glänzende Monumente niederließen ... alle, bis auf drei der mächtigen Feuerdrachen. Diese drei landeten vor den geschlossenen Portalen der Zaubererfeste. Zwei Drachen waren massig und dunkel und glitzerten schwarzviolett, wenn sie sich bewegten, und sie hatten pechschwarze Krallen wie Säbel, die Kratzer im dunklen Stein des Vorhofs hinterließen. Sie flankierten einen dritten Drachen, der nach Drachenmaßstäben klein war – falls man von einem Drachen überhaupt sagen kann, er sei klein. Dieser war grün, mit einem gelblichen Schimmer auf der schuppigen Haut, und er schien sich vor den anderen beiden zu fürchten. Mit einer Kralle hielt er einen Lederbeutel, der oben sorgfältig mit einem Lederband zugebunden war.

»Zauberer, wir wollen verhandeln!«, brüllte der monströse schwarze Drache auf der linken Seite.

Der Drache zur Rechten drehte sich um, zischte vor Wut und redete in einer Sprache, die noch vom Anbeginn der Zeit stammte. Deren Worte klangen, als würden große Messingtafeln aneinander geschlagen. [»*Ich* werde hier der Sprecher sein, Daagor, denn *ich* sitze auf dem höchsten Gesims!«]

Daagors gewaltiger Schwanz peitschte heftig hin und her. [»Nur weil *ich* zur Zeit der Paarung in Kelgor war.«]

Der grüne Drache zwischen den beiden duckte sich tiefer.

In diesem Augenblick öffnete sich ein Seitentor, und ein Magier in einem dunkelroten Gewand trat nach draußen.

Der Schwarze Kalgalath beäugte den Zauberer und wandte sich dann an Daagor. [»Wir werden das ein für alle Mal in der Zeit der Erprobung klären. Aber einstweilen bin *ich* es, der für die Drachen spricht.«]

Daagor brüllte herausfordernd und drehte sich, sodass er seinem Gegner nun zugewandt war. Der Schwarze Kalgalath öffnete das gewaltige Maul zu einer dröhnenden Erwiderung.

Der grüne Drache wich etwas zurück, sodass er nicht mehr direkt zwischen den beiden Rivalen saß, und der Magier am Tor hielt sich gequält die Ohren zu.

Doch auf den Bergen ringsumher erhoben sich hundert oder mehr Drachenstimmen zu einem donnernden Gebrüll, und das ganze Gebirge erbebte und hallte von den Echos der Drachenschreie wider.

Wachsam nahm der Schwarze Kalgalath den Blick von Daagor und ließ ihn über die umliegenden Berge schweifen, und Daagor tat es ihm nach. Dann zischte Daagor: [»Das Gesims war und ist rechtmäßig mein, Kalgalath, doch nicht einmal wir zwei vereint können alle anderen besiegen, daher werde *ich* dir gestatten, mit diesem Magier zu reden.«]

[»Ich brauche keine Erlaubnis von dir, Daagor, für das, was mir ohnehin zusteht.«]

Nun wandte Kalgalath sich dem Zauberer zu und wechselte zur Gemeinsprache, obwohl seine Stimme immer noch so klang, als würden große Messingtafeln aneinander geschlagen. »Magier, wir sind gekommen, um zu verhandeln.«

Der Zauberer trat vor. »Um zu verhandeln?«

»Ja, wir wollen um eine kleine Gunst bitten.«

»Eine Gunst?«

»Eine winzige Kleinigkeit.«

Der Magier lachte schallend und breitete die Arme aus, um die gesamte Drachenversammlung einzuschließen. »Das ganze Drachenvolk klopft an meine Tür und erbittet dann eine winzige Gunst? Das kann ich mir nicht vorstellen.«

»Du kennst meinen Namen?« Der Schwarze Kalgalath wandte den Kopf und sah Daagor hämisch an.

»Ja, und Daagors auch.«

Nun war es an dem anderen schwarzen Drachen, finstere Befriedigung zu zeigen.

»Wer würde die Namen der beiden mächtigsten Drachen Mithgars nicht kennen?«, fragte der Magier. »Drachen bringen Kummer und Leid über die Welt – Kalgalath und Daagor am meisten von allen.«

Voller Selbstgefälligkeit hoben beide Drachen den Kopf und krümmten den Hals. Wäre ein großer Spiegel zur Hand gewesen, hätten sie stolz und eitel auf das Bild darin geblickt ... obwohl sich Kalgalath und Daagor so ähnlich sahen, dass sie nur einander hätten anzusehen brauchen, um ihr Ebenbild zu erblicken.

»Aber ihr habt nicht alle Drachen hier versammelt, um zu hören, wie ich ein Loblied auf euch singe«, sagte der Magier. »Vielmehr seid ihr gekommen, um zu verhandeln. Diese Gunst, diese winzigste Kleinigkeit, was könnte das wohl sein?«

Kalgalath warf einen Blick auf Quirm und den Lederbeutel, der an einer seiner Krallen hing, dann auf Daagor und schließlich auf die über ihnen thronende Drachenversammlung. »Ihr sollt etwas für uns aufbewahren.«

»Einen Gegenstand?«

»Ja, aber zuerst müssen alle Magier einen Eid schwören.«

Der Magier brummte überrascht. »Einen Eid?«

»Einen unverbrüchlichen Eid«, sagte Daagor.

Kalgalath funkelte seinen Rivalen an. »Einen unverbrüchlichen Eid«, wiederholte Kalgalath. »Einen Schwur, diesen Gegenstand auf ewig zu verstecken und seine Geheimnisse unangetastet zu lassen ... und ihn vor allen zu beschützen, die anders verfahren würden.«

»Und was schlägst du als Gegenleistung für Aufbewahrung und Schutz vor, besiegelt durch einen ›unverbrüchlichen Eid‹?«

Der Schwarze Kalgalath betrachtete angelegentlich die messerscharfen Krallen seiner rechten Vorderpfote. »Für die Aufbewahrung und den Eid würden wir schwören, eure Magierfeste in Ruhe zu lassen und sie niemals zu plündern.«

»Ha!«, bellte der Zauberer. »Du schwörst, etwas ungetan zu lassen, das zu tun ihr noch nie die Macht hattet.«

»Sei vorsichtig, Magier«, zischte Daagor, »sonst wirst du sehen, was wir Drachen tatsächlich vermögen.«

Wieder warf Kalgalath Daagor einen giftigen Blick zu und wandte sich erst dann an den Zauberer. »Nur *ich* bin die Stimme aller Drachen, Magier, aber in diesem Fall spricht Daagor die Wahrheit.«

Der Magier schüttelte den Kopf und zeigte auf die Feste hinter sich. »Erstens spreche ich nicht für alle von uns. Es gibt Magier im Schwarzen Berg, jene auf der Insel Rwn und noch andere, die über Mithgar verstreut leben. Außerdem gibt es viele auf der Welt Vadaria und ein paar auf den anderen Ebenen. Ich kann nur versprechen, die Angelegenheit vor den Rat hier im Schwarzen Berg zu bringen. Und selbst dann würde der Schwur nur die Magier dieser Feste betreffen.

Zweitens, ehe wir Eide leisten und dafür Eide bekommen,

würden wir gern wissen, was es ist, das wir für die Drachen aufbewahren und schützen sollen, denn wir würden keinen Schwur für etwas abgeben, dessen Wert wir nicht kennen.

Also will ich den Gegenstand sehen, den wir für euch hüten sollen.«

Mit einem Rucken seines Kopfes und einem gezischten [»Quirm«] rief der Schwarze Kalgalath den grünen Drachen nach vorne, sodass er wieder zwischen ihm und Daagor stand. Kalgalath funkelte Quirm an und fauchte: [»Lass es den Magier hochheben.«] Der grüne Drache legte den Lederbeutel auf die Steinplatten des Vorhofs.

Der Magier hob eine Augenbraue. »Ich soll mich in Reichweite eurer Krallen begeben?«

Daagor zischte: »Zauberer, du bist dort auch in Reichweite unserer Krallen, wo du gerade stehst.«

Der Magier schaute nach rechts und links und nach oben ... und zuckte die Achseln.

Kalgalath fauchte Daagor an, dann wandte er sich an den Zauberer. »Wenn du das Gewicht des Dings spüren willst, dann komm und heb es hoch.«

Der Magier trat vor und zu der Stelle, wo der Beutel zwischen Quirms Krallen lag. Er bückte sich und hob den Lederbeutel auf. »Hmm. Ziemlich schwer für seine Größe. Etwas Rundliches ist darin. Oval. Vielleicht von der Größe einer Melone.« Er kauerte sich nieder, legte den Beutel vor sich auf den Boden und zupfte an der Lederschnur. »Was ist darin? Eine verformte Kristallkugel?«

»Du kannst den Beutel nicht öffnen, Magier«, sagte der Schwarze Kalgalath.

»Ha!«, bellte der Magier. Er sah die fest verknotete Schnur an und murmelte: *»Laxa!«,* und die gelöste Schnur fiel auf den Vorhof, während der Beutel sich öffnete und einen abgeplatteten Stein aus einem durchsichtigen, jadeähnlichen Mineral enthüllte, makellos, hellgrün und glänzend – gut sechs Fingerbreit im Durchmesser und vier von einem flachen Ende zum anderen – und anscheinend in einem inneren Licht schwach leuchtend.

Alle drei Drachen brüllten und wichen zurück und wandten den Kopf ab, ebenso wie die Drachen auf den Berggipfeln ringsumher, deren gewaltiges Gebrüll durch die Gebirgslandschaft hallte. Von dem Lärm überwältigt, hielt der Magier sich die Ohren zu, und Blut lief ihm aus der Nase.

»Tu das weg«, rief der Schwarze Kalgalath. »Tu das abscheuliche, widerwärtige Ding weg.«

Doch der Magier hob den beinah zwanzig Pfund wiegenden, eiförmigen Stein zähneknirschend auf.

Kurze Blicke riskierend, glitt Kalgalath der Schwarze vorwärts, streckte seine scharfen Krallen aus und zischte: »Ich sagte, tu das weg ... sonst zerreiße ich dich auf der Stelle.«

Der Magier kauerte sich nieder und legte den Stein zurück in sein Behältnis, dann zog er den Lederbeutel hoch und befestigte die Schnur wieder. Dabei fragte er: »Woher kommt dieser Stein?«

Nun wieder erholt, funkelte der Schwarze Kalgalath ihn direkt an. »Dieses Wissen steht dir nicht zu.«

Der Magier erhob sich. »Welche Kräfte hat er?«

Daagor brüllte: »Dummkopf! Haben wir nicht gesagt, dieses Wissen steht dir nicht zu?«

Unerschrocken sagte der Magier: »Ich weiß ohnehin schon das Folgende: Wir haben hier ein mächtiges Artefakt, vor dem sich sogar die Drachen fürchten. Wenn ihr unseren Eid wollt, dass wir es hüten, dann müssen wir auch etwas darüber wissen, andernfalls könnt ihr unverrichteter Dinge mit dem Stein wieder abziehen.«

Daagor und Kalgalath wechselten einen Blick, doch Quirm meinte rasch und unbedacht: »Wir können ihn nicht spüren, Magier, und wer ihn besitzt und alles über seine Kräfte erfährt, wird die Macht haben ...«

[»Still!«], brüllte Kalgalath in der alten Sprache Quirm erzürnt an. Doch gleichzeitig schossen Flammen aus Daagors Maul, und seine Krallen trafen den Schädel des grünen Drachen und fegten ihn ein Stück nach hinten. [»Gib diesen Magiern nichts, aber auch gar nichts preis!«]

[»Daagor, hör auf!«], brüllte der Schwarze Kalgalath. [»Wir können nur dem Schwächsten von uns vertrauen, den Stein zu tragen.«]

Widerstrebend senkte Daagor seine Krallen, ließ sein Feuer erlöschen und ließ von dem sich duckenden grünen Drachen ab.

Der Magier war vor der Wut der Drachen davongelaufen und stand jetzt am Tor, bereit, in die Feste zu fliehen. Doch als er sah, dass der Kampf beendet war, rief er: »Ich werde euer Ersuchen vor die Versammlung aller Magier in der Feste bringen. Wir werden uns beraten, und morgen werde ich euch die Antwort bringen.«

Doch die Magier debattierten drei Tage anstelle von einem, denn eine derart schwierige Frage konnte nicht über Nacht entschieden werden. Sie spekulierten über die Kräfte des Steins und grübelten über die Reaktion der Drachen. Und sie dachten über Quirms Worte nach und darüber, dass Daagor den grünen Drachen für dessen kurze Enthüllung angegriffen hatte.

Es war bedeutungslos, dass sich die Drachen manchmal der alten Sprache bedienten, denn die Seher in der Feste hatten jedes Wort verstanden. Angesichts der Bedeutung, welche die Drachen dem Stein beimaßen – der nun als *Drachenstein* bezeichnet wurde –, diskutierten sie die Frage, was sie für ihren unverbrüchlichen Eid verlangen sollten. Die Debatte war lang und hitzig, denn es gab viele, die gelobten, den Drachen niemals auch nur den geringsten Eid zu leisten, und einige wenige, die vorschlugen, falsch zu schwören, den Stein und seine Macht über die Drachen zu ergründen und ihn dann zu benutzen, um die riesigen Kreaturen zu unterwerfen, falls er diese Macht tatsächlich besitzen sollte.

Am Ende kamen sie zu einer Einigung, und es gab eine Abstimmung. Nur ein paar Abtrünnige weigerten sich, das Ergebnis dieser Abstimmung anzuerkennen, und diese wenigen würden zukünftig nicht mehr in der Magierfeste willkommen sein, sollten die Drachen den Forderungen der Magier nachkommen.

Als der Unterhändler der Magier schließlich wieder vor das Tor trat, waren der Schwarze Kalgalath, Daagor und Quirm – und der Stein – ebenso noch da wie die Drachen auf den umliegenden Gipfeln.

Und der Zauberer sagte: »Wir werden euren Drachenstein hüten und den Eid leisten, den ihr verlangt, aber als Gegenleistung dafür verlangen wir Folgendes: Die Drachen werden künftig nicht mehr nach Belieben plündern, sondern die Welt in Ruhe lassen: alle Städte, Ortschaften, Dörfer, Gehöfte, Schiffe auf See, Häfen, Wälder, Magierfesten, Elfenfesten, Zwergenfesten, Wohnorte der Menschen ...« Der Magier führte die Bedingungen weiter aus, sprach Ge- und Verbote aus, beschrieb und ging ins Detail, bis er am Ende schließlich sagte: »... und wenn ihr damit nicht einverstanden seid und einen bindenden Eid darauf schwört, könnt ihr euren Stein nehmen und damit von dannen fliegen.«

Bei seinem Vortrag hatten Daagor und Kalgalath und sogar Quirm mit dem Schwanz geschlagen und die Krallen ausgefahren, da ihre Wut immer größer geworden war, und manchmal hatten sie sogar gebrüllt, denn von einem Drachen Gehorsam zu verlangen, war unerträglich und konnte nicht geduldet werden.

Doch am Ende warf der Schwarze Kalgalath noch einen Blick auf den Lederbeutel in Quirms Besitz und sagte: »Wir werden über eure schändlichen Forderungen nachdenken und euch morgen unsere Antwort geben.«

Aber die Drachen debattierten fast zwei Wochen, und das Gebirge erzitterte dabei unter ihrem Wutgebrüll. Einige flogen erzürnt davon – Schlomp, Skail und andere, darunter auch Daagor.

Schließlich kamen der Schwarze Kalgalath und Silberschuppe zur Magierfeste, Quirm zwischen sich. Der grüne Drache trug den Beutel immer noch.

»Dies ist, womit wir einverstanden sind, Magier«, sagte Kalgalath. »Wir werden uns an abgelegene Orte zurückziehen und unsere Überfälle auf das beschränken, was wir zum Überleben brauchen – ab und zu ein Pferd, eine Kuh oder Ähnliches.

Wir werden nicht plündern, wenn wir nicht selbst angegriffen oder beraubt werden, obwohl ich mir keine Kreatur vorstellen kann, die so etwas wagen würde.

Wir werden darauf verzichten, uns Schätze anzueignen, die sich in jemandes Besitz befinden, aber herrenlose Schätze sind frei zur Jagd.

Wir werden uns nicht in die Angelegenheiten von Menschen, Zwergen, Magiern und anderen mischen, es sei denn, sie mischen sich zuerst in die Angelegenheiten der Drachen, woraufhin es uns freistehen wird, gerechte Vergeltung zu suchen.«

Der Schwarze Kalgalath führte weiterhin detailliert aus, was die Drachen akzeptieren würden und was sie ablehnten, und der Magier kehrte mit ihrem Gegenvorschlag zum Rat zurück.

Das Feilschen dauerte noch einen Monat, in dem Forderungen gestellt und akzeptiert oder abgelehnt, Auslassungen und Mehrdeutigkeiten geklärt und Formulierungen festgelegt wurden. Aber am Ende wurde eine Vereinbarung getroffen. Beide Seiten leisteten den Eid, und jene unter den Zauberern, die ihn nicht leisten wollten, wurden aus der Feste verbannt. Es wurde viel über die Tatsache beraten, dass nicht alle Drachen schworen, aber die Drachen konterten, auch nicht alle Magier hätten den Eid geleistet – sodass jede Seite ihre Abtrünnigen hatte. Und somit war die Angelegenheit endlich geklärt.

Die Magier nahmen den Drachenstein mit in die Finsternis des Schwarzen Berges und verschlossen ihn in einem tiefen Gewölbe, und wie sie es geschworen hatten, versuchten sie nicht, seine Geheimnisse zu ergründen ... obwohl sich einige Magier jenseits des Schwarzen Berges, die den Eid nicht geleistet hatten, hin und wieder in die Angelegenheiten von Drachen einmischten.

Die an den Eid gebundenen Drachen zogen sich an abgelegene Orte zurück und ließen die Welt größtenteils in Ruhe, und Jahrtausende lang herrschte Frieden ... abgesehen von den gelegentlichen Raubzügen der abtrünnigen Drachen, wobei Daagors grausame Plünderungen zu den schlimmsten gehörten.

Doch dann wurde eines Tages entdeckt – durch einen Zufall –, dass der Grüne Stein von Xian aus dem Gewölbe verschwunden war. Wann sich das ereignet hatte, wusste niemand. Als sie ihre magischen Talente einsetzten, um herauszufinden, was passiert war und wo sich der Drachenstein jetzt befand, stellten die Zauberer zu ihrer Bestürzung fest, dass der Drachenstein unergründlich war und daher auch alles, was mit ihm zusammenhing – Vergangenheit, Gegenwart und Zukunft –, die Möglichkeiten ihrer arkanen Künste überstieg.

Das war der Stand der Dinge, bis die Dylvana Arin zu den Magiern kam.

23. Kapitel

Sie saßen in einer kleinen abgedunkelten Kammer, in der nur eine einzelne Kerze brannte, und selbst die war winzig. Während Lysanne sanft auf sie einredete, wurden Arins Augenlider schwer, und schließlich schlossen sie sich. Aiko kniete ganz in der Nähe auf dem dunklen Steinboden. Sonst war niemand anwesend.

Lysanne stellte die Kerze beiseite und wandte sich dann an die Dylvana, die tief in eine friedliche Trance gesunken war.

»Könnt Ihr mich hören, Dara Arin?«

»Mmm«, erwiderte Arin.

»Ihr könnt sprechen, Dara.«

»*Vi oren ana.*«

»Benutzt die Gemeinsprache, Dara. Könnt Ihr mich hören?«

»Ich höre Euch.«

»Gut.« Lysanne wandte sich an Aiko. »Kind von Ryodo, merkt Euch alles, was Ihr sehr und hört.«

Aikos schwarze Augen funkelten, und sie nickte einmal fest und bestimmt.

Nun wandte Lysanne sich wieder an Arin. »Dara, auch Ihr werdet Euch anschließend an alles Vorgefallene erinnern. Habt Ihr verstanden?«

Arin nickte zögernd.

»Gut.« Lysanne lehnte sich auf ihrem weichen Polstersessel zurück und legte die Finger zusammen. »Ich will, dass Ihr zu der Nacht auf der Lichtung zurückkehrt, als Ihr die Vision gesehen habt.«

Arin bewegte sich unbehaglich hin und her, und ihre Atmung beschleunigte sich.

»Es ist alles in Ordnung, Dara«, beruhigte sie Lysanne. »Ich bin ebenso hier wie Aiko, und nichts Böses ist zugegen.«

Das Wispern von Stahl auf Stahl war zu hören, als Aiko ihre Schwerter aus der Scheide zog. »Ich werde Euch beschützen, Dara.«

Lysanne sah die goldhäutige Kriegerin stirnrunzelnd an, doch Arin schien sich ein wenig zu entspannen, obwohl ihr Atem immer noch in raschen Stößen ging.

»Was seht und hört Ihr, Dara?«

»Ich sehe die Flammen. Ich höre die Hörner.«

»Hörner?«

»Die Jagdhörner. Ich weiß, dass der Hirsch jetzt auf der Flucht ist.«

»Aha.« Lysanne nickte. »Ich verstehe. Doch nun, Dara, will ich, dass Ihr Euch in der Zeit vorwärts bewegt bis zum Ende der Jagd und zur Rückkehr der Jäger zu der Stelle, wo die Vision beginnt. Sagt mir, was Ihr jetzt seht.«

»Blut.«

»Blut?«

»Das Blut des getöteten Hirsches.«

»Und ...?«

»Ich schaue weg und in die Flammen. Oh, oh, oh.« Arin fing an zu weinen.

Lysanne beugte sich vor und nahm Arins Hand. Einen Augenblick später zuckte sie zurück, als die Dylvana ihre Finger schmerzhaft fest umschloss. »Bleibt ruhig, meine Liebe. Bleibt ruhig.«

Doch Arin drückte immer fester zu und rief: »Ach, Adon, lass es nicht zu.«

»Dara Arin?«

»Ein Blutbad. Ein furchtbares Gemetzel.«

»Dara Arin!«

»Drachen ...«

»Dara, hört mir zu!«

»Ach, die Kinder. Oh, oh, oh ... ich kann nicht, ich kann nicht, ich kann nicht ...«

Jetzt rief Lysanne mit scharfer Stimme: »Dara Arin, hört mir zu! Lasst diese bösen Visionen hinter Euch, das Blut, die Toten, das Leid. Sucht einen Ort der Ruhe.«

Arins Kopf ruckte hierhin und dorthin und wieder zurück. »Es gibt keinen solchen Ort.«

»Dann hört mir zu, Arin. Hört auf meine Stimme. Hört mich an. Die Zeit steht still! Alles ist in einem einzigen Augenblick erstarrt! Nichts bewegt sich! Überhaupt nichts. Nichts. Alles ist so festgefügt wie in einem Bild oder Wandteppich.«

Allmählich beruhigte Arin sich, bis sie sich nicht mehr bewegte, obwohl sie auch weiterhin stoßweise und angestrengt atmete. Ihr Griff entspannte sich ein wenig, aber Lysanne hielt ihre Hand weiter fest.

»Arin, ich will, dass Ihr an diesen erstarrten Bildern vorbeilauft, bis Ihr zu der Stelle gelangt, wo Ihr den Anblick nicht mehr ertragen konntet und Geist und Seele davor fliehen mussten. Geht zu der Stelle, wo die Vision, die Ihr dem Rat vorgetragen habt, endet, aber geht nicht weiter, denn dort werden wir finden, was Ihr bislang vergessen habt.«

Arin ächzte. »Entsetzen«, murmelte sie. »Zwischen hier und dort.«

»Geht daran vorbei, Dara, daran vorbei. Zum Ende Eurer Erzählung.«

Wieder stöhnte Arin, und es schien, als kämpfe sie darum, zerklüftetes Land zu durchqueren. Schließlich verlangsamte sich ihr Atem.

»Habt Ihr die Stelle erreicht, wo Eure Erinnerung endet?«

»Ja.«

»Gut. Hört mir zu. Ich will, dass Ihr mir sagt, was Ihr seht.«
Arin schwieg.
»Erzählt es mir«, forderte Lysanne.
Arin schüttelte den Kopf und murmelte: »Nichts. Ich sehe nichts. Alles ist in Dunkelheit gehüllt.«
»Dunkelheit?«
»Ja.«
»Und Ihr seht überhaupt nichts?«
»Nichts.«
Gedankenverloren sah sich Lysanne in dem Raum um, ohne tatsächlich etwas wahrzunehmen. Jetzt wandte sie sich wieder an Arin. »Gibt es Erinnerungen aus dieser Dunkelheit?«
Arins Atmung beschleunigte sich wieder. »Ja.«
»Erinnerungen woran?«
»Ich weiß es nicht genau. Eine Stimme, Runen, Wissen?«
Lysanne beugte sich vor und legte Arin eine Hand auf die Stirn. »*Recodare!*«, verlangte sie.
Arin richtete sich auf und riss die Augen auf, aber sie waren auf einen Punkt jenseits von Zeit und Raum gerichtet. Mit einer Stimme, die eigentümlich fremd klang, rezitierte sie:

»*Die Katze Die In Ungnade Fiel;*
Einauge In Dunklem Wasser;
Den Deck-Pfau Des Wahnsinnigen Monarchen;
Das Frettchen Im Käfig Des Hochkönigs;
Den Verfluchten Bewahrer Des Glaubens Im Labyrinth:
Diese nimm mit,
Nicht mehr,
Nicht weniger,
Sonst wird es dir nicht gelingen,
Die Jadeseele zu finden.«

Und dann sank Arin nach vorn, und Lysanne fing die ohnmächtige Dylvana auf.

24. Kapitel

»Und das ist das ganze Rätsel?«, fragte die Weise Arilla.

»Ja«, erwiderte Lysanne. »Das glaube ich jedenfalls.« Sie sah Arin an.

Die Dylvana nickte. »Ich kann mich jetzt an alles erinnern. Warum ich es vergessen habe, kann ich nicht sagen.«

»Das war nicht Eure Schuld, Arin«, sagte Rissa. »Es war eine grimmige Vision. So grimmig, dass sie jeden erschüttert hätte.«

»Rissa hat Recht, Dara Arin«, pflichtete Lysanne bei. »Als Ihr dieses Gesicht hattet, konnte Eure Seele die Bilder nicht ertragen, und deshalb seid Ihr vor ihnen geflohen und konntet Euch später nicht mehr an alles erinnern. Doch hört mir zu, ob ich nun dabei geholfen habe, das Verborgene zurückzuholen, oder nicht, mit der Zeit wäre es Euch auch ganz allein gelungen.«

»Vielleicht haben wir diese Zeit aber nicht«, sagte Vanidar Silberblatt.

»Vielleicht ist es jetzt bereits zu spät«, pflichtete Arin trübsinnig bei.

Lysanne seufzte. »Wilde Magie ist oft irritierend.«

Rissa wandte sich stirnrunzelnd an sie. »Irritierend?«

Lysanne nickte. »Wie in Dara Arins Vision – wilde Magie verrät uns nicht, wann etwas stattfinden soll. Die Vision könnte von Ereignissen künden, die in diesem Augenblick stattfinden oder bald oder auch zehntausend Jahre in der Zukunft.«

Arin schüttelte bedauernd den Kopf. »Wir können uns nicht darauf verlassen, dass dieses Unheil noch Jahre in der Zukunft liegt. Vielmehr müssen wir davon ausgehen, dass die Ereignisse in diesem Augenblick ihren Lauf nehmen. Warum sonst hätte ich die Vision gerade jetzt gehabt?«

Lysanne hob die Hände, denn sie hatte keine Antwort auf Arins Frage.

Sie saßen auf bequemen Sesseln im Gästebereich beieinander, die Elfen und die beiden Magierinnen. Die Kriegerin aus Ryodo, Aiko, saß etwas entfernt von ihnen und direkt hinter Arin an einer Wand.

»Aber das Rätsel«, sagte Perin. »Was hat es zu bedeuten?«

»Ein völliges Mysterium«, meinte Biren.

Lysanne schüttelte den Kopf. »Nein, Alor Biren, kein völliges Mysterium. Einiges können wir entschlüsseln, wenn auch nicht alles.«

Melor schaute die weißhaarige Magierin an und sagte: »Ich bin derselben Meinung.«

Biren wandte sich an Melor. »Und das wäre ...?«

»Ja, sagt es uns«, fügte Perin hinzu.

Melor zuckte die Achseln, dann sagte er: »Dara Arin ist mit einer Mission betraut worden.«

»Mit einer Mission?«, fragte Biren.

»Mit einer Mission, um was zu tun?«, fragte Perin.

»Um die Jadeseele zu finden«, sagte Melor.

Lysanne und die Weise Arilla nickten beide zustimmend.

Biren schaute von einem zum anderen. »Und diese so genannte Jadeseele ...?«

»Ist der Grüne Stein von Xian«, sagte Arilla.

»Der Drachenstein«, sagte Lysanne.

»Hmm«, machte Perin.

»Aber warum wird er *Jadeseele* genannt?«, fragte Biren.

»Er sieht wie Jade aus«, erwiderte Perin.

»Vielleicht steckt da aber auch noch mehr dahinter«, erwiderte Biren.

»Und vielleicht auch nicht«, sagte Perin.

Arin atmete langsam ein und aus. »Wenn wir doch nur etwas mehr über den Stein wüssten und warum die Drachen ihn fürchten.«

»Es gibt eine Legende«, ertönte eine Stimme von hinten. Es war Aiko. Sie hockte im Lotussitz mit dem Rücken an der Wand und hatte die Augen geschlossen.

Arin drehte sich um. »Eine Legende, Aiko?«

Aiko öffnete ihre dunklen Mandelaugen. »Im Nordwesten von Ryodo liegt ein uraltes Land, das Moko heißt. Die *soshoku* von Moko, alles *onna*, sagen, dass eines Tages ein *mahotsukai yushi odatemono* kommen und das Zeichen des Drachen tragen wird. Er wird die Bewohner Mokos zur Eroberung der ganzen Welt führen. Er wird einen mächtigen Talisman besitzen, und Drachen werden sich seinem Willen beugen.«

Arin hob die Hand, um Aiko zu unterbrechen. »Aiko, was bedeuten die Worte in Eurer Sprache, die Ihr benutzt habt?«

»Verzeiht mir, Dara.« Aiko hielt inne, dachte nach und sagte dann: »Ah, ja. ›Die *soshoku* von Moko sind alle *onna*‹ bedeutet, die Priesterschaft von Moko besteht nur aus Frauen. Und ein *mahotsukai yushi odatemono* ist ein zauberkundiger Kriegerkönig.«

Arilla sagte: »Und die Leute von Moko glauben, dass ein zauberkundiger Kriegerkönig sie eines Tages zur Eroberung der Welt führen und Drachen unter seinem Befehl haben wird?«

»Vergesst den Talisman nicht«, sagte Lysanne. »Er könnte der Drachenstein sein.«

»Der verschwundene Drachenstein«, sagte Rissa.

Lysanne nickte und sah Aiko an, aber die Kriegerin aus Ryodo zuckte die Achseln und sagte: »Wenn die Legende stimmt.«

»Vielleicht ist es nur ein Märchen«, sagte Biren.

»Zauberkundiger Kriegerkönig hin oder her«, sagte Perin, »wir müssen den Drachenstein finden und ihn vor jenen bewahren, die ihn zum Schlechten benutzen würden, was immer er auch vermag.« Er wandte sich an Arin. »Wo fangen wir an? In Moko?«

Vanidar Silberblatt sprang auf und lief erregt auf und ab. Er ballte die Fäuste so fest, dass die Knöchel weiß wurden, und schüttelte wütend den Kopf. »Perin«, knirschte er, »*wir* fangen überhaupt nicht an.«

»Fangen überhaupt nicht an?«, fragte Biren verständnislos. »Wie meint Ihr das, Vanidar?«

Silberblatt blieb stehen und drehte sich um, und sein Blick streifte über alle Anwesenden. »Das Rätsel. Arins Rätsel. Wenn wir sie begleiten, wird sie scheitern.«

»Was?«, bellte Ruar.

Silberblatt sah Arin an. »Wiederholt das Rätsel, Dara.«

Arin rezitierte ruhig:

»Die Katze Die In Ungnade Fiel;
Einauge In Dunklem Wasser;
Den Deck-Pfau Des Wahnsinnigen Monarchen;
Das Frettchen Im Käfig Des Hochkönigs;
Den Verfluchten Bewahrer Des Glaubens Im Labyrinth:
Diese nimm mit,
Nicht mehr,
Nicht weniger,
Sonst wird es dir nicht gelingen,
Die Jadeseele zu finden.«

Jetzt wandte Silberblatt sich an die anderen. »Beachtet die Worte: ›Diese nimm mit, nicht mehr, nicht weniger, sonst wird es dir nicht gelingen, die Jadeseele zu finden.‹

Dara Arins Mission besteht darin, die Jadeseele zu finden,

und sie darf nur diejenigen mitnehmen, welche die Bedingungen des Rätsels erfüllen, sonst niemanden. Und obwohl ich die Antwort auf die offenen Fragen dieses Rätsels nicht kenne, kann ich doch eines sagen: Nicht eine Person von uns entspricht den Vorgaben des Spruchs.«

»Das stimmt nicht«, sagte Aiko. Alle Augen richteten sich auf sie. Ihr Gesicht hatte einen seltsamen, schuldbewussten Ausdruck angenommen, als sie sich erhob und vor die Dylvana trat. Aiko kniete vor Arin nieder, senkte den Blick und wollte dem der Elfe nicht begegnen. »Verzeiht mir, Dara, aber es gibt etwas, dass Ihr wissen müsst.« Dann vergrub sie das Gesicht in den Händen, ließ den Kopf voller Scham auf den Boden sinken, und als sie wieder sprach, war ihre Stimme kaum zu hören. »Die Katze Die In Ungnade Fiel, bin ich.«

25. Kapitel

Arin beugte sich herunter, nahm Aiko bei den Schultern und richtete ihren Oberkörper auf, aber die Ryodoterin schlug die Augen nieder und wollte dem Blick der Dylvana nicht begegnen.

Perin sagte: »Aiko, Ihr seid keine Katze.«

»Eindeutig nicht«, fügte Biren hinzu. »Wie könntet Ihr die Katze aus Dara Arins Vision sein?«

Den Blick starr zu Boden gerichtet, sagte Aiko jämmerlich: »Ich habe meinen Vater verraten.«

Die Dame Hiroko starb bei Aikos Geburt, und Waffenmeister Kurita musste sie, sein einziges Kind, allein großziehen. Voller Trauer verließ er den *shiro* Lord Yodamas und nahm seine neugeborene Tochter und seinen Haushalt mit, um in seiner Heimat zu leben, dem Kumottagebirge.

Der Waffenmeister hatte sich immer einen Sohn gewünscht, um die Krieger-Tradition seiner Familie fortzusetzen, und trotz der Tatsache, dass Aiko ein Mädchen war, und ungeachtet der im Land herrschenden Gesetze, erzog er sie im Geiste des *senso o suru hito*. Er lehrte sie den Umgang mit Bogen, Stab und Speer und den Weg der zwei Schwerter. Er lehrte sie, wie man Dolche und Shuriken wirft, wie man ein Pferd reitet und mit der Lanze kämpft. Und er lehrte sie auch die Kunst des waffenlosen Kampfes – denn in Lord Yodamas *shiro* war Kurita ein Meister und Lehrer in all diesen Dingen gewesen.

Sie zählte erst sechzehn Lenze, als der Krieg in die Provinz kam und ein Bote zu Kurita entsandt wurde. Und Kurita nahm seine Waffen auf, um an Lord Yodamas Seite zu kämpfen. An jenem Tag ritt er fort und ließ seine Tochter zurück.

Doch in dem Augenblick, als er nicht mehr zu sehen war, legte Aiko ihre Rüstung an, mit Messingschuppen beschlagenes Leder, nahm ihre Waffen, stieg auf ihr Pferd und folgte ihrem Vater, das Gesicht unter einer Seidenmaske verborgen.

Sie ritt in die Täler hinab, überholte ihres Vaters *rentai*, der in der Armee nach Norden zog, um dem Feind zu begegnen, und sie reihte ihr Pferd in Lord Yodamas Rote-Tiger-Kavallerie ein.

Die Männer des berittenen Regiments sagten nichts, als sich ihnen dieser unbekannte Jüngling anschloss, denn es war üblich, dass unerfahrene junge Männer, die in den Krieg zogen, eine Seidenmaske trugen, damit keine Unehre auf sie und ihre Familien fallen würde, sollte sich ihr Dienst am Kriegsherrn in irgendeiner Weise als mangelhaft erweisen. Doch falls sie sich als tapfer in der Schlacht erwiesen, war es Brauch, die Maske feierlich abzusetzen und den Krieger und seine Familie zu ehren. So blieb Aiko einstweilen unerkannt, während Yodamas Brigaden durch das Land zogen.

In den folgenden Tagen war Aiko sorgfältig darauf bedacht, sich niemals vor den Männern zu entblößen, wenn sie sich erleichterte oder wusch, um sich nicht zu verraten.

Schließlich traf Yodamas Armee auf Hirotas, und sie bezogen auf gegenüberliegenden Seiten eines flachen Tals Stellung. Durch die Senke zog sich ein funkelndes Flüsschen, dessen Fluten sehr bald eine rötliche Färbung annehmen würden.

In der ersten Schlacht mit Hirotas Armee erwies Aiko sich als tödlicher Kämpfer, denn ihr Vater hatte sie gut ausgebildet.

In der zweiten Schlacht brachen sie und drei andere durch einen Ring von Feinden und retteten den eingeschlossenen Lord Yodama persönlich. Sie und Yodama entkamen als Einzige lebend und das in erster Linie aufgrund ihres blitzenden Stahls.

In der anschließenden Zeremonie nahm Aiko ihre Seidenmaske nicht ab, obwohl es Sitte war. Lord Yodama war überrascht von ihrem Wunsch, nicht erkannt werden zu wollen, doch in den Überlieferungen hatten auch schon andere ihre Maske aufbehalten, und so bestand Lord Yodama nicht darauf. Vielmehr machte er sie zu einem Mitglied des Ordens der Roten Tiger, schickte sie ins Zelt der *onna-mahotsukai* und befahl der Hexe, diesem Krieger die erforderliche Tätowierung zu verpassen. Dies konnte Aiko nicht verweigern.

Die Hexe war uralt, und als sie darauf bestand, dass Aiko ihre Rüstung und das Seidenunterhemd ablegte, weiteten sich die Augen der alten Frau beim Anblick dessen, was entblößt wurde. Trotzdem sagte sie kein Wort, sondern murmelte nur unverständliche Worte und griff zu Nadel und Tinte.

Die Alte stach sorgfältig einen boshaft funkelnden roten Tiger zwischen Aikos Brüste und flüsterte und murmelte beständig vor sich hin, während die Kreatur langsam Gestalt annahm, als sei sie ein lebendes Wesen. Als die alte Frau fertig war, zwinkerte sie Aiko zu und grinste zahnlos ob des gemeinsamen Geheimnisses. Als Aiko sich wieder ankleidete, berührte die Hexe das blutrote Bildnis zwischen Aikos Brüsten und sagte: »Ich habe dir eine ganz besondere *tora* gegeben, mein Kind. Hör ihr gut zu. Beachte ihren Rat und ihre Warnungen, denn du bist in ihrer Obhut.«

In der dritten und vierten Schlacht des Krieges zwischen Yodamas Roten Tigern und Hirotas Goldenen Drachen zeichnete sich Aiko mehrfach aus.

Aber immer noch lehnte sie es ab, Lord Yodama ihr Gesicht zu zeigen.

In der fünften und letzten Schlacht wurde Lord Yodama von einem Pfeil getötet, und sein Sohn Yoranaga übernahm das Kommando. Sie zerschlugen Hirotas Armee und gaben ihren Gegnern kein Pardon.

In der anschließenden Zeremonie befahl Lord Yoranaga Aiko, die Maske abzusetzen. Sie lehnte bei allem Respekt ab, doch Yoranaga bestand darauf. Widerstrebend gehorchte sie. Waffenmeister Kurita, der neben Yoranaga stand, keuchte, »Aiko«, denn er sah, dass dieser tapfere Krieger niemand anderes war als seine eigene Tochter.

Als nun ans Tageslicht kam, dass Aiko eine Frau war, sprach Lord Yoranaga ein strenges Urteil, denn Waffenmeister Kurita hatte das Gesetz des Landes gebrochen. Kurita musste seine Waffen, Titel und Besitzungen abgeben, und ihm wurde befohlen, den Rest seiner Tage in Armut und Schande zu leben. Aiko, Held – nein, Heldin – des Krieges, Retter Lord Yodamas, tapferer Krieger im Orden der Roten Tiger, wurde ganz aus Ryodo verbannt.

Den Blick immer noch zu Boden gerichtet, sagte Aiko zu Arin: »Meinetwegen ist mein Vater entehrt. Ich habe ihn verraten und dazu seinen Herrn und mein Heimatland.« Aiko knöpfte ihre Jacke und ihr Seidenunterhemd auf und enthüllte den funkelnden roten Tiger. »Ich bin *yadonashi* – ausgestoßen, ich bin Die Katze Die In Ungnade Fiel.«

Arin schüttelte den Kopf, erhob sich und zog Aiko auf die Beine. »Nein, Aiko, Ihr habt nichts und niemanden verraten. Ihr habt nur gegen eine altmodische Tradition verstoßen.«

»Genau«, sagte Rissa. »Einen Brauch, den es bei uns Elfen nicht gibt. Wenn es unehrenhaft ist, dass Frauen Waffen tragen und in den Kampf ziehen, dann lebt beinah die Hälfte aller Elfen in Schande und Unehre.« Rissa zog ihr Schwert und reckte es in die Höhe. »Auf die gemeinsame Schande, Schwester – lang möge sie herrschen.«

Lachend hob Vanidar sein Langmesser und stieß die Klinge klirrend gegen ihre. »So sei es.«

So sei es!, wiederholten Melor, Ruar, Perin und Biren.

»So sei es«, flüsterte Arin Aiko ins Ohr. Dann hielt Arin Aiko auf Armeslänge vor sich und sagte: »Ihr habt nichts Unehrenhaftes getan, Aiko. Aber dennoch akzeptiere ich Euch als Die Katze Die In Ungnade Fiel.«

26. Kapitel

Ratsmagier Belgon fasste sich an den breiten Kragen seiner Robe und sagte: »Kriegerin Aiko könnte tatsächlich die ›Katze Die In Ungnade Fiel‹ sein, Dara Arin, aber was ist mit den anderen Hinweisen in Eurem Rätsel? Wer oder was könnten sie sein? Angesichts der Natur des Grünen Steins tappe ich vollkommen im Dunkeln.«

Die anderen Magier in der Ratskammer murmelten und nickten zustimmend. Die Weise Arilla benutzte ihren Hammer, und als Ruhe eingekehrt war, sagte sie: »Wir tappen alle im Dunkeln, Magier Belgon. Aber vielleicht können wir etwas Licht in dieses Dunkel bringen, wenn wir gemeinsam überlegen. Insbesondere könnten wir versuchen, das Rätsel zu lösen, wer diese anderen sind, die Dara Arin finden muss, auf dass sie ihr bei ihrer Mission helfen.«

Ein Murmeln erhob sich in der Ratskammer, das jedoch verstummte, als Lysanne sagte: »Vergesst die Legende nicht, die Aiko erzählt hat, denn auch sie könnte von Bedeutung sein – die Geschichte eines zauberkundigen Kriegerkönigs, der die Bewohner von Moko zur Eroberung der Welt führen soll und der einen mächtigen Talisman besitzen soll, dem sich sogar die Drachen beugen müssen.«

»Haltet Ihr diesen Talisman für den Drachenstein?«, fragte Irunan von seinem Platz an der Wand.

Arilla hob verneinend eine Hand. »Zieht keine übereilten

Schlussfolgerungen, denn die ganze Geschichte klingt wie ein Märchen und könnte überhaupt keine Bedeutung für den Drachenstein und Dara Arins Mission haben.«

»Aber andererseits ist sie vielleicht sehr bedeutsam«, sagte Belgon, »da wir ausgerechnet jetzt davon erfahren. Immerhin erzählt sie von Krieg und Drachen und einem Magier und König.«

Gelon, der neben Irunan saß, rief: »Aber wer von uns Magiern würde so etwas tun?«

»Abtrünnige und Schwarzmagier«, erwiderte Belgon. »Jeder, der vom Ehrgeiz zu herrschen zerfressen wird, unabhängig von den Folgen für jene, die im Weg stehen.« Er hielt inne, sah sich in dem Saal um und sagte dann: »Vielleicht sogar jemand in diesem Saal.«

Protestrufe folgten Belgons Worten, und Arilla klopfte laut und mehrfach, um wieder Ordnung herzustellen. Die Weise schenkte Belgon einen kalten Blick. »Diese Anschuldigung war grundlos und überflüssig, Belgon.«

Belgon deutete im Sitzen eine Verbeugung an und sagte: »Ich entschuldige mich bei der gesamten Versammlung, Weise.«

Arilla sah ihn lange an und sagte schließlich: »Schön und gut, Belgon. Schön und gut.« Sie wandte sich an die anderen und klopfte ein weiteres Mal mit dem Hammer. »Und nun lasst uns zur Sache kommen: Dara Arin sucht unseren Rat hinsichtlich des Rätsels aus ihrer Vision. Insbesondere möchte sie Vorschläge hören, wie sie jene finden kann, die ihr bei ihrer Mission helfen sollen.« Arilla lehnte sich zurück und sprach Lysanne an: »Würdet Ihr die Liste wiederholen?«

»Dies sind die noch verbliebenen Personen oder Wesen, die sie sucht«, sagte Lysanne, indem sie eine Hand hob und eine Person nach der anderen an den Fingern abzählte: »Einauge In Dunklem Wasser; Der Deck-Pfau Des Wahnsinnigen Monarchen; Das Frettchen Im Käfig Des Hochkönigs; Der Verfluchte Bewahrer Des Glaubens Im Labyrinth.«

Eine dunkelhaarige Magierin hob die Hand. »Ja, Ryelle«, erteilte ihr Arilla das Wort.

Ryelles Blick wanderte zwischen Arin und Lysanne hin und her, und dann fragte sie: »Haltet Ihr diese allesamt für Leute oder könnten einige auch das beschriebene Tier sein: ein Pfau, ein Frettchen, sogar eine Katze?«

Arin schüttelte langsam den Kopf und zuckte die Achseln, und Lysanne sagte: »Wir wissen nur, was wir aus ihrer Erinnerung zu Tage gefördert haben.«

»Nun denn«, sagte Ryelle, »mir fällt zu einer der Zeilen des Rätsels nur ein, dass der Käfig des Hochkönigs überall sein könnte ... obwohl Caer Pendwyr der wahrscheinlichste Ort ist, aber ich weiß nicht, ob Bleys Frettchen hält. Was die anderen Zeilen betrifft ...« Sie zuckte resigniert die Achseln.

»Ha! Wenn Ihr mich fragt«, sagte der weißhaarige Halorn, »gibt es reichlich wahnsinnige Monarchen auf der Welt. Und Pfauen auch.«

»Sagt, Ihr Magier«, rief Perin von seinem Platz an der Wand, »kann nicht einer von Euch Zauberern seine Kräfte benutzen, um die Suche ein wenig einzuengen?«

»Sozusagen den Weg weisen?«, fügte Biren hinzu.

Ein hoch gewachsener, hagerer Magier schüttelte den Kopf. »Bei allem, was mit dem Drachenstein zusammenhängt, sind wir hilflos. Er unterbindet alle Versuche in dieser Richtung.«

»Lysannes Versuche hat er nicht unterbunden«, sagte Arin.

»Nein, Kind«, erwiderte der Magier und ignorierte somit die Tatsache, dass Arin möglicherweise mehrfach so alt war wie er, »Ihr seid im Irrtum. Eure eigene wilde Magie hat bereits geschafft, was wir nicht vermögen, und Lysanne hat Euch nur geholfen, Eure verborgenen Erinnerungen wieder zu erschließen.«

Arin schaute Lysanne an. Diese lächelte und bestätigte das soeben Gesagte mit einem Nicken.

Arin seufzte und fragte dann: »Glaubt Ihr, ich muss diese

anderen – seien es Pfauen, Frettchen oder sonst etwas – in der Reihenfolge des Rätsels finden?« Sie deutete auf Aiko, die hinter ihr auf dem Steinboden kniete. »Zuerst die Katze, als nächstes das Einauge, dann den Deck-Pfau und so weiter?«

Die Magier sahen einander an, nicht in der Lage, eine kundige Antwort zu geben. Dann sagte der alte Halorn: »Ich würde meinen, da Ihr die Katze zuerst gefunden habt, solltet Ihr als Nächstes Einauge suchen und dann der Reihe nach weitermachen.«

»Dann sage ich«, verkündete Arin, »lasst uns darüber diskutieren, was die Ausdrücke in meiner Vision bedeuten könnten, denn ich weiß jeden Rat zu schätzen, den Ihr mir geben mögt.«

Die Debatte dauerte viele Stunden, und am Ende waren sie der Wahrheit kaum näher als zu Beginn, obwohl viele Meinungen bezüglich der Bedeutung der prophetischen Worte geäußert worden waren.

Vanidar Silberblatt war es, der schließlich sagte: »Genug! Wir drehen uns nur noch im Kreis.«

Arilla gab ihm Recht und beendete die Sitzung nach einigen wenigen weiteren Wortmeldungen.

Auf dem Rückweg in ihr Quartier sagte Aiko, die bislang geschwiegen hatte: »Vielleicht ist Dunkles Wasser ein Dorf anstatt ...«

»*Vada!*«, rief Vanidar und schlug sich vor die Stirn. »Aiko könnte Recht haben! Vielleicht ist es kein See, Teich, Fluss und Ort im Meer.« Er wandte sich an Rissa. »Vielleicht ist es ein Dorf.«

Rissa überlegte stirnrunzelnd. »Lasst mich nachdenken, ich glaube, ich kann mich erinnern ...« Sie schritten durch den Korridor, und Rissa starrte dabei auf den vorbeiziehenden Boden und murmelte vor sich hin. Schließlich schaute sie auf und sagte: »Es gibt einen Ort in Fjordland, ein Dorf namens

Dunkelwasser, das die Bewohner in ihrer Sprache *Mørkfjord* nennen.«

»Aber es könnte eine Vielzahl von Ortschaften namens Dunkelwasser, Mørkfjord und so weiter geben«, protestierte Biren.

»In ganz Mithgar«, fügte Perin hinzu.

»Nichtsdestoweniger«, sagte Silberblatt grinsend, indem er einen Arm um Rissa legte, »ist es ein Anfang.«

»Außerdem«, fügte Ruar hinzu, »muss es in der Welt sehr viel weniger Orte und Dörfer geben, die nach einem dunklen Wasser benannt sind, als dunkle Wasser selbst – jeder Schatten über einem Bach, jedes dunkle Loch in einem Teich, jeder überhängende Fels, jeder Graben im Meer ... all das sind dunkle Wasser, und es gibt sie, meine ich, ohne Zahl. Nein, ich meine, Aiko hat Recht: Das dunkle Wasser aus dem Rätsel wird sehr wahrscheinlich ein Dorf sein ... oder ein anderer so benannter Ort.«

»Wo eine einäugige Person wohnt«, fügte Melor hinzu, indem er einen Finger hob. »Das würde ich jedenfalls vermuten.«

»Eine Person, die bei dieser Mission von Nutzen sein wird«, ergänzte Silberblatt mit einem Nicken.

Arin wandte sich an Rissa. »Wo liegt dieses Mørkfjord?«

»In Fjordland am Borealmeer.«

»Ich kenne weder das Meer noch das Land noch das Dorf, Rissa, denn ich bin nicht so weit gereist wie Ihr.«

»Ich werde Euch dorthin führen«, erwiderte Rissa.

»Nein«, sagte Silberblatt. »Das kannst du nicht.«

»Nicht?«

»Vergiss den Wortlaut der Vision nicht, *Chier*: ›Diese nimm mit, nicht mehr, nicht weniger, sonst wird es dir nicht gelingen, die Jadeseele zu finden.‹ Weder du noch ich noch sonst jemand hier außer Aiko darf Dara Arin begleiten.«

»*Kha!*«, knirschte Rissa. »Das Rätsel.«

»Trotzdem müssen Aiko und ich immer noch den Weg zu diesem Dorf namens Dunkelwasser in Erfahrung bringen«, sagte Arin.

Rissa wandte sich an die Magierin Lysanne, die neben ihr ging. »Habt Ihr eine Karte, die groß genug ist, um uns den Weg zu zeigen?«

Lysanne lächelte und sagte: »Folgt mir.« Sie führte sie durch Korridore und aufwärts, und sie erklommen Treppe um Treppe im Schwarzen Berg. Schließlich gelangten sie in eine kreisförmige Kammer, in deren Mitte sich eine große Kugel befand, die sich auf einer schrägen Achse drehte. Ein schmaler Holzsteg führte zu einem robusten Gitterwerk, das den Globus umgab, und an einer Wand der Kammer hing eine Laterne in einem Gehäuse, das an einer Schiene befestigt war, welche mit Tagen und Jahreszeiten markiert war und sich rings um den Raum zog.

»Da ist Eure Karte von Mithgar«, sagte Lysanne, indem sie auf den Globus zeigte. »Und die Laterne ist die Sonne. Den Mond haben wir noch nicht hinzugefügt, werden es aber eines Tages tun.«

Aiko, die in all den Monaten, in denen sie den Magiern als Kriegerin gedient hatte, diesen Raum noch kein einziges Mal betreten hatte, hob eine Augenbraue. »Das ist Mithgar?«

Lysanne nickte.

»Aber das ist eine Kugel!«, protestierte die Ryodoterin.

Wiederum nickte Lysanne lächelnd.

Rissa betrat den Steg und ging zum Globus. Sie kletterte das Gitter empor und schritt über den Globus hinweg. Sie betrachtete eingehend die bemalte Oberfläche, und schließlich rief sie Arin zu: »Hier, Dara, hier ist die Stelle, wo Mørkfjord liegt, und hier drüben sind die Grauen Berge und der Schwarze Berg.«

Arin gesellte sich ebenso wie die anderen zu ihr, und sie überlegten lange, welchen Weg Arin nehmen würde. Der Weg nach Norden durch die Grauen Berge und dann nach Westen bis Fjordland war der kürzeste, führte aber auch größtenteils durch das Unbehütete Land, das kaum besiedelt war. Außerdem würde der Winter auf der Nordseite der Berge viel zu grimmig sein. Einem alten Handelsweg die Südflanke des Grimmwalls entlang nach Westen zu folgen, schien die bessere Wahl zu sein – zumindest gab es unterwegs Dörfer –, obwohl bis Kaagor im Norden des Silberwalds keine Pässe durch dieses grimmige Gebirge führten. Dort gab es einen Übergang von Aven im Süden zu den Steppen Jords im Norden. Am Ende war dies der Weg, den sie zu nehmen beschlossen, und Rissa rief nach Feder und Pergament, um eine Karte zu zeichnen.

Während Rissa ihre Route skizzierte, kletterten die anderen auf dem Gitter herum und betrachteten die Karte der ganzen Welt. Aiko fragte: »Diese kleinen Funken darin – was sollen sie darstellen?«

»Die bekannten Wohnorte von Magiern«, erwiderte Lysanne.

»Und die dunklen Funken? Meine Tigerin murmelt etwas von Gefahr.«

»Ja«, erwiderte Lysanne. »Auch sie sind Magier, obwohl ich wollte, sie wären keine. Eure Tigerin hat Recht. Eine Schande sind sie, Abtrünnige, und sie sind in Finsternis gehüllt. Einige wenige waren unter den Magiern, die den Stein benutzen wollten, um die Drachen zu beherrschen, und den Eid nicht geschworen haben. Andere sind schlicht böse. Schwarzmagier nennen wir sie – Durlok, Modru, Vegar, Belchar und noch mehr.« Lysanne verstummte und wollte dazu nicht mehr sagen.

Auf dem Rückweg zu ihren Quartieren wandte Arin sich an Lysanne und sagte: »Ich habe eine Frage zu den Visionen von Sehern, Zauberin Lysanne.«

»Ich werde Euch sagen, was ich weiß, obwohl Euch vielleicht jemand mehr sagen könnte, der in dieser Kunst bewandert ist. Wenn ich es recht bedenke, warum bitten wir nicht Seher Zelanj, uns bei einem Tee Gesellschaft zu leisten? Er kann Eure Fragen ganz sicher besser beantworten als ich.«

Sie saßen beim Nachmittagstee und aßen mit Honig bestrichenes Brot, während sie das dunkle Gebräu tranken. Zelanj sah uralt aus, als er auf einen Stock gestützt in die Kammer humpelte. Er war weißhaarig und runzlig und hatte hellblaue Augen. Seine Haut war vom Alter durchsichtig, wo sie nicht leberfleckig war. »Heh«, murmelte er, als er sich setzte. »Es war ein langer Spaziergang, der mir viel abverlangt hat. Ich muss vielleicht bald hier im Schwarzen Berg eine Weile ruhen – wenigstens so lange, bis ich genug Kraft für eine Reise nach Rwn gesammelt habe.«

Er akzeptierte eine Tasse Tee und ein Honigbrot, und als es ihm auf die zittrige Hand gelegt wurde, fixierte er Arin mit stechendem Blick und sagte: »Was hat es denn nun mit diesen Visionen und allem auf sich?«

»Nur so viel, Zauberer Zelanj: Ich will wissen, ob Visionen Dinge vorhersagen, die eintreffen *müssen*, oder vielmehr von solchen Dingen künden, die eintreffen *könnten*. Blüht uns eine Zukunft, die wir nicht ändern können ... oder haben wir eine Wahl in dieser Sache?«

»Ha! Ihr habt eine der ältesten Fragen von allen gestellt: Ist das Schicksal unwandelbar und kann nicht verändert werden, oder haben wir die freie Wahl? Was die Beantwortung dieser Frage angeht, dauert die Debatte noch an. Ich weiß die Antwort darauf jedenfalls nicht.«

»Oh.« Eine leise Äußerung der Enttäuschung entrang sich Arins Lippen.

»Nun, nun, meine Liebe, so schlimm ist das aber nicht.«
»Aber ich hatte gehofft ...«
»Gehofft, ich könnte beantworten, was nicht zu beantworten ist?«

Arin nickte. »Etwas in der Art.«

Der uralte Zauberer zuckte die Achseln, nahm einen Bissen von seinem Brot und kaute langsam und mit nachdenklichem Gesicht.

Arin stellte ihre Tasse beiseite und wandte sich dann an den Seher. »Erzählt mir von den Visionen, Magier Zelanj. Können sie verändert werden? Glaubt Ihr, dass angekündigtes Verhängnis abgewendet werden kann? Können die Ereignisse meiner Vision verhindert werden?«

Der alte Seher trank einen Schluck Tee. »Vielleicht, Kind. Vielleicht.«

Rissa sah den alten Magier an. »Wisst Ihr von einer Vision, deren Resultat schließlich verändert wurde?«

»Gewiss. Bei meinen Manipulationen des Äthers habe ich viele Dinge gesehen, die hätten eintreten können, aber geändert wurden.«

»Einen Moment, Zauberer«, protestierte Perin. »Wenn die Dinge geändert werden können, habt Ihr dann nicht die älteste Frage von allen beantwortet?«

»Holla, Bruder«, rief Biren und schlug seinem Zwillingsbruder auf die Schulter, »ich glaube, ich verstehe deinen Gedanken.« Biren wandte sich an Zelanj. »Wenn die Dinge tatsächlich verändert werden können, heißt das nicht, dass es tatsächlich eine freie Wahl gibt?«

»Eben«, fügte Perin hinzu. »Bedeutet das nicht, dass wir nicht an ein feststehendes Schicksal gekettet sind und in eine unveränderbare Zukunft blicken?«

»Heißt es das nicht?«, wiederholte Biren.

»O nein, absolut nicht«, erwiderte Zelanj, wobei er mit seinem halb verzehrten Honigbrot herumwedelte. »Man könnte auch einfach sagen, dass manche Visionen wahr sind und manche falsch, und dass nur die falschen geändert werden können. Trotzdem kann es sein, dass wir gar keine Wahl in der Sache haben, sondern uns bestimmt ist, sie als falsch zu entlarven, und wir deshalb Maßnahmen ergreifen, um sie zu ändern, und es dann auch tatsächlich tun. Andererseits, wenn wir wirklich die freie Wahl haben und wir versuchen, die Vision zu verändern – wenn es uns dann gelingt, das Resultat zu verändern, haben wir wiederum bewiesen, dass die Vision falsch war. Entsprechend gilt, wenn wir keine Schritte unternehmen würden oder wenn wir scheiterten, wäre es dann nicht einfach so, dass die Vision wahr war? Oder eine Vision, deren Erfüllung vorherbestimmt war? In allen Fällen, wahre oder falsche Vision, verändert oder nicht, beantwortet kein Resultat die Frage, ob wir die vor uns liegenden Wege frei wählen können oder einem vorherbestimmten Pfad folgen müssen.« Er sah die Zwillinge an. »Könnt Ihr mir folgen?«

Die Zwillinge sahen einander an und schüttelten den Kopf. Perin sagte: »Ihr habt eine Abzweigung zu viel genommen, als dass ich Euch durch diesen logischen Irrgarten noch hätte folgen können.« Und Biren fügte hinzu: »Ich glaube, ich bin nach links gegangen, als Ihr irgendwann unterwegs nach rechts abgebogen seid.«

»Huah!«, seufzte Ruar. »Ich konnte Euch folgen, Zauberer, und wenn es so ist, stelle ich Euch folgende Frage: Was für einen Nutzen haben Visionen überhaupt, wenn sie wahr sein können oder auch nicht?«

»Na, sie bringen uns dazu, etwas zu *tun*, würde ich meinen. Wenn wir die freie Wahl haben, versetzen sie uns in die Lage zu handeln. Wenn wir nicht die freie Wahl haben, machen sie uns *glauben*, dass sie uns in die Lage versetzen zu handeln. In beiden Fällen haben wir das Gefühl, ein Ziel zu haben, einen Daseinsgrund.«

»Aber, Zauberer Zelanj«, sagte Arin, »ist es nicht auch möglich, dass eine Vision uns nur zeigt, was sein könnte, und wir durch unser Streben den Lauf der Dinge manchmal ändern können?«

»Gewiss, meine Liebe, das ist eine Sicht der Dinge: die Vorstellung, dass die freie Wahl die Bestimmung überwinden kann. Andererseits könnte man auch für das Gegenteil argumentieren ... dass das Resultat bereits feststeht, und zwar unabhängig davon, was wir glauben.«

Arin seufzte. »Und was nun meine Vision angeht, habt Ihr da einen Rat?«

»Na, zieht in die Welt und *tut* etwas, Mädchen«, erwiderte der alte Magier. »Vielleicht entlarvt Ihr das Gesicht als falsch, als veränderbar. Es zu versuchen, das ist das Entscheidende ... oder vielleicht auch nicht.«

Am neunten Tag nach ihrer Ankunft im Schwarzen Berg bereitete sich die elfische Gruppe auf den Aufbruch vor, nun mit Aiko in ihren Reihen. Die Magier hatten sie mit Proviant und Arin mit einem neuen Pferd versorgt, welches das im Sturm umgekommene ersetzte. Die robusten Gebirgsponys waren mit dem Proviant für die lange Reise beladen, die vor ihnen lag. Silberblatt, Rissa und die anderen beabsichtigten, Arin und Aiko auf der alten Handelsstraße bis zum Silberwald und dem Kaagorpass zu begleiten, aber nicht weiter, um die Mission nicht zu gefährden. Wenn also Arin und Aiko nach Norden abbogen, um den Grimmwall zu überqueren und nach Fjordland zu reiten, würden die anderen sich nach Süden wenden, um den Coronen Remar und Aldor von ihren Erkenntnissen zu berichten und vielleicht auch Hochkönig Bleys zu verständigen.

»Sagt allen, dass sie Dara Arin und Aiko helfen sollen, wenn sie ihnen begegnen«, sagte die Weise Arilla.

»Das werden wir tun«, bestätigte Rissa, die Arin kurz zulächelte und dann die Stirn runzelte, »denn ich glaube, sie werden Hilfe nötig haben, wenn das Verhängnis abgewendet werden soll.«

»Vorausgesetzt, es kann überhaupt abgewendet werden«, murmelte Ruar.

Im Gefolge Arillas und des Zwergs Boluk führten sie Pferde und Ponys durch das Seitenportal auf den schneebedeckten Vorhof vor den großen Eisentoren. Als Arin aufsaß, betrachtete sie die gewaltigen Portale, vor denen sich einst die Drachen versammelt hatten. »Es gibt noch etwas, das Ihr uns nicht erzählt habt, Arilla«, sagte die Dylvana zu der Weisen.

Arilla sah sie an. »Und das wäre?«

»Ihr habt den Namen des Magiers nicht genannt, der vor diesem Tor gestanden und mit den Drachen verhandelt hat.«

»Oh, er ist nicht mehr bei uns, und wo er ist, kann ich nicht sagen. Vielleicht auf Rwn. Vielleicht in Vadaria. Er könnte überall auf der Welt und den Ebenen sein.«

»Und sein Name ist ...?«

»Ordrune.«

27. Kapitel

»Ordrune!«, explodierte Egil, der mit verzerrtem Gesicht und flammend vor Zorn in seinem Bett hochschoss. »Aaahh!«, kreischte Alos, der hintenüber kippte und auf den Boden fiel, um dann auf Händen und Knien vor Egils Wut zu fliehen. Arin keuchte und erstarrte kurz, doch Aiko trat mit den Schwertern in der Hand zwischen den erzürnten Mann und die erschrockene Dylvana. Dann schrie Egil auf und griff sich an Kopf und Gesicht, da der heftige Ausbruch zu rasenden Schmerzen in Stirn, Wange und Auge geführt hatte, und er fiel keuchend rückwärts aufs Bett zurück, um dann zu knirschen. »Das ist er. Das ist er.«

Arin erhob sich, ging an Aiko und ihren funkelnden Schwertern vorbei und trat neben den Verwundeten. An der Wand gegenüber wimmerte Alos, dessen Blick zwischen dem Bett und seinem Becher hin und her irrte, der nun in kleinen Kreisen auf den Bodendielen umherrollte, während das unangetastete Ale in die Ritzen lief.

Arin goss Wasser in eine Tasse und rührte ein weißes Pulver hinein. »Hier, Egil. Trinkt das.«

Wortlos nahm Egil die Tasse und stürzte den Inhalt herunter.

Als er sah, dass Egil sich wieder beruhigte, kroch Alos über den Boden zurück, hob den Becher auf und setzte ihn an, um die verbliebenen paar Tropfen auf seine Zunge fallen zu lassen. Dann erhob er sich zittrig, richtete seinen Stuhl auf, schenkte sich aus dem irdenen Krug neu ein und trank einen ordentlichen Schluck.

Arin nahm Egil die leere Tasse ab und fragte: »Was wisst Ihr über den Magier Ordrune, Egil? Was ist zwischen dem Zauberer und Euch vorgefallen? Ist es für unsere Mission von Bedeutung?«

Sein verbliebenes Auge verriet äußerste Qual. Egil sah sie an, schüttelte den Kopf und schlug dann die Hände vors Gesicht.

Mit einem Seufzer stellte Arin die Tasse zwischen die Pulver und Kräuter auf den kleinen Nachttisch. Sie wandte sich wieder an den verwundeten Mann. »Hier gibt es eine Geschichte zu erzählen, Egil, aber ich werde Euch jetzt nicht drängen. Immerhin könnte sie uns etwas darüber verraten, was wir zu tun haben. Morgen werde ich Euch bitten, über das zu reden, was zwischen Euch und dem Magier vorgefallen ist.«

»Magier«, grollte Alos. »Die sind alle schlimm.« Er trank noch einen großen Schluck Ale und richtete sein blindes weißes Auge auf Arin. »Gut, dass Ihr sie alle zurückgelassen habt, Dara. Das ist wirklich gut.«

Während Arin auf ihren Platz zurückkehrte, schob Aiko ihre Schwerter zurück in die Scheide und kniete sich wieder auf ihre Tatami.

Die Dylvana wandte sich an Alos. »Es gibt zwar einige, die Eurer Meinung sind, Alos, aber nicht alle Magier sind böse. Diejenigen im Schwarzen Berg sind gewiss nicht besser oder schlechter als Ihr oder ich.«

»Hah!«, bellte Alos.

Aiko fauchte den alten Mann an.

Er warf einen raschen Blick auf die Kriegerin und beeilte sich, ihr zu versichern: »Nichts für ungut, edle Dame. Nichts für ungut. Ich meinte doch nur, dass es gut ist, dass Ihr sie hinter Euch gelassen habt und hierher gekommen seid ... nach Mørkfjord ... wirklich gut, ja, sehr gut.« Er nahm den irdenen Krug und goss sich das letzte Ale ein, um dann voller Bestürzung in das leere Gefäß zu schauen. Seufzend trank er einen Schluck aus seinem Becher, dann wandte er sich an Arin und grinste sein fleckiges Grinsen. »Ist noch etwas Interessantes passiert, nachdem Ihr sie verlassen habt? Egil und ich wollen es wirklich wissen ... ja, wirklich.« Er strich sich Schaum aus seinem Schnurrbart und leckte dann den Finger sauber. »Wie wär's, wenn wir uns noch einen Krug Ale holen und Ihr uns dann den Rest erzählt, aye?«

Arin sah Egil an, der seine Gefühle jetzt wieder unter Kontrolle hatte. Sie hob eine Augenbraue. Er nickte. Sie bedeutete Alos, sich um das Ale zu kümmern.

28. Kapitel

Gemeinsam mit Aiko ritten die Elfen den Weg zurück, den sie gekommen waren. Sie folgten der Handelsstraße nach Südwesten und ließen den Schwarzen Berg hinter sich. Der Weg war immer noch mit Schnee bedeckt, sodass ihr Vorankommen mühsam war, und die Reiter wechselten sich dabei ab, sich und den Pferden hinter ihnen den Weg zu bahnen. Bei Tag zogen sie durch die Grauen Berge, und bei Nacht ruhten sie inmitten der kalten, abweisenden Felsen. Nachts konnten sie verfolgen, wie der Mond langsam zunahm, bis er voll war, und dann wieder bis zum Halbmond abnahm, ehe sie wieder das Dorf Doku erreichten.

Die zitternden Dörfler waren über die Rückkehr der Dämonen bestürzt, deren Reihen nun sogar noch verstärkt waren, und dieser neue Dämon war auch noch als einer von ihnen getarnt – eine Täuschung, die niemanden zum Narren halten konnte. Doch die Einwohner Dokus frohlockten, als die Dämonen Gold für Proviant tauschten: Essen, Hafer und Holzkohle für Kochfeuer. Als sie zwei Tage später weiterzogen, feierten die Dörfler wieder in der Hoffnung, dass die Dämonen sich diesmal endgültig verabschiedet hatten ... obwohl einige in Doku ihren neuen Reichtum zählten und sich fragten, ob der Verkehr mit Dämonen wirklich so schlimm war ... Doch tief im Herzen wussten die Dörfler genau, wenn eines dieser seltsamen Wesen sich jemals in eines der Ungeheuer verwandelt hätte, die sie in Wirklichkeit waren, wäre kein Gold der Welt mehr wichtig gewesen.

Nach Westen ritten Arin und ihre Gefährten, und einige Tage verstrichen, bis sie gut eine Woche, nachdem sie Doku verlassen hatten, die weite Ebene zwischen den Grauen Bergen und dem Grimmwall erreichten. Diese Ebene maß gut zweihundert Meilen, ohne dass es viel Schutz darin gab, und an dem Tag, als sie den Rand erreichten, donnerte ein grimmiger Polarwind aus der eisigen Einöde vor ihnen nach Süden.

»Wir können uns nicht dort hineinwagen« überschrie Melor das Geheul. »Die Pferde und Ponys würden nach ein paar Schritten tot umfallen.«

Aus dem Schutz des Gebirgsausläufers schauten die Reisenden auf den heulenden Wintersturm, der Schnee und Eiskristalle waagerecht über die felsige Ebene peitschte. Mit einem resignierten Seufzer wendete Arin ihr Pferd und machte sich auf den Rückweg zu einer schützenden Felsspalte, die sie vor einer Viertelmeile passiert hatten.

Am Rand dieser Spalte lagerten sie vier Tage lang, in denen sie darauf warteten, dass sich der Wind beruhigte. Schließlich legte er sich, und sie ritten hastig nach Nordwesten. Der Weg vor ihnen war von dem grimmigen Polarsturm sauber gefegt worden, und sie legten die Strecke in insgesamt wenig mehr als sechs Tagen zurück.

Das Glück war ihnen hold, denn kaum hatten sie den Schutz der Ausläufer des Grimmwalls auf der anderen Seite der Ebene erreicht, als der Wind wieder auffrischte, so als sei er erzürnt darüber, dass ihm eine leichte Beute durch die Lappen gegangen war, und er brachte Schnee auf seinen zornigen Schwingen mit.

Jetzt ritten sie an der Südflanke des Grimmwalls entlang und folgten dabei der alten Handelsstraße, die so weit im Westen kaum mehr benutzt wurde.

Fast einen Monat später, am neunzehnten Märztag, erblickten sie den Wolfswald im Südwesten und ritten an seinem Nordrand entlang, wo der vergessene Weg sich durch die Ausläufer des Grimmwalls wand.

In der nächsten Nacht feierten sie bei eisigem Regen die Tagundnachtgleiche, indem sie dem elfischen Ritual folgten, wobei Arin und Rissa Aiko durch die komplizierte Schrittfolge führten. Bevor sie fertig waren, ging der Regen in Graupel und schließlich in Schnee über.

Sie ritten nach Westen, vorbei am Wolfswald. Obwohl sie gut aufpassten, sahen sie weder Dalavar noch seine Draega oder ein anderes Lebewesen in dem noch winterlichen Wald.

Sie passierten auch den Skög und überquerten einige Tage später einen der Flüsse, der südwärts in die Khalischen Sümpfe floss und wegen der beginnenden Schneeschmelze bereits mehr Wasser führte als gewöhnlich.

In jener Nacht lagerten sie in einem Dickicht, und kurz bevor sie sich schlafen legen wollten, zischte Aiko plötzlich: »Löscht das Feuer und haltet den Pferden die Nüstern zu. Gefahr ist im Verzug.«

Ohne nachzufragen, löschten die Elfen die Flammen, zogen ihre Waffen und gingen zu den Tieren, um sie ruhig zu halten, während sie in die Finsternis spähten. Über ihnen schien der zunehmende Mond auf das Land. Ehe er noch eine Handspanne über den Himmel gezogen war, konnte Arin das Klirren von Rüstungen und das entfernte Stapfen von Stiefeln hören, die im Laufschritt durch die Nacht eilten. Ab und zu hörten sie geknurrte Laute, aber in einer Sprache, die ihnen unbekannt war. Augenblicke später kam ein Trupp Rucha in Sicht, die von Norden nach Süden unterwegs waren.

Die Elfen warteten stumm, während die *Spaunen* erst auf sie zu- und dann an ihnen vorbeitrabten, bis die Geräusche endlich in der Ferne verklangen. Schließlich sagte Aiko: »Die Gefahr ist vorbei. Sie sind weg.«

Arin wandte sich an die Kriegerin aus Ryodo. »Bis jetzt war ich der Ansicht, Elfen hätten von allen Völkern die schärfsten Sinne. Wie habt Ihr ...?«

»Meine Tigerin hat es mir gesagt«, antwortete Aiko.

Arin sah Aiko durchdringend an und fragte sich, ob das stimmte. War es tatsächlich wilde Magie, die sie gespürt hatte, oder war die Warnung auf Aikos geschärfte Wahrnehmung zurückzuführen? Arin konnte es nicht sagen ...

Am zwanzigsten Apriltag erreichten sie das Dorf Inge im Lande Aralan. Im Schutz der Palisaden verbrachten sie den Rest dieses Tages und auch noch den nächsten. Sie ruhten sich im Gasthaus *Zum Widderhorn* aus und frischten ihren zur Neige gehenden Proviant auf.

Mit den Dorfbewohnern tauschten sie Lieder und Neuigkeiten aus, und man sagte ihnen: »Irgendwas ist faul im Sumpf, weil Scharen von Rutches und anderem Gezücht vom Grimmwall kommen. Entweder das oder irgendwas in den Bergen hat sie vertrieben.« Was das sein mochte – entweder in den Khalischen Sümpfen im Süden oder im Grimmwall im Norden –, vermochte niemand zu sagen. Doch was es auch war, es musste schlimm sein, jedenfalls war das die Auffassung der Ältesten.

Am nächsten Tag ritten Arin und ihre Gefährten weiter und kamen dabei durch Steinfurt, wo die einzige Familie in dem Weiler ihnen über den Hochwasser führenden Fluss half, natürlich gegen eine kleine Gebühr.

Weiter ging es nach Westen, an der Südflanke des Grimmwalls entlang, da sie der alten Handelsstraße folgten und durch Regen und gelegentliche kleine Schneeschauer ritten. Unterdessen wurden die Tage länger und sonniger, denn der Frühling kehrte ins Land zurück.

Die Elfen überquerten Flüsse und Bäche, passierten Gebirgsausläufer und Hügel und lagerten in Dickichten oder auch im Freien. Ab und zu machten sie in Dörfern und Weilern Rast und nahmen sich ein Zimmer in einem Gasthaus. Manchmal nächtigten sie auch bei Holzfällern, Bauern oder Jägern. Aber immer ritten sie am nächsten Tag weiter nach Westen, bis sie schließlich am vierten Junitag am Fuß des Kaagorpasses anlangten, wo der Silberwald stand.

29. Kapitel

Im Norden, Westen und Süden von einem schützenden Ausläufer des Grimmwalls umgeben und im Osten von einem Weg, der zum Kaagorpass führt, liegt ein Wald aus Silberbirken, Zitterpappeln und prächtigen hohen Pinien. Verglichen mit anderen Wäldern Mithgars ist er mit seiner Ausdehnung von gut vierzig Meilen in Nord-Süd-Richtung und dreißig in Ost-West-Richtung eher bescheiden, aber er liegt dort wie ein Juwel in einer Fassung, ein Schatz, den man behüten, wertschätzen und lieben muss. Das ist der Silberwald.

In dem Jahr, als Arin in diesem Wald lagerte – 1E9253 –, hatten die Drimma gerade mit dem Bau der Zwergenfeste Kachar am Ende eines Tals entlang der Nordwestflanke des Silberwalds begonnen.

Diese Tatsache ist nur von Bedeutung für die Dinge, die da kommen sollten. Denn im Jahr 3E1602, viertausendeinhundertvierundzwanzig Jahre, nachdem Arin an seiner Ostflanke entlanggezogen war, sollte dieses prächtige Juwel in einem Krieg zwischen Drimma und Menschen von wütendem Drachenfeuer beinah vollkommen zerstört werden.

30. Kapitel

»Psst«, warnte Perin, während er lauschend den Kopf neigte.

»Was?« Biren hörte auf, die Feldflaschen zu füllen, und sah seinen Bruder an.

»Still«, mahnte Perin. »Hör doch.«

Sie standen im Dämmerlicht des Silberwaldes und lauschten einem leisen Klopfen aus nordwestlicher Richtung. Es klang beinah rhythmisch, wie von einem Hammer, der auf Stein schlägt.

»Das ist kein Vogel, mein Bruder«, sagte Biren nach einer Weile.

»Und auch kein anderes Tier«, fügte Perin hinzu.

»Wird dort gegraben?«, fragte Biren.

Perin runzelte die Stirn und lauschte, während die Dunkelheit allmählich zunahm. »Wenn ja, ist es sehr weit weg.«

Sie füllten die Feldflaschen, gingen dann zurück ins Lager und erzählten den anderen von dem Geräusch. Arin wandte sich an Aiko und fragte: »Was sagt Eure Tigerin?«

Aiko schüttelte den Kopf. »Sie schweigt, Dara.«

»Kommt«, sagte Rissa. »Ich will dieses Klopfen hören.«

Sie entfernten sich von den Geräuschen der Pferde und Ponys und folgten den Zwillingen zu dem nahe gelegenen Teich aus Schmelzwasser, wo sie still standen und lauschten, doch sie hörten lediglich das leise Gluckern eines entfernten Bachs.

»Hmm«, meinte Perin. »Es ist weg.«

»Vielleicht war es nur ein Stein, der einen Hang heruntergekollert ist«, sagte Melor mit einem Blick zum Grimmwall. »Die Schneeschmelze des Frühjahrs bringt sie ins Rutschen.«

»Dafür war es zu gleichmäßig«, protestierte Perin.

»Als sei eine Hand am Werk«, pflichtete Biren ihm bei.

Silberblatt wandte sich an Rissa. »Ist eine Feste der Drimma in der Nähe, *Chier*?«

Rissa zuckte die Achseln. »Ich weiß von keiner, Vanidar, aber es ist lange her, seit ich zum letzten Mal hier war.«

»Es könnten *Spaunen* sein«, knurrte Ruar. »Im Grimmwall wimmelt es von ihnen.«

Wiederum richteten sich alle Augen auf Aiko, doch sie zuckte nur die Achseln und sagte: »Meine Tigerin warnt vor keiner Gefahr. Wenn es in diesen Bergen *Kitanai Kazoku* gibt, sind sie jedenfalls nicht in der Nähe.«

»Nichtsdestoweniger«, sagte Silberblatt, »sollten wir heute Nacht besser auf ein Feuer verzichten ... und unsere Wache sollte besonders aufmerksam sein.«

Melor wandte sich an Aiko. »Schläft Eure Tigerin?«

Aiko schüttelte den Kopf.

»Gut.«

Als die Nacht hereinbrach, schien kein Mond, nicht einmal eine haarfeine Sichel, und ohne Feuer wurde das Lager nur von den Sternen erleuchtet. Dann wurde die Nacht kalt, und von Norden zogen Wolken auf. Nach einer Weile spendeten auch die Sterne kein Licht mehr. So konnten selbst die Elfen mit ihrem weithin gerühmten Sehvermögen in der Finsternis kaum noch etwas erkennen, und alle Wächter mussten sich auf ihr Gehör verlassen ... alle außer Aiko, die, als sie an der Reihe war, stattdessen auf ihre Tigerin vertraute. Doch die Nacht verstrich ereignislos, und keine Gefahr kam durch die Finsternis, um das Lager zu bedrohen.

Im Morgengrauen frühstückten die Elfen und Aiko unter

tief hängenden Wolken, deren dunkles Grau sich von Horizont zu Horizont erstreckte. Sie aßen in trübsinnigem Schweigen, da niemand etwas sagte, doch als sie ihr Geschirr zum Teich brachten, um es zu spülen, war wieder das schwache Klopfen aus dem fernen Nordwesten zu hören.

Nachdem Vanidar Silberblatt eine Weile gelauscht hatte, sagte er: »Ich würde meinen, dass es tatsächlich Grabgeräusche sind, doch ob von Drimma oder *Rûpt*, kann ich nicht sagen.«

»Sollen wir nachsehen?«, fragte Perin.

»Wozu?«, wollte Biren wissen.

Perin zuckte die Achseln. »Vielleicht ist es wichtig.«

»Und vielleicht auch nicht«, erwiderte Biren.

Rissa sah Silberblatt an. »Ich würde meinen, dass unsere jeweiligen Aufgaben wichtiger sind, als irgendwelche Drimma zu finden, die auf das Gestein einschlagen. Und obwohl ich lieber Dara Arin auf ihrer Mission begleiten würde, hieße das, ihr Scheitern zu riskieren. Also schlage ich vor, dass sich ab hier unsere Wege trennen. Wir reiten nach Süden und überbringen die Nachricht von Arins Vision, und sie und Die Katze Die In Ungnade Fiel reiten nach Norden, um Einauge In Dunklem Wasser und all die anderen zu finden, die sich hinter den Worten verbergen ... und die Jadeseele.«

Ruar grollte tief in der Kehle und sah Arin an. »Ich wollte, ich könnte mit Euch reiten, Dara, aber damit würden wir tatsächlich alles aufs Spiel setzen. Ich muss Dara Rissa zustimmen – wir haben den Punkt erreicht, wo sich unsere Wege trennen sollten.«

Arin schaute jedem ihrer Gefährten in die Augen, und einer nach dem anderen nickte. So ignorierten sie das Klopfen, spülten ihr Geschirr und kehrten ins Lager zurück, wo sie die Pferde sattelten und mit ihren Habseligkeiten beluden. Sie verteilten gleichmäßig den Rest ihres Proviants und beluden die Ponys damit, von denen zwei Arin und Aiko begleiten sollten.

Rissa wandte sich an Arin. »Ihr habt die Karte bei Euch?«

Arin klopfte sich auf die Brusttasche ihres ledernen Hemdes. »Ja, Rissa, sie ist noch hier.«

Silberblatt schaute nach Nordwesten in die Richtung, aus der die Klopfgeräusche kamen. »Gebt gut auf Euch Acht, Arin, denn Ruar hat Recht: Im Grimmwall wimmelt es von *Spaunen*, und Ihr und Aiko werdet ihn bald passieren.«

Arin nickte, berührte ihr Schwert und zeigte auf den hinter ihrem Sattel befestigten Bogen, dann deutete sie auf Aikos Waffen. »Macht Euch keine Sorgen, wir sind gut gerüstet.«

Einer nach dem anderen umarmten die Elfen Arin und dann auch Aiko, deren Augen ob dieser offenen Zurschaustellung von Zuneigung weit aufgerissen waren, obwohl sie die Umarmungen erwiderte. Während eine kalte Brise von den Höhen herabwehte, stiegen alle auf und ritten mit einem letzten »Lebt wohl« und »Geht mit Adon« ihrer Wege – Arin und Aiko nach Norden und in den eisigen Wind, die anderen bergab nach Süden, mit der Kälte im Rücken.

Als sie in den Pass ritten, betrachtete Aiko die steilen Felswände links und rechts und den Engpass voraus. »Das gefällt mir nicht, Dara Arin«, knurrte sie. »Diese Stelle eignet sich bestens für einen Hinterhalt.«

»Was sagt Eure Tigerin?«

»Nichts ... bis jetzt.«

Sie ritten weiter aufwärts, unter einem bleiernen Himmel, und Pferde und Ponys liefen in raschem Tempo. Der eigentliche Pass war einundzwanzig Meilen lang, die Hälfte bergauf, die Hälfte bergab, und sie beabsichtigten, ihn an einem Tag zu durchqueren, denn auch in dieser Jahreszeit waren die Nächte eisig und die Tage kühl, und in diesen Höhen konnte immer ein unerwarteter Schneesturm aufziehen.

Der Weg war schmal und mit Geröll übersät, die Wände waren steil und hoch, und rechts und links taten sich immer wieder dunkle Nischen und Spalten auf. Aiko betrachtete jeden dieser schattigen Winkel, und ihre Hände waren nie weit von ihren Waffen entfernt. Manchmal stiegen sie ab und führten die Pferde am Zügel oder machten Rast, um ihre Reittiere ausruhen zu lassen und zu füttern oder an größeren Pfützen mit geschmolzenem Schnee zu tränken, nachdem sie eine dünne Eiskruste durchbrochen hatten. Doch ihre Pausen waren stets nur kurz, und sie setzten den Weg immer rasch fort.

Dann gerieten sie in einen alles verhüllenden Nebel, wo die Wolken sehr niedrig hingen. Die Sichtweite sank auf bestenfalls zehn Schritte, und Felsblöcke, die vor ihnen auf dem Weg lagen, wirkten in den diesigen Schwaden dunkel und bedrohlich. Die Schritte auf dem vom Nebel feuchten Felsen klangen gedämpft, sogar die Tritte der eisenbeschlagenen Pferdehufe.

Nach einer weiteren Meile zischte Aiko, die hinter Arin ritt, plötzlich: »Dara Arin, meine Tigerin flüstert etwas von Gefahr.«

»Woher?«

»Das kann ich nicht sagen«, erwiderte Aiko. »Nur, dass sich Gefahr nähert.«

Arin zügelte ihr Pferd, ebenso wie Aiko, und die Dylvana spannte ihren Bogen und legte einen Pfeil auf die Sehne. Dann holte sie tief Luft, konzentrierte sich und starrte auf ihre *besondere* Art in den Nebel ... und obwohl der Nebel ihre Sicht behinderte, schien sie nun in der Lage zu sein, viel weiter zu sehen.

Sie schaute sowohl nach vorn in den Pass als auch nach hinten und selbst nach oben, die Felswände empor. »Ich kann nichts sehen«, flüsterte sie.

Aiko hatte ihre Schwerter gezückt und blieb stumm.

So warteten sie noch ein paar Augenblicke.

Schließlich fragte Arin: »Kommt die Gefahr näher?«

»Nein, Dara.«

»Dann lasst uns weitergehen ... aber im Schritt.«

Langsam ritten sie los und näherten sich dem Scheitelpunkt des Passes. Aiko spornte ihr Pferd an, bis sie neben Arin ritt.

»Die Gefahr nimmt zu«, sagte die Ryodoterin.

»Dann muss sie vor uns liegen«, murmelte Arin, die sich noch immer konzentrierte.

Sie erreichten die Passhöhe und machten sich auf den Weg bergab, immer noch zwischen vertikalen Felswänden eingesperrt, die fünfzig Fuß und noch mehr in die Höhe ragten. Überall wirbelten graue Nebelschwaden umher.

Jetzt fingen die Pferde und Ponys an zu scheuen, als spürten sie ebenfalls eine unsichtbare Bedrohung, und ein schwacher Gestank drang durch den Nebel. Sie ritten noch einige wenige Dutzend Schritte weiter, wobei der Geruch immer stärker wurde, bis er kaum noch zu ertragen war.

»Die Gefahr ist ganz nah«, zischte Aiko, doch Arin konnte immer noch nichts Ungewöhnliches ausmachen.

Ein Pony kreischte, und hinter ihnen ertönte ein lautes Scharren. Als Arin daraufhin ihr Pferd herumriss, sah sie eine monströse Gestalt, ungeschlacht und riesig, aus einem großen Loch springen und einem der Ponys mit einer gewaltigen Faust in den Nacken schlagen. Der Hieb brach dem Tier das Genick wie einen dürren Zweig, während das andere Pony blökte und floh, nur um von dem Seil aufgehalten zu werden, mit dem es an Arins Sattel gebunden war.

»Ein Troll!«, rief Arin, während etwas durch den Nebel flog und den riesigen Ogru ins Auge traf.

»*RRRRAAAAHHHH!*«, brüllte der Troll vor Schmerzen, und Arins Pferd scheute zurück und duckte sich, als sei es ebenfalls von einem Hieb getroffen. Gerade als Aiko noch einen Shuriken auf das zwölf Fuß große Ungeheuer warf, wirbelte ihr Pferd herum und ging durch, und der gezackte Wurfstern prallte lediglich von der steinharten Haut des Ogru ab. Von dieser jähen Bewegung aus dem Gleichgewicht gebracht, wurde Aiko abgeworfen und schlug schwer auf dem Boden auf, doch es gelang ihr, sich abzurollen und mit den Schwertern in der Hand aufzuspringen. Ihr panisch kreischendes Pferd versuchte zu fliehen, doch das am Sattel festgebundene tote Pony stellte ein zu schweres Gewicht dar, und das Pferd konnte nicht wegrennen.

Immer noch heulte der Troll vor Schmerzen, während er sich an sein durchbohrtes Auge griff und die Waffe herauszuziehen versuchte. Heulend und um sich schlagend schwankte er zwischen Aiko und Arin hin und her.

Arin wusste, dass Aikos Klingen, so scharf sie auch waren, die Haut der Kreatur nicht durchschneiden konnten. Ohne zu überlegen, sprang die Dylvana von ihrem scheuenden Pferd, huschte ganz nah an das Ungeheuer heran und zielte. Während der Troll vor Schmerzen brüllte, schoss Arin einen Pfeil nach oben in das klaffende, heulende Maul des Ungeheuers, der den weichen Gaumen durchbohrte und dem Ogru ins Gehirn drang.

»GHAAAA...!«, heulte der Troll und kippte dann rückwärts, um mit donnerndem Krachen auf dem Rücken zu landen. Die riesige Kreatur war tot, gefällt von nichts weiter als einem fünfzackigen Wurfstern und einem gefiederten Schaft mit Stahlspitze.

Mit immer noch wild pochendem Herzen legte Arin noch einen Pfeil auf die Sehne und beobachtete die Umgebung mit geschärftem Blick, während Aiko vorsichtig, mit erhobenen Schwertern und Schritt für Schritt zu dem Ungeheuer schlich, um sich zu vergewissern, dass es wirklich tot war. Schließlich stand sie neben dem Ogru. Einen Moment später, den Blick bereits auf die Umgebung gerichtet und die Schwerter immer noch kampfbereit erhoben, zischte sie: »Er ist tot.«

»Ich glaube, es gibt sonst keine«, verkündete Arin mit gedämpfter Stimme. Trotzdem senkte sie ihren Bogen nicht.

Sie lauschten lange, während sie sich gleichzeitig angestrengt und forschend umschauten. Keine andere Gefahr war auszumachen, und sie hörten nur die Anstrengungen von Aikos immer noch verängstigtem Pferd, das sich gegen die Last des toten Ponys wehrte. Von Arins Pferd und Pony war nichts zu sehen. Beide waren den Pass herunter vor dem grässlichen Troll geflohen.

»Meine Tigerin schweigt«, zischte Aiko endlich.

Arin stieß hörbar den Atem aus und senkte dann den Bogen. Nach einem Augenblick schob Aiko ihre Schwerter in die Scheide, trat zur Seite und hob den scharfzackigen Wurfstern auf, der von der steinharten Haut des Ogrus abgeprallt war. Sie wandte sich an die Dylvana. »Ihr hättet fliehen sollen, Dara«, sagte die safranhäutige Kriegerin. »Wir hätten beide fliehen sollen.« Sie zeigte auf den gefallenen Troll. »So ein *Hitokui-oni* kann nicht mit gewöhnlichen Waffen bezwungen werden.«

Arin schaute auf den toten Ogru und dann wieder zu Aiko. »Vielleicht solltet Ihr das dem Troll sagen.« Dann brach Arin in lautes Gelächter aus, als die Spannung des Kampfes schlagartig von ihr wich. Aiko fiel ein und hielt sich beide Hände vor den Mund, um ihr Gekicher zu verbergen.

Die Ryodoterin hielt die Luft an, bevor sie noch einmal zu dem toten Troll ging und sich bückte, um sich den Shuriken im linken Auge der Kreatur wiederzuholen.

»Seid vorsichtig, Aiko«, warnte Arin. »Trollblut verbrennt ungeschützte Haut.«

Während Aiko sich wieder aufrichtete und Lederhandschuhe anzog, holte Arin eine Feldflasche und reichte sie der Ryodoterin. »Hier, wascht alles Blut ab.«

Wieder beugte sich die goldhäutige Kriegerin über den Troll und griff nach dem Shuriken. Als Aiko dies tat, kam Arin plötzlich eine Eingebung. »Ach, Aiko, mir kommt gerade ein

Gedanke. Wir stehen hier im Nebel, und Ihr klaubt einen blendenden Dorn aus dem Auge eines Ungeheuers. Könnte dies das Einauge In Dunklem Wasser sein? Haben wir unsere Hoffnung getötet?«

Mit einem feuchten *Plop!* löste sich der Wurfstern, und Aiko, die wegen des grässlichen Gestanks immer noch den Atem anhielt, richtete sich auf und sah Arin mit weit aufgerissenen Augen an. Dann schüttelte sie den Kopf und sagte: »Ich weiß es nicht.« Sie sah sich um. »Vielleicht kann der Nebel als dunkles Wasser herhalten, und das Ungeheuer ist ein Einauge. Doch ob die Vision darauf zutrifft oder nicht, kann ich nicht sagen.« Sie wusch den Wurfstern ab und schob ihn dann wieder in ihren Gürtel zu den anderen. Sie schaute zu Arin und dann zum Troll. »Soll ich dem *kaibutsu* das Auge herausschneiden, sodass wir es mitnehmen können?«

Diese nimm mit, nicht mehr ... Arins Gesicht verzog sich zu einer Grimasse des Abscheus, aber sie zuckte die Achseln und sagte: »Wenn wir eine einäugige Person in Mørkfjord finden, können wir es immer noch wegwerfen. Hütet Euch vor dem Blut.«

Aiko nickte, zog ihren Dolch und bückte sich, doch dann richtete sie sich wieder auf und sagte: »Welches Auge sollen wir nehmen, das durchbohrte oder das gesunde?«

»Oh«, sagte Arin. Sie überlegte kurz. »Das durchbohrte, würde ich meinen, denn es ist das, was ihn zu einem Einauge macht.«

»Aber, Dara, macht nicht das durchbohrte Auge eigentlich das *andere* zum Einauge?«

Mit einem Seufzen erwiderte die Dylvana: »Das mag sein. Aber Rätsel sind Dinge mit vielen Wendungen, und unseres bezieht sich gewiss auf ungewöhnliche Dinge.«

Aiko nickte. »Und ein durchbohrtes Trollauge ist ungewöhnlich?«

»In der Tat«, erwiderte Arin. »Denn hätte der Ogru auch nur

geblinzelt, hätte Euer Stern es nicht durchbohrt, und anstelle dieses monströsen Trolls lägen jetzt wir tot am Boden. Doch der Troll ist tot, und das nur wegen des durchbohrten Auges, und das unterscheidet diesen Ogru von anderen seiner Art.«

So schnitt Aiko den durchbohrten Augapfel heraus, und wo Trollblut auf den Fels tropfte, zischte es, und dunkle Rauchschwaden stiegen auf. In der Zwischenzeit sattelte Arin das tote Pony ab und lud alles auf Aikos immer noch widerspenstiges Pferd. Sie wuschen das Blut von dem beschädigten Auge, wickelten es in einen leeren Hafersack, banden den Sack zu und verstauten ihn dann bei dem restlichen Gepäck. Aiko säuberte ihren Dolch und schob ihn dann wieder in die Scheide. Dann marschierten sie mit dem Pferd am Zügel den Gebirgspass herab, hinter Arins geflohenem Pferd und Pony her, wobei sie ein totes Pony und einen toten einäugigen Troll zurückließen.

31. Kapitel

Mit dem Pferd am Zügel folgten Aiko und Arin dem steinigen Weg, während die Nebelschwaden um sie her trieben. Nachdem sie einige Meilen zurückgelegt hatten, stießen sie schließlich auf die geflohenen Tiere, die sich am frischen Frühlingsgras am Fuß eines bescheidenen Hangs gütlich taten, auf dem noch Schnee lag, weil der Hang im Schutz eines großen Felsens lag und nach Norden wies. Die Tiere sahen Arin und Aiko an, als wollten sie fragen: »Wo seid ihr gewesen?« Arin holte ihre Zügel ein, während sie beruhigend auf sie einredete.

Während die Dylvana die Pferde mit einer Portion Hafer fütterte, lud Aiko die geretteten Sachen von ihrem Pferd auf das Pony um. Kurz darauf setzten sie ihre Reise fort, nun wieder beritten.

Während sie durch den wallenden Nebel talwärts ritten, wurden die Schwaden immer dünner, bis nur noch einzelne Fäden nach ihnen griffen, und kurz darauf waren auch die verschwunden. Nach weiteren drei Meilen mündete der schmale Pass in eine offene Prärie. Sie hatten endlich die Berge hinter sich gelassen und waren in den Steppen von Jord angelangt.

Im Windschatten der Berge schlugen sie am Fuß des Kaagorpasses ein Lager auf. Sie hatten gerade ein Feuer angezündet, um sich einen Tee zu kochen, als es zu regnen begann.

Gründlich durchnässt studierten Arin und Aiko am nächsten Morgen die Karte. Sie beschlossen, einer alten Straße den Graufluss entlang zu folgen, ihn dann bei Arnsburg zu überqueren und dort eine Weile zu rasten. Danach würden sie die Judra nach Naud überqueren, wo sie nach Norden abbiegen und diesem Fluss durch Naud und Katz nach Fjordland folgen würden, um dort nach Osten abzuschwenken und bis Mørkfjord zu reiten. Insgesamt lagen noch gut sechshundert Meilen vor ihnen.

»Wenn wir uns beeilen«, sagte Arin, während sie die Karte studierte, »müssten wir in einem Monat dort eintreffen.«

Also folgten sie der Straße vom Kaagorpass in nordwestlicher Richtung, während ein dünner Morgennebel vom nassen Boden aufstieg. Nach sechs Meilen sichteten sie diesseits eines Dickichts direkt vor ihnen eine Gabelung in der Straße. Eine Abzweigung führte in westlicher Richtung nach Jordburg, die andere in nördlicher nach Arnsburg. Doch als sie die Biegung erreichten, rollte ein von vier Pferden gezogener Streitwagen aus dem Gehölz, der mit zwei Männern besetzt war, einem Fahrer und einem mit Schwert und Rundschild bewaffneten Krieger. Der zweirädrige Streitwagen rollte zur Kreuzung, wo er anhielt und wartete.

Arin wandte sich an Aiko. »Was sagt Eure Tigerin?«

»Sie mahnt nur zur Vorsicht, Dara.«

»Wie ich es mir auch gedacht habe«, sagte die Dylvana.

Arin richtete ihre Aufmerksamkeit wieder auf den Streitwagen und die Krieger darin. Der Wagen schien aus Holz zu sein und war mit Leder verkleidet – eine Art Panzerung. Die Räder waren groß, die Eisenringe breit, um besser durch zerklüftetes Gelände zu kommen. Hinten rechts lehnte ein Bündel Speere, vielleicht zehn oder zwölf insgesamt, und Arin sah auch etwas, das sie für einen schussbereiten Bogen hielt, am Handgeländer auf der rechten Seite.

Als sie näher kamen, richtete Arin ihre Aufmerksamkeit auf die Krieger. Sie waren keine Männer, sondern Frauen, hoch gewachsen und hellhäutig, grimmige Kriegsmaiden von Jord. Sie alle trugen Stahlhelme, dunkel und matt, der eine mit einem langen, nach hinten fallenden Schweif aus Pferdehaar verziert, der andere mit einem Paar Schwingen. Vlieswesten bedeckten die Kettenhemden der Kriegerinnen, und lange Umhänge fielen von ihren Schultern herab, um sie vor der eisigen Kälte des frühen Morgennebels zu schützen.

Sie sahen stolz und hart aus mit ihren kampfbereiten Waffen und entschlossenen Gesichtern, die von kupferroten Haaren eingerahmt wurden, und die Blicke ihrer funkelnden Augen durchbohrten die Fremden förmlich, die in das Reich der Vanadurin eindrangen. Als Arin und Aiko die Kreuzung erreichten ...

»*Stanse!*«, gebot die Kriegerin mit dem Speer in einer Sprache, die weder Arin noch Aiko kannte, doch die Bedeutung war klar, und sie zügelten ihre Pferde.

»*Hva heter Da? Hvor skal du fra? Hvor skal du hen?*«

»Wir sprechen Eure Sprache nicht«, sagte Arin und schlug ihre Kapuze zurück.

Die Gesichter der Kriegsmaiden zeigten Überraschung beim Anblick einer Elfe. Während die Fahrerin die vier Pferde im Zaum hielt, sagte sie: »Meine Dame, dies sind gefährliche Zeiten, denn das Reich von Jord befindet sich im Krieg. Daher müssen wir Eure Namen wissen, woher Ihr kommt und wohin Ihr geht.«

»Im Krieg?«, fragte Arin.

»Mit den Naudrons.« Die Maid winkte vage nach Osten.

Jetzt schlug Aiko ihre Kapuze zurück, und wieder staunten die Kriegsmaiden, denn sie hatten noch nie zuvor eine Person mit solcher Hautfarbe gesehen.

»Ich bin Dara Arin aus Darda Erynian. Meine Begleiterin ist

die Dame Aiko aus Ryodo. Wir sind unterwegs nach Fjordland.«

Die Fahrerin übersetzte Arins Worte der anderen Kriegsmaid.

»*Hvorledes kommen de til den Jordreich?*«, fragte die Kriegerin mit dem Speer.

Die Fahrerin wandte sich an Arin. »Wie seid Ihr ins Jordreich gekommen? Doch gewiss nicht ...« Sie warf einen Blick die Straße entlang in Richtung Pass.

Arin drehte sich um und zeigte in Richtung Grimmwall. »Durch den Kaagorpass.«

»*Umulig!*«, schnaubte die Speerträgerin.

»Das kann nicht sein!«, verkündete die Wagenlenkerin. »Dort lebt ein *vanskapnig* – ein Ungeheuer.«

»Das Ungeheuer, der Troll, ist tot«, sagte Arin.

»*Dod?* Der Troll ist *dod*?«

»So ist es. Wir haben ihn getötet: mit einem fünfzackigen Wurfstern und Pfeil und Bogen.«

»Jetzt bin *ich* es, die unmöglich sagt!«, verkündete die Fahrerin.

Aiko bewegte sich im Sattel, und ihre Hände wanderten zum Heft ihrer Schwerter. Ihre Stimme war leise und gefährlich: »Nennt Ihr meine Dara eine Lügnerin?«

»Aiko, nicht!«, sagte Arin aufgebracht. »Das sind keine Feinde. Und wir sind Gäste in ihrem Reich. Zeigt ihnen das Auge.«

Widerwillig stieg Aiko ab, wobei sie den Blick nicht einen Moment von den Kriegsmaiden wandte.

Die Wagenlenkerin flüsterte der Speerträgerin etwas zu, die daraufhin ebenso widerstrebend den Speer aus der Hand legte.

Daraufhin drehte Aiko sich um, ging zum Pony und band den Hafersack mit dem Trollauge los. Sie trat vorwärts, kauerte nieder, stellte den Sack auf den Boden und wickelte die grausige Beute aus.

Beide Kriegermaiden keuchten, und ein rascher Wortwechsel entspann sich zwischen ihnen. Schließlich wandten sie sich an Arin und Aiko, und die Fahrerin sagte: »Wir entschuldigen uns für unsere Zweifel, aber so etwas hat es noch nie gegeben.«

»Die Hand des Schicksals hat uns geführt«, erwiderte Arin, »sonst wären wir jetzt nicht hier und würden mit Euch reden.«

»Wo ist der Troll?«

»Wir haben ihn dort gelassen, wo er gestorben ist«, knurrte Aiko, die kaum beschwichtigt war, während sie das Auge wieder einwickelte. »Schließlich konnten wir das Ungeheuer schlecht auf dem Rücken unseres Ponys nach unten schaffen.«

Jetzt lachte die Wagenlenkerin. »Natürlich, wie dumm von mir zu fragen.« Sie drehte sich um und übersetzte für ihre Kameradin, und beide brachen in Gelächter aus.

»Kommt«, sagte die Fahrerin lächelnd. »Kommt mit in unser Lager, dann trinken wir einen Tee und feiern Eure erstaunliche Tat.«

Später am Morgen ritten Arin und Aiko weiter, nun querfeldein nach Norden, da der Krieg ihre Pläne und ihre Route geändert hatte. Denn es schien, als liege Arnsburg in umkämpftem Gebiet zwischen der Judra im Osten und dem Grau im Westen, das sowohl von Jord als auch von Naud für sich beansprucht wurde. Also hatten die Dylvana und die Ryodoterin vor, um den Westrand einer Hügelkette etwa zweihundert Meilen im Norden zu reiten, wo der Kleine Grau entspringt. Dann wollten sie nach Nordosten umschwenken und um diese Ecke von Jord nach Fjordland reiten, sodass sie die Judra an der seichten Stelle unweit der Ausläufer des westlichen Kath überqueren würden. Auf diesem Weg würden sie dem Krieg gänzlich ausweichen, oder jedenfalls hofften sie das.

»Ich will mich nicht in die Streitigkeiten der Menschen mischen«, erklärte Arin.

»Und ich mich nicht in Kriege, von denen ich nichts verstehe«, sagte Aiko.

Also ritten sie nach Nordwesten.

Nach zwei Wochen wurde der Gestank des verwesenden Trollauges unerträglich. So versiegelten sie das Auge in einem kleinen Weiler in Jord in geschmolzenem Bienenwachs und Honig und bewahrten es in einem mit Teer abgedichteten Lederbeutel auf.

Die Tage waren lang geworden im heraufziehenden Sommer, und schließlich kam die Sommersonnenwende. Ein voller Mond schien auf Arin und Aiko nieder, als sie das elfische Ritual feierten, wobei die Dylvana sang und die Ryodoterin durch die komplizierte Schrittfolge der erhabenen Zeremonie führte.

Am fünfundzwanzigsten Junitag überquerten sie die untere Judra, und in den folgenden zwei Tagen ritten sie nach Norden, bis sie die steilen Klippen oberhalb des Borealmeers erreichten. Jetzt folgten sie der Küstenlinie in ostnordöstlicher Richtung, während unter ihnen die Brandung rauschte und ihre Pferde und das Pony über blanken Fels trabten.

Am neunundzwanzigsten Junitag erreichten sie einen gewaltigen Fjord und wandten sich landeinwärts, um sein spitzes Ende zu erreichen, wobei sie über bergige Hänge und zerklüftetes Land ritten, das ihnen das Vorankommen erschwerte.

Je höher sie kamen, desto kühler wurde es, und in der Dämmerung des folgenden Tages ritten sie am Fuß eines Gletschers vorbei, wo kleine blaue Blumen im Wind nickten. Es war der dreißigste Junitag, und in der morgigen Nacht würde Arins Vision sich zum ersten Mal jähren. An diesem vorletzten Abend erspähten sie die Lichter einer Ortschaft an der Küste.

Arin warf einen Blick auf die Karte, nickte, wandte sich dann an Aiko und sagte: »Lasst uns nach unten reiten und ein geeignetes Gasthaus finden ...«

Sie waren endlich in Mørkfjord angekommen.

32. Kapitel

Egils Blick wanderte zwischen Arin und Aiko hin und her, und sein Auge war vor Überraschung weit aufgerissen. »Ihr habt gemeinsam einen Troll getötet?«

Alos schauderte und schien in sich zusammenzufallen.

Arin sah Egil an, und plötzlich hatte sie Herzklopfen. *Warum gefällt es mir so, dass er es erstaunlich findet?* »Das haben wir«, brachte sie heraus, »obwohl es eigentlich nur Glück war.«

Aiko schüttelte den Kopf. »Vielleicht hat uns das Glück gelächelt, aber selbst wenn es in dem Augenblick in eine andere Richtung geschaut oder gar nicht hingesehen hätte, würde Dara Arin immer noch ins Schwarze getroffen haben, sonst wären wir im Kochtopf des *Hitokui-oni* gelandet.«

»Ich habe nicht besser ins Schwarze getroffen als Ihr zuvor mit Eurem Wurfstern, Aiko.«

»Glück oder nicht«, verkündete Egil, »Tatsache ist, Ihr habt einen Troll getötet.«

Mit zitternder Hand schenkte Alos sich einen Becher Ale ein und trank ihn eilig aus, sodass ihm das Gebräu aus beiden Mundwinkeln tropfte.

Egil rieb sich sein stoppeliges Kinn. »Ich dachte, Trolle wären praktisch unverwundbar. In den Geschichten heißt es, man könne sie nur durch einen tiefen Fall töten oder wenn man einen großen Felsblock auf sie fallen lässt.«

Arin hob eine Hand. »Ein gut gezielter Stoß in Auge, Ohr oder Maul erledigt sie ebenfalls, Egil. Außerdem heißt es, ihre Fußsohlen seien recht zart. Eine massive Fußangel würde sie dort durchbohren, sollten sie auf eine treten.«

Alos ächzte und schlug die Hände vors Gesicht.

Arin sah ihn an. »Geht es Euch nicht gut, Alos?«

»Lasst mich in Ruhe«, ächzte er.

Arin sah Egil fragend an, doch der wandte die Handflächen nach oben und zuckte die Achseln, denn Egil wusste nicht, warum der alte Mann so bestürzt war.

Schließlich sagte Egil: »Ich würde gerne noch einmal die Worte Eurer Vision hören.«

Arin deklamierte:

»Die Katze Die In Ungnade Fiel;
Einauge In Dunklem Wasser;
Den Deck-Pfau Des Wahnsinnigen Monarchen;
Das Frettchen Im Käfig Des Hochkönigs;
Den Verfluchten Bewahrer Des Glaubens Im Labyrinth:
Diese nimm mit,
Nicht mehr,
Nicht weniger,
Sonst wird es dir nicht gelingen,
Die Jadeseele zu finden.«

Sie sah Egil an. »Könnt Ihr uns helfen, die Antworten zu finden?«

Langsam, in Gedanken versunken, schüttelte Egil den Kopf, während sein eines Auge auf einen unsichtbaren Punkt starrte. Schließlich sagte er: »Ihr haltet die Jadeseele für den Grünen Stein von Xian, aye?«

Arin nickte, sagte jedoch nichts.

»Und um ihn zu finden, müsst ihr all die anderen, die in dem Rätsel benannt werden, um Euch scharen ... und eine Person davon glaubt Ihr bereits bei Euch zu haben: Aiko, Die Katze Die In Ungnade Fiel.«

Wiederum nickte Arin stumm.

»Und Ihr glaubt, das Einauge In Dunklem Wasser ist entweder Alos oder ich, richtig?«

Alos stöhnte. »Dieses Gerede von der Suche nach grünen Steinen und von Zauberern und T-trollen – ich gehe nicht mit!« Schnell schenkte er sich noch einen Becher Ale ein, wobei er in seiner Hast auf den Tisch tropfte. »Das Einauge ist Egil. Egil, hört Ihr. Ich nicht. Egil ist es, den Ihr sucht.«

»Es könnte auch das hier sein«, sagte Aiko, indem sie zu Alos ging und einen mit Teer abgedichteten und fest verschnürten Lederbeutel vor ihm auf den Tisch legte. »Ein verwesendes, durchbohrtes Trollauge.«

Alos kreischte und zuckte vor dem Beutel zurück, dann sprang er auf und rannte zur Tür, stieß sie auf und stolperte nach draußen, bevor jemand ihn aufhalten konnte. Wie groß sein Verlangen auch war, von der verrückten Elfe und ihrer kriegerischen Gefährtin wegzukommen, war für alle offensichtlich, denn er hatte seinen Becher mit Ale und einen nahezu vollen Tonkrug zurückgelassen.

»Aiko, das war unnötig«, sagte Arin. »Alos könnte derjenige sein, den wir brauchen, um den Stein zu finden.«

Aiko schüttelte ungerührt den Kopf und winkte dem verschwundenen alten Mann hinterher. »Dara, dieses eine Mal stimme ich mit diesem *fuketsuna yodakari* überein. Egil ist derjenige, den zu finden wir hergekommen sind.«

»Dessen können wir nicht sicher sein, Aiko. Wir können nicht einmal sicher sein, ob es Alos, Egil oder das Trollauge ist, das wir brauchen.«

Aiko seufzte. »Wenn Ihr es wollt, Dara, hole ich ihn zurück.«

Arin schaute zur Tür, die sich in ihren schiefen Angeln langsam von allein schloss. Sie winkte ab. »Lasst es einstweilen auf sich beruhen, Aiko. Es ist offensichtlich, dass er Angst hat. Soll er ein paar Tage darüber nachdenken, dann sehen wir weiter.«

Aiko kehrte zu ihrer Tatami-Matte zurück, ließ aber den Beutel mit dem Trollauge auf dem Tisch liegen.

»Was ist ein Pfau?«, fragte Egil und schaute von seinem Mittagessen auf.

»Ein Vogel«, erwiderte Arin, »aus weit entfernten Landen im Südosten. Ich habe noch nie einen gesehen.«

»Ich schon«, sagte Aiko. »Sie leben in Ryodo und Chinga und Jüng ... und auf den Inseln des Südens. Sie haben lange schillernde grüne Schwanzfedern, die sie wie einen Fächer ausbreiten können, was sehr schön aussieht. Jede Feder ist mit einem Auge geschmückt.«

»Mit einem Auge?«

»Nun ja, jede Feder ist mit einem Muster gezeichnet, das wie ein Auge aussieht.«

»Oh«, sagte Egil, während er mit dem Löffel in seinem Eintopf rührte.

Arin wartete, doch Egil sagte nichts. Schließlich fragte sie. »Hattet Ihr eine Idee?«

Egil schüttelte den Kopf. »Ich habe nur versucht, mir so einen Vogel vorzustellen, denn wie Ihr habe ich noch nie einen gesehen.«

Er hob einen Löffel Eintopf zum Mund und betrachtete ihn einen Moment nachdenklich. Dann ließ er den Löffel unberührt wieder auf den Teller sinken. Er stieg aus seinem Bett, ging zum Fenster und schaute über den Hof und hinunter zum Fjord, wo zwei Langschiffe am Pier lagen. »Die Königin von Jütland«, sagte er.

»Was ist mit ihr?«, fragte Arin.

Egil drehte sich um. »Man sagt, dass sie verrückt ist, mein *Angil*, ebenso wie ihre Vorgänger.«

»Verrückt? Inwiefern?«

»Das weiß ich nicht.«

»Was ist mit ihren Vorgängern? Vielleicht liegt ein Hinweis in der Vergangenheit.«

Egil zuckte die Achseln. »In den Geschichten heißt es, eine Königin hätte einmal ... äh.« Egil hielt inne, als widerstrebe es ihm weiterzureden. Er hatte den Blick verlegen gesenkt.

»Sprecht nur weiter«, drängte Arin. »Was Ihr auch wisst, ich will es hören.«

Egil sah zu ihr auf, dann holte er tief Luft und sagte rasch: »Es heißt, sie hätte einmal ein Pferd in ihr Bett genommen.«

Aiko hob skeptisch eine Augenbraue, während Egil sich wieder dem Fenster zuwandte, da er nicht bereit war, Arins Blick zu begegnen.

»Ähem«, murmelte Egil der Fensterbank zu. »Es gibt sogar einen Spottvers darüber.«

Aiko seufzte. »Ist es jetzt schon so weit gekommen, dass wir den zotigen Liedern von Seeleuten Glauben schenken sollen?«

»Viele Lieder haben einen wahren Kern«, sagte Arin und fragte dann: »Wie alt ist das Lied?«

»Uralt«, erwiderte Egil. »Diese Königin von Jütland ist schon lange tot. Aber es heißt, dass Wahnsinn erblich ist, vor allem in dieser königlichen Linie.«

»Hat es schon immer böses Blut zwischen Fjordländern und Jüten gegeben?«

»Aye, aber ...«

»Woher sollen wir wissen, dass dies nicht nur noch mehr böses Blut ist?«

»Wir können es nicht wissen, mein *Angil*. Aber ob wahr oder nicht, ob Gerücht oder Wahrheit, sie ist die einzige Herrscherin, auf welche die Beschreibung eines wahnsinnigen Monarchen zu passen scheint, zumindest soweit ich es weiß.« Egil drehte sich wieder um.

»Gibt es noch mehr?«, fragte Arin.

Egil zuckte die Achseln. »Nur dies: Es heißt, dass in den königlichen Gärten von Jütlands Hof Tiere gehalten werden wie in einer Menagerie, aber ob darunter auch Deck-Pfauen sind, kann ich nicht sagen.«

Der Abend kam und Egil schlief ein. Obwohl sein Fieber zurückgegangen war, wurde er nachts wieder von bösen Träumen heimgesucht.

Die Tage vergingen, und an jedem Morgen waren Egils Wunden besser als am Tag zuvor. Thar kam jeden Tag vorbei und sah zu, wie Arin Breiumschläge und Arzneien auf Egils Gesicht legte, und staunte darüber, wie rasch seine Wunden heilten. Rasch nach den Maßstäben des Heilers, langsam nach Egils eigenen.

Außerdem kamen ihn jeden Tag Mitglieder seiner Mannschaft besuchen, auch Kapitän Orri, der immer ein fröhliches Lachen mitbrachte.

Doch in jeder Nacht wachte Egil weinend auf und rief nach Männern, die Arin unbekannt waren.

Es kam jedoch der Tag, als er sich der Dylvana gegenüber auf einen Stuhl setzte und sagte: »Mein *Angil*, ich werde Euch erzählen, was ich über den bösen Zauberer Ordrune weiß.«

33. Kapitel

»Ich kann nicht ... es gibt ...« Egil schüttelte verwirrt den Kopf, während er um Worte rang. Er holte tief Luft, stieß sie wieder aus und starrte auf seine Hände.

Arin zog ihren Stuhl näher heran, bis ihre Knie Egils berührten.

Er sah sie an und knirschte mit den Zähnen. »Ich kann mich an alles erinnern, was er uns in seinem Turm angetan hat, in seinen Verliesen, in seinen ... Gruben, aber das ...« – ein Ausdruck ungeheurer Konzentration legte sich über Egils Züge – »das andere ... vorher ... nachdem.« Egil schlug sich mit der Faust in die offene Hand. »Er hat unsere Gedanken gestohlen. Unsere Erinnerungen geraubt und nichts als Verwirrung hinterlassen. Mich verflucht.«

Arin sagte nichts, sondern nahm nur seine Hand, löste sanft seine Faust und hielt sie sacht fest, während sie über seine Finger strich.

Egil sah zu, als sei es gar nicht seine Hand, entspannte sich aber dennoch langsam. Nach einem Augenblick nahm er ihre Finger in seine und küsste jeden einzelnen ganz leicht. Sie schlug die Augen nieder, und er ließ sie los, doch sie zog sich nicht zurück, sondern nahm stattdessen wieder seine Hand. Sie saßen in stillem Einvernehmen da. Durch das offene Fenster hörten sie den Koch dem Tavernenjungen zurufen, er möge mehr Holz bringen, während in ihrem Zimmer nur das

Wispern des Wetzsteins auf Stahl zu hören war, da Aiko ihre Klingen schärfte. Schließlich seufzte Egil und begann dann ruhig und gelassen von Neuem. »Daran kann ich mich erinnern.«

»Ragnar! Ragnar!« Egil rannte den Hang hinunter, seinem Waffenkameraden hinterher. Der junge Mann blieb stehen und wartete auf Egil. Schließlich sprang Egil auf den schmalen Fußweg und rief: »Wir haben es!«
Ragnars Augen weiteten sich. »Deines Vaters Schiff?«
Egil lachte laut und rief: »Ja!«
Ragnar jubelte und schlug Egil auf die Schultern. »Bei Garlon, endlich! Ein eigenes Schiff.« Plötzlich wurde Ragnar ernst. »Dein Vater, ist er ...?«
»Es ist das Wechselfieber. Er wird es einfach nicht los. Aber er hat gesagt, er will nicht das ganze Jahr vergeuden, also hat er mir das Kommando über das Schiff gegeben. ›Du bist erst zwanzig Lenze alt, mein Sohn, aber ich war auch nicht älter, als ich es gebaut habe. Außerdem ist es an der Zeit zu sehen, ob du schon flügge bist.‹ Das hat er zu mir gesagt, Ragnar – ob ich schon flügge bin! –, und das, wo ich schon vier tadellose Kaperfahrten auf dem Buckel habe. Ha! Ich werde ihm zeigen, wie flügge ich schon bin. Ich werde herabstoßen wie ein Adler, mein Freund, denn lautet so nicht mein Name?«
»Aye, Egil, wie Falken und Bussarde werden wir alle auf unsere Beute herabstoßen, und sie mögen sich drehen und wenden, wie sie wollen, am Ende versenken wir sie doch.« Ragnar hielt kurz inne, dann sagte er: »Endlich hast du dein eigenes Schiff.«
Egil grinste. »Wenigstens für eine Fahrt. Komm, Ragnar, sehen wir es uns an.«
Egil und Ragnar schlugen den Weg zum Pier ein, wo die *Sjøløper* vertäut war, mit ihren siebzig Fuß Länge und nur fünfzehn Ruderpaaren nach fjordländischen Maßstäben ein

bescheidenes Schiff, doch Egil und Ragnar kam sie wie das größte aller Drachenschiffe vor.

Sie schritten über das Deck, über Ruderbänke hinweg und begutachteten die einander überlappenden Eichenplanken, die dem Rumpf seine schlangenartige Biegsamkeit verliehen, welche das Boot in die Lage versetzte, die Wellen zu schneiden, und für eine wesentlich größere Behändigkeit sorgte, als es allein der schmale Kiel vermochte. Sie begutachteten den Mast und wickelten das Segel aus seiner schützenden Persenning, dann falteten sie den gefärbten Stoff auseinander und inspizierten ihn ebenso wie Rahen und Reffleinen. Sie überprüften das *stjorbordi*, das auf der Steuerbordseite angebrachte Steuerruder, und jedes einzelne der Fichtenholzruder, die mittschiffs in Eichengestellen aufgereiht standen. Die Ruder waren von unterschiedlicher Länge, sodass sie alle gleichzeitig ins Wasser eintauchten, wenn in kurzen, abgehackten Schlägen gerudert wurde.

Nachdem sie das Boot vom Bug bis zum Heck inspiziert hatten, sagte Egil: »Sie braucht noch ein wenig Arbeit, aber die Mannschaft wird damit schnell fertig werden.«

Ragnar lehnte sich an ein Dollbord und schaute über das Wasser, als wolle er ferne Lande erspähen. »Wann segeln wir?«

»Sobald wir können«, erwiderte Egil.

Ragnar drehte sich um und lehnte sich zurück, die Ellbogen auf das Dollbord gestützt. »Wohin soll es gehen? Zu welchen Ufern? Nach Leut? Thol? Jütland? Wohin?«

Egil schüttelte den Kopf. »Vater sagt, diese Gegenden sind längst abgegrast worden. Er schlägt West-Gelen vor.«

»Uah«, ächzte Ragnar und verzog das Gesicht. »Fischerdörfer. Wir werden nichts anderes vorfinden als alte Männer und Kabeljau als Beute.«

»Genau meine Meinung, Ragnar. Aber ich habe einen Plan.«

»Einen Plan?«

»Aye. Ich will dorthin, wo noch kein Fjordsmann war.«
Ragnar kniff Egil ein Auge zu. »Wohin?«

Egil sah sich um. Niemand stand in der Nähe, obwohl ein paar junge Burschen am Ende des Piers angelten. Er knöpfte sein Wams auf, griff hinein und zog einen schlichten Lederbeutel aus dem Gürtel. Ihm entnahm er ein zerfleddertes Pergament, das mehrfach gefaltet war, und sagte: »Die habe ich einem Seemann in Havnstad in Thol abgekauft.« Langsam öffnete er das Pergament und breitete es auf einer Ruderbank aus. Es war eine Karte. Eine ziemlich große.

Ragnars Augen weiteten sich, als er die unbekannten Küstenlinien sah. »Wohin fahren wir? Was werden wir tun?«

»Was sollten wir anders tun als plündern, Ragnar, und zwar Städte, Türme, Schiffe, Dörfer – wir sind Fjordländer! Wölfe der See! Und was das *Wo* angeht ... Hier!« Egil zeigte auf eine Stelle auf der Karte.

Egil und Ragnar heuerten eine Mannschaft an, hauptsächlich junge Männer in ihrem Alter, Männer mit Wagemut, denn Egil wollte nicht verraten, wohin sie auslaufen würden, und viele der älteren Krieger wollten nicht mitfahren, ohne ihren Bestimmungsort zu kennen. Die jungen Männer hatten dagegen keine Bedenken, sich mit nicht mehr als der Aussicht auf eine aufregende Fahrt ins Abenteuer zu stürzen. Egil war mit seiner Mannschaft zufrieden und taufte sie *Falken der See*.

Also setzten Egil und seine Falken mit Versprechungen von tollkühnen Taten und wartenden Schätzen an einem Mittsommertag die Segel und ließen alle im Unklaren darüber, wohin ihr Schiff fuhr. Nur Egils Vater wusste, wohin Schiff und Sohn unterwegs waren, aber er behielt ihren Bestimmungsort für sich.

In der dunklen, mondlosen Nacht, während Wolken die Sterne verbargen, glitt die *Sjøløper* durch die Finsternis, um an dem arglosen Schiff längsseits zu gehen, und Egil und seine Falken kletterten leise über die Dollborde hinauf.

Schmutzig und durstig, während Peitschenschnüre auf ihren Rücken knallten, wurden Egil und seine Männer in Ketten über den gewundenen Weg durch dicke steinerne Festungsmauern und in den Innenhof dahinter getrieben. Hinter ihnen schwang das gewaltige Haupttor mit kreischenden Angeln langsam herum und knallte zu. Ein riesiger Balken schob sich vor das Tor und in eine Vertiefung in den hohen, von Pfeilern gestützten Wall. Mit klirrendem Gestänge, klappernden Sperrrädern und quietschendem Eisen ratterte ein mächtiges Fallgatter herunter, dessen eiserne Zähne sich in tiefe Löcher senkten, welche in die Steinplatten des Bodens gebohrt waren.

Direkt vor den Gefangenen stand ein großes, düsteres Gebäude – der Hauptflügel –, hundert oder mehr Fuß breit und drei Stockwerke hoch. Zur Linken und direkt am Steinwall befanden sich Ställe, eine Schmiede und Nebengebäude. Zur Rechten, in der Nordwestecke und ebenfalls direkt an den Wall angrenzend, erhob sich ein hoher Turm. Egil bekam nur wenig davon zu sehen, während er von seinem Drökh-Wächter vorwärts gestoßen wurde, aber er sah genug, um zu wissen, dass er und seine Falken im Käfig gelandet waren.

Sie wurden schlurfend mit klirrenden Ketten und Handschellen über den Hof und in das große Gebäude getrieben, dann eine schmale Treppe hinunter, bis sie schließlich an den entsetzlichen Käfigen ganz unten ankamen.

»Ihr seid also der Kapitän dieser Piraten.«
Egil blieb stumm.
Der Magier wandte sich vom Fenster ab und starrte Egil an.
»Und Ihr wolltet mein Schiff ausrauben?«
Wiederum sagte Egil nichts.
»Dummkopf«, zischte der Magier.

Man hatte Egil aus seiner Zelle geholt, nach oben gebracht und grob über den Hof gestoßen, bis er schließlich den Turm erreichte. Dort hatte man ihn eine Wendeltreppe hinaufgejagt, wobei zwei Drökha und ein dunkelhäutiger Mensch ihm abwechselnd einen Stock in den Rücken gerammt und dabei höhnisch gelacht hatten. Sie hatten ihn in die Dachkammer getrieben, wo ihn der Magier bereits erwartete. Groß war er, hager und bleich, und sein Kopf war völlig haarlos – weder trug er Locken, noch besaß er Brauen, Wimpern oder Bart. Seine Nase war lang und gerade, die Augen waren dunkel wie Obsidian, die Lippen dünn und blutleer. Die Finger waren lang, wie Klauen, und endeten in schwarzen Nägeln. Er trug eine blutrote Robe.

Dies war der Magier, dessen Schiff Egil geentert hatte.

Dies war der Magier, der seine Niederlage herbeigeführt hatte.

Jetzt standen sie in einer Kammer hoch oben im Turm in der Feste dieses Magiers, in der Festung, in die Egil und seine Mannschaft in Ketten geschleift worden waren.

Die Drökha und der dunkelhäutige Mann hatten Egil an einen Ring im Boden gekettet und ihn dann mit seinem Häscher allein gelassen. Nun sahen Egil und der Magier einander an – der eine stumm, der andere hohnlächelnd.

»Ich bin Ordrune, Kapitän. Und Ihr heißt ...?«

Egil sagte nichts.

»Euer Schweigen ist ohne Bedeutung«, sagte Ordrune. »In Kürze werde ich Euren Namen kennen. Ihr werdet erpicht darauf sein, zu reden.« Der Magier wandte sich ab und ging durch die Kammer.

Der eigentliche Raum war vollkommen rund und hatte einen Durchmesser von vielleicht dreißig Fuß. Hier und da standen Tische, die mit Gerätschaften geradezu überladen waren: Astrolabien und Zahnräder aus Bronze, Destillierkolben und Tongefäße, Mörser und Stößel, durchsichtige Glaskrüge, die mit gelben, roten, blauen und grünen Körnchen gefüllt waren, und Kohlepfannen mit Werkzeugen in der roten Glut. Da und dort lagen auch kleine Metallbarren herum: rotes Kupfer, gelbes Messing, weißes Zinn, leuchtendes Gold, funkelndes Silber und mehr. An den Wänden standen Kisten und Fässer und Schubladenschränke und eine große, mit Eisen umwundene, dreifach verschlossene Truhe, dazu Schreibtische und Schubfächer, die mit Pergamentrollen und Papieren voll gestopft waren. Vier hohe, mit Vorhängen geschmückte Fenster waren in die steinernen Wände eingelassen.

Dies war Ordrunes Laboratorium, sein arkanes Arbeitszimmer. Dies war sein Allerheiligstes, seine Höhle und das Herz der Festung.

Und hier stand nun Egil, an den Boden gekettet und mit wild pochendem Herzen, während Ordrune einen dunklen Handschuh überstreifte und aus den Kohlen einer Pfanne eine Zange holte, die rot glühte.

Ordrune drehte sich um und sah Egil an. »Euer Name ...?«
Egil erbleichte, sagte aber nichts.

Ein Lächeln umspielte die Winkel von Ordrunes blutleeren Lippen. »Dummkopf.« Mit der freien Hand nahm er eine Ampulle und träufelte einen Tropfen Flüssigkeit auf die glühende Zange, dann ging er zu dem jungen Mann, während die Zange knisterte und ein dünner Rauchfaden aufstieg.

»Welch bessere Lektion könntet Ihr lernen als diejenige, welche ich Euch heute erteile?«

Egil wappnete sich, bereitete sich auf den Kampf vor, denn obwohl er an den Boden gekettet war, hatte er doch bis zum Ende der Kette Bewegungsfreiheit.

Dann erreichte ihn der Rauch von der knisternden Zange, und sein Kampfesmut verließ ihn plötzlich.

Ordrune trat vor ihn und hob die glühende Zange vor Egils Gesicht. Doch plötzlich weiteten sich Ordrunes wimpernlose Augen voller Entzücken, und ein Lächeln kräuselte seine dünnen Lippen. Er ließ die Zange sinken. »Welch bessere Lektion? Nun, ich denke, ich habe tatsächlich eine bessere für Euch.«

Wachen führten Egil nach unten und aus dem Turm und dann über den Hof ins Hauptgebäude, wo er baden durfte und saubere Kleidung bekam. Dann, wieder in Ketten, führte man ihn durch ein Labyrinth von Gängen in eine Kammer. Sie war rund und ähnelte in ihren Dimensionen der Kammer oben in Ordrunes Turm, und so nahm er an, dass er sich in einem unterirdischen Raum direkt unter dem Turm befand. Dort wurde er wieder an den Boden gekettet, doch diesmal setzte man ihn an einen Tisch, der im Überfluss mit Speisen, Wein und reinem Wasser gedeckt war.

Wenngleich rund wie die Kammer oben im Turm, war dieser Raum kein Laboratorium, sondern vielmehr eine Kammer des Schreckens, denn sie enthielt mit Ketten versehene Tische und hängende, mannsgroße Eisenkäfige, Stühle mit Lederriemen an den Lehnen und Tische, auf denen es von Zangen, Messern, Hämmern, Schrauben und Nägeln wimmelte. In den Boden waren dünne runde Holzpfähle eingelassen, deren zugespitzte obere Enden rostrote Flecken aufwiesen wie von getrocknetem Blut. Pfannen mit glühenden Kohlen, Metallstiefel, Gestelle mit Rädern, Eisentafeln wie große Buchseiten und andere ähnlich grausige Instrumente säumten die Wände. Ein großer, mit einer Flüssigkeit gefüllter Bottich stand auf einer Seite, und gegenüber war eine mit drei massiven Eisenriegeln gesicherte Eisentür, hinter der man ein langsames, monströses Atmen hörte und durch die der Gestank nach Aas drang.

All das registrierte Egil, während er Wasser trank und große Stücke Brot und Fleisch aß. »Wenn du im Krieg bist, mein Junge«, hatte sein Vater oft gesagt, »iss bei jeder Gelegenheit, denn du weißt nicht, wann sich die nächste bietet.« Und so aß der frisch gebadete Egil trotz des widerlichen Gestanks mit gutem Appetit, während er stumm wartete.

Ordrune kam zuerst, und dann zerrten sie den verdreckten, mitgenommenen Klaen herein, und die Augen des jungen Mannes weiteten sich beim Anblick seines sauberen Kapitäns, der bei einem Festmahl saß. Sie ketteten den Fjordländer auf eine dunkle schräge Platte, und Ordrune wandte sich an Egil. »Wo sollen wir anfangen, Kapitän? Bei den Händen? O ja, lasst uns das tun.«

Ordrune schlenderte zu einem Tisch, nahm einen gewaltigen Hammer, ging dann damit zu Klaen und hielt dem jungen Mann das stachelbewehrte Werkzeug vors Gesicht. »Ich benutze dieses ... Werkzeug, um das Fleisch zart zu machen für mein« – er schaute zu der verriegelten Tür – »Schoßtier.« Klaens Augen füllten sich mit Entsetzen, ein Stöhnen entrang sich seinen Lippen, und er wehrte sich verzweifelt gegen seine Fesseln, doch ohne Erfolg.

Egil sprang auf und rief: »Egil! Ich heiße Egil.«

Ordrune sah Egil an, schüttelte den Kopf und lächelte. »Zu spät, fürchte ich, Kapitän Egil.« Dann drehte er sich um und schlug mit dem Hammer auf Klaens angekettete Hand. Der eiserne Hammer brach Knochen, und Blut spritzte. »*Nein!*«, schrie Egil, doch sein Schrei ging in Klaens Schmerzgebrüll unter, das durch die Kammer hallte. Durch die Eisentür drang ein knurrendes Heulen, und die Tür und die Riegel erbebten, als sich etwas Monströses von innen dagegen warf.

Lachend ging Ordrune auf Klaens andere Seite und zeigte dem schreienden Mann wiederum den schweren Hammer, an dessen Stacheln nun Blut und Haut- und Fleischfetzen klebten. Klaens Schreie wurden heiser, und wieder wehrte er sich gegen seine Fesseln. Egil schrie aus vollem Halse »*Nein!*«, doch Ordrune lächelte nur und zerschmetterte die andere Hand. Während die Eisentür ratterte und bebte, wurde Klaens Geschrei immer schriller und verstummte dann plötzlich. Er war ohnmächtig geworden, und nur noch ein leises Ächzen kam über seine Lippen.

»Keine Sorge, Kapitän Egil«, sagte Ordrune, während er zu einem Tisch ging, »denn *dies*« – er nahm eine Ampulle – »wird ihn wiederbeleben, und dann werden wir, Ihr und ich, mit seinen Füßen beginnen.«

Egil weinte und flehte und gab alles von sich, was er gegessen hatte, während Ordrune Klaen langsam mit dem eisernen Fleischhammer die Knochen brach, indem er sich von den Extremitäten nach innen arbeitete. Der junge Mann kreischte, schrie und jammerte, doch immer, wenn er in eine gnädige Ohnmacht fiel, sorgten Ordrunes Ampullen dafür, dass er wieder daraus erwachte. Die ganze Zeit brüllte etwas hinter der Eisentür und warf sich von der anderen Seite dagegen, als werde ein riesiges, eingesperrtes Ungeheuer vom Blutdurst in den Wahnsinn getrieben.

Als Klaen endlich tot war, wurde sein zerschmetterter Leichnam von Lakaien aus der Kammer getragen, und Augenblicke später drangen grausige Fressgeräusche durch die verbarrikadierte Eisentür.

Wenn die Spitze des Turms das schändliche Herz des Feste war, dann war der Grund des Turms seine böse Seele, denn in den nächsten vierzig Tagen erlebte Egil die Auslöschung seiner gesamten Besatzung mit: Bram, Argi, Ragnar und alle anderen, all die jungen Männer, die ihm gefolgt waren. Sie starben durch Feuer und Messer und ätzende Tränke, durch Reißen und Quetschen und langsames Verbluten, durch Ausweiden und Pfählen und andere Foltern. Einer nach dem anderen. Einer jeden Tag. Jedes Mal wurde Egil nun gewaltsam gebadet und eingekleidet und vor ein erlesenes Mahl gesetzt.

Obwohl Egil bettelte und vor dem Magier kroch und alles erzählte, was er wusste, sich zu allen Übertretungen, Vergehen, Schandtaten und Lastern bekannte und Ordrune anflehte, seine Mannschaft zu verschonen und stattdessen ihn zu töten, lachte der Zauberer nur, und das Gelächter nahm kein Ende.

Schließlich war nur noch Egil übrig.

Sie standen wieder in der Kammer in der Turmspitze, Egil und Ordrune. Egil war wieder an den Boden gekettet, und Ordrune lächelte ihn vom anderen Ende der Kammer hinweg an – doch seltsamerweise sah Ordrune nun weit jugendlicher aus, als zu dem Zeitpunkt, als Egil ihm hier zuletzt begegnet war.

Egil bewegte sich, sodass seine Ketten klirrten, und er knurrte: »Worauf wartet Ihr noch, Zauberer? Warum tötet Ihr mich nicht endlich auch und macht ein Ende?«

»O nein, Kapitän Egil, will ich denn vergeuden, was ich Euch so mühsam beigebracht habe? Vielmehr habe ich die Absicht, Euch freizulassen, nun, da Ihr so viel gelernt habt. Haben wir nicht ein schönes Spiel zusammen gespielt? Und wurde das Vergnügen nicht durch die Macht vergrößert, die wir gewonnen haben? Doch wartet, was ist das? Ich sehe, dass Ihr enttäuscht seid. Vielleicht glaubt Ihr, die bessere Lektion, die ich Euch versprochen habe, die bessere Lektion, die ich Euch erteilt habe, wird verblassen, wird in Vergessenheit geraten.« Ordrune lachte und strich sich über seine nun glatten Wangen und das haarlose Kinn. »Keine Sorge, Kapitän Egil, Ihr werdet die Lektion *niemals* vergessen, solange ich lebe« – wieder lachte Ordrune – »und Magier leben ewig.«

»Nicht, wenn ich es verhindern kann«, presste Egil zwischen zusammengebissenen Zähnen hervor. »Der Tag wird kommen, wenn ich Euch in den schwarzen Tiefen der Unterwelt sehe.«

»Nun, mein Junge, Ihr dürft es gerne versuchen, aber könnt Ihr diesen Ort wiederfinden, diesen Turm? Auch wenn Ihr frei seid, glaube ich, dass Ihr unfähig sein werdet, je wieder zu meiner Festung zurückzukehren. Dafür werde ich sorgen.«

Ordrune wandte sich einem Tisch neben sich zu und nahm

eine Phiole, dann sah er Egil an und sagte: »Wehrt Euch nicht, Kapitän Egil, denn es wird Euch nichts nutzen.«

Egil wanderte die Küsten von Gelen entlang. Wie er dorthin gekommen war, wusste er nicht. In seinem Verstand klafften Löcher – Gedanken, Erinnerungen, Erlebnisse, alle von Ordrune geraubt. Er konnte sich daran erinnern, von Mørkfjord mit der *Sjøløper* in See gestochen zu sein, nicht aber, wohin er gesegelt war. Er erinnerte sich an jeden einzelnen Mann der Besatzung, die er seine Falken genannt hatte, und an das Funkeln in ihren Augen, als sie sich seinem Unternehmen angeschlossen hatten, aber er erinnerte sich an keine Überfälle, keine Plünderungen, keine Beute, an nichts, was das Versprechen von Ruhm und Reichtum erfüllt hätte, das die jungen Männer auf sein Schiff gebracht hatte. Er erinnerte sich daran, ein gewisses Schiff geentert zu haben, um seine Schätze zu erbeuten, aber weder an den Schiffstyp noch an das Gewässer, wo er und die Falken längsseits gegangen waren. Er erinnerte sich an die Zaubererfeste und alles, was er darin gesehen hatte, aber nicht, wo dies gewesen war. Und er erinnerte sich an Ordrune, den bösen Ordrune, und an die Mannschaft, die der Zauberer abgeschlachtet hatte ... und an die Art ihres Todes. Dies konnte er nicht vergessen, denn Ordrune hatte ihn verflucht, und in jeder Nacht erlebte er den grässlichen Todeskampf eines seiner Männer im Traum aufs Neue, und jedes Mal wachte er schreiend auf.

In der Tat böse Träume.

Schließlich ging er im Hafen Arbor in Gelen an Bord eines Kauffahrers und arbeitete sich von Schiff zu Schiff, bis er nach Fjordland kam. Als er an einem Mittsommertag in den Hafen von Mørkfjord ruderte, waren vier Jahre vergangen, seit er und die vierzig Falken die Segel gesetzt hatten, um Ruhm und Gold zu erbeuten.

Doch heimgekehrt war niemand außer ihm.

34. Kapitel

Arin streckte die Hand aus, um sanft Egils Tränen wegzuwischen, als er seine Geschichte beendet hatte. Doch er drehte den Kopf weg und fuhr sich mit dem Handballen über die Wange.

Arin seufzte, sagte jedoch nichts.

»In Ryodo«, sagte Aiko, die soeben ihr Schwert beiseite legte, »hätten wir Vergeltung gesucht.«

Egil räusperte sich heiser. »Genau wie wir.«

Arin runzelte die Stirn. »Aber Ihr hattet keine Erinnerung mehr, wohin Ihr gesegelt wart.«

Egil nickte.

»Aber Euer Vater wusste, wohin Ihr wolltet«, warf Aiko ein.

»Mein Vater ist kaum eine Woche, nachdem wir in See gestochen waren, am Fieber gestorben.«

Arin streckte eine Hand nach ihm aus. »Das tut mir Leid, Egil.«

Egil nahm ihre Hand und drückte sie. »Mir auch ... Mir auch.«

»Was ist mit der Karte?«, fragte Aiko. »Habt Ihr sie noch?«

Egil schüttelte den Kopf.

»Und der Matrose, von dem Ihr sie gekauft habt, hat er ...«

»Nein«, unterbrach Egil. »Ich habe einige Zeit in Havnstad verbracht und nach ihm gesucht, doch ohne Erfolg. Manche dort waren der Ansicht, er sei gestorben. Andere meinten, er habe auf einem Schiff angeheuert und sei verschwunden. Einige wenige haben behauptet, er wäre irgendwo tief in den Wäldern im Inland gesehen worden.«

Eine Weile saßen sie da, ohne etwas zu sagen. Zu hören waren nur die Geräusche, die vom Hof zu ihnen heraufdrangen. Aiko stand auf, ging zum Fenster und beobachtete, wie der Stallbursche eines ihrer Pferde holte, um ihm seine tägliche Bewegung zu verschaffen. Als er losritt, drehte sie sich um und sagte: »Vielleicht können die Magier im Schwarzen Berg Eure Erinnerung ebenso wiederherstellen wie Dara Arins.«

Arin nickte zustimmend. »Entweder dort oder in Rwn.«

Egil schaute von einer zur anderen und sagte dann: »Sie müssten eigentlich wissen, wie man einen Fluch aufhebt.«

Am folgenden Tag entfernte Arin in Anwesenheit von Heiler Thar wiederum Egils Verbände und sagte nach einer Untersuchung: »Die Kräuter haben ihr Werk getan. Die Wunde verheilt gut. Wir können wohl ab heute auf die Verbände verzichten.«

»Soll ich die Fäden ziehen?«, fragte Thar.

»Bitte tut das.«

Im Nu waren all die feinen Stiche durchschnitten, und die Fadenstücke aus der rötlichen Narbe gezogen, die sich von der Stirn über die Wange zog. Als er fertig war, fragte Egil: »Wo ist meine Augenklappe?« und tastete im Bett herum.

»Hier«, sagte Arin und zog das rote Stück Leder aus einer Tasche. Darauf prangte ein winziges goldenes Abbild von Adons Hammer.

Während Aiko ihm einen Spiegel vors Gesicht hielt, band sich Egil die Klappe um den Kopf. Dann betrachtete er sein Ebenbild und sagte ernst: »Jetzt bin ich wahrhaftig Egil Einauge.«

Am nächsten Tag erklärte Arin Egil für kräftig genug, um wieder laufen zu können, und noch am selben Tag zog Egil aus der Schwarzstein-Herberge aus und in das mit Gras gedeckte Steinhaus, das er von seinem Vater geerbt hatte. Eine Woche verstrich, in der Arin und Thar seine Fortschritte beobachteten und Egils Narbe mit Kräutersalben behandelten. Arin und Aiko machten lange Spaziergänge mit ihm, damit er langsam wieder zu Kräften kam, und jeden Tag wählte die Ryodoterin einen schwierigeren Weg durch das zerklüftete Gelände.

Beim siebten dieser Spaziergänge sagte Arin, während sie zur Kuppe eines Felsturms mit Blick über den Fjord emporstiegen: »Wir müssen uns bald aufmachen, um den Deck-Pfau Des Wahnsinnigen Monarchen zu finden.«

Egil, der links von Arin ging, schaute auf seine zierliche Begleiterin hinab. »Dann ist die Zeit gekommen, dass wir nach Jütland segeln, aye? Zum Hof der wahnsinnigen Königin?«

Arin lächelte ihn an. »Dann habt Ihr vor, uns zu begleiten?«

Egil schaute auf den tiefen, schwarzen Fjord. »Ist es denn nicht so, dass ich Einauge In Dunklem Wasser bin?«

»Vergesst Alos nicht.«

Aiko, die voranging, fauchte: »Alos ist ein Feigling, der weggelaufen ist, Dara.«

»Trotzdem wissen wir nicht mit Sicherheit, auf wen oder was das Rätsel sich bezieht: Es könnte Egil oder Alos sein, aber es könnten auch beide sein ... oder keiner.«

Aiko seufzte. »Ich denke Folgendes, Dara: Egil ist ein Krieger. Er weiß von einem wahnsinnigen Monarchen. Die Formulierung des Rätsels passt auf ihn. Er ist bereit, uns zu begleiten. All das deutet darauf hin, dass er die Worte der Prophezeiung erfüllt. Alos hingegen ... er ist jämmerlich vor Angst geflohen. Er ist ein Trunkenbold. Er will nicht mitkommen.«

Aiko verstummte, doch Arin erwiderte: »Ihr habt eine Tatsache ausgelassen, Aiko: Die Formulierung des Rätsels passt auch auf ihn. Und wenn wir Erfolg haben wollen, wäre es mir lieber, wenn er sich uns anschließen würde, zumindest bis wir sicher sind, was seine Rolle bei der Suche nach dem Drachenstein angeht.«

Aiko knurrte etwas und murmelte: »*Fuketsuna yodakari yopparai!*«

Sie gingen einen Moment schweigend weiter, dann sagte Egil: »Da ist noch etwas anderes zu berücksichtigen.«

Arin sah Egil an. »Noch etwas anderes?«

Egil räusperte sich. »Eigentlich sind es sogar zwei Dinge.«

»Und die wären ...?«

»Erstens kenne ich Ordrune, und er war im Schwarzen Berg, als die Drachen den Drachenstein dorthin gebracht haben. Er hat den Schwarzen Berg verlassen. Der Drachenstein ist verschwunden. Sind das nur Zufälle? Ich glaube nicht.«

Arin hob die Hände. »Aber wir wissen nicht, ob er den Stein genommen hat, und wenn, ob er sich noch in seinem Besitz befindet.«

Egil knirschte mit den Zähnen. »Er ist böse, und wenn überhaupt jemand dafür infrage kommt, den Stein gestohlen zu haben, dann er.«

»*Hai!*«, rief Aiko, die stehen blieb und sich zu Arin umdrehte. »Deshalb sollten wir nach Mørkfjord gehen, Dara. Das ist der Grund, warum Egil Einauge In Dunklem Wasser ist.«

Arin starrte die Ryodoterin an. »Erklärt das näher.«

Aiko grinste Egil an. »Er muss Recht haben. Ordrune *muss* den Drachenstein haben, die Jadeseele. Der Magier will die Macht des Steins beherrschen lernen, und wenn er das geschafft hat, wird er die Kriegernation Moko für sich gewinnen und die Welt erobern, wie ihre Prophezeiung weissagt. Doch wir streben danach, dieses Unglück zu verhindern, indem wir den Worten Eurer Vision folgen. Schließlich sind wir aus diesem Grund in Mørkfjord. Warum sollte das Rätsel uns sonst hierher führen, wenn nicht deswegen, um Egil zu finden? Ich glaube, der Grund dafür ist, dass Egil schon einmal in Ordrunes Feste war und uns zu dem Stein führen kann.«

»Aber er weiß nicht, wo diese Feste liegt«, protestierte Arin.

Aiko hob einen Finger. »Ja, Dara, aber vielleicht ist das eine Aufgabe für einen der anderen aus dem Rätsel.«

Arins Augen weiteten sich bei Aikos Mutmaßung, verengten sich jedoch rasch wieder. »Und wenn nicht ...?«

»Dann wiederhole ich, dass immer noch die Magier vom Schwarzen Berg bleiben. Sie haben *Eure* verlorene Erinnerung wiederhergestellt, und vielleicht können sie für Egil dasselbe tun.«

Egil, der bis jetzt geschwiegen hatte, sagte: »Aber was ist, wenn sie den Fluch nicht von mir nehmen können, mit dem Ordrune mich belegt hat?«

Arin schüttelte wortlos den Kopf, aber Aiko wandte sich an Egil und sagte: »Wenn nicht, haben sie eine riesige Landkarte auf einer großen Kugel. Helle und dunkle Lichtfunken zeigen an, wo jeder Magier wohnt. Einer dieser Funken führt ganz sicher zu Ordrune.«

Arin nickte. »Nach allem, was Egil erzählt hat, würde ich meinen, dass es ein dunkler Funke ist.«

»Wie viele dunkle Funken gibt es?«, fragte Egil.

Aiko und Arin zuckten die Achseln, und Arin sagte: »Eine ganze Menge. Wenn wir darauf zurückgreifen müssen, wird es eine lange Suche im Angesicht tödlicher Feinde – schließlich geht es hier um Magier mit all ihrer grausamen Macht.«

»Dann lasst uns hoffen, dass Euer Pfau oder Frettchen oder Bewahrer des Glaubens stattdessen den Weg kennt«, sagte Egil.

»Vielleicht kennt Alos ihn«, sagte Arin.

Jetzt war es Aiko, deren Augen sich überrascht weiteten.

Sie erreichten die Spitze des Felsturms, von wo aus sie einen atemberaubenden Blick auf den Fjord hatten, dessen tiefschwarzes Wasser in der Sonne des langen Sommertages wie ein Band aus Obsidian funkelte, eine ebenholzfarbene Straße zum entfernten, unsichtbaren Meer. Eine sanfte Brise wehte von Westen her und brachte Salzgeruch mit. Das Gras kräuselte sich darin wie Wasser. Aiko ging ein Stück bergab, kniete sich auf die Wiese und pflückte eine hellgelbe Blume, doch Arin und Egil blieben auf der Kuppe stehen, das Gesicht im Wind, und betrachteten die ganze Welt mit nichts über ihnen als dem blauen Himmel, strahlend, wolkenlos und rein.

Die Zeit schien stillzustehen. Egil nahm Arins Hand, und sie entzog sie ihm nicht, sondern blieb neben ihm stehen ... und wünschte ...

Schließlich holte Arin tief Luft und seufzte tief, dann wandte sie sich an Egil: »Ich wollte, es könnte ewig so weitergehen, aber Glück und Schicksal haben es anders verfügt.«

»Die Suche«, sagte Egil.

»Ja, Egil, die Suche.«

Arin schaute wieder nach Westen, und sie blieben noch einen Moment länger so stehen und genossen die Gegenwart des anderen, während ihre Gedanken in ähnlichen Bahnen verliefen. Ohne sich umzudrehen, meinte Arin: »Ihr habt gesagt, es gäbe zwei Gründe, warum Ihr Euch der Suche anschließen solltet, aber Ihr habt erst einen genannt. Wie lautet der zweite?«

Egil drehte die Dylvana zu sich um und sah sie mit seinem verbliebenen Auge sanft an: »Nun, mein *Angil*, da ich Euch gefunden habe, möchte ich immer an Eurer Seite sein.«

Der Ausdruck vieler widerstreitender Gefühle huschte über ihr Gesicht.

»Stimmt etwas nicht?«, fragte Egil.

Sie schaute zu Boden. »Drei Dinge.«

»Und die wären ...?«

Jetzt sah Arin ihm direkt ins Auge. »Erstens seid Ihr ein Kaperfahrer, ein Seeräuber.«

»Was hat das damit zu tun, dass ich Euch liebe?«

»Nichts, Egil. Aber es hat etwas mit *meiner* Liebe zu *Euch* zu tun.«

»Das verstehe ich nicht, Arin. Wir waren schon immer Kaperfahrer. Unter Fjordländern ist das ein ehrenwerter Beruf.«

»Seht Ihr es denn nicht? Ihr und Euresgleichen plündert, was anderer Leute harte Arbeit geschaffen hat. Es ist böse.«

»Aber wir plündern nur unsere Feinde aus.«

»Habt Ihr das auch getan, Eure Feinde ausgeplündert, als Ihr und Eure Falken zu Ufern aufgebrochen seid, wo noch nie ein Fjordsmann war?«

Schmerz flackerte vorübergehend in Egils Auge auf, und er schaute zu Boden. »Oh.«

»Versteht mich nicht falsch, Egil, vor langer Zeit, als wir noch wahnsinnig waren, hat die Elfenrasse ebenfalls solche Dinge getan. Doch es kam eine Zeit, als einer der weisesten unserer Anführer vor sein Volk trat und sagte: ›Es ist ungerecht, von einem anderen zu stehlen, ungeachtet aller Traditionen und Feindschaften. Ich werde nicht mehr plündern.‹

Es gab einen großen Aufruhr unter den Elfen, und viele widersprachen und riefen: ›Aber sie haben uns Unrecht getan. Was ist mit unserer Rache?‹

Und er erwiderte: ›Die Rache ist das eine, aber plündern um der Beute willen ist eine andere Sache. Wenn jemals Frieden zwischen den Elfen herrschen soll, lasst mich damit beginnen, nichts mehr zu rauben.‹

Ach, Egil, hinter dieser Geschichte steckt noch so viel mehr, und zahllose Jahre mussten vergehen, ehe schließlich alle die Weisheit seiner Worte erkannten. Viele glauben, dass nur seinetwegen der Wahnsinn mein Volk verlassen hat, denn er war der Erste, der Allererste, der gesagt hat: ›Lasst mich damit beginnen.‹«

»Aber Ihr sucht immer noch Rache.«

»Ja, in gerechten Fällen. Aber selbst hier wird eines Tages vielleicht jemand sagen: ›Lasst mich damit beginnen, keine Vergeltung mehr zu üben.‹«

Eine Weile herrschte Schweigen, aber schließlich sagte Egil: »Dann nehme ich an, dass Ihr wegen Eurer Überzeugungen nicht mit einem Kaperfahrer leben könnt – mit jemandem, der um der Beute willen plündert.«

Arin nickte.

Egil seufzte und ließ seinen Blick schweifen. Lange betrachtete er Mørkfjord, aber schließlich sah er Arin wieder an und sagte: »Dann lasst mich damit beginnen, nichts mehr zu rauben.«

Arin lächelte, doch tief in ihren Augen blieb noch Zweifel. Egil meinte: »Das war nur einer Eurer Gründe, Liebste, und Ihr habt gesagt, es gäbe deren drei. Wie lautet der zweite?«

»Ihr seid ein Mensch. Ich bin eine Elfe. Ich kann Euch keine Kinder schenken.«

Egils Augen weiteten sich.

»Unsere beiden Rassen können sich nicht vermischen. Wir sind miteinander nicht fruchtbar«, fügte Arin hinzu.

»Das verstehe ich nicht«, sagte Egil.

»Ihr seid von der Mittelebene, von Mithgar. Ich stamme von der Hohen Ebene, von Adonar. Elfen können auf Mithgar weder Kinder zeugen noch welche gebären, ebenso wie Menschen auf Adonar keine Kinder zeugen und gebären können. Manche behaupten, die Nornen des Schicksals hätten es so festgelegt. Andere schreiben es jenen zu, die über Adon und Gyphon und auch anderen Göttern stehen.«

Egil schüttelte den Kopf. »Dann stimmt es also: Es gibt jene, die selbst über die Götter herrschen?«

»So ist es. Und vielleicht haben sie verfügt, dass Menschen und Elfen keine Kinder miteinander haben können. Doch ob es die Götter, die Nornen, eine Kraft der Natur oder etwas anderes ist, die Tatsache bleibt, dass ich Euch kein Kind gebären kann.«

Egil runzelte die Stirn und dachte nach. Dann holte er tief Luft und sagte: »Oft fallen die Männer meines Volkes im Kampf und lassen Kinder zurück. Manchmal werden Mütter krank und sterben. Aber diese Kinder wachsen nicht vater- oder mutterlos auf, denn andere Menschen nehmen sie zu sich. Sie werden nicht weniger geliebt, nur weil sie anderen Blutes sind. Ich war selbst ein Findelkind – meine wirklichen Eltern sind unbekannt –, aber ich wurde von guten Leuten aufgenommen, und mein neuer Vater und meine neue Mutter haben mich so geliebt wie ihr eigen Fleisch und Blut. Sie hatten keine eigenen Kinder, doch unser Heim war trotzdem von Liebe erfüllt. Wir können dasselbe tun, Arin, sollten wir uns jemals Kinder wünschen.«

Arin nickte zögernd, und Egil sagte: »Das war der zweite Grund, meine Liebste. Wie lautet der dritte?«

Arin verschränkte die Finger ineinander und presste sie so fest zusammen, dass die Knöchel weiß wurden, während sie zu Boden starrte. »Ihr seid sterblich. Ich bin es nicht.«

Verwirrung breitete sich auf Egils Gesicht aus, doch er legte eine Hand auf ihre und fand, dass ihre Finger zitterten. »Wiederum frage ich: Was hat das damit zu tun, dass ich Euch liebe?«

»Nur so viel: Ihr werdet alt, während ich so bleibe, wie ich bin, und wenn Ihr sterbt, wie es alle sterblichen Dinge tun müssen, wird es mir das Herz brechen.«

»Wäre ich von Eurer Rasse, könnte ich dann nicht sterben?«

Arin nickte. »Doch, Ihr könntet im Kampf getötet werden oder einen Unfall erleiden. Aber ...«

»Dann, Liebste, lasst uns die Tage genießen, die wir gemeinsam verbringen dürfen. Wer weiß schon, was die Zukunft bringt?«

Arin schaute zu Boden. »Egil, selbst wenn wir diese Suche

beide überleben, besteht die Möglichkeit, dass Ihr irgendwann einmal hassen werdet, was ich bin, wenn das Alter Euch packt, mir aber nichts anhaben kann.«

»Ach, mein *Angil*, wie könnt Ihr glauben, ich könnte Euch jemals hassen? Ihr seid meine Liebste.«

Wiederum zeigten sich ihre widerstreitenden Gefühle auf ihrem Gesicht. Und dann, ganz plötzlich, verschwanden sie, als habe nun eines über die anderen gesiegt. Mit Liebe in den Augen nahm Arin Egils Gesicht in die Hände, zog ihn zu sich herab und küsste ihn sanft auf die Lippen. Egils Herz tat in seiner Brust einen Sprung, und plötzlich war ihm zumute, als könne er die ganze Welt umarmen. Er hob Arin hoch und drehte sich lachend mit ihr im Kreis, und in diesem Augenblick ...

»*Saté!*«, rief Aiko, deren ausgestreckter Arm auf den Fjord zeigte.

Ohne Arin loszulassen, schaute Egil in die angezeigte Richtung. Unten im Fjord war gerade ein Schiff um eine entfernte Landzunge gebogen.

»Ist das ein Kaperfahrer?«, fragte Arin.

Egil lachte. »Nein, Liebste. Die Ausgucke haben keine Warnrufe erschallen lassen. Es ist eine Karacke aus Rian, ein Kauffahrer, der Wein und Käse, Salz und Gewürze oder Waffen und Rüstungen und andere Handelsgüter bringt. Heute Abend wird es eine Feier in Mørkfjord geben.« Er umarmte sie ganz fest, stellte sie dann ab, grinste und sagte: »Es ist ein Omen für unser Treuegelöbnis, verfügt von jenen, die selbst über den Göttern stehen.«

Aiko gesellte sich auf der Kuppe des Felsturms zu ihnen. Während sie zusahen, wie das Schiff langsam über das dunkle Wasser des Fjords glitt, sagte Arin: »Ob wir auf so einem schiff nach Jütland fahren könnten?«

Egil lachte kurz. »Wenn ja, wäre es eine lange, langsame Fahrt. Wir fragen besser Orri, ob er uns hinbringt, wenn er zurückkehrt.«

»Nein, Egil«, sagte Arin. »Ich will lieber auf einem Schiff des Friedens nach Jütland fahren als auf dem Boot eines Seeräubers.«

»Der Hof der Königin von Jütland befindet sich in Königinstadt an der Küste. Wir könnten im Schutz der Dunkelheit an Land gehen.«

Wiederum schüttelte Arin den Kopf. »Ich würde lieber bei Tageslicht zu dieser Herrscherin gehen, anstatt mich im Dunkeln an Land zu schleichen, denn ich würde ihren Hof lieber als geladener Gast betreten und nicht heimlich.«

»Aber es heißt, dass sie wahnsinnig ist.«

»Trotzdem. Immerhin ist sie die Königin einer Nation, die in Frieden mit dem Hochkönig lebt. Also ist es besser, wenn wir offen und angekündigt kommen, als dabei erwischt zu werden, wie wir durch die Nacht schleichen.«

Egil seufzte und nickte. »Wenn Ihr es wünscht, Liebste. Aber sagt mir, mein *Angil*, wie wollt Ihr es anfangen, eine Einladung zu bekommen?«

Arin wandte sich ihm zu, lächelte und zuckte die Achseln. »Auf so einem Schiff wie dem da unten werden wir viel Zeit haben, uns einen Plan auszudenken, nicht wahr?«

Egil lachte. »Aye. Das werden wir. Und obwohl ich lieber nach Piratenart über die Mauer steigen und der wahnsinnigen Monarchin den Deck-Pfau unter der Nase wegschnappen würde, spricht doch auch viel für Eure Methode. Doch der Plan, den wir ersinnen, muss schnell zum Ziel führen, denn ich wünsche nicht einen Augenblick mehr Zeit unter den Augen einer irrsinnigen Königin zu verbringen, als unbedingt nötig ist.«

Arin lachte, wurde aber rasch wieder ernst. »Einauge In Dunklem Wasser. Der Deck-Pfau Des Wahnsinnigen Monarchen. Ich hoffe wirklich, dass wir der richtigen Spur folgen.«

Egil zeigte auf seine rote Augenklappe. »Liebste, Ihr habt mich gefunden, also ist diese Zeile des Rätsels nun erfüllt.«

Arin seufzte. »Vielleicht, Egil. Vielleicht. Doch tief in meiner Seele spüre ich, dass auch Alos eine Rolle spielen wird.«

Aiko, die stumm geblieben war, murmelte etwas vor sich hin und wandte sich dann an Arin. »Er ist ein alter Mann, ein Trunkenbold und ein Feigling. Er würde uns nur behindern. Soll ich ihn dennoch suchen und fragen, ob er sich unserer Suche anschließen will, Dara Flammenseherin? Er wird nur schreiend davonlaufen.«

»Was sagt Eure Tigerin?«

»Zu Angelegenheiten wie dieser schweigt sie.«

»Ich könnte mit ihm reden«, meldete Egil sich zu Wort.

Arin seufzte. »Wir müssen einfach einen Weg finden, ihn zu überzeugen, uns zu begleiten.«

Egil blies Luft zwischen gespitzten Lippen aus und warf einen Blick auf Aiko, dann sagte er: »Gehen wir in die Stadt und fragen, wohin die Karacke fährt. Vielleicht bringt sie uns ja tatsächlich nach Jütland.«

Der Zweimaster war die *Gyllen Flyndre* aus dem Hafen Ander im Norden Rians an der Küste des Borealmeers. Kapitän Holdar hatte das Kommando. Er war an der Küste Fjordlands entlanggesegelt und in einer Stadt nach der anderen vor Anker gegangen, wo er die Waren des Schiffes gegen Pelze eingetauscht hatte. Mørkfjord war der letzte Hafen im Borealmeer, den er anlaufen würde, danach wollte er zur ummauerten Stadt Chamer an der Ostküste Gelens, wo er die Pelze mit beträchtlichem Gewinn verkaufen würde.

Holdar rieb sich sein glatt rasiertes Kinn und sagte dann: »Ich laufe keinen Hafen in Jütland an, meine Dame, aber wenn Ihr ein Boot habt, nehmen wir es an Bord oder ins Schlepptau und setzen Euch in der Nähe aus.«

Arin wandte sich an Egil. »Können wir hier ein kleines Boot kaufen?«

»Ich glaube, ich weiß von einem«, antwortete Egil, »mit dem

ich allein fertig werde, obwohl eine Besatzung von zwei oder drei Mann besser wäre.«

»Aiko und ich können es lernen.«

Aiko hob eine Augenbraue, doch Egil grinste und sagte: »Aye, das könnt Ihr. Aber lasst uns zuerst sehen, ob das Boot immer noch günstig zu haben ist.« Er stand auf und ging zum Tresen.

Kapitän Holdar schüttelte den Kopf. »Ich würde nicht nach Jütland fahren, wenn ich Ihr wäre, Dara Arin, und das ist der beste Rat, den ich Euch geben kann. Es heißt, dass die Königin wahnsinnig sei. Inwiefern, das weiß ich allerdings nicht.« Er wandte sich an Aiko. »Aber eins weiß ich, edle Dame von weit her: An Eurer Stelle würde ich um ihren Hof einen großen Bogen machen, denn es heißt, dass sie gerne exotische Dinge sammelt – Vögel, Tiere, Wesen und nicht zuletzt auch Leute – und ich wette, Euresgleichen hat sie noch nicht gesehen. Du meine Güte, ich würde mich nicht wundern, wenn sie Euch in einen Käfig sperren ließe. Aber ich muss diese Häfen nicht anlaufen, und darüber bin ich froh. Es gibt ja die Pelze an dieser Küste und einen guten Markt dafür in Gelen – und Hüte und Mäntel aus Chamer und solche Sachen sind hier sehr gefragt.« Holdar hob seinen Alekrug und trank einen ordentlichen Schluck.

Kurze Zeit später kehrte Egil zurück. »Tryg sagt, Orri besitzt immer noch die Schaluppe, die er gar nicht haben will, ein kleines Kielboot, gut dreißig Fuß lang – er hat sie bei einer Fahrt nach Gothon erbeutet.«

Holdar hob wieder seinen Krug. »Dann nehmen wir sie ins Schlepptau, mein Junge, denn sie ist zu groß, um sie zu verladen ... obwohl ich sagen möchte, dass eine kleine Schaluppe wie diese schneller sein könnte als meine Karacke. Vielleicht wollt Ihr ja lieber mit ihr segeln ... das heißt, wenn Eure Geschäfte in Jütland dringend sind.«

Egil schüttelte den Kopf. »Ich glaube nicht, Kapitän Holdar.

Das Borealmeer ist kein Gewässer für so ein Boot mit einer unerfahrenen Mannschaft. Wir nehmen lieber die *Flyndre* und steigen vor Jütland um.«

Später an jenem Tag tauschte Orris Frau Astrid Arin die Schaluppe gegen die Pferde ein, und sie war froh, das Boot endlich los zu sein. »Wir hatten nur Arbeit damit, weil wir es in Ordnung halten mussten, aber Orri kann es in seinem Gewerbe nicht brauchen, schließlich hat er ja ein Langschiff und alles. Aber mit den Pferden können wir meine Verwandten besuchen, die landeinwärts wohnen, obwohl Orri sich gewiss zuerst dagegen sträuben wird.«

Die Schaluppe trug den Namen *Breeze*, ein gothonisches Wort, dessen Bedeutung niemand kannte.

Die lange Sommerdämmerung brach herein, und schließlich kam die Nacht, und die Bewohner von Mørkfjord gaben anlässlich der Ankunft der *Gyllen Flyndre* ein Fest, auf dem Arin und Egil Händchen haltend erschienen und viele Blicke auf sich zogen. Schließlich zog Egil sich in sein Steinhaus zurück. Spät in der Nacht öffnete Arin seine Haustür und schlüpfte zu ihm ins Bett.

Als das Liebespaar am nächsten Morgen erwachte, fand es Aiko draußen auf ihrer Tatami-Matte vor, den Rücken an die Tür gelehnt und die Schwerter gezogen, die auf ihrem Schoß lagen.

Eine Woche später setzte die *Gyllen Flyndre* die Segel, die Schaluppe im Schlepp. Das Segel des kleinen Boots war eingerollt, alle Luken waren abgedichtet, und der Laderaum war randvoll mit Vorräten.

An Bord der Karacke lehnten Arin, Egil und Aiko an der Heckreling und schauten auf die *Breeze* herab, die an zwei langen Seilen befestigt war und im Kielwasser der *Flyndre* schaukelte.

Durch die lange Kerbe des Fjords fand die Karacke mit der Morgenflut den Weg ins offene Meer. Das Borealmeer war ruhig an diesem Sommermorgen, und es war herrliches Wetter zum Segeln, obwohl man auf diesem Meer nie wusste, was der Tag bringen würde, denn das Borealmeer ist vielleicht das Gewässer auf Mithgar mit dem unbeständigsten Wetter.

Nach Südwesten segelten sie, vielleicht eine Meile vor der Küste, deren Linie sie folgten. Der stetige Wind sorgte dafür, dass sie zügig vorankamen.

Arin atmete die salzige Luft tief ein und sagte dann: »Endlich sind wir drei unterwegs zum Hof der wahnsinnigen Königin. Ich bedauere nur ...«

Der Rest ihrer Worte blieb unausgesprochen, denn in diesem Moment drang ein heiseres Geschrei aus den Kabinen unter Deck. Wie der Blitz hatte Aiko ihre Schwerter gezückt und sprang vom Achterdeck auf das Deck darunter. Egil, der seine Fjordländer-Axt gezückt hatte, war ihr dicht auf den Fersen, während Arins Langmesser jedoch in der Scheide blieb, als sie den beiden folgte.

Die Schreie steigerten sich und wurden immer schriller, da eine gequälte Seele sich offenbar fest in den Klauen eines unaufhörlichen Entsetzens befand.

35. Kapitel

Während sich die Matrosen an Deck noch in die Richtung der Schreie wandten, stieß Aiko bereits die Tür zu den Achterquartieren auf. Im Halbdunkel am anderen Ende des Ganges sah sie eine schattenhafte Figur die Leiter zu den tiefer gelegenen Laderäumen herunterklettern. Die schrillen Schreie schienen von dieser Gestalt zu kommen. Zu ihrer Rechten schwankte eine Kabinentür hin und her. Das winzige Quartier dahinter war leer.

»Seid vorsichtig!«, rief Egil, doch Aiko eilte der Gestalt hinterher, ohne seine Worte zu beachten Die Hefte ihrer Schwerter klapperten an den Sprossen, als sie die Leiter hinunterkletterte. Egil folgte ihr, und Arin war dicht hinter ihm.

Sie gelangten in die Mannschaftsquartiere, wo einige Männer verblüfft der fliehenden und schreienden Gestalt nachstarrten. Ihre Köpfe flogen herum, als zuerst Aiko vorbeilief und dann Egil und Arin. »Also, was soll denn das ...?«, rief ein Matrose, doch niemand nahm sich die Zeit, ihm zu antworten, als das Trio die nächste Leiter nach unten nahm.

In einen dunklen Laderaum, zwischen den gestapelten Pelzen, hörten sie eine keuchende Stimme, die in lautem Flüsterton zischte: »Die Bilge. Die Bilge. Da sehen sie nicht nach. Niemals.« Dann: »Aah! Aah! Trolle! Sie kommen! Sie kommen! Sie kommen, mich zu holen! Yaaaaa ...!« Und wieder ertönte entsetztes Kreischen.

Egil nahm eine Laterne, die an einer kurzen Kette hing, und schlug mit dem Zunder Funken, bis die Flamme aufflackerte. Dann, die Laterne in der Linken und die Axt in der Rechten, folgte er Aiko zu den Schreien – die plötzlich verstummten, nur um einem Schluchzen und einem Kratzgeräusch zu weichen.

Sie umrundeten einen Stapel Pelze und trafen auf einen Mann, der auf allen vieren dalag, mit den Fingernägeln über die Deckplanken kratzte und dabei schluchzte und unzusammenhängende Worte stammelte. »Die Bilge, die Bilge, dahin, dahinein.« Es handelte sich um einen verdreckten, abgerissenen alten Mann, der sie mit einem blinden weißen Auge anstarrte und vor Furcht die braunfleckigen Zähne gebleckt hatte.

Es war Alos.

Er kreischte und wich vor ihnen zurück, wobei er einen Arm ausstreckte, um sie abzuwehren, während er heulte: »Trolle! Trolle! Aaaahh ...!«

Während hinter ihnen einige Seeleute die Leiter herabkletterten, raunte Arin, die jetzt ihr Langmesser gezogen hatte: »Aiko, was sagt Eure Tigerin?«

Aiko schüttelte den Kopf. »Nichts«, antwortete sie. »Überhaupt nichts.« Aiko wechselte den Griff um ihre Schwerthefte und schob die Waffen zurück in die Scheide, dann ging sie zu Alos.

Die Augen des alten Mannes weiteten sich vor Entsetzen. »Aaahhhh«, kreischte er, dann hielt er sich beide Hände vor den Mund, um seine Schreie zu unterdrücken, und kroch winselnd und zischelnd rückwärts in die Dunkelheit, um in den Schatten zwischen den Haufen mit Pelzen Zuflucht zu suchen.

»Wofür haltet Ihr das?«

»Ich weiß nicht, Kapitän«, erwiderte Alos, der dreißigjährige Steuermann der *Solstråle*, einer Karavelle aus Havnstad in Thol. »So ein Schiff habe ich noch nie gesehen.«

Hinter ihnen näherte sich beständig ein dunkles Schiff. Es war lang und schnittig und wurde sowohl vom Wind als auch von Rudern getrieben. Sein schwarzer Rumpf pflügte durch die Wellen, und seine dunklen Segel blähten sich im Wind.

»Sieht aus wie ein Zweimaster, Kapitän«, fügte Alos hinzu, während er die Augen vor der untergehenden Sonne abschirmte, die blutrot und tief am Horizont stand. »Aber die Segel ... sie laufen vor dem Wind und haben die Segel an gegenüberliegenden Seiten gesetzt ... hmm, sie sehen beide aus wie unsere Besansegel.«

Kapitän Borkson knurrte und nickte. »Lateiner, mein Junge, Hauptsegel und Vordersegel ... wie bei den Schiffen auf den Meeren im Süden. Was sucht ein Schiff aus dem Süden hier im Borealmeer?«

Alos schüttelte den Kopf. »Vielleicht sind die Segel so wie bei den Schiffen des Südens, Käpt'n, aber die Ruder, nun ja, die sind wohl nordländisch – wie bei den Fjordländern oder Jüten. Meint Ihr, es könnte eines von ihren Schiffen sein, nur mit neuer Segelanordnung?«

»Tja, was es auch ist«, sagte Jarl, der Bootsmann der *Solstråle*, »es überholt uns. Vor acht Glasen ist das Schiff am Horizont aufgetaucht, und jetzt ist es halb bei uns. Ich schätze, dass es fast zwei Knoten schneller läuft als wir.«

»Aye, das mag stimmen«, erwiderte Borkson, »und es gefällt mir nicht. Alos, vier Strich nach backbord abfallen. Wir werden sehen, ob der Kahn nur zufällig denselben Kurs wie wir hat, oder ob er uns einholen will. Jarl, lasst alle Segel setzen. Holt so viel Geschwindigkeit wie möglich aus dem Wind heraus.«

»Aye aye, Käpt'n«, erwiderte Alos, indem er am Ruder drehte, während Jarl der Mannschaft mit Pfeifsignalen die Befehle des Kapitäns übermittelte.

Die *Solstråle* neigte sich ein wenig auf die Seite, als das Schiff nach backbord schwang und die Mannschaft die Segel ausrichtete, um den Wind einzufangen, der jetzt von schräg hinten kam.

Augenblicke später änderte das schwarze Schiff ebenfalls den Kurs, und ihre Lateiner schwenkten nach steuerbord.

»Jarl, zieht Signalwimpel auf und fordert das Schiff auf, sich zu identifizieren.«

Jarl pfiff seine Anweisungen. Als die Signalwimpel gehisst wurden, sagte Alos: »Wenn sie aus dem Süden kommen, kennen sie die Signale des Borealmeers vielleicht nicht.«

Borkson antwortete nicht, ebenso wenig wie das schwarze Schiff, dessen Segel und Ruderer nicht nachließen.

»Ich glaube, dass sie immer noch schneller laufen als wir, Käpt'n. Sie sind vier Meilen hinter uns, schätze ich«, sagte Jarl.

»Lasst unsere eigenen Farben hissen, Jarl«, sagte Borkson.

Während die Sonne langsam versank, gab Jarl der Mannschaft die Befehle des Kapitäns weiter, und die blau-gelbe Flagge stieg in der zunehmenden Dunkelheit auf.

Doch immer noch machte das schwarze Schiff keine Anstalten, sich zu identifizieren, und seine Ruder wühlten in raschem Takt das Wasser auf.

»Sie holt uns ein wie einen Fisch an der Leine, Käpt'n, einen Fisch, der an Bord gezogen werden soll, möchte ich hinzufügen«, sagte Jarl.

»Jarl, ruft die Offiziere auf das Achterdeck, und die Steuermänner auch.«

Augenblicke später hatten sich Bootsmänner, Maate und Steuermänner um den Kapitän versammelt. Andere Besatzungsmitglieder hatten das Signal ebenfalls gehört und kamen aufs Hauptdeck, wo die Dienst habenden Matrosen auf das schwarze Schiff hinter ihnen zeigten, dessen düstere Segel sich vor dem nun lavendelfarbenen Himmel kaum noch abhoben.

Nachdem er die Offiziere und Steuermänner auf den Stand

der Dinge gebracht hatte, sagte Borkson: »Hier ist mein Plan, meine Herren: Wir halten diesen Kurs, bis es vollständig Nacht ist, dann drehen wir hart steuerbord bei und laufen am Wind. In der Dunkelheit kann das schwarze Schiff unsere Kursänderung nicht sehen. Der Mond geht erst viel später auf, also müssten wir sie eigentlich abhängen.«

Sigurson, der Erste Maat, warf einen Blick auf den sich verdunkelnden Himmel, hob dann die Hand und sagte auf ein Nicken des Kapitäns: »Ich schätze, dass es noch vier Glasen dauert, bis es vollständig dunkel ist. Wie weit wird das schwarze Schiff noch entfernt sein, wenn wir beidrehen?«

»Ich würde sagen, ungefähr eine Meile, mehr oder weniger«, erwiderte Borkson.

»Hoffen wir, dass es eher mehr ist als weniger«, sagte Jarl leise, was allen ein Schmunzeln entlockte.

Lächelnd und zuversichtlich sagte Borkson: »Weiht die Mannschaft ein, und lasst sie alle Lichter löschen, dann bleibt in Bereitschaft, bis wir uns ein gutes Stück von dem schwarzen Schiff abgesetzt haben. Und sagt ihnen, dass sie grabesstill sein sollen, denn ich will nicht, dass uns ein Scheppern oder Klirren oder unbedachtes Gerede verrät.«

Mit klopfendem Herzen schaute Alos nach achtern und beobachtete die düsteren Segel vor dem sich immer mehr verdunkelnden Horizont. Der Steuermann konnte den Rumpf des schwarzen Schiffes auf dem Wasser des Borealmeers nicht mehr erkennen. Drei Glasen verstrichen, und die Sterne funkelten, ehe er das Schiff vollkommen aus den Augen verlor, doch jetzt konnte er den pulsierenden Schlag einer entfernten Trommel hören, die den Ruderschlag vorgab. Noch ein Glasen verstrich, und das Trommeln wurde lauter, wie der Schlag eines kräftigen Herzens, und jetzt konnte er phosphoreszierende Wirbel im Wasser ausmachen, wo die Ruder das Salzwasser aufwühlten.

»Bereithalten«, zischte der Kapitän Bootsmann und Steuermann zu, und als Jarl gedankenlos die Pfeife zum Mund hob, sagte Borkson: »Nein, Jarl, die Pfeife würde uns verraten. Gebt die Befehle zum Trimmen der Segeln von Mund zu Ohr weiter, aber im Flüsterton!«

Der Befehl verbreitete sich, und die Männer hielten sich bereit. Schließlich gab Kapitän Borkson den Befehl »Hart steuerbord«, und als die Mannschaft spürte, wie das Schiff dem Ruder gehorchte und sich auf die Seite legte, zogen sie an den Tauen und schwangen die Rahnocken von Besan-, Haupt- und Fockmast herum, um weiterhin das Beste aus dem Wind zu holen.

Als das Schiff auf seinem neuen Kurs war, zog Alos das Ruder wieder gerade und stieß einen Seufzer der Erleichterung aus. Doch dann hörte er von achtern finsteres Gelächter mit dem Trommelschlag über die Wellen herüberschallen. Seine Hände zitterten leicht, als er den Blick zu ihrem schwarzen Verfolger wandte, und plötzlich war die Takelage des schwarzen Schiffs in einen grünlichen Schein gehüllt. Alos sog Luft durch die Zähne und keuchte: »Adon!«

»Hexenfeuer«, zischte Sigurson, der ganz in der Nähe stand. »Käpt'n, das Hexenfeuer wird das Schiff verbrennen.«

»Umso mehr sollten wir machen, dass wir ...«, begann Borkson, aber dann brach er ab.

»Käpt'n«, flüsterte Alos, »es dreht sich in ...«

Plötzlich breiteten sich die Flammen des Hexenfeuers auf das Segelzeug der *Solstråle* aus, und ein unirdisches Leuchten griff auf Masten und Rahen, Fallleinen und Taljereeps über. Ein kollektives Ächzen der Mannschaft der *Solstråle* stieg zum Himmel empor, und die Männer hielten sich die Augen zu, um das geisterhafte Leuchten nicht mehr ansehen zu müssen.

Raues Gelächter hallte über das Wasser, und das Tempo des Trommelschlages nahm zu. Das schwarze Schiff kam ihnen mit jedem Ruderschlag näher.

»Käpt'n, was sollen wir machen?«, rief Alos, dem vor Angst beinah die Stimme versagte.

»Lasst die Waffen austeilen«, schnauzte Kapitän Borkson. »Bewaffnet die Männer.«

»Aber, Kapitän«, protestierte Sigurson, indem er auf die Takelage über und hinter ihnen zeigte, »das Hexenfeuer, das schwarze Schiff, es muss einen Zauberer an Bord haben. Wie können wir ...«

»Ich sagte, bewaffnet die Männer«, fauchte Borkson. »Wir werden uns nicht kampflos ergeben.«

Während der Erste Maat gehorchte und die Leiter heruntereilte, drehte der Kapitän sich um und betrachtete das Schiff hinter ihnen. »Sie erreichen uns in ein oder zwei Glasen. Jarl, die Männer sollen sich bereithalten. Wir werden es ihnen schwer machen.«

»Aye, Käpt'n«, erwiderte Jarl. Dann fügte er jedoch hinzu: »Ach, Adon, seht doch! Auf dem Achterdeck des schwarzen Schiffs.«

Alos drehte sich um und schaute ebenfalls dorthin, und plötzlich schlug ihm das Herz bis zum Hals, und er stöhnte vor Furcht, denn auf dem erhöhten Achterdeck stand eine in Hexenfeuer gehüllte Gestalt, deren dunkle Gewänder blaugrün zu brennen schienen. Die Gestalt sah zwar aus wie ein normaler Mensch ... aber in seinem Innersten wusste Alos, dass es ein Magier sein musste. Die Trommel dröhnte, und Ruderblätter klatschten mit pulsierendem Schlag ins Wasser und wurden hindurch- und wieder hochgezogen.

»Eine Galeere«, zischte der Kapitän. »Jetzt erinnere ich mich. Von denen habe ich schon gehört. Alte Schiffe, uralte Schiffe, aus weit entfernten Gefilden – aber ich hätte mir nie träumen lassen, mal eine zu sehen.« Er wandte sich an Alos und Jarl. »Wir müssen flink sein und uns von ihrem Bug fern halten, denn es heißt, dass sie dort eine Ramme haben.«

»Eine Ramme?«, ächzte Alos.

»Aye, mein Junge. Große Unterwassersporne. Die würden unseren Rumpf durchbohren und uns versenken. Davon müssen wir uns fern halten.«

Ein Seemann, dessen verängstigtes Gesicht vom Hexenfeuer in der Takelage über ihnen beleuchtet wurde, kam die Leiter empor und verteilte die Waffen. »Euer Schwert, Käpt'n.« Er gab dem Kapitän einen Säbel und Alos und Jarl je ein Krummschwert.

Mit klopfendem Herzen und keuchendem Atem nahm Alos das Krummschwert und schob es sich in den Gürtel.

Das schwarze Schiff mit seiner leuchtenden Takelage war jetzt weniger als eine halbe Meile hinter ihnen, und die Trommel dröhnte ... dann noch eine Viertelmeile, und die Ruder tauchten ins Wasser ... eine Achtelmeile, und Gelächter hallte über das Wasser ... dann hatte es sie eingeholt.

»Adon, Käpt'n«, stöhnte Jarl, »das sind Rutcha. Sie haben Rutcha als Mannschaft.«

»Und Drökha«, fügte der Kapitän zähneknirschend hinzu.

Schwarzgefiederte Pfeile pfiffen durch die Luft und bohrten sich in das Holz des Schiffs oder fetzten durch Segelleinwand, aber einer traf Jarl in den Hals, und er kippte nach hinten und war tot, noch bevor er auf die Deckplanken fiel.

Jetzt zog die schwarze Galeere nach steuerbord und kam längsseits. »Hart backbord«, schrie Borkson, der sich Jarls Pfeife griff und der Mannschaft die entsprechenden Signale gab.

Vor Furcht keuchend, wirbelte Alos das Steuer nach links, während die Mannschaft die Fallleinen herumzog, und langsam reagierte das Ruder, aber dann verlor das Schiff an Fahrt, als die breiten Lateinersegel der Galeere der Karavelle den Wind nahmen.

»Es nimmt uns den Wind, Käpt'n!«, rief Alos. »Das schwarze Schiff raubt uns den Wind!«

»Halsen!«, schrie der Kapitän und hob die Pfeife des Bootsmanns erneut an die Lippen, um das Signal zu geben, doch in diesem Augenblick flogen Enterhaken über die Dollborde, und die schwarze Galeere, deren Trommel jetzt verstummt war und deren Ruder eingeholt worden waren, zog die Karavelle langsam längsseits.

»Entermannschaft abwehren!«, rief der Kapitän und zog seinen Säbel. Dann schrie er: »Ach, Adon, Trolle.«

Im Licht des Hexenfeuers kamen ungeschlachte Monstren vom Ruderdeck auf das Hauptdeck der schwarzen Galeere. Die Männer der *Solstråle* stöhnten vor Angst, und einige sprangen in ihrer Panik über Bord, während andere auf die Knie sanken. Im Heck des schwarzen Schiffs lachte der in geisterhafte Flammen gehüllte Zauberer mit boshafter Häme.

Als die Trolle von der Galeere über die Dollborde auf die Karavelle kletterten, verließ Alos schreiend seinen Platz am Ruder, sprang vom Achterdeck auf das Hauptdeck, lief nach achtern und dort durch die Kabinentür. Panisch kreischend floh er durch den Gang, eilte eine Leiter herunter, lief dann weiter durch das Mannschaftsquartier und dann eine zweite Leiter herunter in den Laderaum. Er rannte zwischen gestapelten Fässern, Kisten und Ballen hindurch und immer weiter Richtung Heck. Schluchzend murmelte er vor sich hin: »Versteck dich in der Bilge. Da finden sie dich nicht. Versteck dich in der Bilge, der Bilge.«

Ächzend kletterte er durch die Heckfalltür in die Bilge darunter, aber das Krummschwert in seinem Gürtel blieb am Rand hängen. Während von oben Kreischen, Gebrüll und Entsetzensschreie nach unten hallten, schleuderte Alos die Waffe von sich in die Dunkelheit, und sie fiel klirrend in den Gang. Dann hatte er die Falltür passiert und schlug sie hinter sich zu.

Auf dem Bauch glitt Alos durch stinkendes Bilgenwasser und über Ballaststeine ächzend nach vorn, weg von der Falltür. Sein Atem ging in rauen Stößen, und über seine Lippen kam ein beständiger Schwall unverständlicher Worte. Schließlich stieß er auf eine Ruderbank und konnte nicht weiter.

Schwer atmend lag er im Bilgenwasser, das über die runden Steine schwappte, und hörte den Lärm des Kampfes an Deck. Dann polterten Schritte von oben herunter, als jemand anders in den Laderaum floh. »Kommnichther, kommnichther, kommnichther«, zischte Alos durch zusammengebissene Zähne. Er versuchte, still zu sein, und gab stattdessen ein jammervolles Stöhnen von sich. Dann war das Bersten und Splittern von Holz zu hören, dem ein grässliches Brüllen folgte, und eine Stimme im Laderaum kreischte vor Entsetzen. Panische Schritte jagten über die Planken des Ganges. Ein lautes Poltern ertönte, als sei etwas vom Deck darüber in den Laderaum gefallen, dann waren schwergewichtige Schritte zu hören, welche die flüchtenden einholten.

»Aaahhhhh!«, kreischte der Mann, und seine Schritte verklangen, dann heulte er und heulte, als sei er in den Fängen eines Ungeheuers, das ihn hochgehoben hatte.

Die schwergewichtigen, stampfenden Schritte kehrten um und nahmen das Geschrei mit. Doch plötzlich ertönte ein furchtbares Gebrüll, dem ein metallisches Knacken folgte. Dann brachen Knochen, und das Geschrei hörte auf. Es klatschte feucht, als etwas auf die Planken fiel. Ein tiefes Grunzen und Ächzen war zu vernehmen, dann ertönten die stampfenden Schritte von neuem, doch diesmal unregelmäßig, wie von einem hinkenden Ungeheuer.

Blaugrünes Licht leckte durch einen Spalt in den Planken über Alos' Kopf. Schnaufend und zischend, die Fäuste geballt, die Zähne zusammengebissen und unkontrolliert zitternd, erhob sich Alos und lugte mit einem Auge durch die Ritze in dem Versuch, irgendetwas zu erspähen.

In der Düsternis über Alos ragte ein Stück weit entfernt im Gang eine monströse Gestalt düster auf, die zögernd und bei jedem zweiten Schritt ächzend auf dem Weg zum Hexenfeuer näher hinkte, das durch die geöffnete Luke auf das Deck darüber fiel. Alos sah, dass es ein Troll war, und er begann zu schreien, hielt sich jedoch gerade noch rechtzeitig beide Hände vor den Mund und unterdrückte so den Laut. Und dann trat der verletzte Fuß des Ungeheuers – der rechte Fuß, der Fuß, der auf das weggeworfene Krummschwert getreten war, das sich im Dunkeln irgendwie in einem Spalt verklemmt hatte, direkt über Alos' nach oben gewandtes Gesicht auf, und ein dunkler Schleim, der wie Feuer brannte, tropfte in eines seiner beiden vor Angst weit aufgerissenen Augen.

Die Hände immer noch auf den Mund gepresst, schrie Alos lautlos vor Schmerzen, dann nahm er eine Hand weg und rieb sich hektisch das Auge. Doch der ätzende Schleim brannte sich dadurch nur tiefer in seine Augenhöhle, in seinen Schädel. In unerträglicher Qual wälzte Alos sich herum und tauchte das Gesicht in Bilgenwasser. Während sein Geheul das Bilgenwasser aufwirbelte und er sich unter Wasser das Auge rieb, kletterte der ächzende Troll über ihm mühsam zurück an Deck, ohne von alledem etwas zu bemerken.

Zeit verstrich, und schließlich ertönten weniger Schreie von oben, obwohl noch immer Stöhnen und Jammern zu hören war, als hätten die Trolle auch Gefangene gemacht.

Unten in der Bilge zitterte Alos und wartete stumm. Sein rechtes Auge schmerzte noch immer qualvoll, obwohl das Wasser ein wenig von dem Feuer weggewaschen hatte, und er tauchte sein Gesicht immer wieder in das Bilgenwasser, in dem Versuch, das Brennen zu lindern.

Schließlich kamen Schritte die Leiter hinunter – nicht das gewichtige Stampfen von Trollen, sondern leichtere Schritte –, und er konnte Stimmen hören, die sich in einer ihm unbekannten Sprache unterhielten. *Rutcha und Drökha? Suchen sie mich?* Wieder hielt Alos sich die Hände vor den Mund, und er presste sich gegen die Ruderbank und wartete darauf, dass sie ihn fanden, wartete auf sein Verhängnis und wünschte sich, er hätte eine Waffe, wünschte, er hätte noch sein weggeworfenes Krummschwert, das jetzt irgendwo über ihm im Gang lag. *Wenn ich mein Krummschwert hätte und mich jemand suchen käme, könnte ich ihn lautlos töten und wäre in Sicherheit.* Und er weinte um seine weggeworfene Klinge. Aber die Mannschaft des schwarzen Schiffes suchte nicht nach Alos. Sie waren wegen der Ladung gekommen. Grunzend und fluchend brachten sie die Fässer und Kisten zur Luke, wo Trolle sie auf das Deck darüber hievten.

Nach einer Weile verließen sie den Laderaum. Alos konnte entfernte Rufe und Trommelschlag hören, aber auch diese Geräusche verhallten, bis schließlich Stille einkehrte. Dennoch blieb Alos in der Bilge, zitternd, weinend und stöhnend, während das leere Schiff in der Stille auf den Wellen langsam hin und her schaukelte, und das Bilgenwasser in gleichmäßigem Rhythmus über Alos hinwegschwappte.

Doch dann hörte er wieder Trommelschlag, der näher und näher kam.

Sie kommen zurück, um mich zu holen!

Alos schluchzte in seine Hände.

Plötzlich barst mit einem entsetzlichen Krachen ein riesiger Messingdorn durch die Seitenwand des Schiffes. Holz splitterte, und Wasser rauschte durch das Loch. Alos kreischte vor Furcht und versuchte rückwärts zu kriechen, aber die Ruderbank hielt ihn auf. Draußen dröhnte die Trommel, und ächzend und kreischend zog sich der Dorn schwerfällig zurück, während das Wasser des Borealmeers durch die Bresche schoss.

Unter den Planken des untersten Decks heulte Alos vor Entsetzen. Würgend, hustend und halb erstickt kämpfte er sich durch wogende Sturzbäche über die Ballaststeine zum entfernten Heck, in dem Versuch, die Bilgenfalltür zu erreichen.

Doch das Schiff bekam Schlagseite, und Alos wurde vollständig unter Wasser getaucht, aber er kämpfte sich dennoch weiter.

Wieder krachte die Messingramme durch den Rumpf der kenternden *Solstråle* und zog sich wieder zurück. Mehr Wasser donnerte ins Schiff und überflutete den Laderaum. Langsam neigte sich das Schiff in Vorbereitung auf die abschließende Sturzfahrt zum Meeresboden.

Unter Wasser erreichte Alos endlich die Falltür und glitt hindurch, doch der Laderaum war beinah voll gelaufen. Er schwamm direkt aufwärts und in eine eingesperrte Luftblase. Keuchend und hustend blieb ihm gerade Zeit für ein, zwei Atemzüge, bevor die Luftblase vom aufsteigenden Salzwasser verdrängt wurde. Jetzt schwamm er dorthin, wo er die Luke vermutete, und als er gerade meinte, nicht mehr weiterschwimmen zu können, glitt er hindurch. Die Decks standen bereits unter Wasser, und das Heck war vollständig untergetaucht. Die *Solstråle* sank jetzt sehr schnell. Als das Schiff unterging, wurde Alos vom Sog mit in die Tiefe gerissen, immer weiter in das nachtdunkle Borealmeer hinein, und obwohl er zu schwimmen versuchte, konnte er dem Sog nicht entrinnen. Als der Zug schließlich nachließ, trieb Alos benommen in der Tiefe umher und wusste nicht mehr, wo die Oberfläche war, und es war ihm auch gleich. Doch etwas prallte von unten gegen ihn, und er wurde nach oben getragen. Von Wrackteilen umgeben, tauchte er wieder auf.

Am Himmel funkelten Sterne, weit weg und diamantkalt, und von dem schwarzen Schiff war nichts mehr zu sehen.

Zwei Tage später wurde Alos von einem fjordländischen Drachenschiff aus dem Wasser gefischt. Sie fanden ihn an ein Wrackteil geklammert, halb ertrunken und halb verdurstet, das rechte Auge verbrannt und blind. Er schrie, als er die Ruder des Langschiffs sah und das Geräusch der Takttrommel hörte. Er plapperte tagelang vor sich hin, redete von einem schwarzen Schiff und träumte nachts von Trollen. Doch wenn er bei sich war, sagte er nur, sein Schiff sei gekentert.

Sie brachten ihn nach Mørkfjord und setzten ihn dort an Land.

An jenem Tag fing er an zu trinken – »Um zu vergessen«, sagte er –, und so blieb es dreiunddreißig Jahre lang.

Winselnd und etwas von Trollen zischend, wich Alos rückwärts vor Arin zurück.

Matrosen tauchten hinter ihnen auf. Einer drängte sich nach vorn, ein flachshaariger Mann, der Erste Maat der *Gyllen Flyndre*. »Was soll das, einen unserer Passagiere mit Schwertern, Äxten und Messern zu jagen, hm? Wir dulden keine Mörder an Bord dieses Schiffes. Seht Euch den armen Kerl doch an, er hat vor Angst völlig den Verstand verloren.«

Aiko fauchte etwas und drehte sich zu dem Maat um, der erbleichte, aber keinen Fußbreit zurückwich.

Arin trat zwischen die beiden. »Nicht wir haben ihm solche Angst eingejagt, sondern seine eigenen Phantome. Er ist im Delirium.«

»Er ist betrunken und sieht Dinge, die nicht da sind«, fügte Egil erklärend hinzu.

Die Matrosen sahen den am Boden kauernden alten Mann an, und einer der Männer wandte sich an den Ersten Maat und sagte: »Aye, Guntar, als er an Bord gebracht wurde, war er so betrunken, dass er nicht mal mehr die Augen aufbekam, als er über die Planke ging.«

Arin wandte sich an Aiko und Egil. »Ich begreife nicht, warum er überhaupt auf dem Schiff ist.«

Aiko und Egil sahen einander an, als teilten sie ein Geheimnis, und Egil sagte: »Nach einer Woche des Suchens habe ich ihn schließlich gestern Abend gefunden ... als du den Proviant auf die *Breeze* geladen hast, Liebste. Ich wusste, dass die

Zeit zu knapp war, um ihn zu überzeugen, mit uns zu kommen, also habe ich ihn stattdessen in den Schlupfwinkel eingeladen und ihm zwei Flaschen von Trygs bestem Branntwein gekauft, dann habe ich Olar und Yngli gebeten, ihn an Bord der *Gyllen Flyndre* abzuladen, sobald er hinüber war.«

Arin blickte Egil mit strengem Blick an. »Heißt das, du hast ihn gegen seinen Willen hierher schaffen lassen?«

Aiko seufzte. »Dara, Ihr habt gesagt, wir würden ihn vielleicht brauchen, und er wüsste möglicherweise den Weg zu Ordrunes Feste.«

Arin wandte sich an Aiko. »Unterstützt Ihr etwa, was Egil getan hat?«

Aiko senkte den Kopf und schaute auf das Deck. »Dara, ich habe Egil geholfen, denn ich habe Kapitän Holdar für Alos' Passage nach Jütland bezahlt.«

Arin schüttelte den Kopf und sah Alos an. Der Mund des alten Mannes hatte sich zu einem lautlosen Schrei geöffnet, während er sich mit zu Klauen gekrümmten Fingern unsichtbare Feinde vom Leib zu halten versuchte. Dann wandte sie sich an den Maat und zeigte auf Alos. »Könnt Ihr ihn in seine Kabine schaffen lassen? In der Zwischenzeit hole ich einige Arzneien, um seine Phantome zu bekämpfen.«

Der Maat nickte und gab zwei von seinen Männern ein Zeichen, doch es waren sechs von ihnen nötig, um den kreischenden, sich windenden, um sich schlagenden betrunkenen alten Mann in sein winziges Quartier zu schaffen.

36. Kapitel

Die Matrosen brachten Alos in seine Koje und hielten ihn dort fest, da der alte Mann weiterhin kreischte und um sich schlug. Augenblicke später tauchte Arin mit einem kleinen Tornister auf, der mit Schächtelchen und Beutelchen voller Kräuter und Pulver gefüllt war. In einem Becher mit Wasser mischte sie eine weiße Arznei, und während zwei der Männer den alten Mann unten hielten, hielt Arin ihm die Nase zu. Als Alos nach Luft schnappte, um zu schreien, goss sie ihm die Mischung in den Schlund. Hustend und würgend kreischte Alos: »Aahhh, Gift, Gift«, und fiel dann in Ohnmacht.

Arin nickte den Matrosen zu. »Ihr könnt jetzt gehen, seine Trugbilder sind vorübergehend verjagt.« Die Männer verließen die Kabine, und Arin mischte eine andere Arznei, wobei sie diesmal eine getrocknete Blüte von einer gelben Blume in Wasser bröselte und so lange rührte, bis sich die Farbe der Flüssigkeit veränderte.

Während die Dylvana Alos mit ihren Arzneien behandelte und die Stirn des alten Mannes kühlte, segelte die *Gyllen Flyndre* auf den saphirblauen Wellen des großen Borealmeers nach Südwesten. Ihre Segel blähten sich beständig in günstigen Winden, und ihr Rumpf pflügte durch die Wellen und brachte ihre Besatzung durch den breiten Kanal von Jütland zum weit entfernten Gelen. Wenn alles nach Plan verlief, würden Arin, Egil und Aiko und vielleicht sogar Alos in drei oder vier Wochen den Kauffahrer verlassen und ihrem eigenen Schicksal folgen. Doch nun hatte ihre Reise gerade erst begonnen, denn die *Flyndre* war erst einen halben Tag von Mørkfjord entfernt und segelte an der Küste entlang, sodass die hohen Klippen in gut einer Meile Entfernung vorbeizogen. Das Schiff würde auch in den nächsten Tagen der Küstenlinie folgen, denn die *Flyndre* war nicht hochseetüchtig und wagte sich nur ganz selten auf die offenen Meere der Welt. Meistens segelten Kapitän und Besatzung in Sichtweite des Landes, vor allem auf dem stürmischen Borealmeer.

Während Arin sich um Alos kümmerte, verbrachten Aiko und Egil viel Zeit mit Deckspaziergängen, um ihre Beine an das schwankende Schiff zu gewöhnen, denn Egil war schon viele Wochen nicht mehr auf See gewesen, und Aiko hatte erst wenige Male überhaupt ein Schiff betreten – als sie von Ryodo aufs Festland übergesetzt war und bei einigen Ausflügen zu Inseln im Süden. Nachdem sie vielleicht eine Meile gelaufen war, setzte sie sich in die Sonne und begann damit, ihre Waffen und Rüstung vor der salzigen Gischt zu schützen, indem sie Stahl, Bronze und Leder einölte. Egil war jedoch noch immer von einer rastlosen Energie erfüllt und lief auf und ab, quer durch Gruppen von Matrosen. Er fragte alle und jeden nach dem Weg zur Feste des Zauberers Ordrune. Doch die Männer schüttelten den Kopf, denn keiner konnte ihm helfen, also setzte Egil seine Wanderschaft fort. Ab und zu blieb er stehen, um die Rianer dabei zu beobachten, wenn sie die Segel neu ausrichteten oder eine leichte Kursänderung vornahmen. Oft blieb er zudem für eine Weile im Bug stehen, als wolle er seinen Blick zwingen, über die funkelnden Wellen zu fliegen und das entfernte Ziel zu entdecken, denn er wollte jetzt unbedingt nach Jütland, wo es vielleicht jemanden gab, der ihn in die Feste seines Feindes führen konnte. Bei anderen Gelegenheiten stand er im Heck nahe beim Ruder und redete leise mit Kapitän Holdar.

»Nein, Egil, ich habe noch nicht von diesem Magier gehört, den Ihr sucht.« Holdar strich sich nachdenklich über das Kinn, das allmählich rote Stoppeln bekam. Der Kapitän der *Flyndre* war ein kleiner, untersetzter Mann Mitte vierzig, der ein dunkelblaues Wams und eine ebensolche Hose trug, dazu schwarze Stiefel und eine schwarze Lederweste. Seine Haare waren kurz geschnitten und hatten ebenfalls einen rötlichen Schimmer. Die Augen waren blau, und seine Züge ein wenig plump, wie die eines wohlgenährten Kaufmanns, aber sein Blick verriet einen Mann, der bereits vieles gesehen und erlebt hatte. »Mit Magiern und dergleichen habe ich nichts zu schaffen. Vielmehr treibe ich Handel mit Fallenstellern und Kaufleuten und den Pelzhändlern von Gelen.« Holdar hielt inne, als Aiko die Leiter zum Achterdeck erklomm, um ihnen Gesellschaft zu leisten. Und nachdem er der goldhäutigen Kriegerin zugenickt hatte, wandte der Kapitän sich wieder an Egil und sagte: »Außerdem, mein Junge, was sollte ich wohl mit einem Magier anfangen, hm? Ihn bitten, die *Flyndre* zu verzaubern?«

»Nicht diesen Zauberer, Kapitän. Bei ihm hättet Ihr Glück, wenn Ihr mit dem Leben davonkommen würdet.«

»Ach? Ein Schwarzmagier, aye?«

Egil nickte bedrückt.

»Dann ist es auch besser so, dass ich diesen, diesen ...«

»Ordrune«, half Egil aus.

»Aye, dass ich diesen Ordrune nicht kenne. Und ich werde auch künftig einen großen Bogen um ihn machen, wenn es Euch nichts ausmacht. Aber, he, warum sucht Ihr ihn überhaupt, wenn er doch ein Schwarzmagier ist?«

»Ich habe noch eine Rechnung mit ihm zu begleichen«, sagte Egil mit grimmiger Miene.

Holdars Augen weiteten sich, und er sagte: »Nun denn, mein Freund, da er ein Zauberer ist, gebt Acht, dass Ihr Euch nicht mehr aufladet, als Ihr tragen könnt.«

»Ich habe nicht vor, allein zu gehen, Kapitän, wenn es sich vermeiden lässt. Vielmehr sind die Blutsverwandten von vierzig Fjordmännern erpicht darauf, ihm den Kopf abzuschlagen.«

Aiko spitzte die Lippen, runzelte die Stirn ... und rezitierte dann: »*Diese nimm mit, nicht mehr, nicht weniger, sonst wird es dir nicht gelingen ...*«

Egil sah sie an.

Sie begegnete seinem Blick und sagte: »Hier steht mehr auf dem Spiel als Blutrache, Egil Einauge.«

Egil seufzte und nickte, zeigte dann auf die Kabine, wo Arin Alos behandelte, und sagte: »Wir wissen nicht, ob Ordrune hat, was sie sucht. Aber ich werde meine Rache zurückstellen, bis ihre – bis *unsere* Suche beendet ist.«

Aiko nickte, und in diesem Augenblick kam Arin aus Alos' Kabine an Deck. Egil und Aiko kletterten die Leiter herab auf das Hauptdeck und gingen zu ihr.

»Er ist endlich in einen natürlichen Schlaf gefallen«, sagte die Dylvana mit einem erschöpften Blick auf die Kabine. Sie tastete nach Egils Hand, als suche sie Trost, und sagte dann: »Was ihm in der Vergangenheit auch widerfahren ist, es muss schrecklich gewesen sein.«

Am zweiten Tag ihrer Fahrt stolperte Alos aus seiner Kabine auf das Hauptdeck der *Gyllen Flyndre*. Während er sein eines Auge vor der grellen Morgensonne abschirmte, schaute er benommen über das Deck. »Wo, in Garlons Namen, bin ich?«, murmelte er und schrie dann alle und jeden an: »Ich habe gefragt, wo, in Garlons Namen, ich bin.«

Matrosen drehten sich um und starrten den alten, einäugigen Mann an, dessen Kleider schmutzig und zerknittert waren, dessen eines Auge wässrig braun und dessen anderes blind und weiß war. Dann schien Alos plötzlich aufzugehen, dass er sich auf einem Schiff befand, und er brach weinend auf dem Deck zusammen.

Der Erste Maat schüttelte den Kopf und fauchte: »Jan, geh und hol die Elfe. Ihr Schützling hat sich selbstständig gemacht.«

Doch es war die Frau mit der safranfarbenen Haut, die an Deck kam. Sie versuchte, den alten Mann auf die Beine zu stellen, aber er war so schlaff wie ein eingerolltes Segel, also warf sie ihn sich über die Schulter und steuerte die Achterkabinen an, während sie einen Schiffsjungen anfauchte, er möge ihr einen Zuber, heißes Wasser, Seife und dazu Kaustäbchen und Minzeblätter bringen, falls er welche habe.

In den nächsten drei oder vier Glasen war Geheul, das Schwappen von Wasser und lautes Fluchen aus der verschlossenen Kabine des alten Mannes zu hören.

»Es muss doch etwas zu trinken an Bord sein«, winselte Alos, als er in seine saubere, wenngleich verknitterte Hose schlüpfte. Seine Kleider waren frisch geschrubbt und in der Sonne getrocknet worden und rochen nach Salz.

Aiko schüttelte den Kopf und hielt Alos das nächste Kaustäbchen hin.

»Aber meine Zähne schmerzen schon vom vielen Scheuern«, jammerte der Alte, während er sich bemühte, sich die Hemdschöße in die Hose zu stopfen.

»Sie werden noch mehr schmerzen, wenn ich sie wieder schrubbe«, fauchte sie.

Widerstrebend nahm Alos den Stab und nagte an einem Ende. »Wenn ich etwas zu trinken hätte, wäre es viel leichter.«

Aiko hob eine Augenbraue.

»Schon gut, schon gut«, murmelte der alte Mann und betrachtete das gut durchgekaute Ende des Stäbchens. Er kam zu dem Schluss, dass es nun weich genug sei, und fing an, seine braunfleckigen Zähne damit zu putzen.

In den nächsten paar Tagen segelte die *Gyllen Flyndre* nach Westen, und unter Aikos wachsamem Auge fuhr Alos fort,

Kleidung und Körper sauber zu halten. Doch der alte Mann nutzte jede Gelegenheit, die sich ihm bot, alle Welt zu fragen, ob es an Bord nichts zu trinken gebe. Die Antwort der Besatzung lautete: »Aye. Der Käpt'n hat ein oder zwei Fässchen mit Branntwein, aber die hält er unter Verschluss.« Alos fand bald heraus, dass Kapitän Holdars Kabine ebenfalls immer gut verschlossen war. Irgendeine gemeine Seele hatte den Kapitän außerdem angewiesen, dem alten Mann jegliche alkoholischen Getränke vorzuenthalten. Alos glaubte zu wissen, wer von seinen Begleitern dafür verantwortlich war, aber er warf Aiko nur dann giftige Blicke zu, wenn sie ihm den Rücken zudrehte. Und so verbrachte Alos seine Zeit damit, vor sich hin zu ächzen, seine scheinbar juckende Haut zu kratzen und seine offenbar laufende Nase hochzuziehen – warum er darunter zu leiden hatte, wusste er nicht. Er wusste nur, dass es seinen Körper nach etwas verlangte, und nichts, was er tat, schien dieses Verlangen stillen oder mildern zu können. Außerdem schlichen monströse Trolle und vor Hexenfeuer leuchtende Magier durch seine Träume, und wie Egil wachte er nachts vor Entsetzen schreiend auf. Dann stolperte Alos im Halbschlaf suchend durch seine Kabine, doch er fand nichts zu trinken, um seine gequälte Seele zu beruhigen.

Am siebten Tag der Fahrt drehte die *Gyllen Flyndre* nach Süden bei, um weiter der Küstenlinie zu folgen, die jetzt zwei oder drei Meilen weiter östlich vorbeiglitt.

Am frühen Morgen des achten Tages rief der Ausguck im Hauptmast nach unten: »Gronspitzen voraus! Drachenhorst voraus!«

An diesem Tag standen Arin, Egil und Aiko alle auf der Backbordseite des Oberdecks, und Alos saß auf einem Lukendeckel in der Nähe, den Kopf in den Händen.

Kapitän Holdar auf dem Achterdeck schirmte seine Augen ab und spähte nach Süden. Einen Moment später kommandierte er: »Ulf, einen Viertelstrich nach steuerbord. Agli, pfeift zum Schwenken der Segel.«

Der Bootsmann blies in seine Pfeife und gab die entsprechenden Befehle, und die Mannschaft machte sich daran, die Segel neu auszurichten, während Ulf das Steuer drehte und die kleine Kursänderung vornahm.

Egil zeigte nach Süden, und tief am Horizont sahen Arin und Aiko etwas, das sich aus Südosten zum Wasser zog und wie große weiße Klauen aussah, die zum Himmel griffen.

»Das sind die Gronspitzen.« Egils Stimme klang grimmig. »Sie reichen herunter bis in die eisigen Tiefen des Meeres. Habt Ihr von ihnen gehört?«

Arin nickte, doch Aiko schüttelte den Kopf.

Hinter ihnen schaute Alos auf und sagte: »Einige behaupten, die Berge reichten unter dem Meer weiter nach Westen, und da, wo ihre Spitzen aus dem Wasser ragen, gibt es Inseln.«

»Aye«, antwortete Egil und wandte sich an den Alten. »Das habe ich auch gehört. Und die Todesinseln liegen westwärts. Es sind hohe Felsklippen, und nichts lebt dort.«

Aiko schaute nach Süden auf die schneebedeckten Gipfel. »Warum schwenken wir seewärts?«

»Wir umsegeln die Todesinseln«, rief Kapitän Holdar vom Achterdeck. »Gefährliches Gewässer, kalt und tödlich, vor allem zwischen den Spitzen und den Inseln, denn da wirbelt der Große Mahlstrom, ein gewaltiger Strudel im Meer, der von schrecklichen Kraken bewohnt wird, die in diesem Wirbel lauern ...« Kapitän Holdar brach ab und schaute auf den Heckwimpel. »Der Wind dreht, Agli. Lasst die Segel neu trimmen. Kurs weiter westsüdwest, Ulf.«

Aiko wandte sich an Egil. »Was ist das, was er Kraken genannt hat?«

Egil holte tief Luft. »Ich selbst habe nie einen gesehen, aber es heißt, Kraken sind entsetzliche Ungeheuer mit langen

Fangarmen und Saugnäpfen und riesigen Augen. Sie sollen gewaltig sein, so groß wie Drachen und von ähnlicher Kraft.«

»Und die Drachen paaren sich mit ihnen, heißt es«, fügte Alos hinzu.

Egil rief über die Schulter: »Drachen paaren sich mit ihnen, aye, Alos, so lautet die Legende. Bei meinem Volk erzählt man sich, dass die Drachen sich alle Jubeljahre auf dieser Landzunge da versammeln.« Egil streckte den Arm aus und zeigte auf einen entfernten Berg, der soeben am Horizont zu erkennen war. »Da liegt der Drachenhorst, die letzte der Gronspitzen. Haben die Magier im Schwarzen Berg nicht davon gesprochen?«

Arin schüttelte den Kopf, sagte aber: »Ich habe trotzdem davon gehört.«

Aiko sah Arin an. »Was habt Ihr gehört, Dara?«

»Hauptsächlich Legenden«, erwiderte Arin, indem sie Egils Hand nahm. »Aber das hier sind Egils Gewässer. Soll er sagen, was er weiß, und wenn ich etwas hinzuzufügen habe, werde ich es tun.«

Egil grinste und drückte Arins Hand. »Mein Wissen ist hauptsächlich Seemannsgarn, aber das kann ich gern erzählen.« Egil betrachtete die entfernte Landzunge. »Obwohl es von hier nicht so aussieht, ist der Drachenhorst ein gewaltiger Berg, der bis über die Wolken reicht, und sein Gipfel ist ständig mit Eis und Schnee bedeckt, auch im Sommer. Die Seitenwände sind steil und fallen beinah senkrecht tausend Fuß oder noch mehr ins eisige Wasser ab. Aber darüber soll es auf dem Berg bis hinauf zum eisigen Gipfel von Drachenhöhlen wimmeln – Behausungen, die sie von Zeit zu Zeit aufsuchen, wenn sie sich zur Paarung versammeln. Auf diesen zerklüfteten Hängen gibt es viele Gesimse und Vorsprünge, auf denen die Würmer auf einen Lockruf aus dem Meer warten. Es heißt auch, dass man von den Höhen des Drachenhorsts in den Mahlstrom schauen kann, obwohl niemand, den ich kenne, je behauptet hat, dort gestanden und in die Tiefe geblickt zu haben. Man wäre ein Narr, dies zu tun, wenn die Drachen dort sind, denn die Sage geht, dass Drachen irgendwie *spüren*, wenn Fremde ihre Domänen betreten.

Mag das sein, wie es will, die Drachen versammeln sich und warten, und ihr Gebrüll steigt zum Himmel empor. Dann und wann kämpfen sie wohl auch miteinander, obwohl es heißt, dass sie meistens *wissen*, wer der größte Kämpfer unter ihnen ist, und die höher gelegenen Höhlen freiwillig abtreten, sodass die Stärksten die höchsten Gesimse einnehmen.«

Arin nickte. »Das stimmt mit dem überein, was Arilla gesagt hat, als sie uns erzählt hat, wie die Drachen zum Schwarzen Berg gekommen sind.«

Egil lehnte sich an die Reling. »Aye, und damals muss der Schwarze Kalgalath auf dem höchsten Gesims gesessen haben.«

»In der Tat«, pflichtete Arin ihm bei, »obwohl Daagor ihm das Recht auf diesen Platz streitig machen wollte.«

Kapitän Holdar, der zugehört hatte, rief nach unten: »Schwarzmaul, Skail, Rotklaue, Schlomp, Silberschuppe: Ich würde meinen, dass sie alle den obersten Sims für sich beanspruchen.« Holdars Augen weiteten sich. »Nur gut, dass sie wissen, wer über wem zu sitzen hat, sonst würde die ganze Welt erzittern, wollten sie es je ausfechten. Aber wer kennt sich schon mit Drachen aus? Ich jedenfalls nicht.«

Sie verfielen in brütendes Schweigen, und die Stille wurde nur vom Rauschen der Wellen, dem Knattern der Segel und dem Knarren der Taue im Wind gestört. Aiko starrte lange auf die Landzunge und sagte schließlich: »Ist das die ganze Geschichte?«

Egil legte einen Arm um Arin. »Die Legenden wissen nicht viel mehr zu berichten. Die Drachen sitzen Nacht um Nacht da und brüllen von früh bis spät. Nach vielen Nächten und getrieben vom Drang, sich zu paaren, hören Kraken auf die Rufe und antworten ihnen – die größten zuerst, die kleinsten zuletzt, und alle brennen in grünem Hexenfeuer, während sie durch den furchtbaren tosenden Strudel des Mahlstroms wirbeln.«

Bei der Erwähnung des Hexenfeuers stöhnte Alos und schlug die Hände vors Gesicht, doch weder Egil noch Arin noch Aiko bemerkten die Geste, denn sie schauten in die andere Richtung.

Egils Stimme sank zu einem Flüstern herab. »Und einer nach dem anderen tauchen die Drachen in diesen furchtbaren Strudel ein, um sich in die Umarmung jener grässlichen Tentakel zu begeben. Jeder Drache wird von einer monströsen Geliebten in die Tiefe gezogen, und beide versinken im wirbelnden schwarzen Schlund unter ihnen, um sich abseits allen Lichts fortzupflanzen.

Später kehren die Drachen irgendwie zurück, schießen durch die dunkle Oberfläche, um sich wieder in die Nachtluft zu schwingen, und nur die Stärksten überleben.«

Egil verstummte, und Kapitän Holdar fügte hinzu: »Es heißt, dass die Nachkommen dieser Paarung Seeschlangen werden, die Langwürmer der Meere, und das glaube ich auch! Denn ich habe mit eigenen Augen einen Meerdrachen gesehen, nicht weiter als eine Tagesreise von hier entfernt.«

Arin sah den Kapitän staunend an. »Aye«, fuhr er fort, »es war eine lange Bestie mit einem gekräuselten Kamm, der sich über den gesamten Rücken zog, und sie hat sich durch das Wasser geschlängelt. Wir sind geflohen, jawohl, und ich schäme mich nicht, es zuzugeben.«

»Aber, Kapitän« – Aiko schaute verwirrt drein – »wenn nur die Seeschlangen aus dieser Paarung hervorgehen, woher kommen dann die Drachen und die Kraken?«

Holdar zuckte die Achseln und sagte: »Ich weiß nur, dass es heißt, sowohl die Drachen als auch die Kraken kämen aus dem Meer.« Er blickte Egil fragend an, doch der zuckte auch nur die Achseln.

Die Dylvana seufzte und meinte dann: »Jene, welche mit den Kindern des Meeres gesprochen haben, sagen, dass ...«

»Verzeiht, Dara«, warf Aiko ein, indem sie die Hand hob. »Kinder des Meeres?«

Arin nickte bestätigend. »Kinder des Meeres. Das sind die Verborgenen, die in den Tiefen der Weltmeere leben.«

»Meerjungfrauen, meint Ihr?«, fragte Alos eifrig. »Meerjungfrauen und Meermänner? Leute mit Fischschwänzen anstelle von Beinen?«

Arin zuckte die Achseln. »Ich glaube nicht, Alos, obwohl ich die Kinder des Meeres nie gesehen habe.«

»Aber ich ...«, begann Alos protestierend, doch Aiko brachte ihn zum Schweigen, indem sie dem alten Mann ein Kaustäbchen hinhielt. Ein Ausdruck der Bestürzung huschte über die Züge des alten Mannes, doch er streckte zögernd die Hand aus und nahm es.

Während Alos an der Spitze des Stäbchens zu nagen begann, wandte Aiko sich an Arin. »Ich habe Euch unterbrochen, Dara.«

Arin lächelte. »Die Kinder des Meeres erzählen, dass sich die großen Seeschlangen nach Äonen des Schwimmens und Fressens in die dunklen Tiefen eines Grabens begeben, der sich irgendwo im riesigen Sindhumeer befinden soll. Dort, volle neun Meilen unter dem Meer, lassen sie sich auf dunklen Gesimsen in den Wänden des Abgrunds nieder, wo sie sich in einen klebrigen Kokon einhüllen. Der Kokon verhärtet sich zu einem Kristallpanzer, und im Schutz dieses Panzers vollziehen sie eine außerordentliche Verwandlung. Nach einer gewissen Zeit, wenn die Veränderung abgeschlossen ist, wird der Kristallpanzer zerschmettert, und so werden aus manchen Seeschlangen – den Männchen, würde ich meinen – Drachen und aus anderen – den Weibchen – Kraken ... Jedenfalls erzählen das die Kinder des Meeres.«

»Nun denn«, sagte Holdar, »ob diese Geschichte nun wahr

oder falsch ist, Tatsache oder Fabel, ich meine, dass es sich so oder so ähnlich verhalten muss. Denn bedenkt: Noch nie hat jemand einen jungen Drachen gesehen. Alle scheinen immer bereits ausgewachsen zu sein. Ich glaube auch nicht, dass schon jemals irgendjemand ein Nest irgendwo an Land gefunden hat: Sie scheinen keine Eier zu legen. Und soviel ich weiß, hat auch noch nie jemand einen weiblichen Drachen gesehen: Sie scheinen sämtlich Männchen zu sein.

Was die Kraken betrifft, so kann ich nicht sagen, was sie sind – Männchen oder Weibchen –, aber die Weisen sagen, dass sie sich mit den Drachen paaren, und wer bin ich, dass ich darüber streiten wollte?«

Wiederum senkte sich Stille über sie, da sie über das Wasser auf die ferne Landzunge schauten, die sich vor ihnen undeutlich abzeichnete. Nach einer langen Weile durchbrach Holdar das Schweigen. »Ach, was soll's. Drachen, Kraken, Seeschlangen – ich kenne mich damit nicht aus. Aber ich weiß, dass schon viele Schiffe in diesen Gewässern untergegangen sind, sei es aufgrund des Mahlstroms oder der Ungeheuer. Von jenen, welche dort hineingesegelt sind, ist noch keiner jemals zurückgekehrt, um davon zu erzählen.«

Egil schüttelte den Kopf. »Kapitän, ich glaube, wenn ein Schiff zwischen Drachenhorst und Todesinseln hindurchsegelt, wird es unweigerlich vom Mahlstrom in die Tiefe gerissen, und alle an Bord werden ertrinken, denn man kann dem Sog des Strudels nicht entkommen.«

Arin schauderte, und aus irgendeinem Grund rief ihr dieses Gerede über den Mahlstrom das wirbelnde Chaos ihrer Vision ins Gedächtnis, selbst ein Mahlstrom, in dem sich schreckliche Ereignisse um den jadeähnlichen Stein drehten. *Werden wir alle in diesem entsetzlichen Sog untergehen?*

Von einem Rückenwind getrieben, schnitt die *Gyllen Flyndre* durch die eisigen Wellen, während die weißen Gronspitzen langsam am Horizont vorbeizogen, denen bald die zerklüfteten Todesinseln im Meer folgten, die in der Ferne dahinglitten, bis sie sich schließlich hinter ihrem Heck verloren.

Danach segelten sie mehrere Tage nach Westen, die lange Küste Grons entlang, einem üblen, bedrohlichen Land, denn dort lebten Rutcha, Drökha, Ogrus, Vulgs, Guula und Hèlrösser sowie andere böse Kreaturen, sämtlich Diener eines Schwarzmagiers, oder so erzählte man sich jedenfalls.

Als sie an diesem furchtbaren Gestade vorbeigesegelt waren, fuhren sie weiter durch das unbeständige Wetter des Borealmeers, durch sonnige Tage und mondhelle Nächte, durch Regen und Stürme und Flauten. Manchmal herrschte völlige Windstille, und Ruderer in kleinen Beibooten machten sich daran, das Schiff über das Wasser zu schleppen in dem Versuch, den Wind wiederzufinden. Zu anderen Zeiten musste die Mannschaft der *Flyndre* eilig die Segel reffen, da das Schiff von heftigen Winden und Wolkenbrüchen gepeitscht wurde. Unabhängig vom tatsächlichen Wetter bezeichnete Kapitän Holdar es jedoch als »gut«, solange ein günstiger Wind wehte.

Am Horizont tauchte die Landzunge auf, wo das Rigga-Gebirge ins Borealmeer fiel, wo Gron endete und Rian begann. Sie segelten an Rian vorbei, dann an den Jillischen Höhen, einem weitläufigen zerklüfteten Hochland, wo grimmige Stämme wohnten, die für ihre endlosen Fehden bekannt waren. Und weiter segelten sie nach Westen und die Küste von Thol entlang.

Hier stand Alos jeden Tag auf dem Deck und betrachtete das bewaldete Land, das vorbeiglitt, denn Thol war früher seine Heimat gewesen.

Sie folgten dem langen Bogen der tholischen Küste, die allmählich nach Süden abknickte, und irgendwo unterwegs überquerten sie die unsichtbare Grenze zwischen Borealmeer und Nordmeer. Jetzt strebten sie dem breiten Gewässer des Kanals zwischen Gelen im Westen und Jütland im Osten entgegen.

Insgesamt brauchte die Karacke achtundzwanzig Tage, um von Mørkfjord zu der Stelle im Kanal zu segeln, wo Arin und ihre Gefährten von der *Gyllen Flyndre* auf die *Breeze* wechseln und mit der Schaluppe weitersegeln sollten.

Als die *Flyndre* den Punkt ihrer größten Annäherung an Jütland erreicht hatte, befahl Kapitän Holdar, das Schiff zu stoppen, und ließ es in den Wind drehen. Besatzungsmitglieder zogen die Schaluppe an den Tauen längsseits, und Arin und Aiko stiegen die Backbordleiter herunter und in das kleine Boot.

Alos stand an der Reling und sah zu. Der alte Mann hatte die Absicht, an Bord der *Flyndre* zu bleiben und mit ihr zum befestigten Hafen Chamer zu segeln. Doch er schien aufgeregt zu sein, als widerstrebe es ihm, sich von denjenigen zu trennen, welche sich um ihn gekümmert hatten – Arin mit ihrer Freundlichkeit, Egil mit seiner Kameradschaft und sogar Aiko mit ihrer ruppigen Art. Aber er war zum ersten Mal seit dreiunddreißig Jahren vollständig nüchtern, und es gefiel ihm überhaupt nicht, von Hexenfeuer-Magiern und monströsen Trollen zu träumen.

Bevor er die Karacke verließ, wandte Egil sich noch einmal an den alten Mann und drang ein letztes Mal in ihn. »Mein Freund, ich wollte, du würdest uns begleiten, denn ich brauche einen erfahrenen Steuermann, der mir dabei hilft, die *Breeze* zu segeln, und von diesen Matrosen hier kann außer dir niemand mitkommen.«

Alos wandte sich ab und ging in seine Kabine. Egil schüttelte den Kopf und kletterte seufzend die Leiter herab in die wartende Schaluppe. Er erreichte das Deck, ging nach achtern zur Ruderpinne und rief dann nach oben: »Alles zum Abwerfen der Bug- und Hecktaue vorbereiten.«

Kapitän Holdar wiederholte den Befehl für seine Mannschaft auf der Karacke.

»Hecktaue abwerfen«, rief Egil.

»Wartet!«, ertönte plötzlich ein Ruf. Dann tauchte Alos oben an der Reling auf, dessen bescheidene Habseligkeiten in einem Schlafsack zusammengerollt waren. Der alte Mann starrte nach unten und verkündete: »Ich begleite Euch auf Eurer verrückten Suche bis Jütland, aber nicht weiter. Habt Ihr verstanden? Nicht weiter.«

Drei Tage später segelte die *Breeze* am Abend in den überfüllten jütländischen Hafen von Königinstadt ein. In der gesamten Bucht lagen Schiffe vor Anker, und ein Wald von Masten ragte in die Luft wie ein Dickicht kahler Bäume. Die Schaluppe steuerte mit Alos am Ruder durch dieses Gewirr von Schiffen den Pier an, auf dem die Flagge des Hafenmeisters wehte, wobei Egil und Arin die Schoten bemannten und Aiko im Bug stand und bereit war, wartenden Männern das Haltetau zuzuwerfen.

In der Ferne konnten sie auf einem luftigen Hügel jenseits der ausgedehnten Stadt und weit oberhalb der Bucht eine gewaltige Zitadelle mit hellen Laternen an den Festungswänden erkennen, deren Fenster in der Dämmerung leuchteten.

»Das ist er, Liebste«, sagte Egil zu Arin. »Der Sitz der Königin von Jütland, wo wir den Deck-Pfau Des Wahnsinnigen Monarchen finden werden ... jedenfalls hoffe ich das sehr.«

37. Kapitel

Sie zahlten dem Hafenmeister die geringe Anlegegebühr und schafften die *Breeze* zu dem für sie bestimmten Anlegeplatz, wo sie einen Teil ihrer Habseligkeiten einpackten und dann alle Luken schlossen. Dann schlenderten sie die Hauptstraße entlang, die vom Hafen zur Stadt führte, wobei sie an Lagerhäusern, Fischmärkten und Werkstätten vorbeikamen, von denen viele geschlossen hatten, obwohl hier und da noch Leute ihre Arbeit verrichteten. Schließlich gelangten sie in ein Viertel mit Tavernen und Geschäften, alle mit Wohnungen in den Obergeschossen, und hier waren die Straßen voller Menschen, und die Geschäfte waren erleuchtet.

Nach einiger Zeit runzelte Aiko die Stirn und fragte: »Warum tragen einige einen Eisenkragen?«

»Das sind Leibeigene«, erwiderte Egil.

»Sklaven?«, fragte Aiko.

Egil nickte. »Leibeigene, Hörige, Sklaven. Sie haben viele Namen. Ihre Vorfahren wurden wahrscheinlich in der Schlacht besiegt und sind dadurch schon vor langer Zeit in Knechtschaft geraten.«

Arin schüttelte den Kopf. »Aber ihre Niederlage wird von Generation zu Generation vererbt, denn ihre Kinder und Kindeskinder sind ebenfalls Sklaven.«

»Es gibt auch Leibeigene in Ryodo«, sagte Aiko. »Aber die tragen kein Eisen um den Hals.«

Egil zuckte die Achseln. »Die meisten tragen den Kragen von Geburt an, ihr ganzes Leben lang.«

»Haben sie keine Möglichkeit, die Freiheit zu erringen?«

»Alle Jubeljahre einmal gewinnt ein Leibeigener seine Freiheit durch besondere Tapferkeit im Kampf oder durch einen außerordentlichen Dienst an seinem Herrn. Dann wird in einer großartigen Zeremonie der Kragen abgenommen und dem Mann oder der Frau als Symbol der Freiheit feierlich überreicht. Doch für die meisten besteht der einzige Weg, den Kragen loszuwerden, darin, den Kopf zu verlieren.«

Arin seufzte. »Schon vor langer Zeit haben die Elfen gelernt, dass die Sklaverei ein großes Übel ist, und eines Tages wird das auch die Menschheit einsehen.«

Egil holte ein paar Erkundigungen ein, und schließlich bezogen die vier ein großes Zimmer im *Silbernen Ruder*, einem der vielen Gasthäuser von Königinstadt. Da sie keine Aufmerksamkeit erregen wollten, wählten sie ein bescheidenes Haus. Doch die bloße Tatsache, dass eine *Dylvana* in das Gasthaus eingekehrt war, reichte aus, um Gerede zu verursachen. Außerdem war sie in Begleitung einer *goldhäutigen* Frau, die tatsächlich eine *Kriegerin* zu sein schien, jawohl, und war das nicht ein Wunder? Und die beiden wurden von zwei Männern begleitet – Menschen, wohlgemerkt, und keine Elfen: Der jüngere der beiden Männer trug eine rote Augenklappe und hatte eine frische Narbe, die sich über Stirn und Wange zog. Der zweite war ein alter Mann und ebenfalls einäugig. Als diese vier Fremden alle in ein Zimmer zogen und heiße Bäder orderten, tratschten die Leute nur umso mehr, denn wer wusste schon, was hinter der verschlossenen Tür vorging?

Gebadet und erfrischt gingen sie in den Schankraum, um eine warme Mahlzeit zu verzehren, und jeder trank einen Krug Ale – das heißt, jeder bis auf Alos, denn obwohl der alte Mann essen konnte, was er wollte, gestattete Aiko ihm nicht einen Tropfen Alkohol, so jämmerlich er auch darum flehte. Also musste der Alte mit gesüßtem Tee vorlieb nehmen, um sein Hammelgulasch herunterzuspülen.

Beim Essen ließen die anderen Gäste sie keinen Moment aus den Augen und stellten untereinander im Flüsterton die wildesten Spekulationen an:

Seht sie euch an, was für ein winziges Persönchen. Eine Elfe ist sie, aber ich dachte, die wären größer.

Ja, sie ist eine Dylvana. Die Lian sind die großen Elfen.

Aber die andere Frau, das ist keine Elfe, aber weiß jemand, aus welchem Land sie kommt?

Ich nicht, aber sie trägt Schwerter, also ist sie wohl eine Kriegerin.

Und der junge Kerl – das ist auch ein Krieger. Seht doch nur mal seine Narbe.

Die könnte er auch von einem Duell haben.

Ja. Vielleicht ist er ein Edelmann, der eine Elfendame begleitet.

Vergesst die Kriegerin nicht. Die Narbe könnte auch von ihr stammen. Vielleicht hat sie ihm mit ihren Schwertern das Gesicht verunstaltet.

Nein, das glaube ich nicht. Er ist einen ganzen Kopf größer als sie.

Der alte Mann und der jüngere könnten Onkel und Neffe sein.

Wenn ja, liegt es wohl in der Familie, nur ein Auge zu haben, har!

Wenn ich du wäre, würde ich meine Zunge im Zaum halten und den Alten nicht wütend machen – sonst verflucht er dich noch.

Ob er ein Zauberer ist?

Nein, aber er hat den Bösen Blick ... sieh doch nur sein blindes Auge an. Es ist ganz weiß und funkelt.

Um den Mann mit der roten Augenklappe würde ich einen

großen Bogen machen. Mit der Axt in seinem Gürtel könnte er einem ganz leicht den Kopf abschlagen.

All die gemurmelten Vermutungen über die Neuankömmlinge wurden fortgesetzt, aber dann betrat gnädigerweise ein Barde eine winzige Bühne, und die Gäste ließen von ihren Spekulationen ab und wandten sich ihm mit spärlichem Applaus zu. Er hob ein kleines Tamburin und verkündete: »Gurd und das Ungeheuer Kraam.« Lauter Jubel folgte seinen Worten, dann ehrfürchtige Stille, als er zum Schlag seiner winzigen Trommel mit einer Art Sprechgesang begann und die Geschichte eines jungen Kriegers und seines schwer erkämpften Sieges über einen schrecklichen Drachen vortrug.

Arin schüttelte den Kopf, als sie die Ode hörte, und sie wandte sich an Egil und fragte: »Ist diese Ballade allgemein bekannt?«

Egil beugte sich vor und erwiderte leise: »Das ist sie, Liebste. Obwohl die meisten Leute, darunter auch ich, nicht glauben, dass eines Menschen Hand jemals einen Drachen erschlagen hat, tut das der außerordentlichen Beliebtheit der Ode keinen Abbruch.«

»Hmm«, sann Arin und hob eine Augenbraue. Mit einem Kopfnicken deutete sie auf den Barden. »Es scheint sich zwar um eine sehr gern gehörte Ballade zu handeln, aber ich würde doch vorschlagen, dass er sie niemals einem Drachen vorträgt.«

Egil entfuhr ein lautes Lachen, bevor er seine Belustigung unterdrücken konnte, obwohl er weiterhin grinste. Ein Gast in der Nähe funkelte Egil verärgert an, richtete seine Aufmerksamkeit jedoch sehr rasch wieder auf den Barden und dessen Vortrag. Arin betrachtete Egil lächelnd und drohte ihm spöttisch mahnend mit dem Finger, musste sich dann aber alle Mühe geben, nicht selbst in Gelächter auszubrechen. Es dauerte einige Augenblicke, bis die beiden sich wieder völlig unter Kontrolle hatten, während der Barde auf der Bühne seinen Vortrag fortsetzte.

»Ich habe auch mal so etwas gespielt«, sagte Alos, der mit den Fingern den Rhythmus klopfte, und deutete mit dem Kinn auf die Trommel des Barden.

»Ein Tamburin?«, fragte Aiko staunend, die Alos noch nie etwas anderes als Trinken zugetraut hatte.

»Ja, aber wo er die Hände benutzt, habe ich immer mit einem Cruik gespielt.«

»Mit einem Cruik?«

»Das ist ein gekrümmter Stock mit einem Knopf am Ende, mit dem man auf das Trommelfell schlägt. Jedenfalls wird er in den Jillischen Höhen so genannt, wo ich zu spielen gelernt habe.«

»Aha«, meinte Aiko überrascht.

Der Barde beendete seinen Vortrag unter begeistertem Applaus, und die Gäste verlangten lautstark eine Zugabe.

»Vielleicht singt er ›Snorri Borris Sohn und die Mystische Maid des Mahlstroms‹«, sagte Egil.

Alos lachte und klatschte in die Hände. »Das kenne ich, Egil, mein Junge. Das ist ein ziemlich zotiges Lied.«

Arin sah Egil fragend an. Er räusperte sich. »Ein Seemannslied, Liebste.«

Doch der Barde stimmte die so genannte »Weise von Jaangor« an, über das Pferd aus schwarzem Eisen, und alle sangen den Refrain mit, denn auch dieses Lied war sehr bekannt.

Als das Serviermädchen mit dem Eisenkragen ihnen zum dritten Mal drei Krüge Ale und einen Becher mit gesüßtem Tee an den Tisch brachte, sagte Egil: »Hier scheint heute Abend viel los zu sein. Ist das immer so?«

»O nein, mein Herr. Das liegt am Fest.«

»Am Fest?«

»Königin Gudrun hat verfügt, dass es den ganzen Monat dauern soll. Ihr habt einen günstigen Zeitpunkt erwischt, um herzukommen.«

»Was feiert sie denn?«, fragte Aiko.

Das Mädchen schnappte überrascht nach Luft. Aber sie konnten nicht unterscheiden, ob wegen der Frage an sich, oder weil sie von einer exotischen Kriegerin gestellt worden war. »Warum sie feiert, weiß niemand, edle Dame. Es war für alle eine Überraschung. Es reicht, dass sie es tun möchte.« Damit eilte das Serviermädchen weiter.

Alos sah die Alekrüge sehnsüchtig an und murmelte etwas, als Aiko ihm seinen Tee zuschob, doch was er sagte, ging im allgemeinen Lärm unter.

Sie schliefen tief und fest in dieser Nacht, und die einzige Störung ereignete sich um Mitternacht, als Alos versuchte, sich an Aiko vorbeizuschleichen, die auf ihrer Tatami-Matte vor der verriegelten Tür meditierte.

Am nächsten Tag gingen sie inmitten einer Vielzahl von Besuchern zu einer Zitadelle, um sich die Festung anzusehen. Während sie durch die Stadt und zum Hügel schlenderten, konnten sie erkennen, dass die gesamte Spitze des Felsturms von Festungswällen umgeben war. Ganz oben thronte eine reich verzierte Burg aus weißem Stein, aus der Türme und Zinnen in den Himmel ragten, all das auf sehr gepflegtem Grund und Boden. Ziersträucher, Hecken und Gärten schmückten das Gelände, und hier und da standen Nebengebäude, die einem unbekannten Zweck dienten. All das sahen sie, während sie den Hügel erklommen, denn als sie den Fuß des befestigten Geländes erreichten, war alles dahinter verborgen.

Die Befestigungswälle waren dreißig Fuß hoch und bestanden aus riesigen, gemeißelten Granitblöcken. Auf den umlaufenden Wehrgängen hielten mit einer Armbrust bewaffnete Posten Wache. Der Haupteingang war ein breiter Torbogen mit einem gewundenen Gang, der unter der Barriere hindurchführte. Die Flügel des großen eisernen Außentors standen offen, das Portal wurde von Wachen flankiert. In dem Durchgang war ein massives Fallgatter heruntergelassen, und jenseits der Gitterstäbe beschrieb der Gang einen scharfen Knick, um etwaige Eindringlinge aufzuhalten und großen Belagerungsmaschinen das Eindringen zu verwehren. Kein Licht schien von drinnen heraus, also nahmen sie an, dass der Tunnel vor einem Innentor endete, das geschlossen sein musste. Im Tunnel klafften Pechnasen in der Decke, durch die man Vernichtung auf einen eindringenden Feind regnen lassen konnte, und die Wände waren mit Schießscharten gesäumt.

Egil und Aiko begutachteten diese Befestigungen mit geübtem Auge, und Arin murmelte: »Die Burg ist sehr gut geschützt.«

Egil nickte. »Trotzdem könnte angesichts des Abstands der Wachposten eine kleine Gruppe bei Nacht unbemerkt über diese Mauern klettern.«

»Ich würde lieber durch das Tor gehen«, erwiderte Arin.

Alos blinzelte mit seinem gesunden Auge und deutete mit einem Kopfnicken auf das Fallgatter. »Der Weg ist versperrt, und es hat nicht den Anschein, als würden sie jemanden einlassen.«

»Es kann nicht immer verschlossen sein«, sagte Aiko, »denn selbst eine Königin muss etwas essen.«

»Bleibt einen Moment hier«, sagte Egil. »Ich werde sehen, was ich in Erfahrung bringen kann.«

Sie warteten, während Egil der Straße zu einem der Wächter am Fallgatter folgte und ihn in ein Gespräch verwickelte. Nach einer Weile kehrte Egil um und kam zurück. »Nur, wer ein ganz bestimmtes Anliegen hat, darf passieren.«

Alos runzelte die Stirn. »Ein Anliegen?«

»Aye. Boten, Diplomaten, geladene Gäste, Edelleute, besondere Kaufleute und so weiter.«

»O je«, sagte Arin. »Nichts davon trifft auf uns zu.«

Grübelnd kehrten sie um und machten sich auf den Rückweg in die Stadt.

»Vielleicht können wir uns als Edelleute ausgeben«, sagte Alos, dann putzte er sich die Nase mit einem feuchten Taschentuch und zeigte beim Grinsen seine lückenhaften Zähne.

Aiko sah den heruntergekommenen alten Mann an und fauchte, aber Arin sagte: »Nein, Alos. Zu viele Städter haben gesehen, wie wir angekommen sind – in einer kleinen Schaluppe. Sie wissen auch, wo wir abgestiegen sind.«

Alos zuckte die Achseln. »Und?«

Egil lachte. »Die Dara meint, dass sowohl unser Transportmittel als auch unsere Unterbringung weit unter der Würde des Adels wäre. Als Edelleute wären wir auf einem großen Schiff eingetroffen und sehr wahrscheinlich in Begleitung eines großen Gefolges gleich zur Burg gegangen, anstatt uns in einem bescheidenen Gasthaus einzuquartieren. Wären wir hingegen doch in der Stadt abgestiegen, hätten wir uns selbstverständlich das beste Quartier gesucht, das Königinstadt anzubieten hat.«

»Ach so«, sagte Alos. »Wie wäre es dann mit Kaufleuten? Vielleicht können wir mit einem Weinkarren auf das Gelände.«

»Ha!«, blaffte Aiko. »Wenn Ihr an Bord des Weinkarrens seid, alter Mann, werden die Fässer leer sein, noch ehe wir am Tor ankommen.«

Alos schob das Kinn vor. »Ach, glaubt Ihr?«

Aiko sah ihn an, schüttelte resigniert den Kopf und sagte: »*Yopparai.*«

»*Tispe*«, fauchte Alos.

Arin hob eine Hand. »Genug!«, befahl sie. »Wenn wir Erfolg haben wollen, brauchen wir einen Weg hinein. Vorzugsweise als geladene Gäste.«

Alos funkelte Aiko an und wandte sich dann an Arin. »Ich wiederhole, warum nicht als Kaufleute?«

Arin schüttelte den Kopf. »Es können nicht alle Kaufleute hinein, sondern nur solche mit dem Siegel der Königin. Außerdem glaube ich nicht, dass wir uns als Kaufleute ausgeben können. Wir sind zu ...«

»Zu ungewöhnlich«, beendete Egil. »Sieh uns doch nur mal an, Alos – eine Elfe, eine Kriegerin aus einem fernen Land, ein narbengesichtiger einäugiger Kaperfahrer und ein ...«

»Ein *yopparai*«, warf Aiko ein.

Egil schüttelte den Kopf. »Nein, Aiko. Kein *yopparai*, was immer das ist« – er schlug Alos auf die Schulter – »sondern vielmehr ein guter Steuermann.«

Alos drückte die Brust heraus, hob das Kinn und betrachtete Aiko mit hochgezogener Braue ... sagte jedoch nichts, da sie gerade wieder das Gedränge der eigentlichen Stadt erreichten: Hausierer, Händler, Fuhrmänner, Besucher und Straßenkinder, und es schien, als hätten alle etwas zu kaufen oder verkaufen, oder als hätten sie sonst etwas zu erledigen.

Plötzlich lachte Egil und zeigte auf das geschäftige Durcheinander. »Ich meine, wir könnten uns nicht einmal in Verkleidung als gewöhnliche Kaufleute ausgeben. Wir sehen mehr wie eine seltsam gemischte Truppe fahrender Jongleure aus. Nein, ich sage, wir klettern in der Nacht über die Mauer wie die Räuber, die wir sein müssen.«

Ein Lächeln erschien bei Egils Worten auf Arins Zügen, und sie nahm seine Hand und sagte: »Du hast die Lösung gefunden, *Chier*.«

Egil grinste und ballte die Faust. »Also bei Nacht über die Mauer, wie?«

»Nein«, erwiderte Arin. »Durch das Tor, als eine Truppe von Schaustellern.«

»Ich spiele Tamburin«, sagte Alos.

Als sie schließlich die gesuchten Geschäfte gefunden hatten, stand ihr Plan praktisch fest. In einem Musikgeschäft kauften sie für Alos ein Tamburin mit Cruik. Dann suchten sie sich bei einem Schneider geschmackvolle, aber farbenprächtige Kleidung aus – alle bis auf Aiko, die sich lediglich eine Hand voll bunte Bänder kaufte –, und ein ganzer Schwarm von Schneidern nahm Maß an Arin, Egil und Alos. Arin bezahlte den Besitzer mit einem kleinen Edelstein, und er versprach, die Kleidung am nächsten Morgen zu liefern.

»In einem passenden Koffer, wenn Ihr so nett wärt«, sagte Egil.

»O ja«, antwortete der Besitzer. »Und wohin sollen wir die Ware liefern?«

»Na, in die beste Herberge in Königinstadt«, erwiderte Egil.

»Also in die *Krone der Königin.*«

»Richtig«, erwiderte Egil mit einem Blick auf die anderen.

Sie verließen das *Silberne Ruder* und zogen mit ihren Habseligkeiten in die *Krone* um. Während Alos auf dem Balkon stand und sein neues Tamburin mit dem Cruik bearbeitete, um wieder ein Rhythmusgefühl zu bekommen und seine eingerostete Kunstfertigkeit aufzufrischen, sprach Egil unten im Schankraum den Besitzer der Herberge an und machte ihm ein Angebot.

Am nächsten Abend sang eine farbenprächtig gekleidete Dylvana elfische Lieder, während Alos das Tamburin dazu schlug, und die Menge saß verzückt da, weinend und lachend, und fiel ein, wenn sie zum Mitmachen aufgefordert wurde. Es gab *Ohs* und *Ahs*, als eine goldhäutige Kriegerin die Bühne betrat, die sich bunte Bänder um Arme, Beine, Hüfte und Stirn gebunden hatte. Die Zuschauer schnappten ehrfürchtig nach Luft, als sie umherwirbelte und sprang, während die Bänder flatterten und ihre funkelnden Schwerter in einem die Sinne betörenden Tanz des Todes blitzten.

Rasch verbreitete sich die Neuigkeit in Königinstadt: Eine elfische Bänkelsängerin singe in der *Krone*; schließlich galten die elfischen Sänger als die besten von allen. Und eine fremdländische Kriegerin tanze mit Schwertern, und der Stahl und sie selbst wirbelten so schnell hin und her, dass man mit bloßem Auge ihren Bewegungen nicht folgen könne.

Sehr rasch war schon früh am Abend kein einziger Sitzplatz in der *Königinnenkrone* mehr frei. Viele, die daran gedacht hatten, früher zu kommen, stellten bei ihrem Eintreffen fest, dass die Schankstube bereits gefüllt war. So standen sie an den Wänden und warteten auf die Vorstellung und beschwerten sich bei jedem, der ihnen zuhörte, über den Mangel an Sitzgelegenheiten, aber wenn sie dann in den frühen Morgenstunden nach Hause gingen, waren sie nicht enttäuscht von allem, was sie gesehen und gehört hatten.

Außerdem gingen die Zuschauer sehr großzügig mit ihren Münzen um und ließen den Künstlern Kupfer, Silber und Gold zukommen. Egil verteilte alles gleichmäßig, behielt jedoch eine ordentliche Reserve zurück, die er an Bord ihrer Schaluppe verstaute. Trotzdem war noch so viel da, dass jeder sich kaufen konnte, was er wollte, nur Alos nicht, denn Aiko verbot ihm nach wie vor, Alkohol zu erstehen. Also hortete der alte Mann seine Münzen für den Tag, an dem er endlich frei sein würde.

Es kam eine Nacht, als ein vornehm gekleideter Mann voller Ehrerbietung zum besten Tisch am Bühnenrand geführt wurde. Als er gesehen hatte, was zu sehen er gekommen war, wurde Egil zu ihm gerufen. Nachdem der Mann die *Krone* verlassen hatte, ging Egil mit einer blauen Visitenkarte zu den anderen. »Wir sind«, verkündete er, indem er mit einem breiten Grinsen die Karte vorzeigte, »soeben von Königin Gudruns Haushofmeister in die Burg bestellt worden. Die Königin gebietet uns, eine Vorstellung für sie zu geben.«

38. Kapitel

Am nächsten Morgen, kurz nach Tagesanbruch, wurde Aiko von einem Klopfen an der Tür geweckt. Mit dem Schwert in der Hand öffnete sie und fand zwei Lakaien mit Eisenkragen in einer bunten Livree vor der Tür stehen, deren Augen sich bei ihrem Anblick weiteten. Doch dann sagte der Ältere der beiden: »Edle Aiko?« Als sie nickte, fuhr er in makelloser Gemeinsprache fort: »Der Haushofmeister schickt uns, um Euch und Eure Gefährten zu holen und in die Burg der Königin zu bringen. Zu Eurer Bequemlichkeit steht unten eine Kutsche. Wir werden im Flur auf Euch warten.«

Aiko weckte die anderen, und während Alos murrte, erledigten sie ihre Morgentoilette, zogen sich an und packten ihre Sachen. Aiko rief die Lakaien und ließ sie ihr spärliches Gepäck wie auch den Kostümkoffer tragen, und alle begaben sich nach unten. Während seine Begleiter bereits in die Kutsche stiegen, ging Egil noch zum Besitzer der Herberge, um die Zeche zu bezahlen, doch der schüttelte den Kopf und verkündete: »Ihr schuldet mir nichts. Der Gesang und der Schwerttanz haben für alles bezahlt. Ihr werdet bald hierher in die *Krone* zurückkehren, ja? Freie Kost und Logis und ein gerechter Anteil am Gewinn sind Euch gewiss!«

Egil zuckte die Achseln. »Ich weiß nicht, wann wir zurückkehren, denn die Königin ruft nach uns.«

Der Gastwirt schaute auf die Kutsche vor der Herberge. »Ja,

das sehe ich« – er sog scharf die Luft ein – »und Ihr müsst dem Ruf folgen, wenn Euch etwas an Euren Hälsen liegt. Hört mich an: Ich reserviere Euch Zimmer – tatsächlich die besten, die ich habe –, wenn Ihr zurückkommt, sobald Ihr dort fertig seid.«

Egil lächelte und nickte. »Wir werden es uns überlegen.«

Der Haushofmeister hatte einen Landauer geschickt, in dem sie am frühen Morgen den Berg hinaufgefahren wurden. Der Weg, der unter dem Wall hindurchführte, war gewunden, und der Kutscher fuhr dort im Schritttempo, doch sobald sie die Mauern hinter sich hatten, spornte er das Gespann zu einem lebhafteren Tempo an, und sie rollten mit klappernden Hufen über das weiße Pflaster. Der Weg zog sich durch prächtige Gärten, wo große, kunstvolle Heckentiere standen und die Straße flankierten. Während sie beständig höher fuhren, hörten sie von irgendwoher im Park den krächzenden Ruf einer Kreatur – *Karawah, karawah, karawah!* –, doch ob es ein Raubtier oder ein Vogel war, wussten sie nicht zu sagen.

Schließlich hielt die Kutsche vor dem Eingang, und einer der Lakaien sprang ab, ließ die Stiege herunter und öffnete die Tür, während der andere ihre Sachen holte. Egil betrat den gefliesten Hof und half dann Arin und Aiko ebenso aus der Kutsche wie Alos. Eine halbes Dutzend Bedienstete erwartete sie bereits, die der Mangel an Gepäck überraschte. Ein Diener bat sie, ihm zu folgen, und führte sie durch eine beeindruckende Eingangshalle und in das daraus abzweigende Gewirr von Korridoren. Sechs Leibeigene folgten den Gästen mit den kleinen Tornistern und dem Kostümkoffer. Sie gelangten zu einer Kammer, wo ein junger Mann saß, der Staatspapiere betrachtete. Er war einer der vielen Assistenten des Haushofmeisters und setzte sie davon in Kenntnis, dass sie ihre Vorstellung morgen Abend geben würden, dann wies er den Diener an, ihnen ihre Quartiere im Außenturm des Ostflügels zu zeigen.

In östlicher Richtung folgten sie Fluren und Gängen und begegneten dabei anderen Bediensteten und Gästen sowie Mitgliedern des königlichen Stabs. In dieser verwirrenden Umgebung konnten sie kaum ein Gesicht zuordnen, obwohl sie beobachteten, vor wem sich der Diener verbeugte und wer ihm wiederum Höflichkeit bezeigte.

Ein Mann, vor dem sich der Diener verneigte, war hoch gewachsen und schwarzhaarig. In eleganter Kleidung stand er da und sah zu, wie Arin und ihre Gefährten sich näherten. Seine dunkelblauen Augen verrieten beim Anblick der Elfe Erstaunen, und er vollführte eine Verbeugung. Beinahe noch überraschter schaute er, als Aiko vorbeiging, und wieder verbeugte er sich. Alos nickte er nur zu, doch als Egil ihn passierte, verengte sich der Blick des Mannes, als er das Gesicht des Fjordländers und die Narbe sah.

»Kenne ich Euch, mein Herr?«, fragte er, während er eine Hand ausstreckte, um Egil aufzuhalten.

»Ich glaube nicht«, erwiderte Egil und blieb stehen. »Ich bin das erste Mal in diesem Teil der Welt.«

Der Mann neigte den Kopf. »Ich bin Baron Steiger aus dem Herzogtum Rache. Und Ihr seid ...?«

Egil neigte den Kopf auf ähnliche Weise und sagte: »Ich bin Egil ... von hier und da. Wären wir uns schon einmal begegnet, würde ich mich sicher daran erinnern.«

»Und doch kommt mir Euer Gesicht bekannt vor«, sagte der Baron, »obwohl es mir so vorkommt, als könntet Ihr mir unter völlig anderen Umständen begegnet sein, ich kann mich nur nicht erinnern, wann und wo. Doch gebt mir etwas Zeit. Es wird mir schon wieder einfallen.«

Egil lächelte und sagte: »Wenn es Euch wieder einfällt, lasst es mich wissen, mein Herr. Es heißt, jeder Mensch hätte einen Doppelgänger. Vielleicht könnt Ihr mich zu meinem führen.« Er warf einen Blick voraus in den Korridor, wo die anderen auf ihn warteten. »Ich wünsche Euch noch einen guten Morgen.« Er verbeugte sich und machte auf dem Absatz kehrt.

Während Egil sich zu den anderen gesellte, blieb Steiger stehen und rieb sich das Kinn. Als die Gruppe geschlossen weiterging, blitzte es in den Augen des Barons, und er fuhr herum und schritt eiligst davon.

»Was war denn los?«, fragte Alos.

»Jemand, der mich zu kennen glaubte«, erwiderte Egil.

»Vielleicht kennt er Euch tatsächlich«, sagte Aiko.

Egil schüttelte den Kopf. »Wenn ja, dann müssen wir uns an einem anderen Ort begegnet sein, denn hier war ich noch nie.«

»Ihr wart noch nie in Jütland?«

»Nein, nein. Nicht in Königinstadt. Ich war schon mit Orri in Jütland, aber ein gutes Stück weiter die Küste entlang.«

»Vielleicht«, sagte Arin, »hat es etwas mit den Erinnerungen zu tun, die du vergessen hast.«

Egils Augen weiteten sich. »Du meinst die Erinnerungen, die Ordrune mir gestohlen hat?«

»Vielleicht.«

Egil drehte sich um und sah sich nach dem Baron um, doch der war verschwunden.

Sie waren hoch oben im Ostturm untergebracht, in einem bescheidenen Raum mit einer Fenstertür, die auf einen nach Westen schauenden Balkon führte. Das Zimmer war mit einem großen Himmelbett mit schweren Vorhängen, einem langen Ledersofa, einem kleinen Tisch mit zwei Stühlen, einem breiten Garderobenschrank und einer Kommode möbliert. Eine kleine, durch einen Vorhang abgeteilte Kammer grenzte daran, und diese enthielt einen Nachttopf sowie eine niedrige Kommode mit Handtüchern und Bettzeug darin, auf der ein großer Krug mit Wasser und eine Waschschüssel mit Seife standen.

»Es gibt ein Badezimmer am Ende des Flurs«, sagte der Diener und ging zur Tür. »Der Kammerjunge wird Euch den Weg zeigen.« Er drehte sich um und rief: »Dolph!«

Ein schmächtiger Junge mit schwarzen Haaren kam eilig in das Zimmer gelaufen. Er war vielleicht elf Jahre alt und trug einen Eisenkragen um den Hals. Er verbeugte sich vor den Gästen und riss seine hellblauen Augen beim Anblick der Dylvana und der Ryodoterin weit auf. Der Diener musterte den Jungen mit hochgezogener Braue, wandte sich dann an Egil und sagte: »Dolph wird sich um Eure Bedürfnisse kümmern.« Dann verbeugte er sich und zog sich zurück.

Als der Diener weg war, wandte Egil sich an Dolph. »Wir haben auf dem Weg hierher nicht viel von der Burg gesehen, Junge. Dürfen wir uns frei auf dem Gelände bewegen?«

»Ja, Herr«, erwiderte der Kammerjunge. »Es steht Euch frei, nach Belieben umherzuwandern ... überallhin, nur nicht in den Turm der Königin.«

»Den Turm der Königin?«

»Ja, dort drüben.« Der Junge zeigte aus dem Fenster auf den Mittelturm. »Dort befinden sich ihre Privatgemächer. Von hier aus könnt Ihr den Balkon ihres Schlafgemachs sehen.«

»Ach? Welcher ist es denn?«

»Das ist der Balkon ganz oben, Herr.«

Egil warf einen Blick empor, doch er war leer.

Aiko trat ans Fenster und schaute ebenfalls hin, dann drehte sie sich zu Egil um und zuckte die Achseln.

»Braucht Ihr sonst noch etwas?«, fragte der Junge.

»Kaustäbchen und Minzeblätter«, sagte Aiko, und Alos ächzte laut.

Als der Junge zur Tür ging, sagte Egil: »Wenn wir bei deiner Rückkehr nicht hier sein sollten, sehen wir uns die Burg und den Park an, sollte jemand fragen.«

»Ja, Herr. Falls Ihr auf dem Rückweg Schwierigkeiten haben solltet, Euer Quartier zu finden, fragt einfach irgendeinen

Bediensteten nach dem Weg. Dies ist das grüne Zimmer im Ostturm.«

»Wie heißt du noch gleich, Junge?«, fragte Alos.

»Dolph.«

»Nun, Dolph, wir haben noch nicht gefrühstückt. Wann und wo essen wir?«

»In jedem Turm gibt es unten einen Speisesaal – natürlich ist der im Ostturm der beste. Frühmorgens, zu Mittag und am Abend werden dort Mahlzeiten serviert, aber als Gäste könnt Ihr jederzeit etwas essen. Ich kann Euch auch etwas zu essen hier in Euer Zimmer bringen, wenn Euch das lieber ist. Natürlich werdet Ihr heute Abend im großen Saal sein und am Bankett teilnehmen. Eine Glocke wird alle rufen.«

»Und der große Saal?«

»Der ist im Mittelflügel, Herr.«

»Sehr schön, Junge. Vielen Dank.«

Dolph schaute von einem zum anderen. »Soll ich Euch Frühstück holen?«

Aiko schüttelte den Kopf. »Nein. Nur die Kaustäbchen und die Minzeblätter. Wir werden schon etwas zu essen finden.«

Während Dolph aus dem Zimmer eilte, um seiner Aufgabe nachzukommen, sagte Egil: »Lasst uns frühstücken und dann ein wenig umsehen. So können wir uns ein Bild von den Verteidigungsanlagen und der Anordnung der Gebäude machen. Wir brauchen vielleicht einen schnellen Fluchtweg, und unsere Strategie wird davon abhängen, was wir vorfinden. Außerdem würde ich gern Baron Steiger suchen. Vielleicht erinnert er sich, wo wir uns begegnet sind. Wenn nicht, kann er mir vielleicht trotzdem einen Hinweis in Bezug auf meine gestohlenen Erinnerungen geben.«

Nach ihrem Frühstück schlenderten sie über das Gelände, durch Blumengärten und Teiche, die etwas enthielten, das Alos »Kalikofische«, Aiko aber »Koi« nannte. Aiko blieb einen

Moment am Rand eines der Teiche stehen. Die bunt geschuppten Fische schwammen an die Oberfläche, als erwarteten sie, gefüttert zu werden. »Mein Vater hat mir erzählt, dass es in Lord Yodamas Zierteichen viele von diesen *uo* gab. In Ryodo werden sie sehr geschätzt.« Sie blieb noch einen Moment stehen und starrte gedankenverloren auf das Wasser. Dann machte sie kehrt, ging weiter und wischte sich dabei mit dem Handrücken über die Wangen.

Langsam umrundeten sie den Hügel und stießen dahinter auf ein Heckenlabyrinth. Arin nahm Egil bei der Hand und zog ihn lachend hinein. Sie wanderten ziel- und orientierungslos durch seine verschlungenen Gänge, fanden sich aber schließlich in der Mitte wieder. Dort stand die weiße Marmorstatue einer nackten jungen Frau auf einem Sockel, lebensgroß und in jedem Detail lebensecht. Am Sockel befand sich eine goldene Plakette mit einer Inschrift in Jütländisch.

»Glaubst du, das ist unsere Gastgeberin?«, fragte Arin, während sie die Statue eingehend musterte.

»Wenn sie es ist«, erwiderte Egil grinsend, »gehört Sittsamkeit nicht zu ihren Tugenden.«

Jetzt lächelte Arin, stellte sich auf die Zehenspitzen und küsste Egil auf die Wange. Dann nahm sie ihn bei der Hand und wandte sich zum Gehen. In diesem Augenblick kamen Alos und Aiko aus einem der vielen Gänge in der Mitte an.

»Huah«, rief Alos, während er die Skulptur umrundete und sie von allen Seiten betrachtete.

Aiko schaute dagegen auf die Plakette und fragte: »Was steht hier?«

»Königin Gudrun die Schöne«, erwiderte Alos. Er hatte seinen Rundgang beendet und fragte: »Was meint Ihr, warum sie so ein Werk öffentlich ausstellen lässt, wo jeder es sehen kann?«

Aiko zuckte die Achseln, doch Egil sagte: »Vielleicht wird sie ja aus diesem Grund ›wahnsinnig‹ genannt.«

»Vielleicht«, sagte Arin. »Dennoch ist es ein Rätsel.«

Egil nickte zustimmend und sagte dann: »Kommt. Lasst uns gehen. Es gibt noch viel zu sehen, und ich würde gern den Boden kennen, auf dem wir stehen. Wie ich schon sagte, vielleicht müssen wir irgendwann den schnellsten Weg aus der Burg nehmen.«

»Oder uns am besten Ort zum Kampf stellen«, fügte Aiko hinzu.

»Aye.« Egil nickte mit ernstem Blick.

»Vergesst den Deck-Pfau nicht«, sagte Alos. »Schließlich sind wir seinetwegen hier.«

Alle drei sahen Alos überrascht an.

»Na, ich habe doch gesagt, ich würde Euch unterstützen«, schnauzte der alte Mann. »Zumindest bis hierher. Aber weiter komme ich nicht mit, hört Ihr? Nicht weiter.«

Arin lächelte. »Kommt. Lasst uns gehen.«

Sie wanderten durch das Labyrinth und gelangten nach kurzer Zeit wieder in die Mitte. »Tja, das ist wohl tatsächlich ein Rätsel«, verkündete Egil. »Man kommt leicht hinein, aber nur schwer wieder heraus.«

Wieder verließen sie die Mitte und folgten den Gängen zwischen den Hecken, fanden sich aber bald darauf erneut bei der Statue wieder.

»Wisst Ihr«, maulte Alos, »man könnte hier drinnen glatt verhungern.«

Als sie sich wieder vom Zentrum des Labyrinths entfernten, sagte Egil: »Wir sollten unseren Weg markieren, damit wir wissen, wo wir schon gewesen sind.«

Augenblicke später standen sie wieder vor der Skulptur.

Aiko legte die Hände auf die Griffe ihrer Schwerter. »Ich hätte nicht übel Lust, mir den Weg nach draußen frei zu schlagen.«

Egil betrachtete die Statue. »Vielleicht wird die Monarchin auch deshalb wahnsinnig genannt – weil sie eine solche Falle auf ihrem Gelände angelegt hat, eine Falle, in die jeder nur allzu leicht geraten kann.«

»Ob dieses Labyrinth verflucht ist?«, sann Alos.

Plötzlich hoben sich Aikos Augenbrauen, und sie wandte sich an Arin. »Dara« – Aiko deutete auf die Statue – »könnte das der Verfluchte Bewahrer Des Glaubens Im Labyrinth sein?«

Überraschung zeichnete sich auf Arins Gesicht ab. »Ach du meine Güte.«

Egil schüttelte den Kopf. »Die Königin von Jütland? Könnte sie beides sein?«

Alos runzelte die Stirn. »Beides?«

Egil hob zwei Finger. »Der Wahnsinnige Monarch *und* der Verfluchte Bewahrer Des Glaubens Im Labyrinth?«

»Hm«, machte Alos.

Alle drei sahen Arin an, doch sie drehte hilflos die Hände nach außen. »Ich weiß es nicht.«

Egil seufzte. »Das ist das Problem mit Rätseln und Prophezeiungen: Sie sind mehrdeutig. Man weiß nie, was gemeint ist, bis sie sich erfüllen. Warum können sie nicht simpel und verständlich sein?«

Er schaute von einem zum anderen, doch niemand konnte seine Frage beantworten, obwohl Aiko sagte: »Wer kennt sich schon mit Wahnsinnigen, Göttern und Prophezeiungen aus?«

»Nun, ich würde sagen, keiner von uns«, sagte Egil. »Aber egal, lasst uns zuerst versuchen, aus diesem Labyrinth herauszufinden.«

Aiko nickte und machte Anstalten, ihr Schwert zu ziehen, doch Arin schüttelte den Kopf. »Ich glaube, ich kann uns aus dieser Falle befreien, und dann werden wir uns mit der Frage nach dem Bewahrer des Glaubens befassen.«

Arin drehte sich um und betrachtete den Irrgarten auf ihre ganz *besondere* Art. Für ihre Augen schien das Labyrinth nun in eine schwach leuchtende Aura gehüllt zu sein. Sie ging voraus und führte die anderen ins Freie. Der Weg nach draußen war plötzlich einfach und direkt, und sie konnten nicht begreifen, dass sie ihn zuvor nicht gefunden hatten, obwohl Alos sagte: »Seht Ihr, es war doch verflucht ... oder magisch.«

Aus dem Heckenlabyrinth entkommen, umrundeten sie weiter den Hügel und erkundeten das Gelände. Sie sahen sich die Mauern und Wehrtürme an, merkten sich die Position von Türen und nahmen Stellen in Augenschein, wo sie sich verstecken konnten, falls das nötig werden sollte. Dabei richteten sie ihr Augenmerk einerseits auf das Bollwerk, das den gesamten Hügel umgab, auf die Rampen und Böschungen und Passwege, und andererseits auf die Wachen und Patrouillen.

Direkt hinter der Burg stießen sie auf einen kleinen, granitgepflasterten Hof, der von einer niedrigen Mauer umgeben war. Von innen war das Gestein geschwärzt, als sei es wiederholt durch Feuer versengt worden. Der Weg hinein wurde durch ein verriegeltes, schmiedeeisernes Tor versperrt. Auf dem Tor stand etwas auf Jütländisch.

»Was bedeutet das?«, fragte Aiko.

»Geliebter ...«, erwiderte Alos. »Äh ... ›geliebter Mann‹, glaube ich.«

Auf Arins fragenden Blick sagte Egil: »Scheiterhaufen. Offenbar eine Begräbnisstätte.«

Arin nickte, und sie wandten sich ab.

Sie hatten vielleicht drei Viertel des Ganzen umrundet, als sie eine Reihe halboffener Gebäude erreichten, die von der eigentlichen Burg abgetrennt waren. Hier wurden hinter Käfigstangen Tiere gehalten.

»Der Zoo der wahnsinnigen Königin«, zischte Egil leise, damit ihn die Tierpfleger in der Nähe nicht hören konnten.

Sie passierten Schneeschakale und zimtfarbene Argali, Gämsen und schwarze Reißer und andere Tiere, die sie nicht kannten – alle in viel zu kleinen Käfigen, in denen sie müde auf und ab liefen oder bewegungslos lagen und mit trüben Augen vor sich hin starrten.

Danach kamen sie zu den Vogelkäfigen. Hier fanden sie Raubvögel – dressierte Jagdvögel: graue Falken, rote Habichte, schwarze Turmfalken, goldene Adler. Ein Pfleger mit einem Eisenkragen nahm den Vögeln gerade die Hauben ab und fütterte sie mit kleinen Fleischbrocken.

»Heda«, rief Alos, »sind das hier alle Vögel?«

Der Leibeigene sah sich um, und als er sie entdeckte, nahm er seinen Hut ab und sagte etwas auf Jütländisch.

»Aha«, grunzte Alos. »Er spricht die Gemeinsprache nicht.« Alos radebrechte etwas, und der Pfleger sagte, »Ah«, und zeigte nach Norden.

Alos lächelte, deutete eine Verbeugung an und beendete das Gespräch mit einem Dankeswort. Der Pfleger nahm den Hut vor die Brust und verneigte sich tief. Alos wandte sich an seine Gefährten und sagte: »Es gibt noch mehr zahme Vögel, und zwar unten am Teich.«

Sie entfernten sich von den Käfigen und gingen den Hügel hinab nach Norden. Ein Stück weiter unten konnten sie einen kleinen Weiher sehen, der in den Hang gegraben worden war und am entfernten Ende von einem Damm begrenzt wurde. Bei ihrer Annäherung paddelten ihnen quakende Enten und schnatternde Gänse entgegen, als erwarteten sie Futter. Doch nicht dieses muntere Federvieh fesselte die Aufmerksamkeit der vier Wanderer, sondern vielmehr ein großer Vogel mit einem Kamm auf dem Kopf und einem leuchtend blaugrünen Gefieder. Als er sie kommen sah, breitete er seine großen Schwanzfedern zu einem Fächer aus, und jede dieser langen Federn trug einen farbigen Punkt als Zeichnung, der an ein Auge erinnerte.

»Adon«, hauchte Arin, »er ist wunderschön.«

»Ist das unser Deck-Pfau?«, fragte Alos Aiko.

»Ein Pfau ist es«, erwiderte sie. »Aber ob er auch deckt, kann ich nicht sagen, weil ich keine Pfauenhennen in der Nähe sehe.« Aiko sah sich um, und plötzlich gab sie einen leisen Ausruf von sich und ging zum Ufer des Weihers, wo sie sich bückte und eine Schwanzfeder des Pfaus aus dem Wasser holte. Sie sah Arin an und bewegte die Feder so, dass die Zeichnung schillerte. »Dara, ist dies auch ein Einauge In Dunklem Wasser?«

Arin seufzte und zuckte die Achseln, doch Egil sagte: »Verflucht. Sollen wir ständig von Symbolen und Vorzeichen verfolgt werden und bei keinem sicher sein, dass es das Gesuchte ist?«

»Ha«, sagte Alos. »Jetzt haben wir schon drei verschiedene Einaugen In Dunklem Wasser: Egil, eine Feder und mich.« Er zeigte nach hinten. »Und da hinten steht eine Statue, die ein Verfluchter Bewahrer Des Glaubens Im Labyrinth sein könnte. Hier vor uns ist etwas, das der Deck-Pfau Des Wahnsinnigen Monarchen sein könnte, nur dass es nichts gibt, was er decken kann, wenn er nicht die Enten und Gänse bespringen will. Welche Fortschritte machen wir also?«

Aiko schüttelte den Kopf und hielt vier Finger in die Höhe. »Ihr habt ein Einauge ausgelassen, Alos: das Trollauge, das wir in unserem Gepäck aufbewahren.«

»Iihhh!«, quiekte Alos schaudernd.

An dieser Stelle reckte der Pfau den Hals und rief heiser: *Karawah, karawah, karawah!*

Egil sah den Vogel an und fing an zu lachen. Als ihn Arins fragender Blick traf, sank Egil auf die Knie und lachte nur noch lauter, brachte dabei aber heraus: »Adon, wenn wir dieses Vieh stehlen sollen, wird uns schon allein sein Geschrei verraten.«

39. Kapitel

Während Egil noch auf den Knien lag und lachte, sagte Arin: »Ich habe nicht vor, ihn zu *stehlen, Chier,* obwohl wir ihn vielleicht mitnehmen werden. Die Königin sollte es als eine Art Geschenk für das Wohl aller betrachten.« Dies ließ Egil nur noch lauter lachen, und er zeigte erst auf Arin und dann auf den Pfau. Als spüre dieser eine Beleidigung, reckte der Vogel den Hals und ließ erneut sein *karawah, karawah, karawah!* hören. Egil ließ sich nach hinten fallen und lachte laut den Himmel an, und Aiko und Alos stimmten ein. Aiko kicherte hinter vorgehaltener Hand, wohingegen Alos laut und vernehmlich losprustete. Arin konnte sich der allgemeinen Heiterkeit nicht länger verschließen, und ihr silberhelles Gelächter fiel mit ein. Der Vogel stolzierte umher und sah sie anklagend an, während ihnen Lachtränen über die Wangen liefen. Schließlich beruhigten sie sich wieder und ließen den beleidigten Pfau hinter sich, obwohl der eine oder andere immer noch zwischendurch lachen musste und dann die anderen grinsten. Dennoch setzten sie ihre Besichtigung der Umgebung der Burg fort und merkten sich jede Einzelheit, die ihnen von Nutzen sein mochte, sollte es zum Kampf oder zur Flucht kommen. Sie gingen an der Böschung rings um den Außenwall entlang und lugten hin und wieder über die Mauer, um Stellen zu finden, wo sie auf den Boden springen konnten, falls sie über die Mauer fliehen mussten. »Es ist überall mindestens dreißig Fuß tief«, sagte Egil. »Ich glaube, wir brauchen ein Seil, sollten wir diesen Weg nehmen müssen.«

Aiko sah Alos an: »Kommt Ihr mit einem Seil zurecht?«

»Oh, ich kann eines herunterrutschen«, erwiderte der alte Mann mit einem Blick auf seine Hände, »aber dafür brauche ich ein Paar Handschuhe. Und klettern? Ich glaube, ich erinnere mich, wie es geht. Kraft spielt zwar auch eine Rolle, aber das meiste ist Technik.«

»Aye«, knurrte Egil. »Hoffen wir, dass es weder zum Klettern noch zum Rutschen kommt« – er grinste die anderen drei an – »vor allem nicht mit einem krächzenden Vogel in den Händen.«

Aiko lächelte, dann wurde sie ernst und sah Arin an. »Er hat aber nicht Unrecht, Dara: Wir würden nicht wollen, dass der Vogel einen Alarm auslöst. Muss der Deck-Pfau am Leben sein? Wenn nicht, können wir ihm einfach den Hals umdrehen.«

»Wir können ihm einen Schlag auf den Kopf verpassen und ihn im Koffer mit den Kostümen verstecken«, schlug Alos vor.

Arin beschrieb eine verneinende Geste. »Wir werden ihm lediglich eine Haube über den Kopf ziehen. Dann wird er überhaupt keinen Laut von sich geben.«

Aiko warf einen Blick auf die entfernten Raubvogelkäfige. »Ah, wie die Falken, *neh?*«

»Ja«, erwiderte Arin. »Und jetzt lasst uns weitergehen. Wenn wir fliehen müssen, gibt es vielleicht einen leichteren Weg nach draußen, als den Wall herunterzuklettern.«

Sie setzten ihren Rundgang fort, und als sie schließlich am Haupteingang eintrafen, taten sie so, als machten sie eine Verschnaufpause. Dabei unterhielt Egil sich beiläufig mit einem der Wachposten und fand dabei heraus, dass die Innentore normalerweise immer geschlossen und das Fallgatter heruntergelassen war, obwohl in der Zeit des Festes die Kaufleute der Königin und ihre Gäste ebenso beständig kamen und gingen wie die zur Vorstellung eingeladenen Künstler.

Durch ihre Rast erfrischt, gingen Egil und die anderen weiter, und als sie außer Hörweite waren, sagte Alos: »Ha, das wird noch einfacher als erwartet. Ich meine, wir kommen und gehen einfach wie die anderen Künstler. Mit dem Unterschied, dass wir einen Pfau mit Kapuze bei uns haben, wenn wir verschwinden, hm?«

Egil schüttelte den Kopf. »Was du sagst, ist auf den ersten Blick richtig, mein Freund, aber in der Zwischenzeit können sehr viele Dinge schief gehen. Wir brauchen mindestens noch einen Notfallplan, falls dieser durchkreuzt werden sollte.« Er wandte sich an Arin. »Ich sehe mal, ob Dolph uns ein Seil besorgen kann. Wenn er fragt, sage ich, dass wir es für Aikos Schwerttanz morgen Abend brauchen.«

»Schwerttanz!«, rief Aiko, deren Blick hart wurde. »Hört mich an: Ich demonstriere *kenmichi*, die Kunst des Schwerts. Das ist kein Tanz ... oder wenn doch, dann ein tödlicher.«

Egil grinste und verbeugte sich. »Mein Fehler, edle Aiko.«

Besänftigt legte Aiko den Kopf auf die Seite und sagte: »Alos braucht Handschuhe.«

»Und wir brauchen etwas, worin wir einen Pfau verstauen können«, fügte Alos hinzu, »das heißt, wenn wir den Koffer nicht benutzen wollen.«

Sie fanden Dolph in ihren Gemächern und trugen ihm auf, ein Seil zu besorgen. Als er gegangen war, sagte Egil: »Morgen, wenn er es nicht mehr mit dem Seil in Verbindung bringt, werde ich Dolphin damit beauftragen, uns einen Sack zu bringen.« Egil warf einen Blick auf Alos. »In dem wir den Pfau tragen können, sollten wir über die Mauer klettern müssen. Und da wir gerade von Seilen und Mauern reden ...« Egil wühlte in seinem Gepäck herum und warf Alos ein Paar Handschuhe zu. Der alte Mann probierte sie an und stellte fest, dass sie einigermaßen passten.

Grinsend verstaute Alos die Handschuhe und sagte dann: »Wie wär's, wenn wir etwas essen?«

Sie nahmen ihr Mittagsmahl im Speisesaal des Ostturms ein und erforschten anschließend die gesamte Burg bis auf den Mittelturm. Dabei merkten sie sich alle Ausgänge, für den Fall, dass ein überhasteter Aufbruch notwendig werden würde. Als sie schließlich in ihr Gemach zurückkehrten, lag ein Seil auf Aikos Bett.

An jenem Abend hörten sie, wie Dolph es gesagt hatte, das Läuten einer Glocke.

»Wir werden zu den Festivitäten gerufen«, sagte Egil, indem er in eine dunkelrote Jacke schlüpfte, die schwarz abgesetzt war und zur ebenso abgesetzten Hose passte. Seine Füße steckten in schwarzen Stiefeln, und die Hose wurde von einem schwarzen Gürtel mit roter Schnalle gehalten. Er schob den Kopf zur Tür hinaus und rief nach Dolph, der sofort in das Gemach eilte. »Wir waren noch nicht im Mittelturm. Führst du uns hin?«

»Ja, Herr, das mache ich.« Der Kammerjunge hielt kurz inne, dann fügte er hinzu: »Aber die Axt könnt Ihr nicht mitnehmen. Nur Stahl, der Kämpe der Königin, darf in ihrer Anwesenheit Waffen tragen.«

»Aber wir sind hier, um morgen Abend die Königin zu unterhalten«, sagte Egil, »und die Axt gehört ebenso zu meinem Kostüm, wie die Klingen der edlen Aiko Teil ihres Kostüms sind.«

»In diesem Fall wird man Euch morgen gestatten, die Axt mit in den Festsaal zu nehmen, und Frau Aiko wird auch ihre Schwerter mitnehmen können. Aber heute Abend sind nur kleine Schmuckdolche erlaubt. Tragt einen, wie es alle Edelleute tun.«

»Pah«, knurrte Aiko. »In den Händen von jemandem, der damit umzugehen weiß, tötet ein kleiner Dolch ebenso rasch wie ein großes Schwert.«

Egil seufzte, zog seine Axt aus dem Gürtel und legte sie auf den Tisch, während er Aiko bedeutete, seinem Beispiel zu folgen. Vor sich hin murmelnd, schnallte sie die Scheiden mit den Schwertern darin ab und legte sie neben Egils Axt. Doch die vier in einem Hüftband verborgenen Shuriken entfernte sie nicht.

»Sehen wir jetzt richtig aus, Junge?«, fragte Alos, der den Hals in seinem Rüschenkragen reckte. Alos war gebadet und gekämmt und ganz in Grün gekleidet: ein hellgrünes Hemd mit Rüschen an Kragen und Manschetten, eine smaragdgrüne Jacke und eine ebensolche Hose, dazu schwarze Stiefel. Auf dem Kopf trug er einen dunkelgrünen Hut mit einer schwarzen Feder.

Aiko trug wie üblich ihre Lederkleidung, doch ohne die Bänder, die sie erst bei der Vorstellung am nächsten Tag anlegen wollte.

Dolph betrachtete sie neugierig, doch er schien wie gebannt zu sein, als sein Blick auf Arin in ihrem schlichten, aber eleganten rostroten Seidenkleid fiel, dessen langer Rock von einem lohfarbenen Mieder gerade auf den Boden fiel. Unter dem Saum lugten Füße in zierlichen braunen Schuhen hervor. Ihre kastanienfarbenen Haare waren mit beigefarbenen Bändern geschmückt, die farblich zu dem Muster auf dem Mieder passten. Mit atemloser Stimme sagte Dolph: »Schöner als Ihr wird keine andere Dame sein.« Sofort danach lief er dunkelrot an und wandte sich ab.

Egil grinste und murmelte Alos zu: »Ich glaube fast, er hat weder dich noch mich noch Aiko angesehen, aber ich nehme an, dass wir alle vorzeigbar aussehen.«

Als sie die Tür zum Festsaal erreichten, rannte Dolph, der seine Schützlinge nun sicher abgeliefert hatte, eilends davon.

Arin und ihre Begleiter schlossen sich einem langsam vorrückenden Strom von Edelleuten, Diplomaten und anderen Gästen an, die an den Türwachen vorbei und in den Saal gingen. Im Saal schlug ein Majordomus mit einem großen Stab auf den Boden und rief beim Eintreten der Gäste jeweils Rang und Namen. Langsam rückte die Schlange vor, und schließlich passierten auch die vier die Tür.

Sie betraten einen langen Saal, dessen Wände von Säulen gesäumt wurden. In die Mauern waren große Kamine eingelassen, doch kein Feuer brannte darin, denn es war Anfang September und der Sommer hatte das Land noch nicht verlassen. Die Wände selbst waren mit Wandteppichen behangen, und an langen Stangen hingen die bunten Flaggen der verschiedenen Lehen Jütlands. Die Anordnung der Flaggen zeigte dabei den Rang der Lehen an. Die Wappen von Herzogtümern hingen über denjenigen von Fürstentümern, die wiederum über denen der Grafschaften und Baronien angebracht waren.

Die Decke wurde von großen Holzbalken getragen, und daran hingen Kronleuchter an Ketten herab. In den Leuchtern brannten Kerzen, denn draußen dämmerte es bereits, und durch die hohen Fenster fiel nur noch Zwielicht.

Zu beiden Seiten des Saales waren auf erhöhten Podesten Banketttische aufgebaut. Unterhalb des Eingangs begann der eigentliche Boden des Saals, der aus einem glatten, polierten Stein bestand und einen ansteigenden Ring bildete. Dieses Amphitheater endete vor vier Stufen, die zu einem breiten Thron führten. Obwohl es in dem Saal von Menschen wimmelte, war der Thron noch nicht besetzt.

Mit Arin an einem und Aiko am anderen Arm sowie Alos im Schlepptau kam Egil neben einem Kammerdiener zu stehen und flüsterte dem Mann ihre Namen zu. Während andere Gäste an ihnen vorbeieilten, deren Namen der Majordomus offenbar bereits kannte, ging der Kammerdiener eine Liste durch und sagte schließlich: »Ah, ja. Da haben wir Euch.«

Er sah Egil an. »Ihr werdet an Baron Stolz' Tisch sitzen.« Er zeigte auf einen Tisch in der Mitte der linken Seite. »Unter der grünen Flagge mit dem weißen Eber.« Auf Egils Nicken ging der Diener zum Majordomus, der mit dem Stab auf den Boden klopfte und dann rief: »Meine Damen und Herren, verehrte Gäste: die Dylvana Arin aus Darda Erynian; die edle Dame Aiko aus Ryodo; Meister Alos aus Thol und Meister Egil Einauge aus Jord.«

Während sie in den eigentlichen Saal gingen, wandte Arin sich an Egil und fragte beinahe lautlos: »Jord?«

Egil beugte sich zu ihr herab und flüsterte: »Aye. Jütland und Fjordland sind alte Feinde, also wäre es töricht, mein wahres Heimatland zu nennen, wenn ich am Hof des Feindes bin. Daher habe ich ein anderes gewählt. Jord und Fjordland sind Nachbarn, und der jordische Akzent ist meinem sehr ähnlich.«

Sie mischten sich unter die anderen Gäste, und viele Blicke folgten ihnen. Die meisten Anwesenden bekamen große Augen, als sie der in Seide gehüllten Dylvana und der goldhäutigen Kriegerin an ihrer Seite ansichtig wurden. Auf Egil und Alos achteten die Gäste kaum. Ihre Blicke ruhten gerade lange genug auf ihnen, um Egils rote Augenklappe und Alos' milchweißes Auge zu registrieren, wobei manche verstohlene Schutzgesten machten. Egil betrachtete hingegen alle Gesichter sehr eingehend und sagte zu Arin: »Lass uns einen Rundgang machen, Liebste, denn ich würde gerne Baron Steiger finden. Wahrscheinlich ist er hier, und vielleicht ist ihm mittlerweile eingefallen, wo wir uns schon einmal begegnet sind.«

Langsam schritten sie durch die Menge, und Alos und Aiko blieben dicht hinter ihnen. Sie beschrieben einen vollständigen Kreis durch den Saal, konnten aber Baron Steiger nicht entdecken. »Sollen wir noch eine Runde machen?«, fragte Arin, doch in diesem Augenblick ertönte eine Fanfare.

Der Majordomus klopfte dreimal laut auf den Boden und verkündete mit lauter Stimme: »Ihre Majestät, die Königin!« Die Gäste gingen zu ihren Plätzen, die sich mehr oder weniger unter den zu ihnen gehörenden Flaggen befanden, und bildeten so ein langes Spalier in der Mitte des Saals zwischen Tür und Thron. Egil und Arin führten Alos und Aiko zu einem Platz in der Reihe unter Baron Stolz' Flagge. Augenblicke später ertönte die Fanfare erneut, der Majordomus klopfte noch dreimal mit seinem Stab auf den Boden und rief: »Meine Damen und Herren, verehrte Gäste: Königin Gudrun die Schöne, Herrscherin über ganz Jütland und die Ryngar-Inseln, und ihr Gemahl, Delon der Männliche.« Dann traten Majordomus und Trompeter beiseite und verneigten sich tief.

Eine hoch gewachsene Frau rauschte durch die Tür. Sie trug ein hellblaues, langärmeliges Seidenkleid mit einem engen Mieder und einem Reifrock. Blonde Haare fielen in Locken auf ihren Rücken, und ihr gepudertes und sorgfältig geschminktes Gesicht war von hellen Ringellöckchen eingerahmt. Eine mit funkelnden Juwelen besetzte Tiara krönte ihr Haupt. Um das linke Handgelenk spannte sich ein Armband, an dem eine lange Silberkette befestigt war, die an einem silbernen Kragen endete, den ihr Mann um den Hals trug, der ihr auf der linken Seite in einem Abstand von einem Schritt folgte.

Er war kaum größer als sie, vielleicht fünf Fuß acht. Er hatte helle Haut und hellblonde Haare und war vielleicht dreißig Jahre alt. Seine Kleidung war von dunkelvioletter Farbe mit lavendelfarbenen Einsätzen in den bauschigen Schultern und Ärmeln und gleichfarbigen Rüschen an Hals und Manschetten. Seine violetten Schuhe und ein Gürtel mit lavendelfarbener Schnalle passten zum Rest seiner Gewandung. Dazu trug er einen breitrandigen lavendelfarbenen Hut, den drei riesige violette Federn schmückten.

Die Königin blieb stehen, um allen zu gestatten, sie zu bewundern. Dann reichte Delon ihr die Hand, und sie schritten die Stufen zum Boden des Amphitheaters herunter. Gemeinsam liefen sie durch das Spalier, er wieder einen Schritt hinter ihr, und sie lächelten und nickten den sich verbeugenden und knicksenden Gästen zu. Als sie zu Arin und Aiko kamen, blieb die Königin stehen und betrachtete sie beide mit funkelndem Blick. Noch so viel Puder und Schminke konnten die Auswirkungen der Zeit nicht verbergen. Dreißig Jahre waren verstrichen, seitdem die Statue in der Mitte des Labyrinths angefertigt worden war. Die Herrscherin lächelte Arin an, und ihr Gemahl schwang seinen gefiederten Hut, verbeugte sich tief und lächelte Arin ebenfalls an, obwohl das Lächeln seine Augen nicht erreichte. Dann gingen beide weiter, ohne ein Wort zu sagen.

Gudrun und ihr Gemahl schritten die Stufen zum Thron hinauf, die Königin, um auf dem Herrschersitz Platz zu nehmen, er, um sich links von ihr auf die oberste Stufe zu setzen. Ihr Blick schweifte über die Menge, und sie hob eine Hand und sagte: »Wir sind höchst erfreut, dass Ihr Uns bei der Feier Unserer neuen Liebe Gesellschaft leistet.« Sie strahlte ihren Gemahl an, einen Mann, der zwanzig Jahre jünger war als sie, und er neigte gehorsam den Kopf. Sie klapperte mit den Wimpern und spielte mit der Kette, deren silberne Glieder leise klirrten.

Egil beugte sich vor und flüsterte Arin zu: »Adon! Sie behandelt ihn wie einen Schoßhund.«

Aiko, die mitgehört hatte, schüttelte den Kopf. »Schlimmer, denn er ist so entwürdigt, wie es kein Tier je sein könnte.«

Kichernd erhob sich die Königin, zeigte nach links und rechts und befahl: »Lasst die Festivitäten beginnen.«

Bei diesen Worten begaben sich die Leute zu ihren Tischen. Egil, Arin, Aiko und Alos nahmen ihre Plätze unter der grünen Flagge mit dem weißen Eber ein. Als sie sich setzten, starrten die anderen Gäste die schöne Dylvana und die gut gerüstete Ryodoterin an. Egil stellte sich und die anderen vor und bekam dafür die Namen der übrigen Tischgäste genannt, obwohl eine der sitzenden Damen – die Baronin Stolz – eilig hervorstieß: »Oh, ich habe von Euch gehört, Dame Arin. Ihr seid die elfische Minnesängerin.« Sie wandte sich an Aiko. »Und das muss die Schwerttänzerin sein.«

Aiko murmelte etwas, fiel aber nicht aus der Rolle.

Der Mann neben der Baronin – Baron Stolz – beugte sich mit griesgrämiger Miene zu ihr herüber und flüsterte so laut, dass alle es hören konnten: »Still, meine Liebe. Wäre sie keine Elfe, wären sie alle keine Gäste der Königin. Diese Künstler sind nur gewöhnliche Bürgerliche.«

Wieder murmelte Aiko etwas, aber Egil deutete eine Verbeugung vor dem Baron an und sagte: »Ich wage zu behaupten, mein lieber Baron, dass wir in keiner Weise ›gewöhnlich‹ sind, wie Ihr in den nächsten Tagen zweifellos noch feststellen werdet.«

Die Antwort ärgerte den Baron ganz offensichtlich, aber er enthielt sich einer Antwort.

Unter großem Applaus marschierten jetzt die Künstler herein: starke Männer, Jongleure, Taschenspieler und Gaukler, Akrobaten, Ringer, Tänzer und Possenreißer. Sie umkreisten die Gesellschaft einmal, um sich vorzustellen, und marschierten dann wieder zur Tür hinaus.

Nun kamen Leibeigene, die riesige Tabletts mit Speisen brachten: frisch gebackene Brotlaibe, gebratene Spanferkel, Lammkoteletts, gegrilltes Geflügel und gekochten Fisch in Kräutersoße sowie gedünstetes Gemüse wie Bohnen, Karotten, Erbsen und Pastinaken. Dazu wurden große Schüsseln mit Trauben, Birnen und Pfirsichen gereicht. Noch mehr Leibeigene brachten Krüge mit schäumendem Ale, Met und Wein zu den Tischen, und Alos sah jeden einzelnen sehnsüchtig und verlangend an, doch Aiko hinderte ihn daran, sich einen Krug zu nehmen.

Schließlich ächzten die Tische unter der Last der Köstlichkeiten, und die Gäste füllten sich ihre Essbretter mit Speisen und ihre Kelche mit dem Trank ihrer Wahl, alle bis auf Alos, denn Aiko gestattete ihm nur Wasser oder Tee, obwohl er immer wieder auf die anderen Getränke starrte und jammerte: »Nur einen Schluck. Einen kleinen Schluck. Was kann das schaden, hm?«

Doch Aiko war unerbittlich, und Alos fauchte: »Ich freue mich schon darauf, wenn wir haben, was wir wollen, und Ihr alle unterwegs seid. Dann tue ich, was mir gefällt.«

Aiko funkelte ihn an, und Alos duckte sich ein wenig und nahm sich ein Stück Fleisch. Doch ehe er abbeißen konnte, hielt Arin seinen Arm fest und sagte, »Wartet«, während sie auf den Thron deutete.

Auf dem Thronpodest stellten Bedienstete einen kleinen Tisch neben die Königin und füllten ihr Essbrett mit den Speisen ihrer Wahl. Sie stellten auch ein Brett neben ihrem Gemahl Delon ab und füllten es nach ihren Anweisungen. Sie gossen Wein in goldene Kelche und stellten auch davon einen neben Delon ab. Zufrieden hob die Königin ihren Kelch und rief: »Lasst uns anfangen.«

Ein Edelmann trat vor, hob seinen Kelch in die Höhe und rief: »Auf die Königin!«

Auf die Königin!, ertönte die Antwort der Gäste.

Die Königin erhob sich. »Nein. Nicht auf mich, sondern auf die Liebe.«

»Ist das nicht dasselbe?«, rief der Edelmann.

Baron Stolz zischte leise: »Pah! Einfältiger Speichellecker! Wenn er nicht aufpasst, ist er als Nächster dran.«

»Auf die Königin und die Liebe«, rief der Edelmann und hob dabei erneut seinen Kelch.

Auf die Königin und die Liebe!, kam die Antwort, gefolgt von lautem Jubel.

Auf ein Zeichen der lächelnden Gudrun begannen alle zu

essen ... alle außer Delon, der nur in seinem Essen herumzustochern schien.

Durch die Tür kamen drei Possenreißer in greller Aufmachung: Der erste betrat das Amphitheater, als taste er sich über ein hoch über dem Boden gespanntes Drahtseil, die Arme seitlich ausgestreckt, während sein Körper wackelte und hierhin und dorthin ruckte, als sei er ständig im Begriff, das Gleichgewicht zu verlieren. Der zweite hielt sich seitlich von dem ersten, halb geduckt und nach oben schauend, die Arme nach vorn ausgestreckt, wie um den ersten zu fangen, sollte er fallen. Der dritte Spaßmacher war in einen Umhang gehüllt und hielt sich links hinter dem ersten. Kaum hatten sie die Mitte des Saals erreicht, als der Possenreißer mit dem Umhang eine Narrenpritsche darunter hervorzog und dem Drahtseilartist damit mit lautem Knall auf den Allerwertesten schlug, woraufhin dieser mit lang gezogenem Schrei schwankte, sich drehte und tief herunterbeugte, als falle er, während der Fänger mit weit ausgebreiteten Armen angelaufen kam, um ihn zu retten. Die beiden stießen zusammen und fielen in einem Durcheinander von Gliedmaßen zu Boden, während die Gäste laut lachten und der Possenreißer mit dem Umhang grölend auf sein Werk zeigte. Dann fingen die drei Narren an, einander in einem engen Kreis zu jagen, wobei einer mit einer aufgeblasenen Schweinsblase auf seinen Vordermann eindrosch, der zweite dasselbe mit der Narrenpritsche tat, und der dritte lediglich johlte und heulte und jedes Mal, wenn er getroffen wurde, in die Luft sprang und dabei den grell geschminkten Mund zu einem Schrei weit aufriss. Die Gäste brüllten vor Lachen ob dieser Posse, und selbst die Königin hieb vor Vergnügen auf die Armlehnen ihres Throns. Aber ihr Gemahl Delon lächelte nur dünn.

Schließlich liefen die Narren in einer Reihe aus dem Saal, heulend und aufeinander eindreschend. Stürmischer Applaus begleitete sie nach draußen, und sie kamen noch einmal herein, um sich vor ihrem Publikum zu verbeugen, nur um gleichzeitig von einem vierten grell geschminkten Possenreißer mit einer sehr langen Narrenpritsche geschlagen zu werden, als sie sich tief verneigten – sehr zum Vergnügen der Menge.

Als Nächstes traten ein Mann und eine Frau auf, die mit brennenden Stäben jonglierten. Die beiden wirbelten umher, tanzten und warfen sich die brennenden Stäbe so rasch zu, dass immer mehrere gleichzeitig in der Luft waren.

Ihnen folgten Ringer und Akrobaten, ein starker Mann und noch andere Künstler. Schließlich, spät in der Nacht, gebot Königin Gudrun dem Treiben Einhalt und verkündete: »Die Zeit ist gekommen, um Delon singen zu hören.«

Während die Tische und die Speisereste vom Thronpodest abgeräumt wurden und man Delon eine Laute mit silbernen Saiten brachte, beugte Baron Stolz sich zu einer ältlichen Dame herab und sagte: »Ich habe gehört, sie hat ihn in Thol entdeckt, als sie den Turm von Gudwyn dem Ansehnlichen, einem ihrer Vorfahren, besucht hat.«

»O nein, mein Lieber«, erwiderte die verwitwete Matrone, »ich glaube, er ist bei einem Überfall in West-Gelen in Gefangenschaft geraten.«

»Hmm«, räusperte sich Baron Stolz. »Man hat mir erzählt, dass er ein Bürgerlicher ist, der vor zwei Monaten in die Burg kam. Letztlich wird er verbrannt werden wie seine Vorgänger – und es geschieht ihm recht –, obwohl er sich länger gehalten hat als jeder andere.«

Delon setzte seinen lavendelfarbigen Hut ab und legte ihn neben sich auf die Stufe. Dann nahm er die Laute und schlug sie an, um sich davon zu überzeugen, dass sie gestimmt war. Zufrieden wandte er sich an die Königin: »Habt Ihr einen Wunsch, Majestät?«

Sie beugte sich vor und lächelte geziert. »›Die Liebenden‹.«

Delon verbeugte sich. »Wie es Euch beliebt, meine Königin.«

Er setzte sich ihr wieder zu Füßen und begann zu singen, mit sanfter Stimme, wenn die Worte sanft waren, und lieblich, wenn sie lieblich waren, stark und tönend, wo es nötig war, und manchmal auch flüsternd. Die Gäste waren verstummt, und kein Hüsteln war zu hören, kein Rascheln von Kleidern, kein Füßescharren, während sein Gesang den Saal erfüllte. Die Königin saß gebannt da und verschlang ihn mit den Augen, und ihre Hände umklammerten die Armlehnen ihres Throns, sodass die Knöchel weiß hervortraten, während sie in kurzen Stößen atmete und dazwischen lange Seufzer von sich gab.

Arin beugte sich vor und flüsterte Egil zu: »Wenn ich nicht wüsste, was meine Augen sehen, würde ich ihn für einen Elf halten.«

Egil flüsterte zurück: »Wenn ich nicht wüsste, was meine Augen sehen, würde ich meinen, dass sie gerade im Bett liegt und sich einem Mann hingibt.«

Schließlich endete Delons Lied. Applaus brandete auf, und viele Rufe nach einer Zugabe wurden laut. Doch die Königin erhob sich abrupt, und ihre Augen leuchteten in fiebrigem Glanz. »Es ist spät und wir sind müde. Kommt, Delon.« Ohne ein weiteres Wort rauschte sie die Stufen des Podests herab, durch den Saal und zur Tür hinaus und zog Delon an dessen Silberkette hinter sich her.

Als Arin und ihre Gefährten auf ihr Zimmer zurückkehrten, stellten sie fest, dass Dolph die Betten aufgedeckt und die Balkontüren geöffnet hatte, um das Zimmer durchzulüften. Die Septembernacht war warm, und im Westen versank ein Halbmond, der sein Licht über die Balustrade ins Zimmer warf. Sie entkleideten sich und machten sich bettfertig. Arin und Egil stiegen in das Himmelbett und zogen die Vorhänge zu. Aiko legte ihre Tatami-Matte auf den Boden und nahm ihren Lotussitz ein, die Schwerter nah bei der Hand und den Rücken an die Tür gelehnt. Alos sah sie an, legte sich murrend und verstimmt auf sein Sofa, zog sich eine dünne Decke unter das Kinn und schlief augenblicklich ein.

Die Nacht senkte sich auf das Zimmer, in dem es bis auf die leisen Atemgeräusche vollkommen still war. Doch dann drangen entfernte Laute durch die geöffnete Balkontür, die Laute einer Frau in Not. Aikos Augen öffneten sich, und sie lauschte ... Nein, diese Frau war nicht in Not, sondern sie ließ vielmehr das heisere Stöhnen einer Frau kurz vor dem Höhepunkt ihrer Leidenschaft hören, Lustseufzer, die immer lauter wurden und schließlich in einem lang gezogenen Aufschrei endeten. Aiko erhob sich, ging auf den Balkon und schaute in den Hof unter ihr. Im Mondlicht und in den Schatten war niemand zu sehen. Als sie sich umdrehte, um wieder hineinzugehen, sah sie eine Bewegung im Augenwinkel: Und da, über ihr, stand Delon auf dem Balkon des Schlafgemachs der Königin. Obwohl er im Schatten stand, wusste Aiko genau, dass er es war, denn ein silberner Kragen funkelte um seinen Hals, und eine Silberkette hing vom Kragen in die Schwärze des Raums hinter ihm. Er stand da, die Arme auf die Balkonbrüstung gestützt, und ließ den Kopf hängen, als sei er erschöpft. Er war nackt.

Aiko glitt in den Schatten ihres Balkons zurück und beobachtete ihn. Plötzlich ruckte es an der Silberkette, einmal, zweimal, dreimal. Delon drehte sich müde um und ging ins Schlafzimmer der Königin zurück.

Nach einer Weile waren wieder die Lustseufzer zu vernehmen.

»Jetzt weiß ich, wonach der wahnsinnige Monarch wahnsinnig ist«, murmelte Aiko, während sie zu ihrer Tatami-Matte zurückkehrte, ihren Lotussitz einnahm und sich das wollüstige Stöhnen wieder einem Höhepunkt näherte.

Nach einer Weile begannen die Seufzer von vorn ...
... und wieder ...
... und wieder.

Mit den Worten, »*Tenti!* Ist sie denn nie zufrieden?«, schloss Aiko schließlich die Balkontür und sperrte so die Laute ungezügelter Lust aus.

40. Kapitel

In der Stunde vor Morgengrauen fing Egil im Schlaf an zu stöhnen, da er wieder einen seiner bösen Träume hatte. Als sei es irgendwie ansteckend, begann Alos ebenfalls, um sich zu schlagen und zu wimmern. Aiko rüttelte den alten Mann wach, der hochfuhr und sich einen Moment verstört umsah. Dann ließ er sich ächzend wieder auf das Sofa zurückfallen und zog sich die Decke über den Kopf. In dem Himmelbett versuchte Arin Egil zu wecken, konnte es aber erst, als Sturgi in seinem Traum vollständig die Haut abgezogen worden war. Als Egil wieder bei sich war, klammerte er sich an Arin, weinte und schwor Ordrune Rache, sobald die Suche nach dem Drachenstein beendet sei.

Sie legten sich wieder hin, um den Rest der Nacht zu schlafen, doch als sie schließlich erwachten, stand die Sonne bereits hoch am Himmel.

Egil rief Dolph, der ihm helfen sollte, die Bäder vorzubereiten, und er und der Junge füllten Zuber in der Badestube und holten Feuerholz vom Stapel, um in den Öfen darunter Feuer zu machen. Während sie das taten, sagte Egil: »Dolph, wir werden einen ziemlich großen Sack brauchen – einen, der groß genug ist für unser Seil und die Schwerter, Trommel und Axt sowie alle anderen Gegenstände, die wir für unsere Aufführung vor der Königin brauchen. Meinst du, du könntest uns so einen besorgen?«

»Ein Kornsack, Herr, würde der reichen?« Dolph breitete die Arme aus, bis sie eine Spanne von drei, vier Fuß anzeigten.

»Hast du auch einen größeren?«

Dolph zuckte die Achseln, während er den nächsten Eimer Wasser in einen Zuber goss. »Ich weiß nicht, Herr, aber versuchen kann ich's ja.«

Egil schlug Funken und blies auf den schwelenden Zunder, um ihn in Flammen aufgehen zu lassen. Er legte Späne obenauf, und während er zusah, wie das Feuer aufflackerte, fragte er: »Dolph, kennst du Baron Steiger?«

»Ich glaube ja, Herr. Ein großer Mann, nicht?«

»Ja, und er hat schwarze Haare und dunkelblaue Augen.«

»Ich habe ihn schon gesehen, Herr, ich glaube, das habe ich.«

Jetzt schichtete Egil größere Stücke auf die Flammen, schob einige der brennenden Späne unter das Gitter des zweiten Zubers, um auch dort größere Scheite aufzulegen. Dann sagte er: »Dolph, ich würde gern mit Baron Steiger reden. Kannst du für mich herausfinden, wo er untergebracht ist?«

»Ja, Herr, das ist leicht. Ich frage die Zimmermädchen.«

»Sehr schön, Dolph.«

Nachdem Aiko und Arin gebadet hatten, waren Egil und Alos an der Reihe, wobei der alte Mann fluchte, zu viele Bäder würden selbst ein Pferd krank machen, von einem Menschen ganz zu schweigen. »Ich meine, Hèl, mein Junge, wir könnten alle an Unterkühlung sterben.«

Als sie sich angekleidet hatten, war Dolph mit einer Auswahl von Kornsäcken zurück, und einer der Jutesäcke war eindeutig groß genug für den Pfau, obwohl der Junge davon nichts ahnte. Egil dankte ihm, und Arin lächelte den Jungen an, der daraufhin errötete und mit den überzähligen Säcken davonrannte, während er stammelte, er werde jetzt Baron Steiger ausfindig machen.

Am späten Vormittag nahmen sie ein Frühstück zu sich und machten dann einen weiteren Spaziergang durch das Gelände der Burg, um festzustellen, ob sie vielleicht etwas übersehen hatten. Wolken waren aufgezogen, und der Himmel hatte sich verdunkelt. Arin hielt die Hand hoch in die Luft, um den Seewind zu fühlen, und verkündete dann: »Ehe der Tag vorbei ist, wird es anfangen zu regnen.«

Sie gingen weiter, und als sie wieder in den Bereich des Ostturms kamen, rief sie jemand. Es war Dolph, und sie warteten auf ihn.

»Baron Steiger ist nicht mehr in der Burg, Herr.« Dolph zeigte mit einem Kopfnicken auf die Ställe im Südosten des Burggeländes. »Gestern Morgen ist er im Galopp losgeritten, das haben mir die Stallburschen erzählt. Er hat ein Ersatzpferd mitgenommen, und er ist noch nicht wieder zurückgekehrt.«

»Hmm«, sann Egil. »Ich frage mich ...« Er sah Arin, Aiko und Alos an, aber alle drei zuckten die Achseln.

»Vielleicht kehrt er vor unserer Abreise zurück«, sagte Arin.

Egil sagte nachdenklich: »Das kann man nur hoffen.« Er wandte sich an Dolph. »Danke, mein Junge. Die Stalljungen sollen dich wissen lassen, wenn der Baron zurückkehrt, und halte auch selbst nach ihm Ausschau. Dann komm zu mir und sag mir Bescheid.«

»Ja, Herr«, sagte Dolph und rannte zu den Ställen.

Unter einem finsteren Himmel schlenderten sie weiter über das Gelände. Als sie bei den Vogelkäfigen ankamen, blieben sie stehen, und Alos fing eine Unterhaltung mit dem Jüten an, der sich um die Raubvögel kümmerte.

Kurz darauf nickte der Mann, ging mit Alos zu einem Schuppen und verschwand darin. Einen Moment später kam er wieder heraus und gab Alos etwas. Mit einem Dankeswort verbeugte Alos sich vor dem Mann, der von der Geste überrascht zu sein schien, sie aber dennoch erwiderte, und kehrte dann zu seinen Gefährten zurück. Als sie die Vogelkäfige hinter sich gelassen hatten, fragte er: »Glaubt Ihr, die werden dem Pfau passen?«, und zeigte ihnen eine schäbige Falkenhaube und zerfleddertes Geschüh.

Sie gingen weiter und blieben dann beim Hundezwinger stehen, als wollten sie die Jagdhunde der Königin bewundern, doch in Wahrheit wollten sie sich nur vergewissern, dass ihnen der Falkner nicht folgte.

Dann schlenderten sie zum Teich, entdeckten den Pfau in der Nähe und lachten, als das schillernde Federvieh sie argwöhnisch ansah, als rechne es damit, dass ihnen wieder grobe Scherze über die Lippen kommen würden. Doch Arin lockte ihn mit sanften Koseworten näher heran, und der Vogel kam ihr tatsächlich nah genug, um einschätzen zu können, dass ihm die Falkenhaube gut passen würde.

Aiko trat unter einen Baum ganz in der Nähe, einen hohen Ahorn, dessen Blätter im auffrischenden Wind rauschten, und untersuchte den Boden darunter. Als sie das Gesuchte gefunden hatte, trat sie ein wenig zur Seite und spähte dann nach oben. »Dieser Baum ist sein nächtlicher Schlafplatz, denn hier liegt sein Kot.«

Egil warf einen Seitenblick auf den Vogel und zischte: »Wir werden uns in der Schwärze der Nacht anschleichen, wenn der Mond untergegangen ist. Einer von uns wird im Dunkeln den Baum erklimmen, den Vogel gefangen nehmen, ihm die Haube über den Kopf ziehen, sie fest zubinden, den Vogel dann in einen Sack stopfen und ihn dann zu den anderen herunterlassen.«

Karawah, karawah, karawah!

»Weh uns, er hat unseren Plan durchschaut«, sagte Egil plötzlich mit einem breiten Grinsen. »Wir sind erledigt.«

Lachend gingen die vier Verschwörer weiter bergauf, wo sie sich auf einer der Marmorbänke niederließen, die hier und da auf dem Gelände zur Erholung aufgestellt waren.

Aiko seufzte und sagte dann: »Dara, ich sehe immer noch

nicht, wie ein Pfau uns dabei helfen kann, den gesuchten Stein zu finden.«

Egil lachte. »Vielleicht hält er ihn für ein Ei und versucht ihn auszubrüten.«

Arin schmunzelte, wurde aber rasch wieder ernst. »Aiko, Prophezeiungen sind nun mal rätselhaft. Ich kann mir auch nicht vorstellen, wie dieses Federvieh uns helfen soll. Aber ich sehe auch nicht, worauf die Worte des Rätsels sonst zutreffen würden. Ich weiß nur, dass wir weitermachen müssen ... und auf Adon vertrauen, dass wir Erfolg haben werden.«

In diesem Augenblick fielen die ersten Regentropfen, und die vier liefen zur Burg zurück, Arin mit Leichtigkeit, Alos keuchend und schnaufend.

Der Wachposten vor der Tür zum Festsaal trat vor und versperrte Egil den Weg. »Verzeiht, Herr, aber Waffen sind in Gegenwart der Königin nicht erlaubt.«

Egil grinste, neigte den Kopf und sagte dann: »Ich darf Euch die Minnesängerin Arin und Alos, ihren Trommler, vorstellen. Und das ist die edle Aiko, die Schwerttänzerin, und ich bin Egil von Jord. Wir sind Künstler und sollen auf Befehl der Königin eine Vorstellung geben, und diese bescheidenen Waffen sind nur Teil unserer Kostüme.«

Der Wächter öffnete den Mund, um etwas zu sagen, doch hinter ihnen ertönte eine gebieterische Stimme: »Lass sie passieren. Sie sind tatsächlich nur Künstler.«

Sie drehten sich um und sahen den Haushofmeister hinter sich stehen. Egil verbeugte sich, und der Haushofmeister nickte zur Erwiderung. Der Posten gab den Weg frei, schlug die Hacken zusammen und neigte steif den Kopf, während die vier den Festsaal betraten.

»Meine Damen und Herren, verehrte Gäste: die Dylvana Arin aus Darda Erynian, die Dame Aiko aus Ryodo, Meister Alos aus Thol und Meister Egil Einauge aus Jord.«

Sie gingen wiederum am Majordomus vorbei und betraten den Boden des Amphitheaters. An diesem Abend trug Arin ihr hellgrünes Kleid mit dazu passenden Bändern im Haar. Alos hatte ein braunes Wams und eine dunkelbraune Hose angelegt. Er trug das Tamburin unter einem Arm und den Cruik im Gürtel. Egil war ganz in Schwarz gehüllt: Hemd, Jacke, Hose, Stiefel, Gürtel, weiches Barett – alles pechschwarz. Nur seine Augenklappe und die Axt hatten eine andere Farbe – das rot-goldene Lederband und die Stahlklinge mit dem dunklen Schaft unterstrichen seine finstere Aura noch. Aiko trug ihre Rüstung, und die gehämmerten Bronzeschuppen glänzten matt im Kerzenschein. An der Hüfte steckten ihre beiden Schwerter in der Scheide; zudem trug sie gut verborgen ihre Shuriken. An jeden Oberschenkel war ein Dolch geschnallt. Den Helm, der nun mit einer Pfauenfeder geschmückt war, trug sie unter dem Arm. Bunte lange Bänder waren um Oberarme, Unterarme, Handgelenke, Taille, Oberschenkel und Unterschenkel gebunden, und beim Gehen wirbelten sie ihr hinterher. Die goldhäutige Kriegerin bewegte sich ruhig und selbstsicher, doch mit der Grazie einer Tänzerin, und manch ein Kopf wandte sich in ihre Richtung.

Wieder machten sie einen Rundgang durch den Saal, um Baron Steiger zu suchen, doch mit wenig Hoffnung, denn Dolph hatte ihnen die Rückkehr des Adeligen noch nicht gemeldet. Da es draußen regnete, war es wahrscheinlich, dass Steiger, selbst wenn er auf dem Rückweg war, in einem Gasthaus Zuflucht gesucht hatte. Tatsächlich entdeckten sie ihn nicht unter den Gästen.

Schließlich ertönte die Fanfare, und der Majordomus stieß dreimal auf den Boden und kündigte die unmittelbar bevorstehende Ankunft der Königin an, woraufhin die Gäste wieder das Spalier bildeten. Die Fanfare ertönte erneut, und die Königin und ihr Gemahl traten ein.

An diesem Abend trug sie ein pfirsichfarbenes Kleid, und

ihre goldenen Haare hingen lang und glatt herunter und lagen wie ein Fächer auf ihren nackten Schultern. Ihre Tiara war aus Gold gefertigt.

Delon folgte ihr an seiner Silberkette, in schillernde Blau- und Grüntöne gehüllt. Seine glänzende blaue Jacke war lang und hatte breite Schöße, in die Puffärmel waren funkelnde grüne Streifen eingearbeitet, die farblich zu seinem grünen Hemd passten. Seine Kniebundhose war blau-grün gestreift, und er trug einen blauen Strumpf an einem Bein und einen grünen am anderen. Die Schuhe waren mit blauen und grünen Pailletten besetzt, und der Hut war leuchtend blau und hatte eine schillernd blaue Feder auf der einen und eine schillernd grüne auf der anderen Seite.

Die Königin und ihr grellbunter Begleiter bestiegen das Podest. Gudrun nahm auf dem Thron Platz, während er sich wiederum zu ihren Füßen niederließ, und sie lächelte auf ihn herab, als sei er ein Zuchthengst auf einer Ausstellung, während er das Lächeln fahl erwiderte.

Die Parade der Künstler zog durch den Saal, und diesmal gehörten Arin, Alos, Aiko und Egil auch dazu, wobei Aiko vor sich hin brummte, obwohl ihr eine Art Lächeln gelang – eher ein Zähnefletschen. Anschließend gesellten sie sich wieder an den Tisch von Baron Stolz und hörten ihn gerade noch sagen: »Seht Ihr, Helga. Ich habe doch gesagt, sie sind ganz gewöhnliche Künstler.«

Auch in dieser Nacht wurden Speisen und Getränke serviert, und wie am Abend zuvor verkündete die Königin, das Fest finde zu Ehren der neuen Liebe statt. Und die Festivitäten begannen.

Drei grell bemalte Spaßmacher traten ein, die stumm miteinander stritten, während sie über die Bühne schlenderten. Plötzlich schien es so, als stießen sie gegen eine unsichtbare Wand, und zur Erheiterung der Gäste fielen sie rückwärts auf den Boden. Mit ausgestreckten Händen tasteten sie sich an der unsichtbaren Mauer entlang. Augenblicke später wurde klar, dass sie in einem großen, unsichtbaren Kasten eingesperrt waren. Zwei hoben den dritten hoch, um festzustellen, ob er über die Mauer klettern konnte, doch sein Kopf stieß gegen eine unsichtbare Decke, und alle drei fielen zu Boden, während Gäste und Königin vor Lachen johlten. Jetzt gerieten die drei Possenreißer in Panik, liefen blindlings gegen die unsichtbaren Mauern, fielen, erhoben sich wieder, um das Spiel von neuem zu beginnen, und das Gelächter der Königin verlor sich im Kreischen der Gäste, während Delon lediglich schmunzelte. Dann betrat ein vierter Possenreißer den Festsaal, ging zu der unsichtbaren Kammer, holte einen großen Schlüssel aus seiner Tasche und schloss eine unsichtbare Tür auf. Er gab den anderen ein Zeichen, und die kamen einer nach dem anderen heraus, um von ihrem Retter eins mit einer Narrenpritsche übergebraten zu bekommen, während er sie aus dem Saal jagte. Die Gäste applaudierten beifällig. Die vier Narren kehrten zurück und verbeugten sich, nur um dabei von einem fünften Possenreißer auf den Allerwertesten geschlagen zu werden.

Als der Applaus und das Gelächter verklungen waren, kam ein Mann in den Saal geschlendert, lässig die Hände in den Taschen, dem fünf kleine Hunde folgten, die bunt gefärbte Halskrausen trugen und aufrecht auf den Hinterbeinen gingen. Sie sprangen durch Reifen, kletterten kleine Leitern empor und holten jonglierte Bälle wieder, wenn der Mann sie fallen ließ.

Der Vorstellung des Mannes mit den Hunden folgte ein Taschenspieler und dann drei Leute, die einen Balanceakt zeigten.

Dann war die Reihe an Arin. Ganz in Schwarz gekleidet, das goldene Haar wie poliertes Messing glänzend, betrat Egil die Bühne und wartete, bis Ruhe eingekehrt war. Schließlich wandte er sich an die Königin und verbeugte sich. »Königin

Gudrun die Schöne« – er wandte sich wieder an die Menge – »meine Damen und Herren, verehrte Gäste, ich präsentiere Euch die bezaubernde Dara Arin, Dylvana aus Darda Erynian. Begleitet von Alos aus Thol wird sie mit ihrem Lied Eure Herzen anrühren. Gebt Acht, denn danach werdet Ihr nicht mehr ganz dieselben sein.«

Mit Alos neben sich ging Arin, die in ihrem grünen Kleid nachgerade zerbrechlich wirkte, zum Rand des Amphitheaters. Als sie unterhalb des Sitzes der Königin standen, verkündete sie mit klarer Stimme: »›Die beraubte Braut‹.«

Leises Gemurmel erhob sich in der Menge, denn dies war die Geschichte einer unerfüllten Liebe, und wer konnte wissen, wie die Königin darauf reagieren mochte? Doch die Ruhe kehrte rasch wieder ein, als Alos, der rechts hinter Arin stand, einen sanften Rhythmus mit seinem Cruik zu klopfen begann.

Nun erfüllte Arins Stimme den Saal, zuerst leise, dann immer lauter, während sie von Rald und Isalda sang: Er war ein junger Ritter und sie ein schönes Edelfräulein, und ihre Liebe füreinander war so tief, dass sie beinah jegliches Verständnis überstieg. Das ganze Reich feierte ihre Vermählung, denn sie wurden von allen geliebt. Doch am Tag der Vermählung erreichte sie die Nachricht vom Mord an Ralds Bruder Gran, der als fahrender Ritter in ein fernes Land gereist war. Rald schwor Rache, und nach nur einer einzigen Nacht süßer Liebe, machte er sich auf, seinen Bruder zu rächen. Die frisch gebackene Braut Isalda wartete in ihrem Turm Jahr und Tag und verzehrte sich nach ihrem Gemahl, doch keine Nachricht erreichte sie. So reiste sie ihm, als Junge verkleidet, nach und gab sich unterwegs als einfacher Ziegenhirt aus. Ein weiteres Jahr verstrich mit fruchtloser Suche, doch dann entdeckte sie Rald in der Feste eines abtrünnigen Kriegsfürsten, wo er in einem tiefen Verlies schmachtete und an seinen schrecklichen Wunden dahinsiechte. Oh, wie sie über seinem ausgemergelten, verunstalteten Körper weinte und sich verzweifelt mühte, ihn zu retten, doch er starb mit Worten der Liebe für sie auf den Lippen. Der Kerkermeister hatte alles mitangehört und empfand Mitleid, also gestattete er Isalda, Ralds Leichnam mitzunehmen. Sie brachte ihn auf ein Feld am Waldesrand, wo sie einen großen Scheiterhaufen errichtete. Der Kriegsfürst erspähte den großen Holzhaufen am Rande des Feldes und ritt hin, um herauszufinden, was dort vorging, und Isalda stach ihm einen Dolch ins Herz. Sie legte Rald den Leichnam des Kriegsfürsten zu Füßen, erklomm dann den Scheiterhaufen, zündete ihn an und legte sich neben ihren Geliebten. Bis zum heutigen Tag sagt man, wenn von einem Feuer Rauchschwaden aufsteigen und sich miteinander vermischen, dass es die Seelen von Isalda und Rald seien, die sich in immerwährender Liebe umarmen.

Als Arins Lied endete, war im ganzen Saal kein Auge mehr trocken. Königin Gudrun saß auf ihrem Thron, weinte ganz unverhohlen und sah dabei Delon an. Obwohl Delon selbst ein Barde war und das Lied gut kannte, liefen ihm Tränen über das Gesicht. Im ganzen Saal wurde geschnieft, geschluchzt und laut geweint. Sogar der griesgrämige Baron Stolz konnte nicht mehr an sich halten. Hinter Arin weinte auch Alos.

Arin wandte sich an Alos und sagte: »›Der Erpresste Kuss‹.«

Alos nickte, wischte sich die tropfende Nase am Jackenärmel ab, um dann ein schwungvolles *Rat-a-tat-tat* auf dem Tamburin zu schlagen. Während er einen wilden Wirbel trommelte, stimmte Arin ein heiteres Liedchen über eine Maid an, deren Kuh vom Nachbarsjungen gestohlen wurde, um mit ihr als Faustpfand einen Kuss von der Maid zu erpressen. Zuerst weigerte sie sich, doch sie brauchte die Milch, und so erklärte sie sich schließlich einverstanden, aber nur zu ihren Bedingungen: Sie würde ihn in der Nacht im Dunkeln in ihrer Scheune durch ein Loch im Heuboden küssen, denn sie sei schüchtern und wolle nicht, dass es jemand erfahre, aber auch nur dann, wenn er die Kuh mitbringe und sich Milch auf die

Lippen streiche, damit sie sicher sein könne, dass es ihre Kuh sei und keine andere. Außerdem müsse er schwören, so etwas nie wieder zu tun. Der Junge war einverstanden, denn er wollte diesen Kuss unbedingt haben. Und so führte er in der Nacht ihre Kuh in die Scheune und schloss die Tür hinter sich. In der pechschwarzen Finsternis rief sie ihn zu sich, und als er sich vorwärts tastete, entdeckte er den Heuboden und das Loch darin. Er drehte sich um, drückte eine Hand voll Milch aus dem Euter der Kuh und schmierte sie sich auf die Lippen. Und im Dunkeln in ihrer verschlossenen Scheune bekam er seinen Kuss durch ein Loch in der Decke, einen sehr feuchten wegen der Milch und allem, und er war ganz und gar nicht so, wie er ihn sich vorgestellt hatte. Aber er ließ die Kuh zurück und ging mit dem Schwur nach Hause, so etwas nie wieder zu tun, und alles ging wieder seinen gewohnten Gang. Seit jenem Tag fragte sich der Junge jedoch immer wieder, wie es wohl kam, dass ihn ein bestimmtes Schwein immer so liebevoll anzusehen schien.

Ta-tump!

Gelächter hallte durch den Saal, und Arin und Alos verneigten sich vor der kichernden Königin und ihrem lächelnden Gemahl und dann vor dem ganzen Publikum, und trotz der Rufe nach einer Zugabe kehrten sie an Baron Stolz' Tisch zurück, der strahlend aufsprang und sich verbeugte: »Das verlangt nach etwas zu trinken, edle Dame«, verkündete der Baron, reichte ihr einen mit Wein gefüllten Kelch und dirigierte sie zu seinem Tischende. Die Baronin drehte sich um und bot Alos ebenfalls einen Kelch an. Er schaute sich um und suchte Aiko, doch sie und Egil standen bereits am Rande des Amphitheaters und trafen die letzten Vorbereitungen für ihren Auftritt, während Arin durch den Baron abgelenkt war, also griff Alos bereitwilligst zu, nahm den Kelch entgegen und stürzte seinen Inhalt in einem einzigen großen Schluck herunter. Einen Moment blieb er mit geschlossenen Augen einfach stehen, während der Wein seinen Magen wärmte. Dann griff er lächelnd nach dem Krug, um seinen leeren Kelch neu zu füllen.

Schließlich legte sich der Applaus, und Egil betrat wieder die Bühne. Schwarz gekleidet und finster aussehend, hielt er seine tödliche Axt in den Händen und hob sie langsam über den Kopf, sodass es still wurde im Saal. »Königin Gudrun« – wieder wandte er sich an die Menge –, »meine Damen und Herren und verehrte Gäste« –, er schwang seine tödliche Waffe in einem Wirbel von Stahl herum, und einige Damen im Saal keuchten – »ich mag wie der Kämpe des Todes aussehen« –, er stellte den Axtkopf auf den Boden und stützte sich auf den hölzernen Schaft –, »aber in Wahrheit bin ich nichts, verglichen mit der exotischen goldenen Kriegerin aus dem fernen Ryodo, einem mysteriösen Reich im fernen Osten. Ich präsentiere Euch die edle Dame Aiko« – Egil hielt inne und fasste sich mit einer Hand in den Nacken –, »aber ich warne Euch: Gebt Acht auf Eure Köpfe.«

Während Egil die Bühne verließ und sich rechts vom Thron aufstellte, betrat Aiko das Amphitheater. Sie trug ihren gefiederten Helm unter einem Arm, und ihre Schwerter steckten in Scheiden, die sie auf dem Rücken trug. In der Mitte angekommen, blieb sie stehen, verneigte sich tief vor der Königin, dann nach rechts und links vor den Gästen. Sie setzte ihren seltsamen Helm auf, dessen Schöße hinten und an den Seiten bis fast auf die Schultern reichten. Vorn ragte ein Naseneisen nach unten und verband sich mit den Wangenschützern. Die Pfauenfeder auf der Haube bog sich nach hinten und stand in flachem Winkel ab. Hätten die Gäste sie nicht zuvor gesehen, hätten sie nicht sagen können, ob dieser Krieger ein Mann oder eine Frau war.

Aiko blieb einige Momente mit geschlossenen Augen stehen, die Arme seitlich ausgestreckt, sodass die grünen, roten, blauen, gelben und violetten Bänder reglos herabhingen. Dann wirbelte sie mit wehenden Bändern herum, und plötzlich hielt sie die Schwerter in den Händen, deren Stahl im Kerzenschein funkelte und blitzte. Sie tanzte – oder übte, je nachdem, wie man es sah –, drehte sich hierhin und wand sich dorthin, rückte vor, wich zurück, sprang hoch und landete, vorwärts, rückwärts, seitlich, während die Schwerter kreisten und sie ihren Griff wechselte, sodass die Klingen an den Unterarmen anlagen, nur um wieder nach vorn zu schnellen. Sie stieß vorwärts und nach hinten, und ihre Klingen zerschnitten die Luft so rasch, dass sie summten. Ständig bewegten sich ihre Schwerter, während die bunten Bänder ihr wie die Streifen eines Regenbogens folgten und die Menge *Oh* und *Ah* machte. Immer schneller wirbelte und drehte sie sich dem erhöhten Platz der Königin entgegen, ein verschwommener Wirbelwind aus Leder, Bronze, Stahl und Farben, bis sie die Stufen erreicht hatte und plötzlich stehen blieb, dem Thron zugewandt, die Schwerter nun in der Scheide – wie und wann sie das geschafft hatte, vermochte niemand zu sagen. Langsam und bedächtig setzte sie ihren Helm ab und verbeugte sich tief vor der Königin.

Der Saal brach in Beifallsrufe und donnernden Applaus aus, und selbst die Königin schlug auf ihren Speisentisch, sodass Geschirr und Besteck klirrten. Delon erhob sich in seinem schimmernden Grün und Blau und applaudierte, und er setzte seinen schillernden, gefiederten Hut ab, schwenkte ihn und verneigte sich tief. Als die Königin das sah, blitzte Wut auf ihrem Gesicht auf, welche rasch einem Lächeln wich, das nicht weiter reichte als bis zu ihren Mundwinkeln. Sie hob die Hände und gebot Ruhe, und als Stille eingekehrt war, sagte sie: »Sehr beeindruckend, aber ich frage mich, ob es so tödlich ist, wie es aussieht.«

Gudrun wandte sich nach links und rief: »Stahl.«

Ein hoch gewachsener Mann in schwarzem Leder mit einem Säbel am Gürtel erhob sich an einem Tisch in der Nähe und verbeugte sich: »Majestät?«

»Stahl, Ihr seid mein Kämpe. Könnt Ihr diese fremde Kriegerin besiegen?«

Die Menge hielt wie auf Befehl den Atem an, und Egil machte Anstalten, seinen Platz rechts vom Thron zu verlassen, aber ein funkelnder Blick und eine erhobene Hand Aikos ließen ihn innehalten.

Stahl lächelte und betrat das Amphitheater. Er war sehnig und hager, vielleicht dreißig Jahre alt, und er überragte Aiko mindestens um Haupteslänge. »Meine Königin, die wahre Prüfung für das Schwert liegt in der Schlacht ... nicht in einem Tanz.«

Gudrun wandte sich an Aiko. »Was sagt Ihr, Schwertkämpferin, werdet Ihr Eure Fähigkeiten mit denen meines Kämpen messen?«

Aiko sah Stahl an, der nun in der Nähe stand, und sagte: »Ich kämpfe nicht zum Spaß.«

Stahl schnaubte verächtlich, aber die Königin hob eine Augenbraue. »Ah, goldene Kriegerin, dann kämpft Ihr also aus Prinzip oder für eine Belohnung?«

Aiko sah Gudrun ausdruckslos an. »Für das eine wie für das andere.«

»Was wollt Ihr also dafür haben?«

Aiko ignorierte Egils verneinende Geste und fragte: »Was bietet Ihr an?«

Die Königin gestikulierte großzügig. »Wenn Ihr gewinnt, nehmt, was Ihr wollt.«

Sich verstellend, schaute Aiko sich um und ließ den Blick über Goldpokale, Juwelen und andere Reichtümer schweifen. »Würdet Ihr mir einen Ring geben?«

Gudrun hob die Hände, sodass Aiko die Juwelenringe an ihren Fingern sehen konnte. »Jeden, den Wir tragen.«

Immer noch ihren wahren Wunsch verheimlichend, drehte Aiko sich um und zeigte auf ein Serviermädchen. »Würdet Ihr mir auch einen Leibeigenen geben?«

Gudrun lächelte. »Jeden Unserer Sklaven.«

Jetzt näherte Aiko sich dem, was sie wirklich wollte, und deutete auf die Wand zur Linken. »Würdet Ihr mir auch ein Tier aus Eurem Garten geben oder vielleicht einen Vogel?«

Stahl knurrte: »Sie macht Ausflüchte, Majestät.«

Verärgert erwiderte Gudrun: »Wenn Ihr gewinnt – ha! –, werden Wir Euch alle vier Dinge geben, einen Ring, einen Leibeigenen, ein Tier und einen Vogel. Nehmt Ihr an?«

Aiko lächelte zögernd. »Oh, ich werde nur eins davon nehmen, nicht alles, wenn ich Euer Wort bekomme, dass Ihr mir das Gewünschte freiwillig gebt.«

»Ihr geht zu weit, Frau aus den fernen Ostlanden, wenn Ihr Unser Wort anzweifelt. Doch Wir, Gudrun die Schöne, Königin der Jüten, schwören es.«

Stahl wandte sich an Aiko. »Ihr habt Eure Belohnung ausgehandelt, solltet Ihr gewinnen, doch es ist ein vergeblicher Handel, denn Sieger werde ich sein. Dennoch hat jeder Handel zwei Seiten, und so frage ich: Was gebt *Ihr*, wenn Ihr verliert?«

Aiko sah ihn an. »Was wollt Ihr haben?«

Stahl wandte sich an die Königin. Gudrun zuckte unverbindlich die Achseln und sagte: »Verlangt, was Ihr wollt, mein Kämpe.«

Stahl bedachte Aiko mit einem schlüpfrigen Grinsen. »Ich verlange, dass Ihr die Nacht damit verbringt, die königliche Garde zu vergnügen.«

Der Saal brach in Gelächter aus, und Applaus brandete auf. Doch Arins Ausruf übertönte alle anderen Stimmen: »Nein, Aiko, verpflichtet Euch nicht.«

Mit dem Kelch in der rechten und dem Krug in der linken Hand, schwankte Alos zum Rand des Amphitheaters und rief in seiner Muttersprache: »*Nei! Nei løfte!*«

Egil protestierte ebenfalls und rief: »Nein«, doch Aiko winkte wiederum ab.

Sie wandte sich an Stahl. »Ich schwöre es.«

Stahl grinste wölfisch, dann drehte er sich zu seinem Tisch um und rief: »Braun, meinen Parierdolch und den Helm!«

Während ein rundlicher Mann aus dem Saal eilte, löste Aiko die bunten Bänder von ihren Gliedern, und Egil trat zu ihr und nahm ihr die Bänder ab. Während er nach einem grünen griff, flüsterte er: »Aiko, Ihr müsst das nicht tun. Es gibt andere Möglichkeiten, uns das zu holen, weshalb wir hier sind.«

Aiko sah ihn an und murmelte zurück: »Aber auf diese Weise gibt man es uns freiwillig.«

»Wenn Ihr gewinnt, Aiko. Nur, wenn Ihr gewinnt.«

Sie funkelte ihn an, dann wurde ihr Blick weicher. »Fürchtet Euch nicht, mein Freund, denn ich werde nicht verlieren.«

Schließlich war das letzte Band gelöst, und Aiko nahm ihren Helm, entfernte die Pfauenfeder und reichte sie Egil, der sie in sein Hutband schob. Sie setzte den Helm auf, zog ihre Schwerter und wartete. Mit der Bronzeschuppenrüstung, dem Stahlhelm und den gezückten Schwertern sah sie jetzt wie die Inkarnation eines grimmigen Kriegers aus, und Stahl war ein wenig verblüfft, aber er war größer und schwerer und hatte eine um mindestens einen Fuß größere Reichweite als sie.

Der rundliche Bedienstete kam in den Saal zurückgelaufen. Er brachte einen Dolch und einen vorne offenen Helm mit einer Kette hinten im Nacken. Stahl setzte seinen Kopfschutz auf, reichte Braun seinen Gürtel mit der Schwertscheide, zog dann beide Klingen und nahm den Parierdolch in die linke Hand und den Säbel in die rechte. Braun eilte mit Gürtel und Scheiden davon.

Aiko stand ihm gegenüber, und der Helm überschattete ihre Augen. »Bis zum ersten Blutstropfen?«, fragte sie.

Stahl nickte. »Bis zum ersten Blutstropfen.«

Gemeinsam gingen sie zur Mitte des Amphitheaters, und Aiko wirkte winzig neben Stahls hoch aufgeschossener Gestalt. Als sie in der Mitte standen, wandte Aiko sich an die Zuschauer: »Dies wird kein höfischer Schaukampf mit schön anzuschauenden Paraden und Riposten – vielmehr kämpfen wir bis zum ersten Blutstropfen.«

Stahl rief: »Aber sollte jemand eine tödliche Wunde erleiden, tja, kann ich es ändern, wenn ich zu gut bin?« Er verbeugte sich vor dem Publikum, als die Gäste jubelten und seinen Namen riefen.

Alos, der am Rande des Amphitheaters saß, rief: »*Focka du!*« Dann hob er seinen Kelch an die Lippen und trank daraus.

Jetzt wandten Aiko und Stahl sich der Königin zu und verneigten sich vor ihr.

»Beginnt«, rief sie.

Die Duellanten standen einander gegenüber und salutierten mit den Schwertern – Stahls Blick arrogant, Aikos ausdruckslos –, dann duckten sie sich und begannen, sich wachsam zu umkreisen. Plötzlich sprang Aiko in einem Wirbel aus Stahl vorwärts, und ihre Klingen waren nur noch verschwommen zu sehen –

– *kling-klang, shing-shang, kling-klang* –

– und nach nur acht schnellen Streichen löste sie sich und trat zurück.

Stahl sah sie stirnrunzelnd an, als sie sagte: »Die ersten Blutstropfen«, und dann spürte er ein warmes Rinnsal auf der rechten Wange.

Ungläubig griff er sich mit der rechten Hand ans Gesicht und betrachtete dann seine Finger. Sie waren rot und nass. Die Menge stöhnte ungläubig, und Stahl wandte sich benommen an die Königin. »Majestät, das kann nicht mehr als eine zufällige Berührung gewesen sein. Ich verlange eine *richtige* Entscheidung. Dieses Duell soll nicht durch eine Laune des Schicksals entschieden werden.«

Aiko sah Gudrun ausdruckslos an. »Das Schicksal ist auf Seiten derer, die am besten vorbereitet sind.«

Die Königin funkelte Aiko an und bleckte die Zähne. »Bis zum zweiten Blutstropfen«, zischte sie.

»Majestät, ich protestiere«, rief Egil.

Doch Aiko hob die Hand, um ihn zum Schweigen zu bringen, und wandte sich dann an Stahl. »Bis zum zweiten Blutstropfen, Stahl. Doch seid gewarnt, wenn wir bis zum dritten Blutstropfen gehen müssen, dann geht es bis zum Tod.«

Stahl schlug die Hacken zusammen und neigte einmal den Kopf zum Zeichen seines Einverständnisses.

Wiederum salutierten sie mit ihren Waffen. Die Augen des Kämpen der Königin verrieten gleichermaßen Unsicherheit und Wachsamkeit, während Aikos Augen nach wie vor vollkommen ausdruckslos waren. Wie zuvor duckte Stahl sich, doch Aiko blieb aufrecht stehen, wartete und drehte sich nur auf der Stelle, da er sie langsam umkreiste. Dann griff sie an, wiederum in einem verschwommenen Wirbel von Stahl auf Stahl –

– *Shang-klang, shing-shang, chang-shang* –

– und wiederum löste sie sich, trat zurück und rief: »Zweiter Blutstropfen!«

Die Menge stöhnte, denn nun lief ein Rinnsal über Stahls linke Wange.

Ungläubig starrte Stahl die goldhäutige Kriegerin und ihre Klingen an und öffnete den Mund, um etwas zu sagen. Doch Egil war mittlerweile neben Aiko getreten und begleitete sie vor die Königin. »Majestät«, sagte er mit einer Verbeugung, »die Kriegerin Aiko hat ihre Fähigkeiten unter Beweis gestellt, indem sie nicht nur für den ersten Blutstropfen gesorgt hat, sondern auch für den zweiten. Sie hat einen anständigen Handel für den Fall ihres Sieges abgeschlossen, den sie errungen hat, wie jeder sehen kann. Lasst sie daher ihre Belohnung wählen, und setzt dann Eure Feier der Liebe fort.«

Königin Gudrun funkelte ihren entehrten Kämpen an und zischte Aiko dann zähneknirschend zu: »Wählt etwas aus den vier Dingen, die Wir angeboten haben.«

»*Den flugl, den flugl!*«, rief Alos, während er den Kelch hin und her schwenkte, um dann allen und jedem zuzuflüstern: »Wir wollen den Deck-Vogel.« Er nahm noch einen großen Schluck, und Rotwein lief ihm über die Wangen und tropfte auf die Aufschläge seiner Jacke.

Aiko wischte die Spitzen ihrer Klingen mit einem der Bänder sauber, die Egil noch in den Händen hielt, und schob die Schwerter in die Scheiden auf ihrem Rücken. Dann stemmte sie die Hände in die Hüften und wandte sich an die Königin.

Gudrun beugte sich auf ihrem Thron vor und raunte: »Nun, was soll es sein, Krieger-Frau: Ring, Leibeigener, Tier oder Vogel?«

Es wurde still im Saal, da alle darauf warteten, dass Aiko ihre Wahl traf, und irgendwo in der Ferne übertönte der Schall eines Horns das Prasseln des Regens.

Aiko sah die wütende Königin und ihren grellbunten Begleiter an, und dann fiel ihr Blick auf Egil und die schillernde Pfauenfeder in seinem Hutband. Plötzlich zeigte sich Überraschung auf ihren Zügen, als ihr schlagartig eine Erkenntnis kam, und sie wandte sich an die Königin, lächelte und streckte die Hand aus, um auf ihre Belohnung zu zeigen. »Ich nehme ihn.«

Sie hatte Delon gewählt.

41. Kapitel

»*Was?*«, fragte Egil benommen.

Feuer blitzte plötzlich in Delons Augen, und er sprang auf.

»Das kann nicht Euer Ernst sein!«, rief die Königin.

»Es ist mein völliger Ernst, Majestät«, antwortete Aiko. »Ich will Delon den Barden.«

Alos taumelte ein paar Schritte ins Amphitheater, sodass der Rest Wein in seinem Kelch hin und her schwappte, und rief: »*Nei, nei, Aiko. Den flugl, den fockan flugl!*«

»Ihr könnt ihn nicht haben«, verkündete Gudrun.

Ihr Blick war hart wie Feuerstein, als Aiko den linken Fuß auf die erste Stufe des Podests stellte. »Wollt Ihr Euch gegen die Götter versündigen und Euer Wort brechen? Das Wort von Gudrun der Schönen? Einen Schwur, den Ihr hier vor all Euren Vasallen geleistet habt? Einen Leibeigenen habt Ihr versprochen, jeden meiner Wahl, und der Silberkragen und die Kette weisen Delon als einen solchen aus.«

Im großen Saal saßen die Gäste wie gebannt da.

»Ihr könnt ihn nicht haben, denn er wird morgen meinen anderen Geliebten auf dem Scheiterhaufen Gesellschaft leisten.«

Delon keuchte in verblüfftem Entsetzen.

Aiko sah plötzlich vor ihrem geistigen Auge die vom Feuer geschwärzten Mauern. Jetzt stellte sie den rechten Fuß auf die zweite Stufe des Podests und verkündete zähneknirschend: »Ihr werdet ihn mir vorher überlassen.«

»Pah!«, rief Gudrun. »Ich werde ihn Euch danach geben – das heißt, seine Asche.«

Aiko stellte den linken Fuß auf die dritte Stufe.

»Stahl!«, rief die Königin.

Doch Egil stand mit der Axt in der Hand zwischen Gudrun und ihrem Kämpen, und Stahl hob abwehrend seinen Säbel. Die Gäste hielten kollektiv den Atem an und warteten.

In diesem Augenblick flogen die Türen des großen Saals auf, und drei schlammbespritzte Männer in tropfnassen Umhängen traten ein, gefolgt vom Türwächter. Sie schlugen die Kapuzen zurück, und der linke der drei Männer erwies sich als Baron Steiger. Der rechte war ein junger Mann, von dessen Schulter ein am Wehrgehenk befestigtes Horn herabbaumelte. Er hätte Stahls Bruder sein können. Der letzte war ein bärtiger Mann Mitte vierzig, und Egil keuchte auf, als er ihn erkannte, und seine Narbe auf Stirn und Wange flammte rot auf. Doch ehe er etwas sagen konnte, zeigte Steiger auf Egil und rief: »Das ist er, mein Herzog, der schändliche Fjordländer, der Euren Bruder erschlagen hat!«

Herzog Rache zog ebenso wie der Baron sein Schwert, und er rief: »Bereite dich darauf vor, Hèl zu sehen, Fjordländer.«

»Tötet sie!«, rief Gudrun mit triumphierendem Blick. »Tötet sie alle!« Ihr Finger zuckte vor: »Diesen Mann und seine Gefährten: diese gelbe Frau, die Elfe dort drüben und den alten Mann da!«

Bevor sich jemand bewegen konnte, hatte Aiko ein Schwert gezogen und hieb es durch Gudruns linkes Handgelenk. Die abgetrennte Hand fiel klirrend auf das Podest, während das silberne Armband auf den Steinboden schlug und sich dann vom Stumpf löste. Gudrun kreischte vor Schmerz und Entsetzen, und ihre Augen weiteten sich im Schock, als das Blut in Fontänen aus dem Armstumpf spritzte, während Aiko zischte: »Seid dankbar, dass es nicht Euer Kopf war.« Die Königin verdrehte die Augen und fiel in Ohnmacht. Derweilen fuhr die goldhäutige Kriegerin herum, und im gleichen Augenblick sauste ein Shuriken durch die Luft und traf Baron Steiger in den Hals, der gurgelnd zu Boden sank.

Ein zweiter Wurfstern bohrte sich in den Nacken des Türwächters, der sich umgedreht hatte und zum Ausgang lief. Der Wächter stolperte und fiel mit durchtrennter Wirbelsäule und war tot, bevor er auf dem Boden landete.

Die Gäste wichen vor Furcht an die Wände zurück ... alle bis auf Arin, die unter ihr Kleid griff und ihr Langmesser aus der zwischen Knie und Fußknöchel festgebundenen Scheide zog. Sie stellte sich in den Haupteingang, und ihre Klinge funkelte im Kerzenschein. Die Gäste, von denen die meisten nur mit einem Schmuckdolch bewaffnet waren, wollten sich lieber nicht mit ihr anlegen.

»Holt sie Euch«, rief Herzog Rache, indem er auf Aiko zeigte. »Doch der Fjordländer gehört mir, und mir ganz allein!« Mit einem grimmigen Fauchen griff er an. Stahl und der andere Mann gingen auf Aiko los, die ihr zweites Schwert zog und auf dem Podest wartete. Delon sprang nach links vom Podest, wobei Armband und Silberkette über den Steinboden klirrten.

Raches Schwert klirrte gegen die Axt des Fjordländers, und Egil wurde zurückgedrängt, so groß war die Wut des Herzogs. Doch dann prallte Raches Klinge gegen den entgegenschwingenden Axtkopf und brach am Knauf ab. Rache starrte den klingenlosen Schwertknauf in seiner Hand einen Moment sprachlos an, dann warf er ihn weg, brüllte vor Wut, sprang Egil mit weit ausgestreckten Armen an, die Hände wie Klauen gekrümmt, und wurde von einem Schlag an den Kopf gefällt. Ohne noch einen Blick auf den Herzog zu werfen, fuhr Egil herum und lief zum Podest, um Aiko zu helfen.

Stahl sprang die Stufen empor und griff die goldhäutige Kriegerin an, nur um einen Moment später durchbohrt zu werden. »Der dritte Blutstropfen«, fauchte Aiko, als sie ihr

Schwert aus Stahls fallendem Körper riss, um dem nächsten Feind zu begegnen.

Dieser Mann bewegte sich sehr vorsichtig und hielt sein Rapier vor dem Körper. Doch dann legte sich von hinten eine Silberkette um seinen Hals, und er wurde von den Beinen gerissen und fiel rückwärts die Stufen herunter. Sein Kopf schlug auf Granit, und als er unterhalb der letzten Stufe zur Ruhe kam, rührte er sich nicht mehr. Während Delon die Kette löste, sah er Aiko an und sagte: »Zeit zu gehen, glaube ich.«

In dem mit weinenden Frauen und verzagten Männern gefüllten Saal warf Aiko einen Blick auf die bewusstlose Gudrun, aus deren Armstumpf immer noch Blutfontänen spritzten. Aiko wandte sich an die verängstigten Gäste und rief: »Ich nehme jetzt, was mir zusteht, und lasse Euch mit dem zurück, was Ihr verdient habt.« Dann ging die goldhäutige Kriegerin die Stufen hinunter.

Als sie unten angekommen war, sagte Egil: »Wir sind in der Burg des Feindes und müssen über die Mauer klettern, doch unser Seil ist in unserer Kammer. Außerdem müssen wir noch den Deck-Pfau holen.«

Aiko schüttelte den Kopf und zeigte auf Delon und dessen grellbunte, schillernde Erscheinung. »Seht ihn Euch genau an, Egil. Was könnte er anders sein als unser Deck-Pfau?«

Delon schaute von einem zu anderen und sagte dann leise: »Ich kann uns rausbringen.«

Egil beugte sich vor. »Wie?«

Delon zeigte auf den gefallenen Feind und stopfte sich dann das lose Ende der Silberkette vorne in sein Hemd. »So, wie sie hereingekommen sind, wenn ihre Pferde noch draußen stehen. Ich kenne ihre Hornsignale. Bei Adon, ich habe sie oft genug gehört. Holt Herzog Raches Mantel. Steigers auch.«

Delon bückte sich und streifte dem toten Kämpen des Herzogs den nassen Umhang und das Horn ab. Er schnallte sich das Schwert des Gefallenen um, dann zog er das Kleidungsstück an und warf sich das Horn über die Schulter.

Aiko zog ihren Wurfstern aus dem Hals des Barons und nahm ihm Mantel, Schwert und Scheide samt Gürtel ab. Sie ging zu dem gefallenen Wächter und holte den zweiten Shuriken, dann ging sie zur Tür und reichte der Dylvana die Sachen des Barons mit der eindringlichen Bitte, sie rasch anzulegen. »... beeilt Euch, meine Tigerin flüstert von Gefahr.«

Egil, der nun einen Mantel trug, warf sich die Kapuze über den Kopf und sagte: »Fertig?« Dann schaute er sich suchend um. »Wo ist Alos?«

Der alte Mann lag zwischen den Leichen auf dem Boden. Egil ging zu ihm und kniete sich neben ihn.

»Ist er tot?«, fragte Delon.

»Verdammt, verdammt, verdammt!«, zischte Egil. »Sturzbetrunken.« Dann wuchtete er sich Alos auf die Schultern, überrascht, wie leicht der alte Mann war. »Kommt, lasst uns gehen.«

Als sie durch die Tür schritten, blieb Aiko noch einmal stehen und wandte sich den zitternden Gästen zu. Von ihren Klingen tropfte rotes Blut auf den Boden. »Ich werde nicht mit meiner Herrin reiten, sondern hinter dieser Tür warten. Wenn jemand herauskommt, bevor das Horn ertönt, werde ich diesen Dummkopf töten. Wer von Euch will als Erster sterben?«

Ohne auf eine Antwort zu warten, drehte Aiko sich auf dem Absatz um, ging nach draußen und schloss die Türen hinter sich.

Rasch hatte sie die anderen eingeholt und wischte beim Laufen die Schwerter am Mantel trocken.

Von niemandem aufgehalten, eilten sie durch die Gänge und fanden draußen im Regen die Pferde vor, insgesamt sechs und gesattelt, denn der Baron, der Herzog und dessen Kämpe hatten Reservepferde zum Wechseln mitgenommen. Dennoch schnauften die Pferde noch, denn sie waren im Galopp geritten worden. Egil reichte Alos an Delon weiter und stieg auf, dann nahm er den alten Mann wieder zurück, den Delon bäuchlings vor Egil quer über den Sattel legte.

»Beeilt Euch«, zischte Aiko, die ebenfalls aufgesessen war und deren Waffen mittlerweile in den Scheiden auf ihrem Rücken steckten. »Meine Tigerin warnt mich.«

Arin raffte den Saum ihres Kleides und stieg auf.

Delon schnitt das Reservepferd hinter Egil los und sprang in den Sattel. Alle vier spornten ihre Pferde an und sprengten mit zwei Reservepferden hinter Arin und Aiko los.

Sie ignorierten die gewundene, gepflasterte Straße und galoppierten stattdessen in regendunkler Nacht querfeldein den Hügel hinab, als seien ihnen alle Höllenhunde auf den Fersen, während sie im Stillen beteten, dass die Pferde nicht ins Rutschen oder Stolpern gerieten. Hinter ihnen ertönten Alarmrufe, denn einer der Gäste hatte sich doch noch zur Tür gewagt.

Jetzt hob Delon das Horn an die Lippen und blies ein dringliches Signal.

Voraus sahen sie Laternen brennen, und in deren Licht konnten sie erkennen, dass sich die Innentore öffneten.

Ta-ra, ta-ra, ta-ta-ta-rah!, blies Delon noch einmal.

Fliegende Hufe wirbelten Erdbrocken in die Höhe, und sie galoppierten zum offenen Tor. Doch als sie das Portal erreichten, gab ein Horn in der Burg Alarm.

Sie flogen förmlich in den gewundenen Gang und rissen an den Zügeln, um die Tiere zu bremsen. Mit klappernden Hufen ging es so rasch durch den steinernen Gang, wie die Pferde darin vorankamen. Über sich hörten sie Alarmrufe durch die Pechnasen schallen. Dann bogen sie um die letzte Ecke, und das erhobene Fallgatter lag vor ihnen, doch es wurde gerade herabgelassen. Egil stieß einen Schrei aus und spornte sein Pferd an, und die anderen folgten ihm und zogen den Kopf ein, während die tödlichen Spitzen des gewaltigen Gatters herunterrasselten. Die Pferde liefen hindurch, und alle gewannen die Freiheit bis auf eines – Arins Ersatzpferd. Das Tier schrie, als es von schwerem Stahl durchbohrt wurde, ein Schrei, der abrupt endete. Es gab einen Ruck, als sich die Leine zwischen Arins Pferd und dem Ersatzpferd straffte, doch dann riss sie, und sie galoppierten weiter.

Pfeile zischten ihnen durch den Regen hinterher, doch keiner von ihnen wurde getroffen.

Sie preschten aus der Festung und auf regennassen Straßen durch die Stadt, wobei sie unterwegs von einigen Nachtschwärmern verwünscht wurden, die noch auf den Beinen waren. Sie galoppierten zum Pier, wo Egil sein Pferd anhielt, während Alos sich plötzlich erbrach.

Sie sprangen ab und schlugen den Pferden auf die Kruppe. Delon trug den sabbernden alten Mann, und sie eilten zur Schaluppe, während die Pferde in die Nacht davonsprengten.

Egil und Arin setzten schnell Klüver und Hauptsegel, und Aiko legte ab. Sie und Delon stießen das Boot vom Pier ab und sprangen dann an Bord. Gegen den starken Wind kreuzend, manövrierte Egil die Schaluppe langsam weg vom Pier und in den Hafen. In dem immer stärker fallenden Regen stachen sie in die aufgewühlte See des Westonischen Ozeans, während sie hinter sich vor den Lichtern von Königinstadt bewaffnete Soldaten durch die Straßen der Stadt preschen sahen.

Lesen Sie weiter in:

Dennis L. McKiernan: Elfenkrieger

ANMERKUNG DES ÜBERSETZERS

Die wenigen deutschen Beiträge wurden, da ihre Übernahme wenig Sinn macht und mir eine Übersetzung ins Englische wenig sinnvoll erschien, weggelassen. Deutsch wird übrigens in Jütland gesprochen, und alle Namen dort (auch Königinstadt) sind nicht übersetzt, sondern Originale.

Die Schaluppe heißt im Original *Brise* und wird dann von Ferai *Breeze* genannt. Ich habe mir die Freiheit genommen, diese Begriffe zu vertauschen.

Bernhard Hennen

Der sensationelle Bestseller-Erfolg!

Dies ist die definitive Geschichte über ein Volk, das aus dem Mythenschatz der Menschheit nicht wegzudenken ist – Lesegenuss für jeden Tolkien-Fan!

»Der Fantasy-Roman des Jahres!« **Wolfgang Hohlbein**

3-453-53001-2

3-453-52137-4

Christoph Marzi

Der Überraschungserfolg des letzten Jahres!

In seinen magischen Geschichten um die kleine Emily Laing und ihre Gefährten verwebt Christoph Marzi die viktorianische Atmosphäre eines Charles Dickens mit dem Zauber von *Harry Potter*.

»Christoph Marzi ist das aufregendste neue Talent der deutschen Fantasy!« **Kai Meyer**

3-453-53006-3

3-453-52135-8

Mary H. Herbert

Ein bezauberndes Fantasy-Epos über die Macht
der Magie und der Freundschaft –
Der große Publikumserfolg aus den USA!

Die letzte Zauberin
ISBN 3-453-86476-x

Die Tochter der Zauberin
ISBN 3-453-87411-0

Valorians Kinder
ISBN 3-453-87768-3

3-453-86476-X

3-453-87411-0

James Barclay: Die Chroniken des Raben

Die grandiose neue Fantasy-Reihe, für alle Leser von David Gemmel und Michael A. Stackpole.

Zauberbann
3-453-53002-0

Drachenschwur
3-453-53014-4

Schattenpfad
3-453-53055-1

Himmelsriss
3-453-53061-6

Nachtkind
3-453-52133-1

Elfenmagier
3-453-52139-0

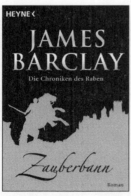

3-453-53002-0

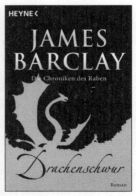

3-453-53014-4